本书系湖北省社科基金一般项目"明词传播研究（1368—1644）"（项目号：2015048）以及中央高校基本科研业务费专项资金项目武汉大学自主科研青年预研项目"明词传播史论"的成果。

汪超著

明词传播述论

中华书局

图书在版编目(CIP)数据

明词传播述论/汪超著. —北京:中华书局,2017.11
ISBN 978-7-101-12801-7

Ⅰ.明… Ⅱ.汪… Ⅲ.词(文学)–诗词研究–中国–明代
Ⅳ.I207.23

中国版本图书馆 CIP 数据核字(2017)第 222294 号

书　　名	明词传播述论	
著　　者	汪　超	
责任编辑	许庆江	
出版发行	中华书局	
	(北京市丰台区太平桥西里 38 号　100073)	
	http://www.zhbc.com.cn	
	E-mail:zhbc@zhbc.com.cn	
印　　刷	北京市白帆印务有限公司	
版　　次	2017 年 11 月北京第 1 版	
	2017 年 11 月北京第 1 次印刷	
规　　格	开本/920×1250 毫米　1/32	
	印张 12¼　插页 2　字数 290 千字	
印　　数	1-1500 册	
国际书号	ISBN 978-7-101-12801-7	
定　　价	58.00 元	

目　录

绪　论

　　明人自以为："我明诗让唐，词让宋，曲又让元。"①入清以来，明词以其艺术上不能度越前代而深掩重门，三百多年来，未能成为受众关注的焦点。随着《全明词》的编纂出版，近年来明词研究逐渐预热升温，研究者开始探寻抵达明词殿堂的途径。我们愿意加入这个探寻过程，并力图为接近明词殿堂寻访一条风景别样的路径。本文将采取传播学的视角，运用包括传播、考据等在内的有效方法，立足文学，讨论明人词作在明代的传播。

一　从传播的角度重审明词价值

　　任何文学现象都有研究的价值，但那些具有鲜明特点的文学现象尤其值得我们注意。如果单从艺术层面看，明词可能并未取得较大的突破，自身也存在一系列弊端。也正因其如此，明词研究是当代词学研究链条中最薄弱的环节。王兆鹏师曾统计 20 世纪前 90 余年词学研究的成果，明词研究仅 124 项，在 12702 项成果中仅占 0.97%②。

　　但研究的薄弱并不意味着明词创作成果的单薄：有明一代，将

①　陈弘绪《寒夜录》，《续修四库全书》影北京大学图书馆藏清抄本，上海：上海
　　古籍出版社 2002 年版，第 1134 册第 700 页。
②　王兆鹏《昌盛与萧条——本世纪词学研究中的清词研究》，《鄂州大学学报》
　　1995 年第 1 期。

近 2000 位作者，超过 25000 首作品，是一个不容忽视的存在。随着明词文献的进一步整理、发掘，我们相信这个数字还会增加。研究成果的薄弱也不意味着明词作品价值的缺失，赵尊岳先生曾从词家创作的角度认定明词不可废①。但文学活动并不仅仅是由作家独立完成的，因此我们对文学史的研究也不能仅仅满足于"作家——作品"批评。王兆鹏师就曾呼吁"文学史研究，应该由作家——作品的二维研究逐步转向作家——作品——传播——接受的四维研究"②。

从传播的角度观察明词，我们可以重新认识明词的价值与特点：首先，正如赵尊岳先生指出的，明词作者广泛分布于各个阶层。除去有词籍传播的文人士大夫，明代缙绅之家以词教育女眷者在在皆有，为女子出版词集的不乏其人。相对于宋人对李清照的看法，明人对词作传播的态度开明得多。今人常会拈出窃杯女子的故事，以说明宋代普通百姓都能张口作词，证明宋词繁荣③。而明代百姓对词也不陌生，明人以普通百姓为传播对象的劝善作品、实用韵文也有以词为之者，详见本文第四章。说明词并非只是明代

---

① 赵尊岳认为明词不可废的八个理由：1. 明代开国诸作多有可取，作手"尚沐赵宋声党之遗风"。2. 明代亡国时，词人特多，尤极工胜，以视南宋末年，几有过之，殊无不及。3. 明代大臣无不有词籍，亦多可存之作。4. 明代武职，多有能词者。5. "明代之以理学称者，若邱仲深、薛应旂、陈龙正、陆桴亭诸家，卓然名世，然亦均有词附集以传。且其流美之情，正不亚于广平之梅花作赋。"6. 明代女词人多至数百人。7. 道流为词可传者亦所不少。8. 盲人治词，无可征考。但明季南陵盛于斯饶有著述，亦事填词（《惜阴堂汇刻明词记略》，《明词汇刊》，上海：上海古籍出版社 2012 年版，附录 5—8 页）。其他论明词价值者，可参陈水云《20 世纪的明词研究》（《中州学刊》2003 年第 6 期）；余意《明代词学之建构》（上海：上海古籍出版社 2009 年版）等相关论著。
② 王兆鹏《传播与接受：文学史研究的另两个维度》，《江海学刊》1998 年第 3 期。
③ 事见王弈清《历代词话》卷六引《宣和遗事》，唐圭璋《词话丛编》，北京：中华书局 1986 年版，第 1208 页。

文人椒房雪室中的案头文本,亦足见明词的传布阶层之广。

其次,明词的受众群体也自具特色。除有文集流播的文人之外,明词在市民大众间的传播也具有自身特点。明代市民文学高度发达,市民阶层是当时畅销的小说戏曲、日用类书、娱乐书刊的重要传播对象。词作通过这些文本在市民中传播,出现了有别于前代的新现象。如以市民为重要受众群体的小说、戏曲,其中存有大量词作。这些词作有些参与了情节的发展,有些则只是头回、开场的点缀,但都在市民中流传。加之,戏曲的传播途径不但具有可读的文本,还具有舞台演出的方式,普通百姓也通过观看舞台演出接受词作。尽管宋代的小说、戏曲就已产生了这些形式,但考虑到明代数量众多的小说、戏曲作品,其对大众的传播效果应更显著。

又如,宋代日用类书也有使用词作的现象,但当时的日用类书主要在娱乐门类中运用词作总结歌诀,或撰成酒令。在明代日用类书中,词作纂辑的材料遍布了农耕医药、计帐算命、宴饮娱乐等诸多方面。娱乐书刊的出现,同样适应着市民阶层的需要,增加了市民阶层接触词作的机会,也为词学普及起到了一定的作用。

再次,从词作的传播方式看,明词传承了前代的传播方式,而且发展了新兴的传播载体。古代文学传播方式不外乎口头与书面两种,二者又各分不同的传播媒介,因媒介的差异而有不同的传播效果。一般认为,词诞生于唐代,盛于宋朝。其主要传播方式在唐宋两朝已基本大备,明词在传播过程中继承了唐宋时期的大多数传播方式,并发展了前代不甚流行的传播方式。宋代已经出现题写诗词于国画上的现象,但风气尚属初起。虽然苏轼在文同的墨竹图上题诗,"从而倡导了融和诗书画三事于一炉的新局面",但大多数画卷上并未有题署的风气①。而在明代,书画同卷已经是相当

①庄申《王维研究》上集,香港:万有图书公司1971年版,第186页。

普遍的现象。不但巨幅山水要题跋,连册页扇面都文字灿然。又如帐词,其最初出现也并不在明代,但是到了明代,这种传播方式带动了创作的大兴,众多帐词流传至今,形成了特殊的文学现象。

复次,从传播的地域来说,明词具有显著区别于前代的鲜明的南方化特点。唐五代词的分布,从丝路敦煌到南唐、西蜀,南北均有传唱。两宋词处于词史的巅峰状态,当时山河表里无处无词,词甚至令金人产生立马吴山的贪念①。元词作家尽管以南方为多,但南北差距却远不如明代明显。明词的高度南方化倾向却令人咋舌,超过90%的明词作者来自南方,超过90%的明词作品出自南方作者之手,南方词人在词坛的活跃程度相差颇大。宋代的环太湖地区虽然词人辈出,但宋词创作的另外两个中心——鄱阳湖东南地带和闽江流域——仍然有足够的实力与之抗衡。而明代,这一地区词作者的密集程度,已然独步天下,未有其匹了。一种文体,在某个区域密集流布,本身就是文学史应该关注的现象。对于大多数文体来说,这种情况是罕见的。明词的这一现象应当如何解释,就有待学者们从不同角度加以考虑了。我们可以从社会经济学的角度讨论,也可以从文体学的角度探究,还可以采取其他的理论观照。当然,从传播学的视角依然可以提出自己的观点。一种现象的产生绝不会是单一原因作用的结果,明词的南方化也是一样。家族文学的内部传播,地域词学传播的风气,传播的语言媒介等条件,恐怕都是明代南方盛产词作者的诸多原因之一。

总之,通过对"作家——作品——传播——接受的四维研究"中"传播"环节的探讨,我们可以发现更多原先忽略的文学现象,修复业已模糊的文学史画卷,丰富其色彩,还原其本真。通过传播角度还原明词史,也可以为文学传播学提供一个具体的例证,为完善

---

① 罗大经《鹤林玉露》云:"金主亮闻(柳词)歌,欣然有慕于'三秋桂子、十里荷花',遂起投鞭渡江之志。"(北京:中华书局1983年版,第241页。)

文学传播学的方法和理论做出贡献。

二　传播学视角对文学研究的意义

本文是立足于文学的立场,尝试以传播学的视角反观文学的研究。本文讨论的对象是明代作家创作的词作在明代当时的传播,希望通过对该问题的讨论揭示明词的流传方式、流布特点、接受规律,丰富特定文体的断代文学史内容,完善对词史发展链条的认识。在研究过程中,运用了文学与传播学的交叉学科——文学传播学的相关知识、方法来构建本文的基本研究理念。

文学传播学是文学理论的基本形态之一,本文的研究有助于完善文学理论的这一基本形态。文学传播学是以文学为研究对象的学科,也是文学门类下文艺学的分支学科。文艺学,又称文学学,是研究文学及其规律的科学。文学理论归属于文艺学,是文艺学的五个分支之一①。从文学创作——文学作品——文学传播——文学接受这一流程来看,文学传播学显然也应当是文学理论的一个基本形态。过往文学理论的研究,通常忽略了文学传播这个环节,而将文学作品直接链接上文学接受。事实上,没有文学传播的过程,文学作品是不会自动来到接受者面前的。通过文学传播学的研究可以发现作品如何与作者和读者互动,在作家、作品和读者间存在着怎样的相互关系,以完善文学活动的基本链条。

我们认为,文学传播学是一门建立在普通传播学基础上的,以传播学普遍方法研究文学现象的特殊传播学,其研究对象是文学。文学传播学的任务是通过对文学现象及其相关问题的总结、探索,发现克服文学传播障碍、隔阂的科学方法,从而推动文学的良性、健康、持续发展。对于文学研究而言,文学传播学提供了一个新的

---

① 童庆炳《文学理论教程》,北京:高等教育出版社1998年版。

研究路径。通过对既往研究中较被忽视的文学传播环节的再认识，可以更加贴切地理解文学现象，为文学作品的创作、传播与接受提供一些新的认识。

　　就文学史而言，几乎所有文学现象都与传播相关，但较少见到前人的论述，我们以明词作为个案，实际上也是希望藉以揭示这些常见的文学现象。如艺术门类的跨际传播问题，关于题画诗词的研究学界已经取得相当丰硕的成果。但从传播的角度来看，这里涉及一个传播增殖的问题，研究者往往熟视无睹。诗、书、画三种艺术门类在传播过程中的结合，不断生成新作品，诞生新意蕴，产生新价值。这些新作品、新意蕴、新价值就是通过传播产生增殖的结果。

　　又如，文学传播中的社会角色问题，也是过去人们司空见惯的。传播本身就是一种社会互动行为，人们通过传播保持相互影响与作用。而人是社会的人，不同的阶层必然会被打上不同的烙印，从而影响到相互间的关系。现有文学传播研究通常并不注意系统阐发传受双方的社会地位、社会角色等相关问题对文学创作与传播的影响。本文通过考察青楼与闺阁两个场域中扮演不同社会角色的女词人，以及杭州府学词人群体、夏言台阁词人群体等文学群体所处权力场的位置及其影响等问题，试图探讨这种影响对文学传播究竟会产生何种作用。类似现象，不单单存在于明词传播中，也存在于其他时期的其他文体传播中。因此，借助该个案，可以丰富文学史的视角，拓展相关理论，进而完善文学传播学的理论和方法。

　　本文在研究过程中，选择运用了适合于古代文学研究的普通传播学理论和方法。结构上则采用了王兆鹏师《中国古代文学传播研究的六个层面》的意见①。王师指出进行中国古代文学传播研

① 王兆鹏《中国古代文学传播研究的六个层面》，《江汉论坛》2006 年第 5 期。

究必须追问传播主体、传播环境、传播方式、传播内容、传播对象和传播效果。我们尽管没有对这六个层面都进行集中阐发,但基本上采取了传播环境、传播观念、传播方式、传播主体、传播效果等方面的线性布局。这种布局的理论基础来源于拉斯韦尔的"五 W 模式"。本文特别注意对传播方式和传播媒介的讨论,传播媒介的演进对文学的发展起到了至关重要的作用,而"传播方式从宏观上影响着文学活动的发展,同时在微观上则影响着对既有的艺术本文的阐释"①。明词既采取了传统的书册、演唱等传播方式,又采取了文体交叉、门类交叉等跨际传播的方式,具有鲜明的特点。明人相互之间的词作酬唱,明人部分歌诀、占卜卦辞,甚至偶见政府告示借用词体面向普通民众传播信息的方式。这些特殊的文学现象如果借用传播学的视野,可以挖掘现象背后更加丰富的意义。

总之,对于以传播学的视角,进行文学研究,通过明词传播的研究,不但可以校验文学传播学理论,丰富文学理论的基本形态,更可以通过对特殊对象的研究,发现新的文学传播规律,解释新的文学现象,探讨新的文学传播理论。从而既拓展文学传播学研究的空间,又完善文学传播学的理论,而这也将有助于文学研究疆域的拓展,促进文学研究的深入。

三 文学传播学研究方法及本文的实践

传播学是在 20 世纪初美国五大社会科学——心理学、社会学、人类学、政治学、经济学强势崛起的背景下兴起的。因此,从一开始就汲取着多学科的有效理论和方法,在研究方法上难免存在其他学科的影子。由于不同学科背景的研究者,通过不同途径积极进入到传播学的研究领域,其原有学术背景带来了诸多学科的

①李郁《论文学活动中传播的意义》,《南京师范大学学报》1997 年第 1 期。

研究方法。它们基本涵盖了自然科学和社会科学的方法,但是文学作为一门人文科学的学科,其自身特殊性也是不容忽略的。

文学传播学是建立在普通传播学基础上的,因此部分普通传播学理论及其研究方法可以运用到文学传播学研究的过程中。这些研究方法,已经有不少专著论及①。但是,关于文学传播的研究依然有其自身的独特性,一些普通传播学的方法不能完全适用于文学传播学的研究。例如支庭荣等主编的《传播学研究方法》,书中所涉及的8种主要研究方法,有一半是不能很好地运用于古代文学的传播研究实践的。试问调查、实验、访谈、质化这样直接面对传播者和受众的研究方法,古代文学的既往传播研究如何能很好地使用? 民族志的方法则是从人类学借用的,该方法以田野调查的第一手观察和参与为基础,在跨文化传播的研究中发挥着重要作用,却并不甚适用于古代文学的文本研究中。在具体操作层面,我们除需要根据研究对象的特点运用适当的普通传播学研究方法外,还需要为研究对象量身定制适合其特点的方法。

关于文学传播学研究的基本方法,前人时贤已经有一些理论指导。王锺陵先生在1993年出版的《文学史新方法论》虽然并未提出"文学传播学"的概念,但该书第六章与第九章分别从国家形态、家族色调、地域文学集群、师友唱和、总集、评点等方面讨论了文学传播学研究中的具体问题,而在第七章《文学史运动的内在机制与外在形式》和第八章《纷纭浑沦的文坛浮沉》等章节更是明确提出传播在文学史流衍中的作用。其意已在从传播角度建立文学

---

① 如〔美〕利贝卡·鲁宾等《传播研究方法——策略与资料来源》,北京:华夏出版社2000年版;戴元光《传播学研究理论与方法》,上海:复旦大学出版社2003年版;陈阳《大众传播学研究方法导论》,北京:中国人民大学出版社2007年版;李红艳《传播学研究方法》,北京:中国传媒大学出版社2008年版;支庭荣、张蕾《传播学研究方法》,广州:暨南大学出版社2008年版。

研究的新范式,为古典文学传播研究的展开提供了理论准备①。王
兆鹏师亦发表《传播与接受:文学史研究的另两个维度》,呼吁"文
学史研究,应该由作家——作品的二维研究逐步转向作家——作
品——传播——接受的四维研究",并指出:"有关古代文学的传播
方式、传播过程和传播途径、传播观念和传播(出版)法规及其对文
学发展的影响等,都有待深入的探讨。"②曹萌先生《文学传播学的
创建与中国古代文学传播研究》在古代文学研究领域第一次将文
学传播学推上舞台,他从建立文学传播学学科的立场出发期许中
国古代文学传播研究,并总结古代文学主要传播方式和相关的传
播思想以及古代文学传播的辅助性要素③。

　　前辈学者谈及文学传播学的研究,在总体上是借鉴传播学方
法,将文学研究的视野拓展到传统畛域以外。虽然言人人殊,但都
为本文的撰写提供了可资参考和进一步思索的方向。笔者以为,
文学传播学的方法是开放的。传播学本身既然是研究除人的生
物、生理信息之外的,与人类社会活动有关的一切信息的科学。那
么,其他涉及除人的生物、生理信息之外的,与人类社会活动有关
的一切信息的研究方法均可以借鉴。正如传播学的奠基人之
一——威尔伯·施拉姆所指出的:"总结像人类传播这样一个领域
的困难在于:它没有只属于它自己的土地。传播是基本的社会过
程。"④正因为传播虽没有只属于自己的土地,但却是任何土地不可

---

① 王锺陵《文学史新方法论》,苏州:苏州大学出版社1993年版。此前孙宜君
　有《文艺传播学》(济南:济南出版社1993年版),但并非专门讨论文学传播
　的问题。
② 王兆鹏《传播与接受:文学史研究的另两个维度》,《江海学刊》1998年第3期。
③ 曹萌《文学传播学的创建与中国古代文学传播研究》,《沈阳师范大学学报》
　2004年第5期。
④ 〔美〕E·M·罗杰斯著,殷晓蓉译《传播学史——一种传记式的方法》,上
　海:上海译文出版社2005年版,第1页。

或缺的,所以传播学的研究可以自由转移于各个不同学科的领域,而借鉴、接受其他领域的方法也就不但成为可能,更是理所当然的了。

不过,"法无定法"不等于完全"无法无天",传播学研究依然有其自身的方法论①。这个问题不是本文需要解释的,但本文认为古代文学研究对传播学研究方法的借鉴仍然需要关注自身的学科特点,以及研究对象的特点。

按文学的符号载体来说,文学可以分为口头文学和书面文学,有些文学作品实际上又是综合艺术的一部分。大多数民间文学是靠口耳相传的方式保留下来,是活在人们口头间的文学;文人创作的作品以书面的方式保留下来的很多,这种传播方式也是雅文学传播运用的主要方式。那些参与到综合艺术中的文学文本,往往与其他艺术形式共同流传下来。如唐宋词就是音乐艺术与文学艺术的结合,并通过音乐与文本的传播而流传,后世的戏曲、影视剧等也是这种综合艺术。古代口头文学因其声音载体的不可持续性,很难得到当时的文本,现有的研究主要靠历史文献的记载,或者对口耳相传的文学形式进行整理发掘展开。因此,关于口头文学的传播研究需要借助人类学的田野调查等相关方法。经典文学在古代的研究除文献梳理之外,还可以通过统计学的方法调查传世文献的作者情况、传世书目中的记载情况等方式进行。例如,明清修纂的书院志中保存有不少当时书院的藏书目录,通过对这些目录的整理统计,我们可以了解经典作家作品、经典文学体式在某个区域、某个时期的传播情况。

若要讨论经典作品在当代的传播情况,我们不但可以借鉴出

---

① 相关问题可以参考李舒《传播学方法论》(北京:中国广播电视出版社2007年版)。

版发行学的知识，也可以使用传播学批判学派的调查问卷法①。类似的例子还有很多。又因为文学传播学研究对象的特殊性，我们在根据不同的研究对象采取借鉴不同学科的研究方法时，尤其要借鉴文艺学的其他基本形态所运用的方法。如在对小说故事源流的传播梳理过程中，借鉴主题学的研究方法；在对戏曲故事图像传播的研究过程中，借鉴文学文化学的研究方法；在对经典作品的人际传播研究过程中，也可以借鉴文学社会学的研究方法等等。

　　针对特定的研究对象和研究范围，寻找适当的研究方法，借鉴多元的学科理论就是文学传播学研究的"无法之法"。本文是一个文学传播学研究的个案，是借用传播学视角描述文学现象，解释文学现象的研究。基于这个目的，本文从笔者自身的学术背景出发，运用了如下研究方法：

　　——历史学的方法。本文实际上是一篇文学史研究论文，在研究过程中注意运用历史眼光看待问题，解释现象，分析结果。按照历史事实分析说明明代词坛的诸多现象，借鉴史学界研究成果进行分析。努力避免解释的随意性和主观性，力图揭示特定文体断代文学史上的真实断面。

　　——文献学的方法。"文献"一般被指称有历史价值或参考价值的文本，它包括多种具体形式。一般说来，中国古典文献学有目录学、版本学、校勘学、辑佚学等分支。本文运用了其中的目录学、版本学、辑佚学等诸多具体的研究方法，对明词文献进行辑佚是本文占有更多研究对象的基础。目录学和版本学的著作是古代文学

---

① 周芳萍《中国四大名著在马来西亚的传播与接受》就是使用调查问卷方法的一个实例，该文是 2009 年 8 月武汉大学文学院、马来亚大学中文系等单位联合主办的"中国文学的传播与接受国际学术研讨会"的会议论文。论文收录在大会论文集王兆鹏、潘碧华主编的《跨越时空：中国文学的传播与接受》之《现当代卷》，吉隆坡：马来亚大学中文系 2009 年出版。

作品的传播过程中不可或缺的研究资料,本文对之也有较多的运用。

　　——社会学的方法。文学说到底是一种社会现象,对文学现象的揭示离不开社会学的方法。本文专章借用布尔迪厄的文学社会学理论,将其引入明词研究,对场域中的明词传受双方等问题进行了尝试性的讨论。若运用得当,可以更好地解释古代文学领域的其他问题。

　　——人文地理学的方法。本文在进行词作者地理分布等问题的研究中,使用到了人文地理学的研究方法,并运用到了历史地理学的相关研究成果。

　　在具体研究过程中,本文还参考了文体学、叙事学、文化学、人口学等相关学科的方法和理论。不论是借鉴其他学科的理论也好,还是采用传播学的视角也罢,笔者立足于解决文学问题,进行文学研究,意在通过其他学科的方法引进,更好地解决文学的问题。同时,在现代科学从更高更深的层面揭示过物质世界的统一性之当下,也能为其他学科的发展校验其理论,完善其方法,丰富其实例略效薄力,至于其实际效果如何,还待校验。

　　最后,需要说明的是:传播是人类社会生活中无所不在的现象,因此在明词的传播过程中,现象纷繁,本文无力亦无意面面俱到。我们为读者提供的是明词传播过程中,那些突出的断面,尤其是在明词传播中特别重要的,或足以体现明词传播特点的现象。

第一章　明词传播的环境

文学创作离不开环境，文学传播更离不开环境。人们是在各种各样的环境中进行文学活动的，文学活动因环境的不同而自有差异。因此，我们需要讨论明词的传播环境，借以了解明词传播的基本背景。考察明代文学是在何种社会环境中传播，这是明词传播与其他文体传播的共同环境。明代词坛是文坛的组成部分，明代的文坛状况是明词存在的基本环境。明词的创作和传播必然受当时文坛思潮的影响，这是明词在当时文坛传播的背景。因此，我们还需考察明词传播过程中文坛的整体情况如何，文坛主要思潮是什么？本章主要探讨明词传播的社会环境和文坛背景两方面的问题。

第一节　明代文学传播的社会环境

传播学者邵培仁先生指出影响传播的主要社会环境因素有四：政治因素、经济因素、文化因素、讯息因素。"如果上述因素呈现出良好的适宜和稳定状态，那么就会对大众传播活动起着促进、推动的作用；相反，就会产生消极的作用"，①明代文学的传播自然也受社会环境的影响。从朱元璋建立政权开始，尤其是明代中后

---

① 邵培仁《传播学》，北京：高等教育出版社2000年版，第246页。

期,当时社会政治、经济、文化、思想等方面都出现了不少划时代的变化。在中华大地广袤的土地上不断萌生出新现象、新思潮、新文化,而这一切无不影响着有明一代文学的传播与创作。

一　政权稳定　交通畅达

元至正二十八年(1368),蒙古人失其鼎,正月初四日朱元璋在应天即位,建号洪武,拉开了明王朝的序幕。明王朝的鱼鳞图册、废除宰相、大规模移民等等耳熟能详的典章故事让我们听到一个统一的封建王朝最初的声音。尽管这个王朝外有倭寇侵袭,内有宦官专政,加上"问题皇帝"轮番登基①,但由于有一套相对完善的文官制度,国家机器依然能有条不紊地运转。明代近三百年,从朱棣兴兵到倭寇滋扰,从土木堡之变到大礼之议,从宁王叛乱到东林党祸,虽惊险不断,却少有政权不稳的情况。关于明代中央集权的巩固与统一,说者已众,无需赘言。政权的稳定为文学传播提供了一个相对适宜的大环境。

国家统一,政权稳定,交通也随之畅达。不论是宦游,还是经商,或者是像徐霞客那样履迹遍及四方,交通永远是出行的基础,而良好的交通状况也是资讯传播的有利条件。明代两京至十三布政司有道路 17 条,两京至所属府道路 11 条,十三布政司至所属州府道路 53 条,江北水路干线 44 条,江南水路干线 76 条②。明代交通路程指南书籍及日用类书的《商旅门》中几乎都有全国州府图,交通线路说明等内容,有的还会详细告知途经地的特产、风景及注意事项,类似今天的旅行"小贴士"。其时出行者总不在少数,否则

---

① 参赵秀丽《"角色失范":明代"问题皇帝"研究》(华中师范大学 2005 年硕士论文),部分收入吴琦主编《明清社会群体研究》(北京:中国社会科学出版社2009 年版)。

② 韩大成《明代城市研究》,北京:中国人民大学出版社 1991 年版,第 244 页。

何以有数量如此众多,介绍如此详尽的旅行指南出现? 而便捷的交通也为信息的传播提供了相当有利的条件,例如建阳崇化里书坊街,"每月俱以一、六日集",建忠里洄潭"每月俱以四、九日集","书坊书籍比屋为之,天下诸商皆集"①,其时该县每月有四日汇聚天下书商,进行图书贸易。试想,若非良好的交通条件,"天下诸商"如何能"皆集"于万山之中的建阳? 而水网纵横的江南也有人为贩书而以舟载书,送书上门,时号"书船"②。便捷的交通让更多的百姓可以走出家门,明人外出经商、仕宦的途中消遣时间的通俗读物随之兴盛,娱乐书刊也是其中一种。娱乐书刊中的词作、词话也通过这种方式得到流传。良好的交通条件也间接促进着福建、江浙等地书籍流通的兴盛,自然也使词籍的流通更加顺畅。

政权的稳定和交通的便捷也使国人与域外的频繁交流成为可能。明初郑和七下南洋,陈诚等人四使中亚,朝鲜、越南、日本、琉球等地的官民也通过各种渠道与中原往来不断。"在朝鲜,自十四世纪到二十世纪,存在大量的《朝天录》或《燕行录》,其数量应该在五百种上下。在越南,则有《北行纪略》、《北使通录》、《往津日记》、

---

① 杨德政《(万历)建阳县志》卷一,《日本藏中国罕见地方志丛刊》本,北京:书目文献出版社1991年版,第265页。

② 陈学文《论明清江南流动图书市场》专门讨论了湖州的书船贸易,文中并录《(光绪)乌程县志》卷二十九引《湖录》所载之"书船出乌程织里及郑港、淡(荻)港诸村落,吾湖明中叶如花林茅氏、晟舍凌氏闵氏、汇沮潘氏、雉城臧氏,皆广储签帙。旧家子弟好事者,往往以秘册镂刻流传。于是织里诸村民,以此网利,购书于船。南至钱塘,东抵松江,北达京口,走士大夫之门,出书目袖中,低昂其值,所至每以礼接之。客之未座,号为书客,间有奇僻之书,收藏家往往资其搜访"及《书林清话》卷七湖人驾舟贩书于汲古阁的情况,称"织里人就以贩书为业,他们驾着一叶书舟沟通了大江南北的图书市场"(《浙江学刊》1998年第6期)。该文所论,尤能见其时图书贸易之兴盛,信息传播之便捷。

《北槎日记》、《北行丛记》等。"①其中亲眼目睹过大明都市的撰写者必然不少。国人也有出使朝鲜、越南并留下亲历记录的,如倪谦的《朝鲜纪事》、湛若水的《交南赋》。洪武二年(1369)至崇祯七年(1634),有明一代共向朝鲜半岛的王氏高丽和李氏朝鲜遣使 159 次,其中朝鲜时代就达 141 次②。中国使臣在出使活动中,也注重文化交流,与朝鲜国王、大臣多有唱和,李氏朝鲜于景泰元年(1450)至崇祯六年(1633)间将这些作品编印成 24 部《皇华集》传世。《皇华集》载有 34 首词,这些作品通过所在国的记载得以流传。双方首次以词唱和,是在宪宗成化十二年(1476)户部郎中祁顺出使朝鲜时,与朝鲜远接使、议政府左参赞、《东人诗话》的作者徐居正唱和。嘉靖十六年(1537)翰林院修撰龚用卿、嘉靖十八年工科给事中薛廷宠分别出使朝鲜,均在《皇华集》中留有词作。这些唱和也传回中国③,国家政权的稳定是这些国事活动雅重文艺的前提,而中朝文人在国事活动中的唱和具备人际传播的特质。

　　不过,中朝的交往并不仅仅局限在官方,朝鲜词人的作品通过各种渠道流传至中国,也引起国人极大的兴趣,《古今词统》、《名媛诗归》、《花镜隽声》等总集中都收有朝鲜人的作品。明人编纂的《古今词统》就载有成氏、俞汝舟妻等朝鲜人的词作。《名媛诗归》、《花镜隽声》也收有许景樊等朝鲜人的作品,许氏即许筠的姐姐兰

---

① 徐雁平《"今世治学以世界为范围"——张伯伟教授谈域外汉籍研究》,《博览群书》2005 年第 12 期。

② 苗状《明代出使朝鲜使臣的域外记志诗》,《域外汉籍研究集刊》第 8 辑,北京:中华书局 2013 年版。

③ 清代顾璟芳等编的《兰皋明词汇选》录薛廷宠《谒金门》《蝶恋花》(绿杨枝上黄鹂小)以及苏世让《菩萨蛮》(若到晚钟春已过)、《忆王孙》(无端花絮随晓风)等阕。只是顾璟芳等误将朝鲜重臣苏世让当成了女子。详参拙作《明代诏使与朝鲜〈皇华集〉中词的创作、传播》(2015 年词学国际学术研讨会会议论文,2015 年 8 月,河南大学)。

雪轩,是朝鲜文学史上颇负盛名的女作家。

在国内,交通的便捷同样促进了人口的流动,使得商业发达,城市发展,市民阶层随之愈发壮大。信息传播的便捷促进了民众受教育水平的提高,人口的流动也造成了语文统一的需要,促进了民族共同语的形成与推广。

二　文教普及　语文统一

文学作品的传播有赖于人,具有一定文化素养的人,为文学作品的传播准备了受众条件。口传文学虽然对受众文化素养要求稍低,但作为影响文学史主潮的书面文学则必然要求受众能识文断句。民众能识字便是教育使然,当时文教之普及亦足可"度越汉唐"。

洪武二年(1369)十月,朱元璋诏谕臣下说:

> 朕恒谓治国之要,教化为先;教化之道,学校为本。今京师虽有太学,而天下学校未兴。宜令郡县皆立学,礼延师儒,教授生徒,以讲论圣道。使人日渐月化,以复先王之旧,以革污染之习。此最急务,当速行之①。

其中对人才的渴求,对教育的重视昭昭可见。身处当时的杨荣称颂道:"圣朝统一寰宇,自国都达于郡邑,皆建学立师,教育俊秀。仁义礼乐之化,旁洽海隅徼塞。人才之众,风俗之美,度越汉唐,而比隆虞周。猗欤盛哉!"②以当时实际观之,似非过誉。明代学校以

---

① 《明实录·太祖实录》卷四十六,台北:"中央"研究院历史语言研究所 1962 年版,第 2 册第 924 页。

② 杨荣《文敏集》卷十《凉州儒学记》,文渊阁《四库全书》本,上海:上海古籍出版社 1987 年版,第 1240 册第 139—140 页。

北京、南京之国子监为首,地方州、府、县、卫、土司多设儒学,又有医学、阴阳学等专科教育,其时官方教育体系是完备的。前代相对落后的"海隅徼塞"也人文日新,例如琼州人邱濬《沁园春》词序有云:"服岭以南,由进士入官翰林者自予始。厥后二十五年,洗马叔厚以会元进。又十年,邦祥以探花进。甫三年,编修可大又以榜眼进。继此而又有编修伯诚者,源源而来。"①连原先教育落后的岭南地区都"源源而来"地涌现翰林,教育的地区差异较前代有所缩小。

　　独立于官方学校之外的书院也是明代教育重要的组成部分,明人亦以学校、书院并举。如天顺五年(1461)李贤《进〈明一统志〉表》就说:"书学校、书院以重育贤。"②全国各地书院林立,仅安徽一省就有一百余所书院③,而日渐兴盛的讲会活动也使书院成为民间新思潮的策源地④。万历三年(1575)勅谕:

　　　　若能体认经书,便是讲明学问,何必又别标门户,聚堂空谈?今后各提学官,督率教官、生儒,务将平昔所习经书义理,着实讲求,躬行实迹,以需他日之用。不许别创书院,群聚徒党及号召地方游食无行之徒,空谈废业,因而起奔竞之门,开请托之路⑤。

冠冕堂皇的言辞下所掩盖着的,大约正是对异乎官方意识形态之

---

① 饶宗颐初纂,张璋总纂《全明词》,北京:中华书局 2004 年版,第 273 页。
② 李贤等修纂《明一统志》卷首,文渊阁《四库全书》本,上海:上海古籍出版社 1987 年版,第 472 册第 4 页。
③ 李琳琦、张晓婧《明代安徽书院的数量、分布特征及其原因分析》,《华东师范大学学报》2006 年第 4 期。
④ 陈时龙《明代中晚期讲学运动 1522—1626》,上海:复旦大学出版社 2005 年版。
⑤ 林尧俞等《礼部志稿》卷二十四,文渊阁《四库全书》本,上海:上海古籍出版社 1987 年版,第 597 册第 447 页。

新思潮的担忧。但书院的兴起,确实为明人提供了更多的学习机会,使当时教育更加普及。

据陈宝良先生推断,明代男性能读、写的比率在 30%—45% 之间,而女性识字率则为 2%—10%①。这一推断应当是有道理的,弘治元年(1488)朝鲜人崔溥漂海南来,曾自浙江到北京,经辽东回到朝鲜,途经中国南北诸多地方。他对当时中国人文化水平的感性认识是:"江南人以读书为业,虽里闲童稚及津夫、水夫皆识文字。臣至其地写以问之,则凡山川古迹、土地沿革,皆晓解详告之。江北则不学者多。"②这说明,明代相当数量的普通百姓能够读写文字,这些识文断字者正是文学作品潜在的阅读者。

虽然,由于理学本身的问题,科举教育也给文学传播带来一定的负面影响③,但总体上说,明代教育的普及对文学传播是利大于弊的。教育的普及促使识字率的提高,识字率的提高扩大词作者和阅读者的基础,这为明代文学的传播准备了充分的传播者和接受者。

明初,朝鲜人权近咏出"皇明四海车书同"(《代人赠段行人使还》),"山河万国同文日"(《代人送国子周典簿卓》)之类的诗句④。在域外士人看来,明代是车同轨、书同文的统一国家,语言文字的统一,正是其中的一部分。统一的语言文字也正是信息传播的有利条件,而这也是朱元璋治国理念下的规划之一。汉字的统一早在秦朝即已完成,朱元璋登基后则注意统一语音,十六卷本的《洪

---

① 陈宝良《明代儒学生员与地方社会》,北京:中国社会科学出版社 2005 年版,第 25 页。

② 葛振家《崔溥〈漂海录〉评注》,北京:线装书局 2002 年版,第 194 页。

③ 付琼《科举背景下的明清教育对文学的负面影响》,《上海大学学报》2008 年第 4 期。

④〔朝鲜〕权近《阳村集》,杜宏刚等《韩国文集中的明代史料》第一册,桂林:广西师范大学出版社 2006 年版,第 10 页。

武正韵》就是洪武八年(1375)乐韶凤、宋濂等人奉诏编成的。明太祖"以旧韵起于江左,多失正音,乃命翰林侍讲学士乐韶凤与诸廷臣以中原雅音校正之"①。"以中原雅音校正之"云云,实际上就是为国民的口头交流制定统一的语音规范。这也足见朱元璋本人对统一语音的重视。

明人语音的统一并不仅仅停留于理论上,在现实生活中,明朝口语也是统一的。利玛窦说:"还有一种整个帝国通用的口语,被称为官话(Quon -hoa),是民用和法庭用的官方语言。""这种官方的国语用得很普遍,就连妇孺也都听得懂。"②不过明人对官话的态度却因人而异,王雅宜"不喜作乡语,每发口,必官话,所谈皆前辈旧事,历历如贯珠,议论英发,音吐如钟"③。而谢榛则认为"官话使力,家常话省力;官话勉然,家常话自然"④。尽管对语言的统一,明人自身也有其不同的态度和处理方式,但不可否认的是李渔所谓"禁为乡土之言,使归《中原音韵》之正者是已"乃出于传播交流的需要⑤。

对语音统一的追求也影响到了明词。据说词韵最初起自宋代,有研究者认为《词林韵释》(又称《菉斐轩词林要韵》)即据南宋

①《明实录·太祖实录》卷九十八,台北:"中央"研究院历史语言研究所1962年版,第3册第1678页。

②〔意〕利玛窦、尼金阁著,何高济等译:《利玛窦中国札记》,北京:中华书局1983年版,第30页。

③何良俊《四友斋丛说》卷之十五,《明代笔记小说大观》本,上海:上海古籍出版社2005年版,第981页。

④谢榛《四溟诗话》卷三,北京:人民文学出版社1961年版,第67页。

⑤李渔《闲情偶寄·声容部》,《续修四库全书》影吉林大学图书馆藏清康熙间刻本,上海:上海古籍出版社2002年版,第1186册第595页。

大晟乐府韵所编。然看法殊不相同,有人则以为其书是明人伪托①。明人所编词韵则有胡文焕《会文堂词韵》,只是当时影响并不很大。沈谦有《词韵略》,四库馆臣以为"词韵旧无成书,明沈谦始创其轮廓"②。邹祗谟称其"考据该洽","可为填词家之指南"③。虽然从创作实践上说,明人填词未必非按词韵选字不可,词韵书籍也要到清代才蔚为大观,但明人已然注意到词韵的使用。这对促进词作传播同样是具有影响的,以方言押韵的词作,在不同方言区的传播可能出现相应的阻滞。

三　城市发达　经济繁荣

城市是一个区域的经济、政治、文化中心,它区别于散居的农村聚居形态,密集而流动的人口,繁荣的商业都是城市的典型特征之一。城市也是信息传播的集散地。相对于农村自给自足的自然经济形态,城市与商品经济是有着天然联系的。刘石吉先生指出:"明清以来,江南许多市镇(甚至村集)均经历了'都市化'的过程;而这种趋势又明显与商品经济的发展具有交互影响的关系。"④本就十分发达的苏州,到明代中晚期都市化程度更加发达,并带动了

---

① 江顺诒《词学集成》卷四引戈载语云:"近秦敦夫先生取阮氏家藏《词林韵释》,一名《词林要韵》,重为开雕,题曰宋菉斐轩刊本。而跋中疑为元明之季谬托,此书为北曲而设,诚哉是言也。"(唐圭璋《词话丛编》,北京:中华书局1986年版,第3254页)此书所录字及释义多从《洪武正韵》。
② 永瑢等《四库全书总目》卷二〇〇,北京:中华书局1965年版,第1835页。
③ 邹祗谟《远志斋词衷》,唐圭璋《词话丛编》,北京:中华书局1986年版,第663页。
④ 刘石吉《明清时代江南市镇研究》,北京:中国社会科学出版社1987年版,第2页。

周边市镇的兴盛①。唐寅《阊门即事》诗描述苏州的繁盛称："世间乐土是吴中,中有阊门又擅雄。翠袖三千楼上下,黄金百万水西东。五更市买何曾绝,四远方言总不同。若使画师描作画,画师应道画难工。"②"翠袖三千"、"黄金百万"足见一时物质之富足,娱乐业之发达。颈联"五更市买何曾绝,四远方言总不同"则是城市商业兴盛和外来人口众多的诗化表达。而王心一也从当地人的视角述说苏州商业的发达,道:"错绣连云,肩摩毂击,枫江之舳舻衔尾,南濠之货物如山。"③

　　在中心城市影响下的市镇也是一样"市列珠玑,户盈罗绮,竞豪奢"。《醒世恒言》提到盛泽镇:

　　　　镇上居民稠广,土俗淳朴,俱以蚕桑为业。男女勤谨,络纬机杼之声,通宵彻夜。那市上两岸绸丝牙行,约有千百余家,远近村坊织成绸匹,俱到此上市。四方商贾来收买的,蜂攒蚁集,挨挤不开,路途无伫足之隙;乃出产锦绣之乡,积聚绫罗之地。江南养蚕所在甚多,惟此镇处最盛④。

而彼时的江南以手工业兴起的专业市镇实在也不少。不唯富庶的江南,就是边塞也有不少商品经济极为发达的城市。"九边如大

---

① 王卫平《明清时期江南城市史研究:以苏州为中心》,北京:人民出版社1999年版。

② 唐寅《唐伯虎先生外编续刻》,《续修四库全书》影南京图书馆藏明万历刻本,上海:上海古籍出版社2002年版,第1335册第27页。

③ 牛若麟监修《(崇祯)吴县志》,《天一阁藏明代方志选刊续编》本,上海:上海书店1990年版,第17页。

④ 冯梦龙著,顾学颉校注《醒世恒言》卷十八,北京:人民文学出版社1956年版,第359页。

同,其繁华富庶不下江南"①;又如肃州,"各类工匠搭有他们的店棚。他们的市场中有很多广场";"甘州比肃州大得多,人口更稠密"②。商业与城市互为表里,相辅相成。

对于文学来说,城市也是文学传播的最重要场域。方志远先生的《明代城市与市民文学》(中华书局,2004年版)、戴健先生的《明代后期吴越城市娱乐文化与市民文学》(社会科学文献出版社,2012年版)等均对此有所论述。词本就与商品经济发展密不可分,歌台舞榭、秦楼楚馆的城市元素正是唐宋词兴起最初的背景,王晓骊教授的《唐宋词与商业文化关系研究》曾谈到了这个问题,可以参考③。而明词传播也和城市密不可分,更与商品经济的发达密不可分。试想:明代歌妓词人的生活背景就是城市;明代书坊也以金陵、杭州等地最密集;明代商品经济发达的环太湖地区也正是当时词学的中心。这一桩桩一件件,哪一桩哪一件是能脱离经济状况影响的?

四　市民阶层兴起　通俗文化昌盛

城市的发展必然要聚集大量的人员与财富,商品经济的发展使得消费随之兴盛,服务业、娱乐业趋于发达。明代城市人口在总人口中所占的比例到底有多大?古代人口史的研究给出了相关的回答,或许这些回答并非最终答案,但也可了解明代城市人口的基本状况。"明初在洪武时期,以史籍所记人口再加上同数的妇女,人口亦应在1亿以上。""明万历时(即公元1600年前后)人口当在

---

① 谢肇淛《五杂组》卷之四,《明代笔记小说大观》本,上海:上海古籍出版社 2005年版,第1563页。
② 〔波斯〕火者·盖耶速丁著,何高济译《沙哈鲁遣使中国记》,北京:中华书局 1981年版,第111页,第112页。
③ 王晓骊《唐宋词与商业文化关系研究》,北京:中国社会科学出版社2004年版。

2亿以上。"①有关明代城市人口的数量,曹树基先生认为明初民籍人口的约十分之一居住在城市,且"明代后期的中国城市化水平不可能超过明初"②。则终明之世,城市人口约占人口总数的10%。综合王、曹之论推测,明代之城市人口总数在千万以上,而这些人口还不包括因为种种原因来到城市的流动人口。例如遍布全国的商人,晋商、徽商、江右商帮自不必说,就是富庶的江南也吹起外出经商之风。吴县"人生十七八,即挟资出商楚、卫、齐、鲁,靡远不到,有数年不归者"③。这些流动人口对城市发达的影响是不可忽略的。"市民阶层人数众多,人员复杂,包括商人、作坊主、手工业工人、自由手工业者、艺人、妓女、隶役、各类城市贫民和一般的文人士子等。"④这个阶层的兴起不仅仅是因为该阶层的人口基数已经达到千万以上,更因为他们对社会风气的影响,他们已经成为一股新的社会力量。在明代中后期的江南,市民阶层的聚合力直接表现在了他们为维护本阶层权利而起的抗争。例如万历间因苏州税监孙隆大等议增织机税银引发的机户皆闭门罢织;松江董其昌父子侵暴乡民引发的"民抄董宦"等事件。而对社会风气的影响,最直观地表现在通俗文化上。

　　市民阶层的兴起,使得适应他们欣赏水平的文艺样式不断兴盛繁荣起来。当时之时调、俗曲亦如"有水井处皆歌"的柳词之于宋时。陈弘绪《寒夜录》引卓珂月语称《吴歌》、《挂枝儿》之类的俗

---

① 王瑞平《明代人口之谜探析》,《郑州大学学报》2001年第3期。

② 曹树基《中国人口史》卷四"明时期"第九章,上海:复旦大学出版社2000年版,第369页。

③ 牛若麟监修《(崇祯)吴县志》卷十,《天一阁藏明代方志选刊续编》本,上海:上海书店1990年版,第893页。

④ 袁行霈主编《中国文学史》第四卷《绪论》,北京:高等教育出版社1999年版,第5页。

调，为明代一绝①。其时"不问南北，不问男女，不问老幼良贱，人人习之，亦人人喜听之"②。其时兴起的戏曲和通俗小说也离不开市民阶层的喜闻乐见。清人所谓"花部"、"乱弹"的弋阳腔、海盐腔等在此时就甚有市场，王骥德曾叹道："数十年来，又有'弋阳'、'义乌'、'青阳'、'徽州'、'乐平'诸腔之出。今则'石台'、'太平'梨园，几遍天下。"③而专业的表演团队以之谋生的人数也在在不少，如明季张瀚所说："至今游惰之人，乐为优俳，二三十年间，富贵家出金帛，制服饰器具，列笙歌鼓吹，招至十余人为队，搬演传奇；好事者竞为淫丽之词，转相唱和；一郡城之内，衣食于此者，不知几千人矣。"④一时风气可知之矣。表演艺术是这样兴盛，通俗小说也毫不逊色。当时不少文士就加入到了通俗文艺作品的创作、搜集中，冯梦龙、凌蒙初、邓志谟等人都是显例。一些书坊还推出了适合市民阶层休闲娱乐的书刊，比如《国色天香》、《万锦情林》、《燕居笔记》、《绣谷春容》等等。词在这种背景下传播，必然要受到当时风气的影响。因此，"曲化"、"俗化"等"托体不尊"的问题就显得较为突出，但明词的这些特征也正是明词区别于前代词什之处。而通俗小说、戏曲的兴盛也为寄生于这两种文体中的词作提供了良好的传播途径。

① 陈弘绪《寒夜录》，《续修四库全书》影北京大学图书馆藏清抄本，上海：上海古籍出版社2002年版，第1134册第700页。
② 沈德符《万历野获编》卷二十五《时尚小令》，北京：中华书局1959年版，第647页。
③ 王骥德《曲律·论腔调》，《中国古典戏曲论著集成》第四册，北京：中国戏剧出版社1959年版，第117页。
④ 张瀚《松窗梦语》卷七，《丛书集成续编》本，台北：新文丰出版公司1989年版，第213册第423页。

五　思想自由　人欲觉醒

市民阶级的兴起,使得这股力量对社会思潮起到了一定的影响,社会知识水平的普遍提高让人们对社会、人生有更多的判断能力,思想上更加自由开放;经济发达带来物质生活上的消费观念变迁,而消费水平的提高客观上促进了人们物质欲念的觉醒。

明代初年,国家以理学为统一思想的利器,不遗余力地推动程朱理学的发展,奉之为圭臬。朱子曾说:"圣贤千言万语,只是教人明天理、灭人欲。"①但是随着明代中后期市民阶层的兴起,反映该阶层主张的新思潮正如暗涌的地下长河,在程朱理学笼罩的地底激荡,新学派正不断酝酿。王阳明龙场悟道,发挥陆九渊"心即理也"的主张,反对"天理人欲"之说,肯定人的主体性和能动性;以王门后学、"灶户"出身的王艮为代表的泰州学派,更升张"百姓日用即道"的思想大纛;至于"异端之尤"李贽,更明白宣称"穿衣吃饭即是人伦物理"②。李贽认为"穿衣吃饭"的"人欲"就是"人伦物理",没有"衣"与"饭",人就失去了存在的基础,更罔论"人伦物理"了。可以说,明代中后期的新思潮是以要求思想解放、个性自由为宗尚的。思想的自由使得人们不必再汲汲于克制,因为在宋儒们那里,连诗歌都是被排斥的,以为会影响对"理"的寻绎。而到明代中后期,情欲的觉醒,使得"生者可以死,死者可以生"。反映这些思想的小说、戏曲和诗文可以四下传布。在这样的思想背景下,"存天理"与"去人欲"显然不能一统天下了,"人欲"作为一个话题复活了。人们敢于享受经济发展所带来的成果,以致"人情以放荡为

---

① 黎靖德编,王星贤点校《朱子语类》卷十二,北京:中华书局1986年版,第207页。

② 李贽《李氏焚书》卷一《答邓石阳》,《四库禁毁书丛刊》影北京大学图书馆藏明刻本,北京:北京出版社2000年版,集部第140册第172页。

快,世风以侈靡相高,虽逾制犯禁,不知忌也"①。于是身处当时的文人看到了人们在生活需求上的变化,不时将他们生活的时代与前代生活对比,发出疑惑的声音。"国初时民居尚俭朴,三间五架,制甚狭小。""成化以后,富者之居僭侔公室。"②何良俊感慨"今寻常燕会,动辄必用十肴,且水陆毕陈;或觅远方珍品,求以相胜"③。这些豪奢的生活也为市民阶层提供了更多的生活来源,陆楫就说:"只以苏、杭之湖山言之,其居人按时而游,游必画舫、肩舆,珍羞良酝,歌舞而行,可谓奢矣。而不知舆夫、舟子、歌童、舞妓,仰湖山而待爨者不知其几。"④这一方面是因为物质产品的丰富,商业物流的发达,使得寻常人家也具备了一定的消费能力;另一方面也是人欲觉醒的反映。而这在文学传播上,道理相近。人们对文学的需求一方面是因为物质生活已经有所保障,另一方面也是由于精神生活的需要。物质条件的改善也使得文学有了更加广阔的市场,人们对文学的消费又促进着文学的生产和传播。这也是为什么到了明代中后期,值得文学史大书特书的作家、作品不断出现的原因之一。

第二节　明代文学主潮对词学的影响

不论后人观感如何,以《诗经》、《尚书》为源头的正统诗文一直

---

① 张瀚《松窗梦语》卷七,《丛书集成续编》本,台北:新文丰出版公司1989年版,第213册第423页。
② 张衮修纂《(嘉靖)江阴县志》卷四,《天一阁藏明代方志选刊》本,上海:上海古籍书店1963年版,卷四第二页。
③ 何良俊《四友斋丛说》卷三十四,《明代笔记小说大观》本,上海:上海古籍出版社2005年版,第1146页。
④ 陆楫《蒹葭堂稿》卷六,《续修四库全书》影清华大学图书馆藏明嘉靖四十五年陆郯刻本,上海:上海古籍出版社2002年版,第1354册第640页。

是中国传统文坛的主角，明代文坛也不例外。有明近三百年的文坛宛如一座繁花似锦的植物园，二十四番花信风催出绚烂的大千世界，各体文学创作、各种文学主张、各家文学流派争奇斗艳。当时的传统诗文领域有延绵百年的台阁体、前后相继的七子派、睥睨群雄的公安派……但却没有哪个流派能够一统文坛，不同的声音和主张不断形成。这些不同的声音有时交织在一起，嘈嘈杂杂地让明代文坛热闹非凡。声音的穿透力让人们无法抗拒，时人多多少少要受到这些声音的影响，因而明代词学研究与创作都与当时文坛的各种声音不无关系，文坛思潮影响了词学理论与创作，同时也影响着词的传播①。

　　明代诗文理论的声音尽管纷繁，但总体来说有两大主旋律：复古与性灵。复古思潮是明代中前期的最强音，从刘基、宋濂的明道宗经到前后七子的复古运动，虽然其间主张各有不同，但追本溯源，学古以为新变是这一思潮最根本的部分。主导晚明的性灵诗学则从李贽"童心说"、徐渭"本色说"到公安派、竟陵派一脉相承，标榜灵趣，天真任情。另外，在声势日盛的市民文学领域，小说创作的兴盛、戏曲理论的激辩、民间歌谣的登堂入室……精英文人直接参与创作、探讨理论，形成了雅俗互动的态势。我们后文有专章讨论小说、戏曲与明词传播的关系，此处且按下不表，专谈传统诗文理论主潮对明词的影响。

一　明道宗经思想及台阁词的润色鸿业

　　明代中前期的文坛，在文学思想上侧重明道宗经，在文学实践

---

① 本节下文关于明代词学的讨论对岳淑珍《明代词学研究》(河南大学 2008 年博士论文，2014 年易名为《明代词学批评史》，由社会科学文献出版社出版。)及袁震宇、刘明今《明代文学批评史》(上海：上海古籍出版社 1991 年版)等论著有所借镜。

上则以台阁体较为突出。词学与词的创作,在一定程度上都受到当时文坛的文学思想和文学实践的影响。明代中前期的词论也重视明道宗经,强调美刺;当时文学的实践中,也存在台阁体词作,重视粉饰太平、润色鸿业。

起于田陌之间的朱元璋力倡实用之学。他在洪武二年(1369)对翰林学士詹同说:

> 古人为文章,或以明道德,或以通当世之务,如典谟之言,皆明白易知,无深怪险僻之语。至如诸葛孔明《出师表》,亦何尝雕刻为文? 而诚意溢出,至今使人诵之,自然忠义感激。近世文士不究道德之本,不达当世之务,立辞虽艰深而意实浅近,即使过于相如、杨雄,何裨实用? 自今翰林为文,但取通道理明世务者,无事浮藻①。

明确主张文学有裨实用,无事浮藻,且其中已隐然有复古思想,欲以明白晓畅为标准,要求当时的翰林之文。所谓"吴王好剑客,百姓多创瘢;楚王好细腰,宫中多饿死"②。一时风尚所趋,竟致"国初人才,多质直朴醇,足以适用"③。在这种背景下,号称开国文臣之首的宋濂,就在文章中提到"当以圣人之文为宗"④,"仁义道德之辞

---

① 《明实录·太祖实录》卷四十,台北:"中央"研究院历史语言研究所1962年版,第2册第810—811页。

② 范晔著,李贤注《后汉书》卷二十四《马援列传》,北京:中华书局1965年版,第853页。

③ 谈迁著,张宗祥点校《国榷》卷九,北京:中华书局1958年版,第703页。

④ 宋濂《浦阳人物记》卷下,文渊阁《四库全书》本,上海:上海古籍出版社1987年版,第452册第19页。

遂为诗家大禁,而风花烟鸟之章留连于海内"则"不亦悲夫"①！我们认为,宋濂的言论正是明初文学理论侧重实用,秉承"文以载道"传统的反映,隐含着崇实务本、宗经法古的文学主张。

在这样的背景下,明代中前期词论也重宗经载道,强调词对《国风》美刺传统的继承。时人黄溥谈到《桂枝香·怀古》时以为"荆公此词睹景兴怀,感今增喟,独写出人情世故之真。而造语命意,飘然脱尘出俗,有得诗人讽谕之意"②,即以诗人之旨解读词作,以汉儒"主文而谲谏"的诗文评价标准来研读词什,这本身采取的就是"宗经"的视角。程敏政谈到瞿佑词时以为其"长短句、南北词直与宋之苏、辛诸名公齐驱"的原因,正在瞿词"非独词调高古,而其间寓意讽刺。所以劝善而惩恶者,又往往得古诗人之遗意焉"③。宗经之意亦极为明显。明道宗经在明初词作中虽然并不突出,但是这个思想却一直如地下潜流,直到明代后期依然延续。万历曾命词臣以"仁、义、礼、智、孝、弟、忠、信"等二十八字为主题填词,并为编选成册。王祖嫡以自己所作的二十八字词"时寓规讽"而自得④。

王祖嫡的这次奉诏撰词正是明代中前期台阁应制文学的延续。台阁文学是历代宫廷文学在明代的集中表现。宫廷文学的作者多为文学近臣,不论是齐梁宫体、初唐上官体还是宋初西昆体的出现都与文学近臣的宫廷文学活动密不可分,而宫廷文学在很大

① 宋濂《文宪集》卷十二《题许先生古诗后》,文渊阁《四库全书》本,上海:上海古籍出版社 1987 年版,第 1223 册第 612 页。
② 黄溥《诗学权舆》,《明诗话全编》本,南京:江苏古籍出版社 1997 年版,第 1181 页。
③ 瞿佑《乐府遗音·序》,《四库全书存目丛书》影北京图书馆藏明抄本,济南:齐鲁书社 1997 年版,集部 422 册第 47—48 页。
④ 饶宗颐初纂,张璋总纂《全明词》,北京:中华书局 2004 年版,第 1105 页。

程度上是以弘扬教化为号召的。这类文学作品创作的直接动因是为朝廷歌颂功德，以昭明文物，其作品风格则多典雅雍容、纡徐醇正。但明代宫廷文学区别于前代的是：明代中前期内阁辅臣主导着当时的文学发展方向。从永乐初建内阁制度，到宣德以后，内阁官员正是执掌权柄的股肱大臣。三杨（杨士奇、杨荣、杨溥）历仕四朝，执文坛牛耳四十多年；"李东阳出入宋、元，溯流唐代，擅声馆阁"①，领袖文坛近二十年，遂有茶陵一派。尽管词在当时仍然不甚为人重视，但洪武初年庙堂鼓吹便选用了词体，推尊词体的萌芽已然显现。与五代时"曲子相公"和凝入相后便销毁词作，以及北宋名公如欧阳修、晏殊辈讳言作词不同，这个时期的台阁文人们对小词虽然不甚留意，但也不以填词为愧。嘉靖时的首辅大学士夏言不但作词，甚至还常以词酬赠。

虽然台阁词在台阁体诗文如日中天时，并不特别兴盛，但词什润色鸿业、吟咏太平的性质与当时的台阁诗文一致。以"三杨"为例，杨士奇、杨荣、杨溥并不特别重视词，三人今传词作35阕。杨溥没有词作传世，杨荣传世词作10首，杨士奇有25阕，杨荣和杨士奇在明代词人中都不算高产的作者。但是杨士奇、杨荣的词作有个共同的特点，就是润色鸿业，歌功颂德。

杨荣传世词作共有五阕《西江月·端午赐观击球射柳》及五阕元宵词，皆应景韵语。五阕《西江月》是一组词，而五阕元宵词则可能是不同时间创作的。我们引《西江月》的其二、其五，以观杨荣作为台阁领袖的词作大概。《西江月·端午赐观击球射柳》其二云：

　　　　御座正临仙苑，禁林大敞琼筵。臂间长命彩丝缠。何必灵符丹篆。　　处处龙舟竞渡，家家箫鼓喧阗。万方无事乐

① 张廷玉等《明史》卷二百八十五《文苑传序》，北京：中华书局1974年版，第7307页。

丰年。仰荷圣明恩眷。

其五云：

> 令节新颁宝扇，嘉言挥洒云笺。香罗细葛叠相鲜。剑佩趋陪金殿。　　臣庶欣逢舜世，华夷共祝尧年。皇图巩固福绵绵。磐石尊安永奠①。

两阕词通篇虽然有"臂间长命彩丝缠"、"处处龙舟竞渡"、"香罗细葛叠相鲜"等语句点明端午节主题，但全词主要以颂圣为内容，这只要看"万方无事丰乐年。仰荷圣明恩眷"及"臣庶欣逢舜世，华夷共祝尧年"两句就不需要再进一步说明。这是台阁词一般的创作特点，作者一旦涉及可发挥的题材，总要为词作加上一条"皇恩浩荡"、"永享太平"的尾巴。

杨士奇的一组十阕《清平乐·赐从游万岁山词有序》也是典型的应制颂圣之词。不过，我们不看他在这十阕词中的"圣主恩深如海"、"吾皇万岁千秋"之类的口号②，而看其咏雪词的表现。杨士奇有《玉楼春·大雪志喜时甲寅十二月二十日也》，其词云：

> 天公预作丰年瑞。柳絮梨花纷舞坠。九重城阙晃清辉，一统山河含淑气。　　郊原遍是琼瑶地。梅蕊稍头春早至。未论寅卯太平年，且赏嘉祥宣德岁③。

一般文人咏雪，总以对雪景的描摹为主，杨士奇该词虽也涉及雪景

① 饶宗颐初纂，张璋总纂《全明词》，北京：中华书局 2004 年版，第 214 页。
② 周明初，叶晔《全明词补编》，杭州：浙江大学出版社 2007 年版，第 67 页。
③ 周明初，叶晔《全明词补编》，杭州：浙江大学出版社 2007 年版，第 70 页。

的描写，却几乎可以退居次要地位。开阕便以瑞雪兆丰年为全词定调，结拍又颂扬"太平年"与嘉祥岁。其词粉饰太平、润色鸿业的主题于此尤能得到显现。

台阁体诗文在弘治年间的李东阳时代继续引领当时文坛风骚，但这一时期台阁词人的作品已经不仅仅是润色鸿业，他们也创作一些其他题材的词什。不过，歌功颂德依然是台阁词的重要内容。李东阳的词作就以咏物写景居多，也有一些唱和酬赠之作。但这些作品中也有每每以颂圣作为结尾。例如其《风入松·寿邃庵先生》就以"但愿尧年舜日，长歌圣主贤臣"结束全篇①。这个结尾让寿人主题淹没在颂圣意涵之中。

正德期间已经是台阁体诗文日薄西山的时代，当时阁臣如费宏等人仍然有《水调歌头·内阁咏莲房》这样的词作，并且集中也留有与后进唱和的作品。嘉靖时期前七子大力倡导复古，天下文风凛然一变，但台阁词却依然在延续，只是更多地以酬赠唱和的形式出现，而不像三杨时代以应制为主了。其间最典型的就是以夏言为首的台阁词人群体间的唱和，详见本文第八章的论述。嘉靖朝的夏言时代，台阁词人虽然也有应制颂圣之词，却已不是其词作主流；他们交游和韵，以词为交际工具的现象倒是越来越明显。不过，即便是在交游酬赠之间，作者们往往也不忘粉饰太平，这正是台阁词人群体的一贯特征。夏言之后，台阁官员尽管仍然有以词应制的作品，但多已不成气候了。此前，复古主义思潮已成为文坛主潮，并接过了影响明词的司令棒。

二　文学复古思潮下明代词人的尊体努力

对前代经典的尊崇，往往造就文坛上的复古思潮。弘治、正德

---

① 周明初，叶晔《全明词补编》，杭州：浙江大学出版社 2007 年版，第 122 页。

年间,明代第一个声势浩大的文学流派——七子派尊崇汉魏诗文而掀起的复古巨浪是文学史家不能等闲视之的。《明史·文苑传序》说:"李梦阳、何景明倡言复古,文自西京,诗自中唐而下,一切吐弃,操觚谈艺之士翕然宗之。明之诗文,于斯一变。"①所谓"明之诗文,于斯一变"云云,虽稍显夸张,但以李梦阳、何景明为首的七子派复古思想影响颇大却是事实。尽管七子派中成员主张并不完全相同,如著名的"李、何之争"就是前七子派领军人物李梦阳、何景明之间的理论争鸣,但并不影响"复古思潮"在当时的极度流行。复古论,在中国文学史上从来不曾间断,哪怕有时虚与委蛇。李梦阳、何景明之前,章懋、王鏊、林俊、桑悦、邵宝、祝允明诸人都曾有类似主张②。前后七子及其同时代的其他论者对词论的影响主要有二:一是尊体时的上溯至南北朝,甚至先民时代的《击壤》、《南风》;一是辨诗词之体性,区别文体异同,强调词的文体特性。然而,这两个问题在当时词论及实际操作中却不无轩轾。

　　李梦阳一派最直接的主张就是复古,认为"学不的古,苦心无益"。不过,前七子并不完全像《明史·文苑传》说的那样,坚持"文必秦汉,诗必盛唐"。李梦阳在《弘德集自序》中就曾回顾自己由"废唐近体诸篇"而上溯古诗源头,直追至《诗经》的经历③。李梦阳的主张在当时十分有市场,以至于王维桢爱屋及乌地盛赞其诗歌"七言律自杜甫以后,善用顿挫倒插之法,惟梦阳一人"④。嘉靖中期崛起于文坛的后七子则更进一步主张黜初唐、晚唐乃至六朝之绮

---

① 张廷玉等《明史》卷二百八十五《文苑传序》,北京:中华书局 1974 年版,第7307 页。

② 袁震宇、刘明今《明代文学批评史》,上海:上海古籍出版社 1991 年版,第130—142 页。

③ 许容等监修《甘肃通志》卷四十八,文渊阁《四库全书》本,上海:上海古籍出版社 1987 年版,第 558 册第 697 页。

④ 张廷玉等《明史》卷二百八十六,北京:中华书局 1974 年版,第 7348 页。

丽轻靡,而专尚盛唐之音,宣扬"诗知大历以前,文知西京而上",甚至要求为文"无一语作汉以后,亦无一字不出汉以前"①。生活在前后七子之间的杨慎,虽然也以复古为尚,但是他讥讽何景明说:"何仲默枕籍杜诗,不观余家,其于六朝、初唐未数数然也。与予及薛君采言及六朝、初唐,始恍然自失。乃作《明月》、《流萤》二篇拟之,然终不若其效杜诸作也。"②可以说,弘治到嘉靖中期,文坛的主潮是复古,只是所"复"的对象到底是什么"古",成为各家角力的焦点。兴起于这个思潮中的词论,在尊体上也沿着复古的路径走起了紧跟风潮的步伐。

　　尊体首先要溯源,溯源直追《诗三百》。在"诗主中唐以上"的文论风气下,大多数论者都将词的起源直接与古代诗歌挂上钩。以为"夫诗余者,古乐府之流也"③,是汉魏乐府的嫡脉,而如从古乐府上溯,则可以直追《击壤》、《南风》。甚至有人主张"词始于汉,盛于魏晋隋唐,而又盛于宋",而为这"始于汉"的词找渊源,便是"壤歌衢谣发而为《卿云》、《南风》,为《风》、《雅》、《颂》,为《离骚》,为古乐府,为慢词。呜呼!亦极矣"④。虽然明人在为词溯源时,观点并不统一,但"词也者,固六义之余而乐府之流也"⑤的论调是同一的,

---

① 王世贞《艺苑卮言》,《历代诗话续编》本,北京:中华书局 1983 年版,第 1068 页、第 1063 页。

② 杨慎《升庵全集》卷五十七《萤诗》,《万有文库》本,上海:商务印书馆 1937 年版,第 688 页。

③ 王九思《碧山诗余自序》,赵尊岳《明词汇刊》,上海:上海古籍出版社 1992 年版,第 1858 页。

④ 林俊《词学筌蹄序》,周瑛《词学筌蹄》,《续修四库全书》影上海图书馆藏清初抄本,上海:上海古籍出版社 2002 年版,第 1735 册第 391 页。

⑤ 费寀《玉堂余兴引》,赵尊岳《明词汇刊》,上海:上海古籍出版社 1992 年版,第 807 页。余意《"词学吴中"与明代词学之重建》(华东师范大学 2006 年博士论文)指该序为薛应旂代寀所作。《方山文录》卷之九《玉堂余兴引》下有"代钟石先生作"六字。(《丛书集成续编》本,第 116 册第 728 页)当是,今从之。

而个中缘由不能不说与当时的复古思潮相关。前七子论文主秦汉,后七子则"文知西京而上";诗虽宗盛唐,但唐人诗歌并非无源之水,唐代著名诗人多学汉魏。何景明"枕籍杜诗",而老杜"精熟《文选》理",与老杜并雄之李白有佳句"往往似阴铿"。如此,若溯词之源头,难免要直追上古三代。而魏晋六朝诗歌中,那些轻绮靡丽的作品又与《花间》《草堂》有着风格上的相似性。因此,复古追源落实到魏晋六朝,就水到渠成了。后七子的领袖王世贞就说:

> 词者,乐府之变也。昔人谓李太白《菩萨蛮》《忆秦娥》,杨用修又传其《清平乐》二首,以谓词祖。不知隋炀帝已有《望江南》词。盖六朝诸君臣颂酒赓色,务裁艳语,默启词端,实为滥觞之始①。

不过,这个观点在陈霆、杨慎那里就已经形成。陈霆《渚山堂词话·序》、杨慎《词品·序》里都谈到这个问题,而其源则又可以上溯到南宋朱弁的《曲洧旧闻》②。也有论者对古乐府的质朴意远和词的要眇宜修之间的差距作出思考,周瑛说:"词家者流出于古乐府,乐府语质而意远,词至宋纤丽极矣。今考之,词盖皆桑间濮上之音也吁,可以观世矣。"③从词是"桑间濮上之音"的角度解释,倒也多少能与词之源出对上号。关于词的六朝起源说之正误且不去评论,至少在明代词论中复古的思潮起到了极大的作用。从词源于六朝,为乐府流亚的观点出发,词的传播在当时也受到了一定的影响,词总集中选录六朝诗歌的现象也随之出现。杨慎编《百琲

---

① 王世贞《艺苑卮言》,唐圭璋《词话丛编》,北京:中华书局1986年版,第385页。
② 岳淑珍《明代词学研究》,河南大学2008年博士论文,第161—163页。
③ 周瑛《词学筌蹄序》,《续修四库全书》上海图书馆藏影清初抄本,上海:上海古籍出版社2002年版,第1735册第392页。

明珠》就收入《江南弄》、《三洲歌》、《夜饮朝眠曲》等六朝乐府民歌。《唐词纪》、《草堂诗余别集》等通代词总集都选有唐前作品。这些总集的传播，自然对明人词体观念薄弱造成进一步的负面影响。吊诡的是明人在混淆诗词体裁的同时，又在复古思潮的影响下开启了严辨诗词的大门。

李梦阳曾说："夫追古者未有不先其体者也。"①"辨体"在当时是复古论对文坛的又一个重要影响。正如左东岭先生指出的那样：

> 复古观念所导致的另一特点是，明代人写诗特别重视"诗体"，这不仅可以从胡应麟的《诗薮》、许学夷的《诗源辨体》等以"辨体"为核心的理论探索方面清晰地显示出来，还可以从明人别集的编撰体例大都是以文体为分类依据而凸现出来，更重要的是在创作中尤其强调各体诗的齐全以及体与体之间的区别。后人在评论明人诗歌创作成就时，也往往看重其在诗体上的优势，诸如高启的七古、李东阳的乐府、李梦阳的五古、李攀龙的七律等等②。

诗歌体裁的辨别必然对辨别诗词之体产生影响。明人对诗词异同的辨析时贤已有专门论述，我们略赘数语③。明人对词体与其他文体区别有明确认识，王世贞说："之诗而词，非词也。之词而诗，非

---

① 李梦阳《空同集》卷五十二《徐迪功集序》，文渊阁《四库全书》本，上海：上海古籍出版社 1987 年版，第 1262 册第 476 页。
② 左东岭《明代诗歌的总体格局与审美风格的演变》，《中国诗歌研究》（第四辑），北京：中华书局 2007 年版，第 31 页。
③ 李康化《明代词论主潮辨述》，《华东师范大学学报》1999 年第 2 期；张仲谋《明词史》，北京：人民文学出版社 2002 年版，第 351 页。

诗也。"①言下之意即诗与词本身在体性上自有区别,按诗歌的创作方法作词,并非词之正宗。俞彦也强调诗词之间的区别,他批评明人的词作,认为"词家染指,不过小令中调,尚多以律诗手为之,不知孰为音,孰为调"②。俞彦认为词不可以律诗的手法创作,显然也是认识到诗歌可以不考虑音调,而词必须注意音调。

明代词家对词体的辨析还体现在他们对词体风格的认识上,不论是提出"乐府以旷径扬厉为工,诗余以婉丽流畅为美"的何良俊③;还是提出"婉约"、"豪放"概念的张綖,他们都认可词的婉约、委曲、流丽。而这些因素也正导致《花间集》和《草堂诗余》在明代的大行其是。这两部词总集正好符合明人对词体风格的认识。

辨体不光是区别诗歌的体性,它也对模拟前朝作品提出了要求。王廷相《刘梅国诗集序》指出:"诗贵辩体,效《风》、《雅》类《风》、《雅》,效《离骚》、《十九首》类《离骚》、《十九首》,效诸子类诸子,无爽也,始可与言诗。"④这说明辨体的实际功用是在效法前人,而这也是"学而的古"的途径。明代词人仿效古体也所在多有,这些作品中,虽然也有效法豪放词风的,但效法主体风格倾向婉约的词人之作的占大多数。而追和婉约词人作品,效法婉约词风,也恰好是明人尊体在创作上的实践。例如正德间的陈铎《草堂余意》书名看上去像是总集,却是他自己追和唐宋40余位词人的作品。我们将《全明词》所收陈铎词明确说明其效法、和韵的词作列表如下:

---

① 王世贞《艺苑卮言》,唐圭璋《词话丛编》,北京:中华书局1986年版,第385页。
② 俞彦《爰园词话》,唐圭璋《词话丛编》,北京:中华书局1986年版,第400页。
③ 王世贞《艺苑卮言》,唐圭璋《词话丛编》,北京:中华书局1986年版,第386页。孟称舜的《古今词统序》亦引其说。
④ 王廷相《王氏家藏集》卷二十二《刘梅国诗集序》,《四库全书存目丛书》影天津图书馆藏明嘉靖刻清顺治十二年修补本,济南:齐鲁书社1997年版,集部第53册第104页。

表 1－1　明人陈铎和唐宋词人韵作品一览

词牌	词题或小序	所和原作者	首句
临江仙	和晁无咎	晁无咎	（阙）
青玉案	和陈莹中	陈瓘	寒山一带银屏绕
水龙吟	和陈同甫	陈亮	东皇酝酿工夫
长相思	和冯延巳	冯延巳	恨花枝
望湘人	和贺方回	贺铸	糁地残红
重叠金	和黄叔旸	黄昇	小梅香冷瑶台雪
蓦山溪	和黄山谷	黄庭坚	薄情双燕
踏莎行	和黄山谷	黄庭坚	细柳新蒲
好事近	和蒋子云	蒋元龙	才见楝花残
忆秦娥	和康伯可	康与之	人寂寞
风入松	和康伯可	康与之	玉箫声歇彩鸾归
金菊对芙蓉	和康伯可	康与之	山雨途青
丑奴儿令	和康伯可	康与之	销金帐底人如玉
忆秦娥	和李太白	李白	声呜咽
菩萨蛮	和李太白	李白	几家破家人犹织
捣练子	和李太白	李白	金井冷
摊破浣溪沙	和李璟	李璟	杨柳梢头月一钩
念奴娇	和李易安	李清照	朱门湖上
武陵春	和李易安	李清照	汩汩离愁消不得
浪淘沙	和李后主	李煜	风骤雨潺潺
更初临	和刘巨济	刘泾	密柳笼堤
斗百花	和柳耆卿	柳永	隔竹小桃鲜媚
过涧歇	和柳耆卿	柳永	绿树

续表

词牌	词题或小序	所和原作者	首句
庆春宫	和柳耆卿	柳永	故里荒烟
尾犯	和柳耆卿	柳永	惊梦错疑人
玉蝴蝶	和柳耆卿	柳永	一段江南秋色
白苎	和柳耆卿	柳永	晚风渐
望远行	和柳耆卿	柳永	老梅近水
水龙吟	和陆务观	陆游	十二平桥湖上路
玉楼春	和欧阳炯	欧阳炯	褥隐芙蓉屏障锦
浣溪沙	和欧阳永叔	欧阳修	窗外花枝上月轮
浣溪沙	和欧阳永叔	欧阳修	曲角红兰绣幕深
浪淘沙	和欧阳永叔	欧阳修	一夜雨和风
瑞鹤仙	和欧阳永叔	欧阳修	落红谁印
阮郎归	和欧阳永叔	欧阳修	夕阳楼上梦回时
如梦令	和欧阳永叔	欧阳修	翠幕玉钩双控
临江仙	和欧阳永叔	欧阳修	斜日采莲歌乍歇
满庭芳	和秦少游	秦观	九十春光
望海潮	和秦少游	秦观	芳草闲云
如梦令	和秦少游	秦观	枕滑玉钗斜溜
踏莎行	和秦少游	秦观	细柳平桥
金明池	和秦少游	秦观	细草熏衣
千秋岁	和秦少游	秦观	断虹雨外
浣溪沙	和秦少游	秦观	金鸭烟消冷篆香
八六子	和秦少游	秦观	近江亭
菩萨蛮	和秦少游	秦观	多愁短鬓径秋白

续表

词牌	词题或小序	所和原作者	首句
菩萨蛮	二首和秦少游	秦观	彩云梦断珊瑚枕
菩萨蛮	二首和秦少游	秦观	秋声飒飒凋梧叶
花心动	和阮逸女	阮逸女	白下桥头
卜算子	和僧皎如晦	僧皎	惜别更伤春
念奴娇	和僧仲殊	僧仲殊	池亭落日
玉楼春	和宋子京	宋祁	漫游不似江堤好
玉漏迟	和宋子京	宋祁	越罗应晓试
西江月	和苏东坡	苏轼	古渡水摇明月
蝶恋花	和苏东坡	苏轼	花拂壶觞香径小
洞仙歌	和苏东坡	苏轼	殿角凉生
阮郎归	和苏子瞻	苏轼	夕阳满树乱鸣蝉
何满子	和孙巨源	孙洙	红叶聊题旧恨
三台	清明应制，和万俟雅言	万俟咏	看年年陪宴节候
小重山	和汪彦章	汪藻	楚客孤舟系晚汀
点绛唇	和汪彦章	汪藻	席上羞歌
渔家傲	和王介甫	王安石	曲曲清溪垂柳抱
千秋岁引	和王介甫	王安石	苍蔼江涯
雨中花	和王逐客	王观	别院笙歌来断续
眼儿媚	和王元泽	王雱	海棠无力柳丝柔
倦寻芳	和王元泽	王雱	最愁永夜
玉楼春	和温飞卿	温庭筠	好花看遍城南道
更漏子	和温飞卿	温庭筠	角吹愁
千秋岁	和谢无逸	谢无逸	矮阑回砌

续表

词牌	词题或小序	所和原作者	首句
祝英台近	和辛幼安	辛弃疾	晚潮平
酹江月	和辛幼安	辛弃疾	孤吟旅邸
玉楼春	和晏同叔	晏殊	画楼东畔临官路
蝶恋花	和晏叔原	晏几道	媚绿娇红都数遍
蝶恋花	和晏同叔	晏殊	昼永湘帘通乳燕
生查子	和晏同叔	晏殊	浅笑嘱东君
贺新郎	和叶梦得	叶梦得	长日无人语
蝶恋花	和俞克成	俞克成	何处寻芳天乍晓
疏帘淡月	和张宗瑞	张辑	酸风细细
风流子	和张文潜	张耒	几朝风又雨
青门引	和张子野	张先	门锁苍苔冷
燕台春	和张子野	张先	宝马频嘶
兰陵王	和张仲宗	张元干	垂珠箔
满江红	和张仲宗	张元干	断送好春
清平乐	和赵德麟	赵令畤	长条新旧
蝶恋花	和赵德麟	赵令畤	盼将春来春又去
小重山	和赵德麟	赵令畤	花竹深深日上迟
贺新郎	和赵文鼎	赵善扛	云幕风初卷
满江红	和赵文鼎	赵善扛	独上高台
阮郎归	和曾纯夫	曾觌	孤鸾青镜掩清光
瑞龙吟	和周美成	周邦彦	东风路
渡江云	和周美成	周邦彦	小堂临野意
丹凤吟	和周美成	周邦彦	开尊何处

续表

词牌	词题或小序	所和原作者	首句
浣溪沙	和周美成	周邦彦	春柳楼前镇日垂
应天长	寒食　和周美成	周邦彦	（阙）
如梦令	和周美成	周邦彦	行到柳塘清处
隔浦莲	和周美成	周邦彦	红阑相映翠葆
满庭芳	和周美成	周邦彦	醉傍清溪
塞翁吟	和周美成	周邦彦	小阁临清景
法曲献仙音	和周美成	周邦彦	水殿烟消
过秦楼	和周美成	周邦彦	午景移檐
拜星月慢	和周美成	周邦彦	冷雨鸣窗
宴清都	和周美成	周邦彦	永夜沉钟鼓
氐州第一	和周美成	周邦彦	漫野萧条
霜叶飞	和周美成	周邦彦	夜阑珊枕回孤梦
满路花	和周美成	周邦彦	轻歌声人云
早梅芳	和周美成	周邦彦	院宇深

从这个表中，不难发现，陈铎的和韵对象主要集中在主体风格偏向婉约的唐宋词人上。究其原因，毋庸说是受"学而的古"，"词以婉约为正宗"指导。这种追效古人的作品在明词里不是少数，虽然未必都在词题或小序中反映出来，但明代中前期，词风的婉丽是见而可知的。除陈铎这样刻意仿效群贤作品的之外，还有的词作者专学一家，如张綖之学秦观，被誉为"淮海再来"。到晚明，学苏辛者渐多，易震吉之学辛弃疾，甚至于连孩子都取名为辛弃疾儿子的小名——"铁柱"（辛词有《清平乐·为儿铁柱作》）。

总之，不论是将词的起源上溯到与诗歌同时，还是辨别词体特性，又或是在创作中积极效法古人，都是在复古思潮下作出的尊体行动。

三　中晚明词学"主情论"的文学思潮背景

要眇宜修的风格,抒发情致的传统是词体的文体特性,亦是深入明人脑海的观念。在中晚明词论中,"主情论"的兴起大概是最值得注意的现象了。这一论调重视词的抒情属性,主张词应吟咏性情,大体上与当时文坛诗文理论不无关系,而阳明心学正是其思想基础。左东岭先生曾说:"如果认真追索明代中后期文坛上流行的文学思想,比如唐宋派与徐渭的本色说,李贽的童心说,公安派的性灵说,汤显祖与冯梦龙的言情说,都不同程度地受到过王阳明的影响。从此一角度讲,说王阳明的思想是明代中后期诸多文学思想的哲学基础是并不过分的。"①王阳明的思想在中晚明文坛的影响大体如此。

明代中期的弘治、正德间,王门心学强调本心的思想在文学理论上影响日盛。阳明学人关注主体性灵的思想便成了当时文坛讨论文学本质的一个重要依据。中晚明时期诸多论者在谈到文学时,经常拎出一个"情"字,这正是时人对文学本质的思考总结。李梦阳认为:"夫诗有七难:格古、调逸、气舒、句浑、音圆、思冲,情以发之。七者备,而后诗昌也。"②在他看来,"情"是格、调、气、句、音、思等六种诗歌要素的总领,是生发诗歌的最重要因素。"人不必同,同于心;言不必同,同于情","故其为言也,直宛区、忧乐殊,同境而异途,均感而各应之矣。至其情则无不同也。何也? 出诸心者一也,故曰'诗可以观'"。③人之处境不同、身份各异,因此发为言辞本

---

① 左东岭《明代心学与诗学》,北京:学苑出版社 2002 年版,第 54 页。
② 李梦阳《空同集》卷四十八《潜虬山人记》,文渊阁《四库全书》本,上海:上海古籍出版社 1987 年版,第 1262 册第 446 页。
③ 李梦阳《空同集》卷五十九《叙九日宴集》,文渊阁《四库全书》本,上海:上海古籍出版社 1987 年版,第 1262 册第 541 页。

自有别,但由于出自本心,故而其情则相同。前后七子论情大体相通,以为"情无定位,触感而兴,既动于中,必形于声"①。情是超越外在形式,体现诗文本质的内核。类似的主张在中晚明文学流派中并不罕见。唐宋派之茅坤以为"万物之情各有其至"。李贽"童心说"的一个基点也在"声色之来,发于情性,由乎自然",发于情性的自然之声色,"绝假纯真"为"最初一念之本心"。汤显祖使"生者可以死,死者可以生"的法门也在乎一个"情"字。公安派之袁宏道《叙小修诗》也说"大概情至之语,自能感人,是谓真诗,可传也"②。这样的例子若要一路举证下去,恐怕很难卒章③。而词论中对"情"的重视也与中晚明文坛这股主情思潮密不可分。

孟称舜的《古今词统序》是研究明代词学主情论的学者经常提到的,我们不避重复,再引一遍:

> 乐府以嶱径扬厉为工,诗余以宛丽流畅为美。故作词者率取柔音曼声,如张三影、柳三变之属。而苏子瞻、辛稼轩之清俊雄放,皆以为豪而不入于格。宋伶人所评《雨淋铃》、《酹江月》之优劣,遂为后世填词者定律矣。予窃以为不然。盖词与诗、曲,体格虽异,而本于作者之情。古来才人豪客,淑姝名媛,悲者喜者,怨者慕者,怀者想者,寄兴不一。(中略)两家各有其美,亦各有其病,然达其情而不以词掩,则皆填词之所宗,

---

① 徐祯卿《迪功集》附《谈艺录》,文渊阁《四库全书》本,上海:上海古籍出版社1987年版,第1268册第778页。
② 袁宏道著,钱伯城笺校《袁宏道集笺校》,上海:上海古籍出版社1981年版,第188页。
③ 此处明人"主情论"的概况,主要参考了袁震宇、刘明今《明代文学批评史》(上海:上海古籍出版社1991年版)的相关论述。

不可以优劣言也①。

婉丽柔音，或清俊豪放并非词与乐府的本质区别，词与诗、曲，虽然体格不同，但都是作者由情而发，填词家所宗惟"达其情而不以词掩"。词能达情则可，推衍至诗、曲皆然，因此，文学体裁、风格均非文学的根本属性，只有"情"才是文学的根本。该观点可谓渊源有自，明初刘基词集名《写情集》，叶蕃序之，论其词，有"或愤其言之不听，或郁乎志之弗舒，感四时景物，托风月情怀，皆所以写其忧世拯民之心……靡不得其性情之正焉"之语②。陈霆在《渚山堂词话序》中反驳那些以为词"纤言丽语，大雅是病"的观点，认为：

> 以东坡、六一之贤，累篇有作。晦庵朱子，世大儒也，江水浸云，晚朝飞画等调，曾不讳言。用是而观，大贤君子，类亦不浅矣。抑古有言，渥五色之灵芝，香生九窍；咽三危之薇露，美动七情。世有同嗜必至，必知诵此③。

词的本质功能是抒情，欧阳修、苏轼、朱熹均不讳言，其理由正在词之"美动七情"。袭用韩偓《香奁集》自序中的"咀五色之灵芝，香生九窍；咽三危之瑞露，春动七情"一句④，来为欧、苏、朱子吟咏词篇的行为作注脚，着眼点与李梦阳之"人不必同，同于心；言不必同，同于情"，何其相似。而词之抒情效果，在王世贞看来，居然到了

---

① 卓人月汇选，徐士俊参评，谷之辉校点，《古今词统》，沈阳：辽宁教育出版社2000年版，第3页。
② 赵尊岳《明词汇刊》，上海：上海古籍出版社1992年版，第1456页。
③ 陈霆《渚山堂词话》，唐圭璋《词话丛编》，北京：中华书局1986年版，第347页。
④ 韩偓《香奁集自序》，董诰等编《全唐文》卷八二九，北京：中华书局1983年版，第8739页。

"婉娈而近情也,足以移情而夺嗜"的地步①。晚明云间宗匠陈子龙则"要将婉丽轻艳的词风和深沉佚宕的情思相结合,于是便提出了'用意'与'命篇'这二难",遂开后世"寄托"说之先河②。在"主情"词论影响下的词话、评点,亦多有以"情"论词的。

　　文学思潮是共时空下主导文坛的指挥棒,词学理论在这根指挥棒下也必然要随之起舞,进而影响到明词的创作和欣赏,明词创作和欣赏的倾向自然也会影响到明词的传播,这是一个环环相扣的"文学生态链"。因此,研究明词的传播不能不了解这个生态链最基本的状态。

---

① 王世贞《艺苑卮言》,唐圭璋《词话丛编》,北京:中华书局 1986 年版,第 385 页。
② 袁震宇、刘明今《明代文学批评史》,上海:上海古籍出版社 1991 年版,第 844 页。

第二章　明人文学传播的观念与策略

——立足于明代别集的考察

文学传播是在一定的思想观念影响下展开的,具有一定的策略与方法。不能想象,一个文学传播的过程会是纯粹自发的,完全没有任何观念指导,不运用任何策略与方法。文学样式多种,传播途径各具特点,文集的传播是其中的大宗。本文既是明词传播的专门研究,自然要立足于明代的词籍进行考察,而别集与词籍的关系千丝万缕,我们也不能忽略。本章欲讨论如下问题:明人的文学传播观念;明人传播的基本策略;明人传播策略的实践。

第一节　明人文学传播的观念

人类的传播思想建立在传播实践的经验总结基础上,又指导着传播的实践。古人虽然没有"文学传播学"的概念,但在当时却对文学作品的流传有一定的思考,并通过行动加以表现。今拟略谈明人文学传播观念中的三个问题:其一,文学传播的动机;其二,对传播内容的态度;其三,对传播技术手段的重视。

一　传播主体与其动机

文学传播主体的不同,直接导致传播动机的差异。一般说来,传播主体主要包括文学作品的作者、作者的亲眷门生及僚属、与作者或作品关系密切的地方官员、书坊商贾、官方机构等。就其传播文学作品的动机而言，着眼于贾利、教化者多，而纯粹从文艺出发的少。这些传播主体的主要传播动机有：

1. 藏之名山，传之后人

如果传播主体是作者本人，他们多半希望自己的作品流传久远，以期知音激赏、彪炳史册。这一观念，来自《穆天子传》，其书有云：“天子北征东还，乃循黑水，癸巳至于群玉之山……阿平无险，四彻中绳，先王之所谓策府。”郭璞注云：“古帝王以为藏书册之府，所谓藏之名山者也。”①有的作者认为，他深邃的思想在当时难以寻得知音，乃期待后世有人能与之成为异代知己，故而“藏之名山百世，以俟与我同志者，不徒为蒙陋生设也”②。臧懋循《元曲选序》云：“因为校定，摘其佳者若干，以甲乙厘成十集。藏之名山，而传之通邑大都，必有赏音如元朗氏者。”③

藏之名山是期待传之后世，传之通邑则欲知音激赏。例如明崇祯间与徐光启并相的郑以伟，其文集《灵山藏》之名就得自于郑氏家乡的灵山。灵山是广信府（治所在上饶）的镇山，又是道家第三十三福地，其山曾盛产水晶，“水精出于信州灵山之下，唯以大为贵，及其中现花竹象者”④。郑以伟用《灵山藏》名其别集，正有“藏之名山，传之后人”的意思。郑氏还有一部文集名《怀玉藏》，其名则得之于广信府另一名山——怀玉山。《江西通志》云：“怀玉山在

①　郭璞注《穆天子传》卷之二，《四部丛刊》初编本影天一阁刊本，上海：上海书店1989年重印版，第13页。
②　陶宗仪《说郛》卷九十二上，文渊阁《四库全书》本，上海：上海古籍出版社1987年版，第881册第254页。
③　黄宗羲《明文海》卷二百二十二，文渊阁《四库全书》本，上海：上海古籍出版社1987年版，第1455册第489页。
④　洪迈《夷坚志·支丁》卷第七《灵山水精》，北京：中华书局1981年版，第1023页。

玉山县北一百二十里,界饶、信两郡,当吴、楚、闽、越之交,为东南望镇。《方舆志》云:'天帝遗玉此山,山神藏焉,故名怀玉。'"①今日位列"世界自然遗产名录"的三清山即属怀玉山脉。无独有偶,济南人杨梦衮则为其集取名《岱宗藏稿》,该书卷三十八收有杨氏词作 3 阕。其书之命名,显然从岱宗泰山得之。通过郑、杨二人为文集的命名,我们可以稍窥明人著述"藏之名山"的传播观念之涯略,而"传之后人"则是其传播之动机。

吴一鹏《少傅桂洲公诗余序》也以"他日金匮石室之藏,必有良史书之,以媲美虞谟商训"许人②。这里虽然没有用"藏之名山,传之其人"的文字,但"金匮石室之藏"的推许,"有良史书之"的祝愿也与"藏之名山,传之其人"的意思并无二致。当然,吴一鹏的序言未免奉承夸张,但其传播观念中的"名山"意识则是相当明确的。这种意识与古人的"三不朽"观念有共通之处。

《左传·襄公二十四年》提到人生的三不朽,其云:"大上有立德,其次有立功,其次有立言;虽久不废,此之谓不朽。"③孔颖达疏云:"立言谓言得其要,理足可传。""其身既没,其言尚存。"④作者们对自身文集散佚有天然的恐惧,试想,文学创作也好,著书立说也罢,均是为了传播自己的思想,以期名垂青史。若文集散佚,岂非速朽?嘉靖二十七年(1548),夏言朝衣弃市,临死之际尚念念不忘文集刊刻传播。其《遗言》嘱婿吴春云:"今且死矣!身后惟有平生

① 谢旻监修《江西通志》卷十一,文渊阁《四库全书》本,上海:上海古籍出版社 1987 年版,第 513 册第 361 页。

② 吴一鹏《少傅桂洲公诗余序》,赵尊岳《明词汇刊》,上海:上海古籍出版社 1992 年版,第 808 页。

③ 孔颖达《春秋左传注疏·襄公二十四年》,阮元校刻《十三经注疏》本,北京:中华书局 1980 年版,第 1979 页。

④ 孔颖达《春秋左传注疏·襄公二十四年》,阮元校刻《十三经注疏》本,北京:中华书局 1980 年版,第 1979 页。

奏疏诗文诸稿,望子为我编板成书,诸序并年谱乞借雄笔以□不朽"①。他的外孙吴莱也说:"(夏言)变巫狼跋之秋,殷嘱先大夫收拾奏议、诗词汇以成集。"②于慎行的老师在自知行将就木之际,亦以文集托付门生。于氏《太保殷文庄公文集叙》云:"谒吾师棠川先生泺上,最后先生出书一编,命曰:'此吾平生存稿也。生为我校之,将藏其副行也。'""其年冬,先生微病,遽为书报曰:'岁在敦牂,吾其有龙蛇之厄,以身后累生行也。'"③次年棠川殁,于慎行为其谋刻文集。夏言等人至死不忘的文集刻印之事,其实也正同郑以伟等人藏之名山的目的一样,都希望能传之后世,留之人间。使并世诸雄、后来晚辈读其著作而知其人,以名垂青史、事载典籍。

2. 张扬祖德,以永厥传

作品往往是作者生命的延续,作者生命终结,但伟大的作品总是延续着作者的思想和光荣。也正因为如此,不仅作者希望自己的作品能传播久远,作者的后裔也往往责无旁贷地承担起传播祖先作品的任务。而通过作品的传播,作者的家族也能获得相应的文化资本,积累一定的社会声望。历代的文化世家都出现过学术、文学、艺术等方面人才鼎盛,文集层出的盛况,否则就不能称之为世家,而终究是田舍翁、暴发户,不为时人所重。

作者的后裔为张扬祖德而刊刻传播祖先遗集,往往会延续相当长的一段时间,子子孙孙相继不绝。直系子孙为祖宗刻稿,其事甚多,如刘夏《刘尚宾文集》的永乐刻本就是其子木之所编,其孙愚

---

① 夏言《夏桂洲文集》,《四库全书存目丛书》影北京大学图书馆藏明崇祯十一年吴一璘刻本,济南:齐鲁书社1997年版,集部第75册第61页。

② 夏言《夏桂洲文集》,《四库全书存目丛书》影北京大学图书馆藏明崇祯十一年吴一璘刻本,济南:齐鲁书社1997年版,集部第74册第164页。

③ 于慎行《谷城山馆文集》,《四库全书存目丛书》影北京图书馆藏明万历于纬刻本,济南:齐鲁书社1997年版,集部第147册第400页。

鲁所刻。该集卷首周孟简、杨胤两序皆对此称赞不已,周曰:

> 先生有贤子木之,访求遗言,编以成集。今嗣孙愚鲁复能命工锓梓以传诸后,则先生虽没犹不没也①。

刘夏身后,他的文章由其子搜罗成集,又到其孙辈才得以刊行流布。而刘木之编纂其父文集应该是经历了一定的困难,但却欣欣然担当其事的。杨序就描述了刘木之访寻刘夏诗文的情况:刘夏"没世年余,嗣子木之抱遗编访予山居。口诵指画若流出肺腑,其贤矣哉! 已而类次成集"。然而天不假年,他未能为其父刊集,便谢世了。数年后,刘夏之"嫡孙愚鲁缵述父志,竟锓梓以传"②。又如方凤《改亭存稿》十卷《续稿》六卷,明朝灭亡的崇祯十七年(1644),方凤之玄孙士骧修补其书,并云:

> 二稿行世差久,散失几半。虽经先子振先府君订讹补正,不幸啬于年,初志未遂……迄今又十有二载矣……手泽宛在……因不惮旁搜,凡所载诗歌、叙记、传赞、志铭幸稍备,承先子志刻而新之③。

作者的直系后裔在为作者们传播文集时,所表现的自觉意识之强烈,令人嘘唏不已。正可谓"虽我之死,有子存焉;子又生孙,

---

① 刘夏《刘尚宾文集》,《续修四库全书》影南京图书馆藏明永乐刘拙刻成化刘衢增修本,上海:上海古籍出版社 2002 年版,第 1326 册第 65 页。
② 刘夏《刘尚宾文集》,《续修四库全书》影南京图书馆藏明永乐刘拙刻成化刘衢增修本,上海:上海古籍出版社 2002 年版,第 1326 册第 67 页。
③ 方凤《改亭存稿》,《续修四库全书》影中国社会科学院文学研究所藏明崇祯十七年方士骧刻本,上海:上海古籍出版社 2002 年版,第 1338 册第 481 页。

孙又生子；子又有子，子又有孙；子子孙孙，无穷匮也"①。

有时，作者的其他亲属也会为传播作者文集而前仆后继，如夏言的女婿吴春及其后裔祖孙四代对夏氏文集刊布皆有贡献。吴春仕至山东按察司副使，在为泰山编集之事上，他可谓孜孜以求，终生行之，然未能最终完成。杨时乔说："东垣宪副吴君春，遵遗言收存散乱，并著年谱，未竟。"②春之子吴莱对外祖文集之刊刻起到了至关重要的作用，其云："莱承父命，据其见存者纪诸锓梓。盖亦追念先大夫，感翁之诚而匪敢自附于述者之明也。"③吴莱上承其父，使梓事得以完成；下付子孙，使绍继其事。五十卷本《桂洲先生文集》就有吴莱刻本。吴莱之子一璘崇祯十一年（1638）又刻有十八卷本《夏桂洲先生文集》，一璘子吴宏大约在期间也负责过一些文字校理的工作，其事俱见崇祯刊本《夏桂洲先生文集》卷首序文。到清康熙十八年（1679）吴宏又有重修本。夏氏的直系后人反而在刻集之事上，让出外裔吴氏一头。

王畿《慕蓼王先生樗全集》乾隆二十四年（1759）刻本的王宗敏序也说：

> 百年电激，遂使先世遗编郁湮不彰，其咎安在耶？爰因家藏旧本，重加校雠，命男鸣銮……等正其鲁鱼，付诸剞劂④。

---

① 杨伯峻《列子集释》，北京：中华书局1979年版，第160页。
② 杨时乔《新刻杨端洁公文集》，《四库全书存目丛书》影山西省祁县图书馆藏明天启杨闻中刻本，济南：齐鲁书社1997年版，集139册第716页。
③ 夏言《夏桂洲文集》，《四库全书存目丛书》影北京大学图书馆藏明崇祯十一年吴一璘刻本，济南：齐鲁书社1997年版，集74册第164页。
④ 王畿《慕蓼王先生樗全集》，《四库全书存目丛书》影清华大学图书馆藏清乾隆二十四年王宗敏刻本，济南：齐鲁书社1997年版，集178册第4页。

王畿的文集刊刻成书后经历了百余年，便"遂少流布"了①，其明刊本印数或许也并不很多。虽时序更迭，朝代鼎革，但作者旁支亲属，六世从孙王宗敏依然想要重为校辑，并带领儿子一起校雠原书，付诸梨枣，真实地反映了他们张扬祖德的期望。

亲属之外，作者的门生故旧，也有为师长刻集的。如黄佐《泰泉集》十卷本就是其门生李时行嘉靖二十一年(1542)在嘉兴所刻。黄佐的儿子黄在中、在素、在宏所刻的万历元年(1573)刊六十卷本，反而晚出。嘉靖十七年(1538)文三畏所刻马中锡的《马东田漫稿》则是与作者有通家之好的执事者所刊。文三畏的父亲与马中锡为同榜进士，均于成化乙未(1475)及第。同年关系在科举时代是重要的人际关系之一，因此，文、马两家在社会网络间便有了交集。马中锡的儿子请文三畏为其父文集校正锓梓，也就成为文氏不可推脱的责任。在为祖先、师长刻集传播的过程中，文集作者的子弟、友生既要承担责任，又能获得文化资本的积累。执事者或许因为刊刻传播一部文集而名垂千古。

大多数为祖先、师长传播作品者，其动机主要在张扬祖德，欲使传世不朽。而为数众多的二三流作家的作品也正赖此传布。

3. 肇述先贤，俾传不朽

古代中国文人的荣耀，不仅属于宗族，也属于他所在的地方。在一些文化名人的故乡，地方官员会为他们刊刻文集，以表彰先贤，劝勉后进。例如方孝孺的《逊志斋集》就曾多次被宁海官员刊刻。成化十六年(1480)的郭绅刻本有谢铎《新刊逊志斋集后序》，其云：

> 《逊志先生文集》三十卷《拾遗》十卷……铎与文选黄君孔

---

① 王畿《慕蓼王先生樗全集》，《四库全书存目丛书》影印清华大学图书馆藏清乾隆二十四年王宗敏刻本，济南书社1997年版，集178册第4页。

昭颇加搜辑……今年春,宁海令郭君绅闻之以书来,曰:……
愿益得以传诸梓①。

嘉靖四十年(1561)王可大刻本是二十四卷本,卷首有可大《重
刻正学方先生文集叙》,其语云:

> 督学中方范公谓兵宪贞山唐公曰:"予司文养士,而正学
> 先生实公分地也,盍相与以新之!"秋九月中方公校士于台,则
> 命可大校梓而叙之②。

方孝孺在明史上熠熠生辉,他的忠君死节行为正是对士大夫道德
标准最崇高的诠释,其富贵不能淫,威武不能屈的刚正形象激励着
后世。因此,从当地邑宰到学官均为重刊他的文集做出过贡献。
而地方官员传播其文集的动机,在上述几篇序文中也说得相当明
白,即"司文养士"。期待乡贤能成为地方精神的支柱,劝勉来人,
敦励地方教化,带动地方良好风气的提升。

嘉靖四十年(1561)王道行等刻的魏校《庄渠先生遗书》更是肇
述乡贤的代表。王道行时任苏州府知府,魏校故里昆山是苏州属
县。苏州府刻《庄渠先生遗书》有典型的官方色彩,其劝励地方风
气的用心在该刻本的牌示中展露无遗,其文曰:

> 为表章先贤文集以崇正学事。照得昆山县已故太常卿庄
> 渠魏公,德行文学师表一世,四方学者得其片言,重若拱璧。

---

① 方孝孺《逊志斋集》,《四部丛刊》初编本,上海:商务印书馆 1922 年版,第 12
册第 42 页。

② 方孝孺《逊志斋集》,《四部丛刊》初编本,上海:商务印书馆 1922 年版,第 1
册第 6 页。

今据监生郑若曾送到家藏遗书若干卷,读之一终,率皆躬行心
得之妙,可为垂世立教之书。若不早寿诸梓,恐将来散失无
稽,景行徒切,考德何从①。

苏州府刊刻魏校的文集正是因为魏氏"德行文学师表一世",可以
为四方典范,其著述"可为垂世立教之书",又担心"将来散失无稽,
景行徒切,考德何从",所以决定由官方出面刊刻传播。

有些文人因为身居显宦,也成为地方官员为之传播文集的对
象。如明初重臣杨溥的《杨文定公诗集》有彭时序文,其序云:

《记》曰:治世之音安以乐,其公之谓欤? 公没三十余年,
姑苏项君瓘来为湖广宪使,以公是邦之望,乃取其诗刻梓以
传。……使后学即此而观,得其所存之实,有所感慕。……是
故项君嘉德尚贤,启迪邦人之美意,然使天下后世咸知治世之
音如此,则于风教亦未为无补云②。

杨溥,石首人(今属湖北),曾与杨士奇等共掌国政,位至通显。杨
氏殁后三十年,诗集未曾刊梓,可见其家后裔或不重视,或无力任
之。地方官员乃为之刻集传播,以使其"没而不朽"。而一个更重要
的目的则是教化地方,"使后学即此而观,得其所存之实,有所感慕"。

文化传播的一个基本功能就是在特定的传播范围内得到认

---

① 魏校《庄渠先生遗书》,上海图书馆藏明嘉靖四十年王道行等刻本。该牌示
　见存该馆藏本之抄补《庄渠遗书序目》中。补者1950年十月据涵芬楼藏嘉
　靖本抄。"景行徒切"之"切",崔建英等《明别集版本志》作"功"字。但《明别
　集版本志》并未说明所著录版本的典藏地(北京:中华书局2006年版,第
　275页)。
② 杨溥《杨文定公诗集》,《续修四库全书》影南京图书馆藏明抄本,上海:上海
　古籍出版社2002年版,第1326册第463—464页。

同,使得传播效果最大化,促进当地的文化积累和文明进步。若是一名寄寓在他乡的有重大社会影响的作者,在当地也能享受先贤的待遇,而他们的文化贡献也将使当地获得荣耀。翻开一部地方志,乡邦先贤和寄寓名流同在一编的现象在在皆有,这正反映了寄寓名流同样是寄寓地方所重视的"文化资产"。在寄寓地方看来,寄寓名流同样可以起到激励地方后进的作用。明代杨慎之于云南,就类似宋代苏轼之于海南,唐代韩愈之于潮州,柳宗元之于柳州。云南也曾多次刊刻传播杨慎的文集:嘉靖三十二年刻的《杨升庵南中集钞》、嘉靖三十八年刻的《升庵七十行戍稿》、万历四十八年施尔志刊刻的《杨升庵诗》、嘉靖二十二年任良干刻的《词林万选》等皆是云南地方官员所刻。这正说明杨慎文集在明代的云南地区的传播效果是不容忽视的,他的文化地位在云南再次得到认同。

4. 坊贾刻书,注重逐利

明代书坊发达,瞿冕良编著的《中国古籍版刻辞典》所著录的明代书坊达253家,而实际数字应不止于此。其书著录金陵书坊55家,而缪咏禾《明代出版史稿》所著录的金陵书坊多达104家,几乎是瞿著的一倍①。以此可推,现实存在过的书坊可能更多。这些书坊刊刻书籍的目的自然是以盈利为主的,传播实际效果与盈利多少息息相关,他们更加重视传播的实效,往往以读者需求为刻印书籍的导向。

书坊刻别集,多以名家大家为主,不入流的作家较少被书林关注。以《中国善本书目》所收为例,该书著录的,刻者题有"书林"字样的书籍约有500余种。但其中多是与人们日常生活密切相关的医学、农政,或与科考相关的场屋文字、兔园册子。书林所刊别集

---

① 缪咏禾《明代出版史稿》,南京:江苏人民出版社2000年版,第73—74页。

反倒不多，即便有所刊印，也以名家大家文集为主，如钟惺《隐秀轩集》的明末书林近圣居刻本、程敏政《篁墩程先生文集》的嘉靖十二年（1533）书林宗文堂刻本皆是其例。

有些书的作者尽管社会影响并不很大，但出于盈利的目的，书坊主却也会承担刊刻任务。如孙宜《洞庭集》的嘉靖三十二年（1553）刊本就是建阳书坊所刻，当时孙宜的兄长孙宗任玉山县令，因其地"去闽密迩，而建阳书林人吴世良者素好事，来请翻刻，余因捐俸托之"①。吴世良诚好事者，万历二年（1574）的《桂洲先生文集》五十卷本，也是他所翻刻。孙宗"捐俸托之"，吴世良自然是有利可图，否则又怎么会亏本刊刻一部与自己毫不相干的书籍？这种"接受订单"式的坊刊在其时大概也是书坊的一种经营手段。

凡此均与书坊射利的直接动机有密切的联系，书坊重视传播实效也为文集传播的马太效应提供了更广阔的适用领域②。

5. 奇文共赏，雅重艺事

有的传播者抱着"奇文共欣赏"，美文不独专的观念，刊刻他人文集。他们或欣赏作品，或钦仰作者，故而为之刻集传布，这些传播者则是出于非功利的目的了。如方孝孺《逊志斋集》的嘉靖二十年（1541）朱让栩刻本即是。该本由蜀成王朱让栩刻，其书卷首刘大谟序文有云："今殿下适庵夙勤向慕，既取而梓诸书庑，以传播之。"③嘉靖时的蜀藩要刊刻方孝孺的文集恐怕很难和以上四种情况相关，大约只能是因为传播主体"夙勤向慕"，推重方孝孺其人了。再举一例，皇甫汸《奉寄东郭邹太史先生简二首·其二》云："我朝以正学名世者，文清、康斋诸公而已"，"《康斋日记》具载本

---

① 孙宜《洞庭集》，《北京图书馆古籍珍本丛刊》本，北京：书目文献出版社 1987年版，第 105 册第 37 页。
② "马太效应"，详见本文第三章第一节。
③ 崔建英等《明别集版本志》，北京：中华书局 2006 年版，第 9 页。

集,味其超然契道,尤为卓越,久欲梓而广之。未获名德表章,窃怀无徵之虑,兹特仰丐片言,冠于其端"①。皇甫氏也是希望通过刊刻《康斋日记》,使四方学者能更加容易读到吴与弼"超然契道"的言论。他为使得梓事更显庄重,还特地向名流请序,以"名德表章"使之更能为读者接受。皇甫㳫与吴康斋生而异时,长不同地,学非共源,他要刊刻康斋的日记,大约也是从奇文共欣赏的角度出发的。

又如宋廷琦的《碧山诗余后序》有"夫美而爱,爱而传公也。遂锓诸梨,与好艺文者共之"诸语。宋氏认为王九思的词作"篇少趣多,众体咸备,或慷慨激烈,或舒徐和平,或蕴藉含蓄,或清淑简易,要皆华敏高妙,与李太白、温飞卿为千年友",甚至"苏黄而下,不论也"②。虽然宋氏对王九思的评价并不一定符合事实,但"美而爱,爱而传公也"已足说明其传播目的。

二　追求传播内容的真与善

传播的内容有题材、体裁等多种区分标准,我们这里主要讨论传播主体对传播内容的真实性、完整性或简约性的态度。所谓"真",即反应文本原貌;所谓"善",是追求文本的完善,"善"的标准因人而异,但目的都在便传。

受众在接受文本时总是希望能够不受传播过程中出现的滞阻现象影响,能够得到最完善的文本。传播主体由于传播动机的差异,在这个问题上却并不能始终与受众保持一致。书坊贾利,传播刻印过程中,每每有意刊落部分内容。胡应麟就曾不满于建阳书坊刊落《水浒传》中的韵文,以为"闽中坊贾刊落,止录事实,中间游

---

① 皇甫㳫《皇甫少玄集》卷二十二,文渊阁《四库全书》本,上海:上海古籍出版社1987年版,第1276册第641页。
② 赵尊岳《明词汇刊》,上海:上海古籍出版社1992年版,第1866页。

词余韵,神情寄寓处,一概删之,遂几不堪覆瓿"①。而大多数为传乎后世而努力的传播者,对所传内容则重真求善。

钱允治在《合刻类编笺释草堂诗余序》中说:"注释本脱落缪误至不可句。太末翁元泰见而病之,博求诸刻,愈多愈缪,乃倩余任校雠之役。"②钱氏所述,陈元素重新校勘《草堂诗余》的目的,正在力求纠正谬误,存原作之真,此为重视传播内容真实性的佳例。

作者著述的本意固然是需要读者领会的,而作者创作文本时的选辞用语也是传播者求真的对象。陶望龄《歇庵集》万历刊本有其门生余懋孳序,云:

> 遗篇剩幅间存歇庵,学者争购以传,即断简单词,珍若檀旃。愚方逼吏事,不暇手录。从君奭乞得,属王生应遴传写,奉入春明,冀与师门高足订其讹谬,用诏来兹③。

余懋孳请人传写其师之文集,又希望同门能一道订正讹误,其目的在"用诏来兹",使后世能知陶望龄文集之本真,而不至于被传写之失所误导。

有的传播者对传播内容真实性的追求几乎到了孜孜不倦的地步。杨基《眉庵集》在成化之前有"教授郑钢编集,已板行矣",然"字多讹谬,先后失序,而缺略尤甚"。"吴中张公企翱","素重先生之诗,每遇公暇辄研究之,补其缺略,次其先后,履历之序、字之讹谬

---

① 胡应麟《少室山房笔丛》,上海:中华书局上海编辑所1958年版,第572页。

② 顾从敬《类编笺释国朝诗余》,《续修四库全书》影上海图书馆藏明万历四十二年刻本,上海:上海古籍出版社2002年版,第1728册第291页。

③ 陶望龄《歇庵集》,《明代论著丛刊》第二辑,台北:伟文图书出版社1976年版,第14—15页。

者悉考正之,厘为十二卷,绣梓以广其传"①。张习并不因为官居要路,公务繁难而屈就已有的刊本,反而是一有余暇就加以补正考订。他对杨基诗作的求真求善态度昭昭可见。

有些书坊也以所刻刊本的精善存真为速售之号召。如嘉靖三十四年(1555)金陵书林薛氏所刊唐顺之《重刊校正唐荆川先生文集》目录后就镌有如下文字:

> 是集因无锡板差讹太多,乃增削校正无差。谨告四方贤明士大夫君子,须认此板金陵②。

书坊提醒"四方贤明士大夫君子",金陵薛氏刊本是经过校正的,与原文无差,存唐荆川先生文章之真,故而值得选购。

尽管大多数传播者对传播内容的真伪之态度非常近似,但在对传播内容的选择上却存有不同看法。有的传播者希望求精、求简约,而另一些人则重在求全、求完整。按文学创作的实践来说,作家的作品并非篇篇可传。因为创作过程存在的不确定因素,再伟大、再天才的作家也可能写出糟糕的作品。因此,求精选刊者往往选他们认为最值得传播,最可能传播的作品刊刻。当然,这样做的原因并不相同,他们有的真正是出于求精便传的目的;有的则是迫于经济压力而不得不如此。例如王世贞文章众多,而万历四十三年(1615)的吴德聚刻本就是个选刊本。该本题名《王元美先生文选》,由乔时敏辑选。乔说:"癸卯前合元美正、续、别三集选得五

---

① 杨基《眉庵集》,文渊阁《四库全书》本,上海:上海古籍出版社 1987 年版,第 1230 册第 330 页。
② 崔建英等《明别集版本志》,北京:中华书局 2006 年版,第 28 页。

百余首。乙卯承乏钱江，衙中再读，嫌为太烦，复加删订。"①王世贞
作品有三集，在乔时敏的删选之下已仅剩 500 余，而乔尤以为烦，
乃再加删削。

　　有的则是作者刻意求工，手自删定。高出《镜山庵集·初删
稿》就是他"删去其半，而存者亦多所审定"的结晶②。这大约就是
吴承恩《花草新编序》所称的"取之严，所以表式"③，尽量取精华所
在，以促进该选本的传播。

　　有的编集者却是因为经济的原因而不得不减省冗篇，以求便
梓。如王世贞《重刻古画苑选小序》就提到自己"欲荟蕞书、画二家
言，各勒成一。《书苑》已就，多至八十余卷，欲梓之而物力与时俱
不继。其《画苑》尚未成，乃稍衰其古雅鲜行世者，各十余种分刻之
襄、南二郡"④。虽然王"欲荟蕞书、画二家言，各勒成一"，《书苑》编
成后卷帙过繁，无力刊刻，故而编纂《画苑》时便注意选择"古雅鲜
行世者"入集。这在王世贞是为便于刊刻，不得不如此为之。

　　作者的晚辈多对文集完整性较为重视，他们出于对先人师长
的缅怀和尊重，希望能最大限度地传播其作品，使之长存天地间。
他们重视搜罗作家的全部作品，哪怕片言只字，均要收入本集才作
罢。这在时人看来是孝思之体现，薛冈曾表达了这样的观念，其
《张文懿公遗集序》云："先生著述甚富，病久不问，遗失于典记之
手，故并馆中课、经筵讲语及一切辞命之文与应制诗辞皆无一存

① 王世贞《王元美先生文选》，中国社会科学院文学所藏万历四十三年吴德聚
　　刻本。
② 高出《镜山庵集》，《四库禁毁书丛刊》影北京大学图书馆藏明天启刻本，北
　　京：北京出版社 2000 年版，集部第 30 册第 585 页。
③ 吴承恩著，刘修业辑校，刘怀玉笺校《吴承恩诗文集笺校》，上海：上海古籍出
　　版社 1991 年版，第 118 页。
④ 王世贞《弇州四部稿·续稿》卷五十四，文渊阁《四库全书》本，上海：上海古
　　籍出版社 1987 年版，第 1282 册第 715 页。

者。此特吉友旁搜博觅,得什一于千百中者,可谓孝矣!"①张邦纪的文章几乎散佚,其后裔为之"旁搜博觅","可谓孝矣"。类似观念许孚《万历新刻杨升庵先生长短句序》中也提到,他说:"侍御公为先生从子,先生手泽所存,不忍一字之遗,而欲广其传于后者也。"②因为是族中先人的手泽,所以"不忍一字之遗"。说到底,要为祖宗编集,以示孝思,自然不能放弃对先人手泽的追寻。在这种观念的指引下,传播者的求全心理就不难理解了。

不少人的这种求全态度是极其认真的,哪怕长辈已经手自定其集,删去绪余,而后裔依然追寻散佚在文集外的文稿为之刻集。李维桢《申文定集序》就说到申时行的子孙搜罗集外文字的情况。其云:

> 文之大者,手自删润,行于世。此集若云绪余土苴不足存耳。夫麟凤寸趾片羽,莫非瑞物,宁得遏而不宣。子孙辑以授梓,索序于余③。

申时行已经为自己认为较重要的文章进行过润色编纂,其文已行世,而子孙又为辑出未经刊刻传世的文章,为之刻梓。又如唐顺之的儿子唐鹤徵在所刻《唐荆川先生续文集》六卷《奉使集》二卷就刊出这样一段文字:

> 先人本不敢以文章名家,故诸文皆不及留稿而书柬更多

---

① 张邦纪《张文懋公遗集》,《四库禁毁书丛刊》影上海图书馆藏明崇祯十七年刻本,北京:北京出版社2000年版,集部第104册第2页。
② 王文才辑校,《杨慎词曲集》,成都:四川人民出版社1984年版,第5页。
③ 李维桢《大泌山房集》,《四库全书存目丛书》影北京师范大学图书馆藏明万历三十九年刻本,济南:齐鲁书社1997年版,集部第150册第513页。

散失，今据所存者梓之。倘诸老先生向曾辱交先人，而书问犹
有在者，不惜录示如梅林翁，实不肖之幸也，亦诸老先生生死
之交情也。不肖孤唐鹤徵谨启①。

这是一段征集先人散佚文稿的告示，刊登在《唐荆川先生续文集》
卷二的首页上。所求内容是唐顺之的尺牍信札。尽管应酬通问之
作未必篇篇可传，但唐顺之的这些文字却也出现在唐鹤徵的征集
视野中，其为先人刊集的求全态度于此可见。

　　由此可知，传播者出于经济条件、与作者关系、对作品价值认
识等方面的不同原因，在刊刻传播作者文集时，态度上是有所差异
的。但总的来说，求真、求精、求全均着眼于促进作品流传的效果。

三　重视技术及物质条件

　　传播的技术手段更新，技术条件改进都能提升传播效果。而
对书册传播来说，物质形态的情况也是关涉其传播效果的因素。
若论传播之便捷，手抄时代远不如印刷时代，铅字排印远不如激光
照排，任何技术手段的革新都影响着传播的宽度和广度。而对于
书籍史与阅读史来说，书籍的印刷装帧、编辑水平、字体行间距等
等问题都会对阅读传播造成影响。胡应麟《少室山房笔丛》就曾谈
到印刷用纸、用墨、装帧等问题对销售价格、书籍传播久远的影
响②。其论足见明人对涉及书籍的相关技术条件之重视。

　　明人刻印书籍，以期传播久远，不少传播者相当重视传播技
术。有些作者专门拣选技术水平较高的吴中、白下地区刊刻文集。
如嘉靖戊戌(1538)苏州人皇甫汸外放，夏言就将自己的文集交付
给皇甫氏，希望在苏州刊刻自己的第一部文集。皇甫汸回忆当时

① 崔建英等《明别集版本志》，北京：中华书局 2006 年版，第 28 页。
② 胡应麟《少室山房笔丛》，上海：中华书局上海编辑所 1958 年版，第 53—70 页。

的情景说:"时桂洲元相赠之以词,并以内阁所录一编示之曰:'吴匠氏善梓,尔归其谋诸,且为我纪之。'"①"吴匠氏善梓",是夏言舍近求远,要在吴中刊刻文集的最重要原因。可见,夏言对文集传播技术条件的重视。李维桢《大泌山房集》的万历三十九年(1611)刻本,在刊刻时也考虑到传播技术的问题,其《小草三集自序》云:"校刻未及半,而投劾还山矣,坐急难,留滞广陵、金陵间,遂及三年。友人以金陵刻工便,强余悉索旧草。"②所谓"友人"云云,不外托辞,而"金陵刻工便"却更似刻集的真正理由。苏州、南京等地的刻书技术水平较高是当时人所共知的。胡应麟专门谈到吴中地区刊刻书籍的胜于他处诸现象,并称:

> 凡刻之地有三:吴也,越也,闽也。蜀本,宋最称善,近世甚希;燕、粤、秦、楚今皆有刻,类自可观,而不若三方之盛。其精,吴为最;其多,闽为最,越皆次之;其直重,吴为最;其直轻,闽为最,越皆次之。
>
> 凡印,有朱者,有墨者,有靛者,有双印者,有单印者,双印与朱,必贵重用之。凡板漶灭则以初印之本为优,凡装,有绫者,有锦者,有绢者,有护以函者,有标以号者。吴装最善,他处无及焉。闽多不装③。

即便"他处无及"吴中,但非盈利目的的传播者也往往希望通过良工巧匠传刻文集。有的传播者甚至因为不满意原先的刻本,而另起炉灶。邓云霄的《百花洲集》有万历三十六年(1608)刻本,该本

①皇甫汸《桂洲集跋》,夏言《桂洲集》,上海图书馆藏明嘉靖二十年刻本。
②李维桢《大泌山房集》,《四库全书存目丛书》影北京师范大学图书馆藏明万历三十九年刻本,济南:齐鲁书社1997年版,集部第150册第270页。
③胡应麟《少室山房笔丛》,上海:中华书局上海编辑所1958年版,第56—58页。

的主事者是卫拱宸。钱允治序文曾原刊"字画讹舛，剞劂粗率，殊
不雅观。卫君翼明见而不然之，复倩良工善楷者翻刻成袠，问序于
余"①。卫翼明就是卫拱辰，邓氏文集刊刻之后，卫拱宸发现其刻
"字画讹舛，剞劂粗率，殊不雅观"，于是"复倩良工善楷者翻刻"。
清人张世绶生活在康熙年间，上距明季不远，他的观念也可为明人
传播观念之旁证。世绶先人为弘治九年(1496)进士张弘至，弘至
之父名张弼。张弼父子文集均由张世绶刊于明清鼎革之后。其时
张世绶在曲沃当官，"每欲节余俸以登梓，奈地处瘠疲，抚绥未暇，
且良工难遘，纵有余晷，不敢轻率举行。癸酉适有梓人来自白下，
用是不揣固陋，勉竭涓涘"②。张世绶有心刊刻祖先文集，以广其
传，但却不敢轻易为之，其原因除仕宦劳苦之外，更因为"良工难
遘"。一旦遇见了刊刻技术较精湛的来自南京的刻手，他便不再犹
豫，直接刊行。可见传播者对技术条件之重视。

　　物质载体往往也是传播效果重要的影响因素，印本之纸张、用
墨、装帧等均能影响读者的阅读活动。试以我们自己的阅读经验
言之，撇开书籍内容的因素，纯粹从书籍材质来看。当我们翻阅那
些纸张脆黄、墨迹模糊的民国新闻纸印刷的书籍时，因为担心翻页
时损坏书籍，一定会放缓翻阅速度，进而影响阅读质量。而以建国
初黑黄粗糙的草纸印出的书籍，与今日以铜版纸印出的书籍相比，
自然也是后者赏心悦目，更能激发读者兴趣。

　　势易时移，然人之感受当有共通处，明人亦相当重视传播中的
物质条件。李维桢在重订他的《大泌山房集》时有序，名曰《重订小
草引》。该引说道："集始于壬子，讫于戊午，……纸多滥恶，印复苟
简，以致板有遗失，今卜日还楚，事难遥制，将板尽归俞宅。重复编

①邓云霄《百花洲集》，国家图书馆藏万历三十六年卫拱宸刻本。
②崔建英等《明别集版本志》，北京：中华书局2006年版，第160页。

次修补,纸价印工均倍于昔,有识者辨之。"①可见李维桢对自己的文集已有刊本并不满意,其不满处主要集中在纸张与印工上。因此,不惜工本,重新印行,在纸张与印工上均出一倍于前刻的价钱。李维桢要这样做的目的不外乎使其书传之久远,不要因"纸多滥恶,印复苟简"而造成传播的滞阻。

孙宜的《洞庭集》嘉靖三十二年(1553)曾经其兄孙宗刊刻。孙宗时任玉山县令,他对孙宜"刻之山斋"的文集也不甚以为然,恰巧"玉山盖天下通衢,学士大夫多知弟者,亟欲得之,仓促无寄,辄不能应,幸玉饶纸,且去闽密迩,而建阳书林人吴世良者素好事,来请翻刻,余因捐俸托之,冀得善本以应索者"②。玉山属于广信府(治所在今上饶),与衢州开化、广信铅山地理相近,开化所产榜纸、铅山所产连史纸皆当时印书的上选。胡应麟就曾提到"凡印书,永丰绵纸上,常山柬纸次之,顺昌书纸又次之,福建竹纸为下"③。孙宗特地提到"幸玉饶纸",说明他对于传播的物质条件是相当重视的。且托"建阳书林人吴世良"刊印的目的也有重视建阳梓人刊刻技术的成份,"冀得善本"。

总之,明人的传播观念,重传世不朽,重求真求善,重技术和物质条件的保障。而这些都集中到对作品传世久远或者传播效果好坏的重视上,因此,明人在制定相关传播策略时,在吸收前人经验的基础上,巧妙地运用着各种策略,为作品传播争取更好的传播效果。

---

① 李维桢《大泌山房集》,中国社会科学文学所藏明万历刊本。
② 孙宜《洞庭集》,《北京图书馆古籍珍本丛刊》本,北京:书目文献出版社 1987 年版,第 105 册第 37 页。
③ 胡应麟《少室山房笔丛》,上海:中华书局上海编辑所 1958 年版,第 57 页。

第二节　明人文学传播的策略

运用适当的策略进行传播,往往能起到事半功倍的效果。古人在文学传播实践中,长期有意无意地运用一些行之有效的策略,例如名流印可、附骥以传、求异标新等等。在明人的文学传播过程中,大多数传播策略都得到了很好的运用,其中不少还是有意为之的。我们着重谈其中的三个策略:光环效应、权威效应及示范效应。

一　光环效应:名人名著的品牌实效

微不足道的水滴折射太阳之光芒,能泛出七色的彩虹;名人名著的光环投射到普通的作家作品身上,也能令后者平添光彩,从而产生积极的传播效果①。因此,古人经常有意无意地使用这一传播策略,用以促进文学作品的传播②。在运用的过程中,人们一般会将所欲传扬的作家、作品与文学史上的著名作家、作品或者其他文学现象进行比较,进而得出有利于前者的结论,以促进其传播。

就明词而言,传播者往往将其与宋代词史上的著名词人、事迹进行比较,以促进明词作家、作品的传播。这种现象比比皆是,我们随意举其数例。浑称宋词,欲以宋词整体光环唤醒受众者,如徐𤊹在评价文徵明《满江红》(漠漠轻寒)时就说:“文衡山先生作也,

---

① 传播学认为人们对某一具体事物通常会有刻板印象,受众在接受过程中,因为刻板印象影响,对与其相关的事物也易于形成相似的看法。该现象在传播学中叫“光环效应”,也叫“晕轮效应”、“成见效应”。
② 李世前、白贵《古代词话作者的自我传播意识——中国古代诗词传播现象研究》(《河北大学学报》2006年第6期)、汪超《论〈文选〉对两宋总集编纂的影响》(《沈阳师范大学学报》2008年第4期)等均涉及古代文学传播的“光环效应”问题。

清绝婉媚,何减宋人擅场者?"①此处之"先主"自是"先生"的笔误。徐氏先下一个"清绝婉媚"的断语给文徵明词作,接着又运用光环效应,虽不明确说比哪位擅场的宋人亦不曾减价,但却在言语中包含了众多"宋人擅场者"。词之最胜者在宋时,论词必称天水一朝,徐氏以词艺不减赵宋写手称扬文衡山,以宋人的光芒映衬文徵明,尤见文词水平之高。而当时论者更多以宋代具体的作家比附所欲称扬者,以唤起受众的注意的。如刘世伟《过庭诗话》称刘基"郁离子天资极高,古诗似谢玄晖,乐府似周美成,律诗微艳丽,不似唐人耳"②。以刘基不同的文体作品分别比附文学史上的相同文体的代表作家,达到促进其传播的效果。而张含称美杨慎也将其置于苏、辛的光环下,《陶情乐府序》云:

> 昔人云:"东坡词为曲诗,稼轩词为曲论。"若博南(按:指杨慎)之词本山川、咏风物、托闺房、喻岩廊,谓之曲史可也③。

因为古人认为苏轼、辛弃疾的词可以称为"曲诗"、"曲论",而用仿词手法,杜撰出"曲史"一词用以称杨慎的作品。这显然是借重苏、辛之威名,彰显杨慎之词作。苏、辛词名,历来为人所重,张含以之赞美杨慎或许还只是出于简单的借重名人声望之意,但有的传播者则注意到了欲传者与借重者之间在文学创作的风格或地望等经历的趋同性。如明末南洙源《秋佳轩诗余序》称易震吉,"此非月槎

---

① 徐𤊹《徐氏笔精》卷五,文渊阁《四库全书》本,上海:上海古籍出版社 1987 年版,第 856 册第 540 页。

② 刘世伟《过庭诗话》下卷,《四库全书存目丛书》影北京图书馆藏明嘉靖刻本,济南:齐鲁书社 1997 年版,集部第 417 册第 132 页。

③ 张含《张愈光诗文选》卷七,《丛书集成续编》影《云南丛书》本,上海:上海书店 1994 年版,第 115 册第 95 页。

之词,乃稼轩之词也"①。南氏正是注意到了易震吉在主体风格上效法稼轩,创作时对稼轩多有倚重的实际情况,因此借重稼轩称扬易震吉。

蒋芝为张綖的《诗余图谱》作序,则借张綖前代同乡秦观的光环来照射张綖。他说:

> 诵群公之论,即秦之长于词,殆天赋也欤? 当时传播人间,虽远方女子亦知脍炙,至有好而至死者,非针芥之感何至尔尔。嗟夫,长淮大海精华之气,振古于兹。南湖张子,后少游而至生者,其地同,才之赋又同。雅好词学,自得三昧,兹地灵之再泄也欤②?

在这段序文中,蒋芝目的在推介张綖,却用了 47 个字赞颂秦观,笔锋一转,以 14 个字承前启后,带出张綖。但并不着重介绍张綖,只是以之与秦观比较,寻找张綖与秦观的相似点,从而发出"兹地灵之再泻也欤"的感喟。行文中不直说张綖,而是处处刻意强调秦观,这正是欲借秦淮海之光环以照亮张綖。虽通篇大部分文字说的是秦观,但最后却定格在张綖身上,也可谓善用光环效应者。

明代作家不仅由他人品藻推重,有时他们也会进行自我称扬。其实,自我称扬的现象并非后世才有,早在《诗经》时代就已出现,如《大雅·崧高》之"吉甫作诵,其诗孔硕";《烝民》之"吉甫作诵,穆如清风";《小雅·何人斯》之"作此好歌,以极反侧"都是作者自己

---

① 易震吉《秋佳轩诗余》,《续修四库全书》影南京图书馆藏明崇祯刻本,上海:上海古籍出版社 2002 年版,第 1723 册第 521 页。

② 张綖、谢天瑞《诗余图谱》,《续修四库全书》影北京图书馆藏明万历二十七年谢天瑞刻本,上海:上海古籍出版社 2002 年版,第 1735 册第 471 页。

称颂自己的例子①。该传播策略传到明人手中，被运用得炉火纯青。

郑以伟《灵山藏诗余》自序，在称扬了一番前代作手之后，他开始点评本朝词人：

> 我明作者，如青田始开其奥，时艺既专，情为理捭，才与趣违，而熟烂之程式，终不尽关蕴藉之手，于是藻曲填塞，亦不免词兴诗亡之讥。余酷爱沈启南咏宋帝敕岳忠武词云："万里长城麟足折，两宫归路乌头白。"每讽数四，谓可敌铜将军铁绰板，乱苏学士"大江东去"。又吴原博《咏沙燕》："身轻不受柳，风吹小穴，藏身托土堤。堤若崩时穴更移，免衔泥。谁说华堂便好栖。"不减周美成题"王谢堂前物，不翅饱酪奴"也。暇搜箧中诗余，半是充伐赠人事，或临小景文情。凡陋音韵多舛，似棘喉涩吻，姑不忍吐弃。非能效前辈胡卢，又窃为枚皋之自诋媟已，朱紫阳作梅雪二词，遂不复再惧铺糠啜糟，不觉神醒②。

在这段文字中，郑以伟将沈周比附苏轼，将吴宽比附周邦彦，而对拉开明词大幕的刘基却略有微词。文末先将自己的词作贬低一番，实际却是枚皋自诋的伎俩，随后即抬出朱熹也作小词，为自己创作词寻找依据。郑以伟这里是暗用光环效应，先说明朝词家本自有缺憾，起到"先抑"的效果，接着将沈周、吴宽比附前代名家，用为铺垫。之后再抑一次，自诋其作，峰回路转笔又引朱熹为奥援，实际上是借子朱子之光环照映郑氏自身。

---

① 孔颖达《毛诗正义》，阮元校刻《十三经注疏》本，北京：中华书局1980年版，第567、569、455页。
② 赵尊岳《明词汇刊》，上海：上海古籍出版社1992年版，第1828—1829页。

　　一般说来,采用光环效应的传播者会从正反两种途径运用其法。一种是在与前代名家比较时,称所欲传播者能与之比肩;另一种就干脆说所欲称扬的对象比前代名家更胜一筹。前者如我们上文提到的张含称许杨慎、蒋芝称许张綖等,他们都是从"同"的角度使用光环效应,是在借重前代名家的光环,唤起受众的认同。而后者往往声称所欲传播的对象在某些方面甚至强于文学史上的著名作家。如杨南金《升庵长短句序》就是一例,该序称:

　　　　太史公谪居滇南,托兴于酒边,陶情于词曲,传咏于滇云,
　　而溢流于夷徼。昔人云:"吃井水处皆唱柳词。"今也不吃井水
　　处亦唱杨词矣①。

既然连"不吃井水处"都有人唱杨词,言下之意是杨词传播的范围之广,甚于"有井水处皆唱"的柳词。而陈霆在进行自我称扬时,也巧妙地反用了光环效应。《渚山堂词话》卷一就有这样的例子,如其书云:

　　　　欧公有句云:"平芜尽处是春山,行人更在春山外。"陈大
　　声体之,作《蝶恋花》。落句云:"千里青山劳望眼,行人更比青
　　山远。"虽面目稍更,而意句仍昔。然则偷句之钝,何可避也。
　　予向作《踏莎行》,末云:"欲将归信问行人,青山尽处行人少。"
　　或者谓其袭欧公。要之字语虽近,而用意则别。此与大声之
　　钝,自谓不侔②。

----

① 王文才辑校《杨慎词曲集》,成都:四川人民出版社1984年版,第1页。
② 陈霆《渚山堂词话》卷一,唐圭璋《词话丛编》,北京:中华书局1986年版,第
　　353页。

陈霆在这里非难陈铎袭欧阳修词句太直太显，而以己作与之相比较。起到了抑人扬己的效果，而陈铎正是生活在陈霆以前的当代著名词家。陈霆自认强于陈铎，在比较中极其自然地借重了陈铎的光环。

光环效应运用甚广，其策略虽在一定程度上能促进作家、作品的传播，但时人每每滥用该策略，使之往往堕入不切实际的吹捧中。如吴一鹏《少傅桂洲公诗余序》竟然说："古之善词者，温庭筠、韦庄、冯延巳之流，失之浮艳；周美成、柳耆卿、康伯可之流，失之浅近；辛幼安、刘改之、陈同甫之流，失之粗豪。如公之作，华而有则，乐而不淫，实词林之宗匠也。"[1]似乎夏言的词远比唐宋著名词人的作品都要有价值，实在评价失当，奉承太过。一旦这种现象出现得多了，也就不利于该策略发挥原有的作用。受众对这类传播策略，往往会熟视无睹。

二　权威效应：当代巨擘的印可品鉴

东汉以至魏晋南北朝，人物品藻之风随着九品官人法的推广而大行其道。一时士人莫不期待当朝名公之品题，而名流们也乐意评鉴人物。名流的权威效应不时显现，如许劭与李靖俱有高名，"好共覈论乡党人物，每月辄更其品题，故汝南俗有'月旦评'焉"[2]。而一经其评鉴，往往身价百倍，故士人亦趋之若鹜。此风之遗，及于后世文坛。南宋江湖词人陈人杰《沁园春》有序云：

予以为古今词人抱负所有，妍媸长短，虽已自信，亦必当世名钜为之印可，然后人信以传。昔刘叉未有显称，及以《雪

---

① 赵尊岳《明词汇刊》，上海：上海古籍出版社1992年版，第808页。
② 范晔著，李贤注《后汉书》卷六十八《许劭传》，北京：中华书局1965年版，第2235页。

车》、《冰柱》二篇为韩文公所赏，一日之名遂埒张、孟。余尝得
叉遗集，观其余作，多不称是。而流传至今，未就泯灭者，以韩
公所赏题品耳①。

他已经认识到名流印可，在获取世人信赖，促进文学作品传播中的
重要作用了。并认为刘叉诗文之所以能够流传后世，主要是因为
得到韩愈之称扬。王兆鹏师注意到这个现象，撰有专文《宋代作家
成名的捷径：名流印可》讨论之②。王先生所论虽然是宋代的情况，
然该现象在文学史上却并不罕见。名流印可，对于名不见经传的
作家、作品之传播起到了意见领袖的作用，具有权威效应。因此，
明人已经相当自觉地运用这一传播策略，竭力邀得名家评鉴。流
风所及，竟然已经溢出文事，不少普通百姓也参与其中，明代著名
文人文集中为数众多的诔墓之文可以想见其二三。

　　明人对该策略的青睐，主要体现在以下几个方面：

　　1. 编纂文集注重请当代名钜序跋评点

　　明人文集大多都有序跋，写序、题跋者除文集的编者、出资刊
集者等人之外，往往是当时的名流。视文集之具体情况，或请艺坛
领袖；或请政要高官；或请地方名士为所编纂的文集写序作跋。

　　明人对名流评点印可促进文学作品传播的效果是颇有信心
的。高出《镜山庵集》前有高若骈之序，其文称："骈辈损赀梓之，幸
海内词宗名流加意评点，以广其传。"③高若骈明了海内词宗名流对
作品评鉴之后的传播效果，他对其叔高出的文集经名流评点之后，
能流传更加久远显然也是有所期待的。正因为明人对名流评鉴的
传播效果极为了解，所以歙县人方弘静文集既成，就让人带到京

①唐圭璋《全宋词》，北京：中华书局1965年版，第3077页
②王兆鹏《宋代作家成名的捷径：名流印可》，《中州学刊》2005年第2期。
③崔建英等《明别集版本志》，北京：中华书局2006年版，第13页。

城，专门找到当朝宰相"吏部尚书、东阁大学士"叶向高作序。叶序中称："先生以少司徒谢政归，林居二十余年，颛精著作之业，篇章甚富，而海内未尽传。今岁先生之任子以晋来都门，赍先生函并所刻《素园存稿》命叙焉。"①

又如万历三年(1575)贵溪吴莱校刻《桂洲先生文集》五十卷本，就转请同郡的上饶杨时乔为之作序②。杨时乔，上饶人，嘉靖四十四年(1565)进士。为人廉洁，颇有声望。万历中，以左侍郎久摄吏部事。卒于任上，谥端洁。著有《端洁集》、《周易古今文全书》、《马政记》等，并传于世。请杨时乔这样一位人品、政事、文学皆有可称的同郡贤达作序，对夏氏文集流播不无助益。

由于当时政界名流本身就具有较高的文化水平，他们的印可品鉴能为文集传播增加一定的砝码，至不济，也可以为之添些许光环。序文、跋文撰写者本身的文化资本也是传播者所注意利用的。如董其昌《江南春题词》跋文云：

> 吏部徐大冶为舍人时，和倪瓒《江南春》之词，每韵八首，又广之为四时，而夏秋冬各八首，虽文生于情，而意若有托，非仅仅《比红诗》、《香奁集》等者，且窄韵奇语，叠出不枯，如渡泸之师，七纵犹擒，如桃源之路，再入不误。先时和者，皆自废矣。岂非蒹葭、白露，独写伊人之怀，铁心石肠，不掩广平之藻者乎。大冶之佐，天官之业，亦可知矣。余既为补图，复为此弁之③。

---

① 方弘静《素园存稿·序》，《四库全书存目丛书》影北京大学图书馆藏明万历刻本，济南：齐鲁书社1997年版，集121册第1页。

② 杨时乔《新刻杨端洁公文集》，《四库全书存目丛书》影山西省祁县图书馆藏明天启杨闻中刻本，济南：齐鲁书社1997年版，集139册第716页。

③ 董其昌《容台文集》，《四库全书存目丛书》影清华大学图书馆藏明崇祯三年董庭刻本，济南：齐鲁书社1997年版，集171册第342页。

董其昌,书画名胜于文词名,而徐某却请他为所撰《江南春》诸作题跋。显然,其着眼并非单纯于执文坛牛耳者,更将董其昌的文化地位、社会资本等相关因素考虑在内了。可见,权威效应的发生并不仅仅限于某个领域,有些特定领域的权威在其他领域,因为其自身的社会资本也可以得到认可。

2. 借名流印可的实事提高身价

人物品鉴对促进被品鉴者的作品传播能起到积极效果,这是毋庸置疑的。有些被品鉴者对前辈的品藻往往津津乐道,主动借名流印可的实事来抬高自身身价。甚至连一些已经功成名就的作家都难脱其习,如瞿佑《归田诗话》就记载了杨维桢和凌云翰两位前辈对他的品鉴和印可:

> (杨维桢)或过杭,必访予叔祖,宴饮传桂堂,留连累日。尝以《香奁八题》见示,予依其体,作八诗以呈。……廉夫加称赏,谓叔祖云:"此君家千里驹也。"因以"鞋""杯"命题。予制《沁园春》以呈。大喜,即命侍妓歌以行酒。……欢饮而罢,袖其稿以去①。
>
> 乡丈凌彦翀,……才高而学博,为乡党所推。一日来访叔祖不在,以所《和石湖田园杂兴》诗一帙留寄舍下。数日,予尽和之。及见,大惊,喜为作序文于前,因是遂刮目相视,且叹叔祖之不能尽知也。继以梅词《霜天晓角》一百首,柳词《柳梢青》一百首,号梅柳争春者,属予和之。予亦依韵和就,大加赏拔。予视先生犹大父行,而先生不以齿德自居,过以小友见待,每于诸长上前,称之不容口,喜后进之有人也②。

---

① 瞿佑《归田诗话》,《历代诗话续编》本,北京:中华书局1983年版,第1275页。
② 瞿佑《归田诗话》,《历代诗话续编》本,北京:中华书局1983年版,第1278页。

这两则实事说的都是瞿佑早年为名流印可的情况。杨维桢是元明之际东南名士、文坛领袖，瞿佑的文才能得到他的认可，无疑相当不易。凌云翰在当地也是声望极隆的，他的赏识也为年轻的瞿佑积累了文化资本。《归田诗话》成书于瞿佑晚年，其时他已经颇有盛名。此间尤不忘杨维桢和凌云翰之品鉴，大约是因为杨、凌的品鉴为瞿佑延揽了最初的名声，聚集了起始的人气，在事实上提高了瞿佑的名望。

　　有些文人作品经过政治上踞高位者的认可，也可以成为传播的典范。如《万历野获编》等书所载解缙咏月受到成祖朱棣的认可就是一例：

　　　　世传中秋无月词，如永乐中，上开宴，月为云掩，命学士解缙赋诗。因口占《落梅风》以进云："嫦娥面，今夜圆，下云帘，不着臣见。拚今宵倚阑不去眠，看谁过广寒宫殿。"上大喜，复命以此意赋长歌。半夜月复明，上大喜曰"才子可谓夺天手段也！"……解所进歌行，远不及词之俊，不知文皇何以赏之①。

尽管解缙的这阕词作并不十分出色，但得到了皇帝的欣赏，后人也就给予该词相当的关注。除沈德符所载，《国色天香》等民间通俗书刊也记载该事，可见其事其词流传之广②。朱棣对该词的赏识使这阕应制作品得到了非常际遇，附加在朱棣身上的"皇帝"身份应当是至关重要的原因。又譬如，夏言有一阕《大江东去》也因为曾进呈嘉靖御览，而得到了当时文人的热捧。该词如下：

① 沈德符《万历野获编》卷一，北京：中华书局1959年版，第17页。
② 清人王奕清《历代词话》卷十及徐釚《词苑丛谈》亦载该事，分别见唐圭璋《词话丛编》（北京：中华书局1986年版，第1302页）、《词苑丛谈校笺》卷八《纪事三》（北京：人民文学出版社1988年版，第511页）。

大江东去·扈跸渡河日,进呈御览

九曲黄河,毕竟是天上,人间何物。西出昆仑东到海,直
走更无坚壁。喷薄三门,奔腾积石,浪卷巴山雪。长江万里,
乾坤两派雄杰。　　亲随大驾南巡,龙舟凤舸,白日中流发。
夹岸旌旗围铁骑,照水甲光明灭。俯仰中原,遥瞻岱岳,一缕
青如发。壮观盛事,己亥嘉靖三月①。

其词上阕写自然之景,多铺陈黄河流经之地;下阕则以描述嘉靖南
巡的盛况为主。该词上阕虽然也能呈现苏辛词脉的豪放大气,但
全篇并不算特别出色。夏言《大江东去》词有十余阕,其中不少也
是步苏轼《念奴娇·赤壁怀古》词韵的,单从词作水平说,并不见得
比这阕词作逊色,但惟独这阕能引起广泛关注,能被勒石传播(详
后),究其原因也不过是因为嘉靖曾经阅读该词。文献未有嘉靖对
该词评论的记载,但其品鉴应该也是题中应有之意。

三　示范效应:秀句佳作的展示作用

若将文学评论著作喻为精品店的橱窗,秀句、佳作就是其中展
示的样品②。秀句、佳作起到的示范作用在促进作者的被了解、被
接受上,能达到极好的效果。一些名句甚至成为词人的代表称谓,
如苏轼有"山抹微云秦学士;露花倒影柳屯田"的绝对③;李易安也
有"露花倒影柳三变,桂子飘香张九成"的妙句④。类似这样的品

①饶宗颐初纂,张璋总纂《全明词》,北京:中华书局2004年版,第668至669页。
②张伯伟《摘句论》(《中国诗学研究》,沈阳:辽海出版社2000年版,第235—
　248页),对摘句批评的起源与流变讨论极透彻,可以参考。
③叶梦得《避暑录话》卷三,《宋元笔记小说大观》本,上海:上海古籍出版社
　2001年版,第2629页。
④陆游《老学庵笔记》卷二,北京:中华书局1979年版,第17页。

题,均能激发读者的阅读兴趣,为词人加上耀眼的光环。这些秀句、佳作在词人的整体作品中或许并不多见,但有之则足以带动其他作品的传播,使受众因作者的秀句而记得其人,并愿意接受他们的其他作品。前引陈人杰之论刘叉,大约也可作为该现象的一个旁证。

诗文评论的作者在推介评点一位作家时,几乎不可能将该作家的全部作品一一提及,因此选取该作家的秀句佳构就成了最便捷的方式。所谓"尝一脔肉,而知一镬之味,一鼎之调"①,秀句佳构往往能起到"一脔肉"的效果。尽管偶尔也会出现一镬之味咸淡不均,一鼎之调酸甜未和的情况,但秀句佳构会影响读者对作者的第一印象。

以词话为例,词话作者点评作家虽然较为随意,各种词话因为体例的差异,内容也是千差万别的。但若评论作家,选取作家的作品作为佐证是最常见的情况。若只有评论,而没有实证,往往陷入天马行空的泥淖。评论家论词人,若是出于推崇,希望促进其传播的目的,往往会为所评论的词人选择秀句、佳构,使读者为之眼亮,从而达到传播的目的。

陈霆是位颇为客观的论者,有则有之,无则无之。其《渚山堂词话》论刘基《谒金门》以为该词之"风嫋嫋。吹绿一庭秋草"语亦佳,然不过袭冯延巳"风乍起"之词格,且大大不如②。这是公正持平之论。陈霆在论本朝词人时,常选取其人之一二秀句佳构,客观上起到了引导读者阅读的效果。同书卷一接连评论了瞿佑、贝琼、杨基的词作,其相同的评点方法均是拣出词人秀句,以说明其句优在何处。他引瞿佑《巫山一段云》(扇上乘鸾女)为瞿佑词有"富贵

---

① 吕不韦著,陈奇猷校释《吕氏春秋新校释》卷第十五《察今》,上海:上海古籍出版社 2002 年版,第 944 页。
② 陈霆《渚山堂词话》卷一,唐圭璋《词话丛编》,北京:中华书局 1986 年版,第 354 页。

气"的证明；引贝琼《八六子》中"人自先惊老去，天应不放春闲"为古来不多见的警策，并认为自己得意的"倾国尚堪迷晚蝶，返魂何必藉东风"之句不如贝词；引杨基《清平乐·新柳》句，以为"状新柳妙处，数句尽之，古今人未曾道着"①。

又如杨慎《词品》卷六论凌云翰之《无俗念》、《蝶恋花》以为"词格清逸，一洗铅华，非骈金俪玉者比也"②，其评论也是在先录全词之后再下论断。同卷又论马洪、瞿佑诸词，均是摘其句阕，以为代表。这些被评论家选出的句子在作者的集中都属于上乘之作，读者若未曾读到他们的全集，往往会形成先入为主的印象，对作者的作品产生良好的第一印象。评论家本来就是想让更多的读者认同他的结论，以促进作者词作的传播，采用样品示范策略可以达到良好的效果。

有的评论家在选出佳构后，并不发表评论，而只是抄录原作，如杨慎《词品》卷六《马浩澜念奴娇》条，全文如下：

马浩澜《念奴娇》词云："东风轻软，把绿波吹作，縠纹微皱。彩舫亭亭宽似屋，载得玉壶芳酒。胜景天开，佳朋云集，乐继兰亭后。珍禽两两，惊飞犹自回首。　学士港口桃花，南屏松色，苏小门前柳。冷翠柔金红绮幔，掩映水明山秀。闲试评量，总宜图画，无此丹青手。归时侵夜，香街华月如昼。"③

杨慎于此条录马洪《念奴娇》词就不赞一语。然而其于无声处，却正在发表促进该词传播的言论。杨慎认为该词足以代表马洪的水准，因此才抄录在书中。这种情况虽然类似词选的操作法，但却也

① 陈霆《渚山堂词话》卷一，唐圭璋《词话丛编》，北京：中华书局 1986 年版，第356 页。
② 杨慎《词品》卷六，唐圭璋《词话丛编》，北京：中华书局 1986 年版，第529 页
③ 杨慎《词品》卷六，唐圭璋《词话丛编》，北京：中华书局 1986 年版，第533 页

是评论家态度的表达。

　　明词的这一传播策略尽管也非明人的发明,但在传播明词的过程中却起到了相当重要的作用。对明人词籍关注较少的受众,通过这些被评论家选出的秀句佳构可以更好地了解一位作家,并有可能刺激读者的接受兴趣。可是,秀句佳构毕竟是受过挑选的,并不是作家的每首作品都耐得住读者细读。因此这种传播策略就类似光鲜的样品,虽能起到一定的示范效果,发挥着吸引读者的作用,但最终决定作品传播效果的因素还是作品本身。

　　此外,传播策略还有很多,不同传播主体采用的策略往往不同,以书坊的传播策略为例。如书坊主通过提高编辑水平、改善技术条件等策略,来达到促进传播的目的。明代徽州书坊主在技术条件改善的基础上,出版了集书法、绘画和名词于一册的《诗余画谱》。书坊通过写手以书法形式书写词作,以版画形式表现词境等手段传播词作,这也是书坊主促进传播的策略。书坊还通过广告策略吸引读者,书载广告中的书名、序跋、牌记、凡例等等,均被善加利用。书坊还专门针对特定的读者群编纂适合不同读者需要的书籍促进传播,明代书坊编纂了大量适于民间实用的新兴书册形式,其中所收录的词作就伴随这个策略传播开来。

　　总之,为了促进作品传播,明人积极利用各种传播策略,而这些策略又实实在在地促进着作品的传播。相对而言,那些不注意保存作品,不善用传播策略的作者,其作品难免速朽。作者即便"有所撰述,近则石渠、天禄;远则名山、大都",若只是"且书且撰,辄付其人,不复省记",又或"二子孩幼,无为藏之者",就难免"倏出之,而倏收之"①。

----

① 于慎行《谷城山馆文集》,《四库全书存目丛书》影北京图书馆藏明万历于纬
　刻本,济南:齐鲁书社1997年版,集部第147册第443页。

第三章　延续传统的明词书册传播

古代文学传播的方式，主要可以分为口头传播与书面传播，而宋明以降，书面传播中的主流方式是书册传播。本章关注的书册则主要是指那些归在传统四部分类法中的"雅文学"图书。这些图书编纂形式早就出现在了中华文明史上，是精英文人认可的，由他们创作、阅读并保存、传播。此外的小说、戏曲等通俗文学样式，以及盛行于明代中晚期的新兴书册编纂形式将在后文讨论。

第一节　明人别集传播明词的效能

"别集"是收录某一作家的全部或部分作品的图书类别，属于古代图书分类法中集部的子目。在目录学上，南朝阮孝绪《七录》最先使用这一概念，但别集的出现应当早于其被命名。《七录》今已佚，但从流传下来的《七录序》、《古今书最》、《七录目录》等部分，可知其以楚辞部、别集部、总集部、杂文部四个子目著录图书①。《隋书·经籍志》将《七录》的"杂文部"并入"总集部"，分集部为楚辞、总集、别集三个子目，并认为"别集之名，盖汉东京之所创也"②。

---

① 阮孝绪所著《七录序》、《古今书最》、《七录目录》，见严可均《全上古三代秦汉三国六朝文》之《全梁文》卷六六，北京：中华书局1958年版，第3345—3349页。
② 魏征、令狐德棻《隋书》卷三十五，北京：中华书局1973年版，第1081页。

章学诚《文史通义》则称:"自东京以降,讫乎建安、黄初之间,文章繁矣。然范、陈二史,所次文士诸传,识其文笔,皆云所著诗、赋、碑、箴、颂、诔若干篇,而不云文集若干卷,则文集之实已具,而文集之名犹未立也。"①则别集大体形成于汉魏时期。

至于朱明之世,"其达官贵人与中科第人,稍有名目在世间者,其死后则必有一部诗文刻集,如生而饮食,死而棺椁之不可缺"②。存于今之明人别集未有确数,崔建英、贾卫民、李晓亚等先生修纂的《明别集版本志·前言》称该书收录明人别集达 3600 多种③。但这绝非存世明人别集的数量,黄仁生先生《日本现藏稀见元明文集考证与提要》又收有国内未见明人别集 200 余种④。此外,我国台湾及海外也应当藏有一些中国大陆地区未存的明人别集。我们保守地估计,存世明人别集当在 4000 种以上。这些别集到底存有多少明人词作,目前仍难以确考。我们下文要从传播的角度,讨论这些别集在传播明词中三个值得注意的问题:其一,明词在不同别集编纂形式中的地位;其二,别集传播的马太效应;其三,词作者在他人别集中附骥以传的现象。

一　从别集编纂形式看其中明词的地位

别集体例并非单一,《四库全书总目》说:"其区分部帙,则江淹有《前集》,有《后集》。梁武帝有诗赋集,有文集,有别集;梁元帝有集,有小集;谢朓有集,有逸集;与王筠之一官一集,沈约之正集百

---

① 章学诚著,叶瑛校注《文史通义校注》,北京:中华书局 1985 年版,第 296 页。
② 唐顺之《荆川集》卷五《答王遵岩书》,文渊阁《四库全书》本,上海:上海古籍出版社 1987 年版,第 1276 册第 308 页。
③ 崔建英等《明别集版本志》,北京:中华书局 2006 年版,第 1 页。
④ 黄仁生《日本现藏稀见元明文集考证与提要》,长沙:岳麓书社 2004 年版。

卷,又别选集略三十卷者,其体例均始于齐梁。"①所谓"区分部帙"
即别集之编纂形式。四库馆臣所列举的先唐别集之编纂标准并不
一致,在逻辑上也各处不同层面。江淹、谢朓之别集大约按结集前
后分;梁武帝文集则当系以文体次文;元帝之集标准难断;王筠别
集则是以生平游迹结集;沈约则有选集。事实上,作家别集亦可
分为全集与选本,其区别于总集之处只在所收作者范围的不同。
从编纂者的用心来说,作家别集的编纂目的应当是专收某一家的
作品,而总集则不仅仅收录一位作家的作品。要谈明词在别集中
的地位,可以从收录的数量以及其在文集中的位置两个方面来
考虑。

　　1. 别集传播之明词占作者传世词作的比例

　　我们首先看不同编纂形式的别集传播之明词与作者传世词作
的比例。我们将按别集所收作家作品内容,分其编纂形式为作家
全集、作家选集两类讨论。作家选集中的作家词别集对明词传播
之影响当然是最大的;其次则是收有作家词作的全集;再次才是收
有作家词作的其他选集。不收词作的别集对明词的传播产生的影
响极小,我们可以不论。

　　作家全集一般收录作家全部的作品。这类编纂形式的别集,
通常会在书名上明确宣示所收已"全",如天启间刻的胡友信《重刻
戊辰进士思泉胡先生天一山全稿》,陈龙正的《几亭全书》,毕木的
《黄发翁全集》,黄姬水的《黄淳父先生全集》,王夫之的《船山全集》
均是。后人出于辑佚目的而编纂的前代文集更是不肯遗漏片言只
字,哪怕零篇散句无不备载。

　　作家选集则是只收录作家部分作品的书籍,这种编纂形式往
往是对作家全部作品进行挑选后纂辑的。挑选的标准有按作品质

---

① 永瑢等《四库全书总目》卷一四八,北京:中华书局 1965 年版,第 1271 页。

量的，有按作品文体的，也有按作家生平经历的不同阶段编选的。总之，这类别集收录的作品不是作家作品的全貌。不少明人的这类别集我们也可以通过书名看出，如费宏的《太保费文宪公摘稿》、李国祥的《新刻休徵先生玉润轩摘稿》、王龙起的《王震孟诗集初选》、《文集初选》、吴子孝的《玉涵堂诗选》、邹守益的《邹东廓先生文选》、熊文举的《雪堂先生集选》。按作家生平经历的不同阶段编选的别集则如顾璘《顾东桥集》四十一卷本，该书就分为作家贬谪全州时的《浮湘稿》，顾氏以右副都御使巡抚湖广前闲居所作的《山中集》，作家巡抚湖广时所作的《凭几集》等。

文体专集则是专门收录作家某一特定文体作品的作家选集。在明代，这样的别集尤以诗文为多，我们各举一例，如曹学佺《石仓文稿》所收全是文，陈循《芳洲诗集》所收全系诗歌。此外，又如唐元甲《殢花词》、吴熙《非水居词笺》、郑以伟《灵山藏诗余》全收词，王磐《王西楼先生乐府》、冯惟敏《海浮山堂诗稿》则全收曲。

词别集是一位作家词作的大集结，而能单独编纂词别集的作家，其词作数量质量一般均能达到相当水准。有些作家的词别集还不止刊刻一次，也有些作家可能不止一部词别集。如上海图书馆就藏有杨慎词集多种，题名《升庵长短句》的四卷本、嘉靖十六年（1537）李发刻三卷本，题名《杨升庵先生长短句》的四卷本。这些别集的刊刻必然促进他们词作的传播，因此，相对那些没有专门词别集的作者来说，词别集能很好地保存词人的作品。

作家全集若收有其词作，则能较好地传播词作。这是因为作家全集所收作品一般都比较完整，尽管有的作者出于对作品的严肃态度，不肯率尔成书，不愿苟存质量较差的作品，也会主动删去一些作品。但是在这些全集中大多已经保存了作者允许传世的作品之绝大部分。卷帙富至 324 卷的《船山全集》所收《愚鼓词》就收录了王夫之 310 阕词作，今人彭靖先生编撰《王船山词编年笺注》

（岳麓书社 2004 年版）也只比该集多出一首。又如《全明词》据《陈忠裕全集》卷二十收陈子龙词 79 阕，《全明词补编》也仅据《幽兰草》卷中补得 8 阕，陈子龙的大多数传世词作已见其全集。有些作家不喜作词，平生词作传世不过集中寥寥数首。如陈荐夫《水明楼集》存其词作 6 阕，管大勋《休休斋集》卷七存词 5 阕，杨梦衮《岱宗藏稿》卷三十八存其词作 3 阕，这基本上就是他们传世的全部词作了。但这些词作的流传，也有赖于该别集的流传。否则，他们这不多的几首词作，今人也无由得见了。

　　与作家词作传播关系略远的是选集，这是因为选集往往并不包括作家的全部作品。以夏言《赐闲堂稿》为例，该集是夏言退居上饶期间所作诗、文、词的刊本。该本卷首有田汝成《赐闲堂稿序》，由该序知嘉靖二十四（1545）年夏言再次拜相入京，过杭州，以其诗文词作嘱田汝成云：“此吾归田时杂著也，子其为我序之。”汝成厘为十卷以复，夏言又授之侍御史曹忭，使为校正谬误。曹则与夏氏门生、浙江巡按杨九泽商议刻板之事，杨付之杭州守臣罗尚纲监刻①。该本九、十两卷收词，卷九存 56 阕，卷十存 65 阕（卷首目录作“七十六阕”，误）。但夏言传世词作却达到 360 多首，该选集所存不过三分之一。

　　一般说来，别集收录作者词作越多，对作者词作流传起到的积极作用也就越大。当然，假设一位作者水平不高的词作被大量收录，对作者而言反为不美。只是这种现象较为罕见。

　　2. 收有词作的别集对词作编排的顺序

　　作品的编排次序往往反映编集者的文学观念，尤其是文体学的观念。哪些文体的作品被编排在最前面，哪些文体的作品单独成卷，哪些文体的作品不被别集收录？编集者，尤其是选集的编集

---

① 夏言《赐闲堂稿》，上海图书馆藏明嘉靖二十五年刻本。

者如何选择作品,选哪些作品,不选哪些作品? 凡此无不在表达编纂者的观念。词在词别集中自然是主角,而在收有词作的别集中,词到底被如何次序也可以看出词作在该集中的位置。由于编排位置的不同,词作传播的效果也自有差异。我们按明人别集编纂过程中,词与其他文体关系,分别论说如下:

1)词与其他文体并重

明人别集编纂方式中最尊重词体地位的是将词视作并列于诗文的文体,按照与诗文平等的地位编排。例如,郑以伟的《灵山藏诗余》就是其《灵山藏》中的一种。《灵山藏》按文体的丰富度,或成一集,或立数集。因集中诗文作品存数较富,便各另分小集并立于《灵山藏》中;又有分文体编纂,各文体自为一集或几种文体并为一集的,如《灵山藏诗余》、《灵山藏赋》、《灵山藏颂铭赞》。郑氏《灵山藏》别集后又附有《怀玉藏》残稿六卷,所存六卷即《怀玉藏洹泥集》,该集专收文,前三卷为记,第四卷系碑记,五、六卷载其杂文。今湖北省图书馆藏有《灵山藏》所存之二十九卷,然无《怀玉藏》;国家图书馆藏有《怀玉藏》,但其所藏《灵山藏》则缺《灵山藏犹奕稿》、《灵山藏小草》。

灵山、怀玉山皆郑氏乡梓名山,以之名集有"藏之名山,传之后世"的意思。由郑以伟命名别集的情况看,郑氏对文章传世是相当重视的。崇祯刻本《灵山藏诗余》的大题及版心标"卷之五",而《灵山藏颂铭赞》的大题及版心标的是"卷之六",《灵山藏赋》的大题及版心标的是"卷之八"。可见在整部别集中,词是编排在颂、铭、赞、赋四体之前的。若仅从文集对文类的次序来看,郑以伟对其诗余的重视程度或许超过辞赋。

这样的编纂方式在明人别集中并非郑以伟一家,刘基《诚意伯刘先生文集》的成化六年(1470)戴用、张僖刻本也是按文体收不同的作品,且各小集并列单独命名的。刘基词别集《写情集》就收在该刻的十七、十八两卷。崇祯十年(1637)朱葵刻的刘基《刘文成公全集》也是照这个顺序编纂。顾恂的《桂轩先生全集》同样以《顾桂轩先生啖蔗余甘词》与其他诗文小集并列其间。而汪廷讷编陈铎著作则以《草堂余意》并列于其散曲、传奇之间,名之为《坐隐先生精订陈大声乐府全集》。《明别集版本志》中未载陈铎的诗文别集,不知陈铎是否还有其他别集传世,但这也是词与其他文体并列的一个例子。王夫之的词别集在其《船山全集》中还不止一种,他的词分为《鼓棹初集》、《鼓棹二集》、《潇湘怨词》、《愚鼓词》与《周易稗疏》、《周易考异》、《书经稗疏》、《尚书引义》、《诗经稗疏》等经学杂著并列。虽然顾、王的文集编纂时间都晚至清代,但其纂辑方式则是由来有自的。

更多的别集是将词单列一卷,与诗文等并收于别集。如日本内阁文库所藏崇祯刻本梁云构《豹陵二集》卷十收词53阕;费寀《费钟石先生文集》隆庆间刻本,其卷七也是单独收录词的《诗余》。谢承举《谢子象诗集》卷十五为《诗余》,收词28阕;黄润玉《南山黄先生家传集》卷二十一《诗余》,收有词11首。其例甚多,不必列举。

词与其他文体并列,是明人推尊词体的必然结果。也说明在明代,词已经获得了与传统诗文体裁差近的经典文体地位。尽管词体的地位依然略逊于诗文——这从大多数明人别集先诗文后词曲的次文方式也可见一斑——但别集中这些与其他文体并列的词作,在传播上倒是自有优势的。词作归拢收集,使得作品集中,便于阅读,不太容易被读者忽略。

2)词单列于别集之外,附于集后

这种编纂方式在明别集中也不罕见,其与前者的区别在于编纂者依然持有"诗尊词卑"的观念,不欲承认词体的地位。对词"'另眼相待',不把词与诗文统一编排,而是将词独立编为一集,附刻于文集之末,以示词与正统诗文有别"①。

明人徐尔铉的《核庵集》二卷《诗余》一卷;查应光的《丽崎轩诗》四卷《诗余》一卷;凌云翰的《柘轩集》四卷《词》一卷等等都是将词别出一卷,附在诗文集后面的。这种编次形式与徐渭文集的多个刻本外附《四声猿》,王磐《王西楼先生诗集》后附《乐府》一卷类似。编者的意图都在阐明所附的作品不如诗文雅正,只能附于编末。这种情况尽管作品也相对集中,但由于其强烈的暗示效果,会影响读者对词体的判断。可能会造成受众对诗余体格卑下的认同。不过,由于特地标明在集外,有时候也会起到意想不到的效果。这些附见于作家诗文集后的词什,在一定的情况下得到了彰显。因为,尽管编者意在突出文体的差别,但附见的词曲却总能让不带文体偏见的读者更容易查阅。事实上,编者在表明其文体意见的同时,也表达了对这些附见作品价值的意见,说明他们也认为这些作品可传于后世。

3)词混杂于诗中,不单独列类

这种编纂情况也很多,一般还可以再分为三种:一种是将所有的词作集中在某一卷中附于诗文后;另一种则是使之杂处各卷,不为归拢;第三种是分别出现在作者不同时期纂辑的别集中。第一种情况偶尔还会在所在卷的大题和卷中专门标出文体。总体上说,第一种情况在传播上优于后二者,后二者极易被受众忽略。

第一种情况如刘夏《刘尚宾文续集》卷一收录诗词,其词5首殿卷一之末。陈循《芳洲文集续编》卷六杂收诗词,也是在全书最后一卷。但编集者词体观念淡漠,在卷中单行标明以下文体为"词"之后还收录了骚体诗。朱有燉《诚斋录》的卷四录词,其次序亦在全书之末,但另有杂曲《沉醉东风》一首收于全卷最末。而《诚

---

① 王兆鹏《宋代诗文别集的编辑与出版——宋代文学的书册传播研究之一》,《华中科技大学学报》2004年第1期。

斋新录》有《竹枝》、《柳枝》各十首,杂在诗歌中。凡此,皆可见明人对词体之认识:一则诗尊词卑,但词尤胜曲;一则词体观念淡漠,混淆诗词;一则《竹枝》、《柳枝》等调文体属性也不明确。

第二种情况,如黄祖儒《呓觉草前集》卷十二;《后集》卷五、卷六、卷七、卷八、卷九、卷十、卷十一;刘节《梅国前集》卷十二、卷三十二;张璧《阳峰家藏集》卷十五、卷十七、卷十九、卷二十一、卷二十二;顾清《东江家藏集》卷二、卷十一均收有词。词散处于各卷,杂于诗之中,往往较难引起读者的注意,甚至连编纂全集型总集的专家也会因为这样的编纂形式而忽略词作,其他读者的接受情况则更可想而知①。

第三种情况如薛甲《畏斋薛先生艺文类稿》卷十四收词二首,《艺文类稿续集》卷二收词一首;宋懋澄《九籥前集诗》卷八、《九籥集诗》卷四分别收词,张泰《沧州诗集》卷七、八、《沧州续集》卷下各收词作等例,均属编集时间不同,词作单篇散处于各集不同卷中,其传播的劣势一如第二种情况。

二 明词传播中别集的马太效应

美国科学史家罗伯特·莫顿(Robert K.Merton)借《圣经·新约全书·马太福音》中语,定义了"马太效应",他认为任何个体、群体或地区,一旦在某一个方面(如金钱、名誉、地位等)获得成功和进步,就会产生一种积累优势,就会有更多的机会取得更大的成功和进步。简单地说,就是"优者更优,劣者越劣"。明人别集的传播中,情况也是这样:越是知名的作者,别集刊刻的可能性越大,文集刊刻的次数越多,名声也就越大,从而又促进着他的别集的刊刻和传播;而那些名声较小的作者,其别集刊刻的可能性较小,且更容

① 周焕卿《从〈全明词〉、〈全清词·顺康卷〉失收词看明清词总集之编纂》,《古典文献研究》第十一辑,南京:凤凰出版社2008年版。

易淡出传播循环，从而销声匿迹。

　　一位作者的成名因素很多，或以才学金榜题名，如杨慎；或以隐居悠游泉林，如陈继儒；或以艺术蜚声天下，如文徵明；或以显宦秉国理政，如夏言……情况不一而足。重要的是，这些名家的别集往往能为其词作的传播带来重要影响。

　　如传奇人物杨慎就具备别集传播的马太效应，他本身是宰相公子，又有神童之誉，据说他年十二拟作《古战场文》、《过秦论》，人皆惊叹。他科场得意，二十三岁就高中状元，授翰林院修撰。他却又生世凄苦，嘉靖三年（1524），以"议大礼"谪戍云南永昌卫，淹留三十余年，死于戍所。《明史》以为"明世记诵之博，著作之富，推慎为第一。诗文外，杂著至一百余种，并行于世"①。杨慎著述数量大，涉及面广，于经史、诗文、书画，以至音韵、训诂、名物皆有考论。流传较广者有《丹铅总录》、《升庵诗话》、《词品》等等，又有《全蜀艺文志》、《云南山川志》、《滇载记》等目录学与地方志著作。

　　正因为杨慎的生平是这样富有传奇性，他编著的图书一般都很快会被刊刻，如他所编的选本《词林万选》就是偶尔被过访的楚雄知府任良干见到，便被任氏传抄，并令府署刊刻。由此可见杨慎著述受欢迎的程度。杨慎的词别集有六卷本和四卷本两种，均首刊于嘉靖间。六卷本为嘉靖十六年丁酉（1537）刊本，题《升庵长短句》三卷续集三卷。卷首有唐锜序，正集卷三后有王廷表跋及杨南金序，《续修四库全书》据以影印。赵尊岳《明词汇刊》本，据丁丙藏嘉靖十六年（1537）刊本校刊，题《升庵长短句》三卷《升庵长短句续集》三卷。四卷本曾两刻之，一题《升庵长短句》四卷，嘉靖十九年（1540）刊，有唐锜序。一题《杨升庵先生长短句》四卷，附刻《杨升庵先生夫人乐府诗余》五卷。由此大略可见其词集刊刻次数之多，

---

① 张廷玉等《明史》卷一百九十二，北京：中华书局 1974 年版，第 5083 页。

可以说,正因杨慎具备极高的文坛声望,他的文集才能引起诸多读者的兴趣。加上作品自身的质量,使读者为之树立口碑。因而能够引起更多的关注,从而刺激各传播主体刊印他的作品。

又如夏言,王国维曾感叹夏氏词别集刊刻次数之多,说:"是嘉靖一朝前后三十年间,已六付剞劂,古今词家未曾有也。"①嘉靖一朝夏词别集即有:戊戌年(1538)吴门初刻本;嘉靖十九年(1540)石迁高刻一卷本;嘉靖二十年辛丑春(1541)铅山刻本;嘉靖二十年冬云中刻本;嘉靖二十五年丙午年(1546)陈尧文刻本;丙寅年(1566)双泉童氏刻本;未见踪迹的闽刊本,共七种。至万历间吴莱所刻九卷本、万历十五年(1587)一卷本梓行,则有明一代竟至"十付剞劂",可谓蔚为大观。值得注意的是,金陵双泉童氏覆陈尧文重刻本刊于嘉靖丙寅(1566)仲夏,其时嘉靖还在位,夏言名誉并未完全恢复,刊刻其集不无投鼠忌器之虞。故王国维叹曰:"岂文章事业自有公论,有不可泯灭者欤。"②观堂此论慧眼如炬,说尽文章传世之妙。

夏言词别集能得到如此广泛的传刻不是没有原因的,嘉靖十七年戊戌(1538)的吴门初刻本就是刊刻在夏言仕途的第一个巅峰,这一年,夏言进首辅大学士。在嘉靖十七年到二十年(1541)这四年间,夏言的词别集就曾四次付梓。而从嘉靖二十一年(1542)到二十四年(1545)间,夏言退居上饶,此间其词别集未曾刊刻。到嘉靖二十五年(1546)陈尧文又刻,其时正好是夏言仕途的第二个高潮,他在这一年第二次入阁为首辅。夏言的词集刊刻固然有"文章事业自有公论"的成份,但更多的却是赢者通吃的马太效应在起

① 王国维《王国维遗书·庚辛之间读书记》,上海:上海古籍书店1983年版,第5册第10页。
② 王国维《王国维遗书·庚辛之间读书记》,上海:上海古籍出版社,1983年版,第5册第10页。

作用。

我们再看个反例。明代作品传世数量最多的词人易震吉,字起也,号月槎,上元(今属江苏)人。崇祯七年(1634)甲戌以南京鹰扬卫军籍中进士,授刑部主事,升郎中,崇祯十二年(1639)出知大名府,历嘉湖道,官至江西参政副使。崇祯十四年(1641)辞官归里。易震吉的《秋佳轩诗余》十二卷,存词1083首,历朝词人存词数罕有其匹,但他却被张仲谋先生称为"被遗忘的词家"①。虽然他也曾与南洙源结濮水社,与俞彦等人唱和。又常作组词,动辄一调同题数十阕,如《水调歌头·读陶诗拈句为赋得三十首》、《卜操作数·读陶诗拈句三十四首》等。但他居官之日,常奔波于各地,并没有形成很大的文坛影响,因此《秋佳轩诗余》只在崇祯间刻过一次。而这只刊刻过一次的词集,又因为卷帙浩繁,刊印数量或许也就较少。易震吉词作学辛弃疾,虽未臻完善,却也达到一定的水准。但他从政并未官居极品,在文坛又未能领袖一方,没有特别突出之处,因此不能形成积累优势。再加上《秋佳轩诗余》卷帙浩繁,几重原因综合作用,导致他这样一位有明一朝罕见的、专力作词的词人,竟然被遗忘在历史的荒原上。

易震吉还算是幸运的,他毕竟还有1083阕词作传世,而词史上更多的曾经有过词集,但未曾刊刻,或刊刻未广的词家词别集就在"劣者愈劣"的画外音中,重复着灰飞烟灭的故事。我们仅据《全明词》统计,《全明词》所收存词数仅1首的词作者468人。据小传,这468人中有152人有别集传世,或者曾经有别集传世。在这152人的别集中有不少是词别集,如康秀书有《抚松轩诗余》,宋俶有《独山词》、《藏山词》各一卷,查维宏有《悬藻亭词》,周永年有《怀响斋词》,吕师濂有《守斋词》等等。但他们今日传世词作不过一阕而

①张仲谋《明词史》,北京:人民文学出版社2002年版,第219页。

已,且多是通过总集采录得以保留。这些词集的匿迹,虽然是正常的文学现象,但其中的词作未必全然无可采。因为马太效应而失去传播的机会,岂文章事业虽自有不可泯灭者;亦自有无奈消逝者欤。

三　别集中明词作者"附骥以传"的现象

明人别集除正文部分之外,每每还有序跋、目录、附录、题词等等。这些部分是别集的有机组成部分,且在一定程度上,也承担着明词传播的功能。一些明词作品附在他人的别集中得以传播,这种"附骥以传"的方式大致有:一,甲词人的作品为乙词人别集的附录、题词等收录;二,甲词人别集附于乙词人别集之后;三,甲词人作品在乙词人词序或其他序文中被征引。

1. 甲词人作品为乙作者作品集的附录、题词等收录

这种情况相对较多,是词作者作品"附骥以传"现象的大宗。不少词家的别集在收录唱和作品时,会将同题唱和之作一并收录,而这也为没有刊刻词别集,或者别集中不收词作的词人提供了作品传播的机会。另外一种情况则是甲词人以词为酬赠之具,乙词人别集的编者将之保留,以为别集作者之社会影响或平生交游提供佐证。

前者如陈维崧《迦陵词全集》卷十七,其中有《念奴娇》一阕,该词小序云:"云间陈征君有题余家远阁一阕,秋日登楼,不胜蔓草零烟之感,因倚声和之。"①小序中所提到的陈征君就是大名鼎鼎的陈继儒。陈维崧词后有"附录眉公先生原词"②,其题词云《陈定生建远阁以娱宫保公,寄此题之》。陈继儒词不见《全明词》、《全明词补

---

①陈维崧《迦陵词全集》卷十七,《续修四库全书》影清康熙二十八年陈宗石患立堂刻本,上海:上海古籍出版社 2002 年版,第 1724 册第 290 页。
②同上。

编》所据辑录的《惜阴堂丛书》本《陈眉公诗余》以及《古今词统》、《历代诗余》、《倚声初集》、《西湖游览诗志》等书。《迦陵词全集》成了该词传播的载体,否则陈继儒该阕很可能失传散佚。又如徐渭有一阕《点绛唇·赠张复亨》,张复亨就是张天复,该阕不见徐氏本集,亦因张氏《鸣玉堂稿》卷十二收录而传。王璲词《念奴娇·和东坡赤壁词》也是附见于瞿佑《乐府遗音》之《念奴娇》(白鸥飞过)词后,才得以传播的。

后者如林光《南川冰蘖全集》附录,专收各家酬赠文字,内亦附有李景《庆春长·送林光帐词》一阕。李景传世词作今仅见这一阕,若非附骥,何由知明词作者群中尚有一人名"李景"? 毛伯温的《毛襄懋先生别集》也收录了不少明词酬赠之作,该别集之卷四、卷六、卷七、卷九四卷收录了 20 阕酬赠词作,其中大部分是帐词。

这类现象并不仅仅存在于词别集,其他书籍中也有类似的情况。如顾若璞的《沁园春·读〈四声猿〉》就是附刻在崇祯间刻澂道人评本《四声猿》卷首的,其词下有澂道人跋,其云:

> 此余归黄伯姊知和氏所作,伯姊著有《卧月轩稿》行世,今年春秋八十矣。闻填此阕,因附刻焉①。

据此,知该阕是顾若璞填写,而恰好其弟评点的《四声猿》要付梓,乃以之附刻于卷首。该阕就这样托身别的书籍而传播开来。尽管《四声猿》不是别集,但别集的情况与之类似。

2. 甲词人别集附于乙词人别集之后

这种编纂方式并不常见,在明词集的纂辑中也属于较特殊的例子,其多属于家集。甲词人别集附于乙词人的别集之后,从而达

---

① 徐渭著,周中明校注《四声猿》,上海:上海古籍出版社 1984 年版,第 205 页。

到跟随乙词人别集传播而传播的目的。如前文曾提及的杨慎词别集《杨升庵先生长短句》四卷本，就附刻《杨升庵先生夫人乐府诗余》五卷。黄峨词作在明代女性词作中属于上佳之作，万历间有题徐文长的重刻五卷本，清代又有吴元定重订的四卷本。这或许也得益于附丽杨慎词集之后，与杨慎词集同时传播。加以黄峨有升庵夫人的身份，应该对扩大她词作之传播范围有加持效果。

3. 甲词人作品在乙词人词序或其他序文中被征引

这种情况不同于第一种"甲词人作品为乙作者作品集的附录、题词等收录"情况处在于：第一种情况是指别集全书的附件收录其他词人的作品，而此处则是词作的附件收录其他词人的作品。这种情况在明词中也并不多见，我们举三例为证。《全明词》据瞿佑《乐府遗音·渔家傲》小序收凌翀寿词一阕；又据瞿佑词《渔家傲》（喜来不涉邯郸道）之附记收录凌云翰《渔家傲·寿杨复初》及杨复初《渔家傲·和彦翀》词各一阕。凌翀寿及杨复初均仅传词一阕，即瞿佑词附件收录中的。而凌云翰《渔家傲·寿杨复初》在其别集《柘轩词》亦未曾收录。

明人别集的编刊往往比别集作者的生活年代更为滞后，由于时间的推移，很多作品散佚也是相当正常的事情。但词人之间的相互采录为保存明词文献提供了重要的途径，且为附骥词作提供了更广阔的传播时空。实际上，别集传播文学作品的功能是相似的，不仅仅明人别集传播明词有这样的情况，其他时代的其他文学作品之间恐怕也少不了类似的传播方式。由于别集编纂的普遍相似性，别集在文学传播中的发挥的功能也具有相应的普遍性。

第二节　多元的总集形态及其传播效果

"总集"其名盖肇始于南朝阮孝绪所著《七录》。《七录》今唯余一序,据《七录·序目》可知:《七录》内篇四"文集录"分为四部,其三为"总集部,16 种";其四为"杂文部,273 种"。两部共计 289 种。《隋志》将《七录》中的"总集部"、"杂文部"合并为"总集"一类,后世因之①。总集可分为全集型总集和选编型总集,后者习称"选本"。四库馆臣说:

> 文集日兴,散无统纪,于是总集作焉。一则网罗放佚,使零章残什,并有所归。一则删汰繁芜,使莠稗咸除,菁华毕出。是固文章之衡鉴,著作之渊薮矣②。

"网罗放佚,使零章残什,并有所归"即全集型总集(当然,在实际操作层面,很难做到"全"),"删汰繁芜,使莠稗咸除,菁华毕出"即选本。由于选型、选心、选源、选域、选阵、选系的不同,总集的形态也是千选千面的。相对于浩如烟海的文学作品,任何所谓"全集型"总集都只是在其所设定的范围内之"全",既然设定了范围,则表示其有所取舍。因此,在编纂过程中,也存在选型、选心、选源、选域、选阵、选系的问题③。萧鹏先生认为:"上述六种角度,选心和选源是最基本的要素,它们一为主观意识,一为客观存在,二者结合才

---

① 汪超《〈文选〉在两宋之流布与影响》,广西师范大学 2006 年硕士学位论文,第 35 页。
② 永瑢等《四库全书总目》卷一八六,北京:中华书局 1965 年版,第 1685 页。
③ "选型"谓编选体例;"选心"谓目的与意图;"选源"谓采选对象与范围;"选域"指选本内部的覆盖范围;"选阵"是"词选所开列出来的清单";"选系"指选本相互间的外部关系。参见肖鹏《群体的选择——唐宋人词选与词人群通论》,南京:凤凰出版社 2009 年版,第 9—22 页。此书即注③的修订本,作者姓氏一仍原书。

产生词选。"①就文学传播的角度说,虽然编选者的目的和编选时的作品来源之重要不言而喻,但同样需要细细分析的重要因素还有选域与选阵。

一　总集的选域与明词的传播

总集的选域是指总集编纂的覆盖范围,如收录作品的时代跨度、题材体裁、风格内容等等。不同选域的总集对明词传播起到的效果也不尽相同。在《全明词》出现之前,尚无一种以"网罗放佚,使零章残什,并有所归"为目的的全集型总集出现②。

若从体裁看,收有明人词什的总集,有专收词作的单文体总集和收有词作的多文体总集两大类。专收词作的单文体总集,在日渐兴盛的明词研究中是最先受到关注的部分,张仲谋先生《明词史》(人民文学出版社 2000 年出版),李康化先生《明清之际江南词学思想研究》(巴蜀书社 2001 年出版)等均涉及明人词选。而明代词选的专门研究则当推陶子珍博士之《明代词选研究》(秀威资讯科技股份有限公司 2003 年出版)最早,该书是作者的博士论文,分八章,详论二十四种词集。斯后,凌天松博士《明编词总集述评》(华东师范大学 2008 年博士论文)分《草堂诗余》序列与"草堂以外的风景"两部分论明人编纂的词总集,均颇见功力。就中所论,多系明人所纂专收词什的总集。因对总集性质认识的差异,二书所述总集范围亦有所差异。陶著认为词谱亦具有词选性质,而丛刊自别于总集;凌著则以为词谱编纂目的不同选本总集,故不列入讨

---

① 萧鹏《群体的选择——唐宋人选唐宋词与词选通论》,台北:文津出版社1992 年版,第 10 页。
② 赵尊岳《明词汇刊》以人系词,各为所收另存集名,应该属于丛书而非总集。

论范围，却未能细分总集与丛刊之异同①。笔者认为词谱编纂目的虽然稍异于其他总集，但在编纂形态上与总集大同小异，而丛刊的编纂体例就异乎总集，绝不可相混，是以应当别论。

明人所纂之收有词作的多文体总集亦复不少，如程敏政所编《新安文献志》，马嘉松辑录的《花镜隽声》，张邦翼纂辑的《岭南文献》，王端淑辑录的《名媛诗纬》等均是兼收多类文体，且包含明人词作的。

单文体总集和多文体总集在传播的效果上是有所差异的，由于单文体词总集专力收词，所以它们能收录更多的词什。在同等规模的条件下，专收词作的总集必然比兼收其他文体的总集能收录更多的作品，保存更多的词人词作。这为明词提供了更多的入选机会，促进了一些非名作名篇的传播。但是，由于诗尊词卑的观念在明代仍然未有大规模转变。因此，兼收其他文体的总集相对词总集就更有可能进入那些鄙弃词什者的视野。此外，多文体总集也更能减轻读者对特定文体的审美疲劳，刺激阅读兴趣。

从总集的时间跨度来说，我们一般分其为通代总集与断代总集。明人编纂的明词断代总集并不很多，所知如钱允治《类编笺释国朝诗余》、沈际飞《草堂诗余新集》均是。但明人编纂的通代总集亦往往兼收明词，如陶子珍博士之《明代词选研究》所论 24 种明代词选，其中收有明词的就有 14 种。

站在存人存词的角度看，明人编纂的明词断代总集收录的词作较同等规模的通代总集更多。通代总集选录的明词，其作者一般都是大家名家，如茅暎《词的》所选词作超过 5 首的明代词人中有杨基、马洪、吴鼎芳、王世贞。陶子珍博士据每部明代词选的各

---

① 凌著于 2014 年易名为《明编词总集丛刻述评》，在上海古籍出版社出版。说明作者已经注意到了相关的问题。

时代入选篇数最多的作者统计,明词作者中,王世贞以3次高居榜首位列第一;杨慎、刘基,并列第二,杨基、贝琼各占鳌头一次,并列第三。他们都是重要的明词作家,而更多的明词作者和词什则不能通过这条途径,流传到读者面前。有些明编总集的选域过窄,如钱允治《类编笺释国朝诗余》,全书收录462阕词作,倒有一半是刘基、杨慎和王世贞的作品。虽然不排除当时群体选择的因素,但过度集中的选本从总集作用之"删汰繁芜,使莠稗咸除,菁华毕出"的角度看,却未必是什么值得表彰的现象。

从总集的收录内容看,有收特定题材的,如明代万历间的周履靖《唐宋元明酒词》专收与酒事相关的词作;有专收同人唱和的,如袁表《江南春词集》、万寿祺《邅渚唱和集》,沈亿年《支机集》也是蒋平阶与门生沈亿年、周积贤遁迹嘉兴时唱和所作;有专以作者划界的,如专收女性作品的王端淑《名媛诗纬》,其三十五、三十六两卷就收有近60家女性词作者的词作,而《青楼韵语》则专收女性作者中的青楼作者之作品;有专收地方文献的,如前揭程敏政《新安文献志》,张邦翼《岭南文献》均是。

专题性质的总集受所选专题的限制,一般选域较狭窄,能入选的词作受到题材制约。若所选题材是较习见的,则候选的词作就多,如周履靖《唐宋元明酒词》所收皆饮酒咏酒之什,收录的词作达71首,并将自己的九首相关词作附在书中。周履靖编选该集并未按一定的规律为作品排序,应该属于漫录的性质。以酒事为题材的词作向来不少,若换做一个生僻的主题,恐怕就未必能达到这个选本的规模。同人唱和的总集由于受备选作者的限制,选域亦不可能宽广。此皆其不能收录更多作品之原因。一般说来,对入选内容限制越少,选域便越广;选域越广则越能为更多的词作提供传播通道。选域窄小的总集也有其传播上的优势,虽然选域越小,可选词作越少,全书篇幅或许会受到限制,但却可能因篇幅不大,更有利于刊刻传播。

　　此外,一些明词小家也依靠选域较窄的地方总集得到保存。一个较明显的例子是朱元亮辑注校证的《青楼韵语》①,该总集专门收录青楼女性的作品,其选域不广,却为十九位明代青楼词作者的词作提供了传播机会。该书所收明代青楼词作中有 23 首不见于专收女性诗文词作的王端淑《名媛诗纬》,也不见录于明末清初徐树敏、钱岳等九十多人参选的《众香词》②。今人编纂《全明词》与《全明词补编》也未曾收录这 19 位明代女词人和她们的作品。若不是周元亮编纂专收青楼作品的总集,这些作者和作品就很可能永逝天壤了。

　　从总集的文本形态来看,有白文本,即单收作品的,如杨慎《词林万选》、袁表《江南春词集》、周履靖《唐宋元明酒词》均是。有注释评点本,如杨慎《百琲明珠》、卓人月《古今词统》、潘游龙《精选古今诗余醉》等。

　　白文本总集的篇幅较小,一般适合文化层次较高的读者;注释评点本的文本篇幅较选同样作品的总集要大,有的注文或者评点文字甚至是正文的数倍。但是注释评点本能引导读者更好地理解

---

①朱元亮辑注校证,张梦徵汇选摹绘《青楼韵语》,上海:隐虹轩 1914 年版。

②这些作品是:杨晓英《感恩多·寄友》及《更漏子·独夜怀人》;王玉英《念奴娇·赠李昭》;郭湘云《阙调名·寄友》(忆昔投璃期缱绻)及《归国遥·赠友》;凌双《蝶恋花·闷中寄人》;尚紫兰《醉蓬莱·独坐偶念与吴生畴昔畅饮辄成却寄》;郑娇《千秋引·期人》;卢月容《菩萨蛮·夜行词》;刘元珍《踏莎行》(蜂狂蝶恋)及《应天长·追忆往事》;郑云璈《拣香词·赠情人词》;岳文《花心动·无畸屡辱过访寄此见怀》及《眼儿媚·述怀》;卫紫英《清平乐·岳无文以诗迷寄人赋此戏调》;刘佩香《传言玉女·赠友》;蒋爱《绛都春·托星甫寄念顾源长》;刘月香《蝶恋花·忆昔》;李筠《风中柳·崔生与女弟投契作此相嘲》;孙月《恋情深·念友》;李秀兰《减字木兰花·寄友》;赵观《柳梢青·与王生坐谭偶成》;李盈盈《卜算子·期友不至》。

作品,适合更广泛的受众群体,便于普及,因此在一定程度上更能传播久远。但注释评点本能否广泛传播起码取决于两个因素:一是注文和评点的水平;一是总集收录作品的好坏。这里起码涉及选家与注释者两个群体的编辑水平。明人注释词总集之评注偶见警策,然更多的却只是选家和书坊的噱头,未必真正切合实用。

二　总集的选阵与明词的传播

萧鹏先生认为选阵是指"选域中所列出的全部词人或主要词人之排列结构、排列层次和排列方式"①。而拙意以为,总集中需要排列的不仅仅是作者,更主要的还是作品。因此,本文将总集的作品纂辑次序也视作选阵。选家如何对总集所收作品进行排布,一方面体现着选家的批评观点,另一方面也反映着前代总集对选家的影响。就作品的传播而言,作品在总集中出现的位置,作品前后的其他作品都对其传播产生着一定的影响。这种影响是客观的,选家本意或并非如此,而实际之传播效果却极可能因为选阵转变而发生变化。我们往往会有这样的经历:参加文艺比赛时,虽然自己的水平发挥稳定,但能否入围获奖,还需取决于和我们同台竞技的其他选手的表现。作品也是这样,与名家的作品编排在一起的"小家"作品,受重视的程度可能不如当它与其他"小家"作品编在一起的时候。

选阵受到选心、选源、选域等因素的影响。随意摘抄的词集必然不同于用力专勤的词集,明人杨慎所选的《词林万选》、《百琲明珠》均随意抄录,几无定体。大约杨升庵编纂这两种词选不过将家藏唐宋诸家词集等文献之尤绮练者录出,以消暇日罢了。故而,升庵所编的这两种词选虽然也录有一些稀见词作,但流传未广。而

①萧鹏《群体的选择——唐宋人选唐宋词与词选通论》,台北:文津出版社1992年版,第8页。

清人张惠言《词选》严选唐宋词人 44 家 116 阕词，目的在教授馆徒作词，推尊雅正，力主寄托。因此张氏所选则被陈廷焯称为"皋文《词选》，精于竹垞《词综》十倍。去取虽不免稍刻，而轮扶大雅，卓乎不可磨灭。古今选本，以此为最"①。

明代词选之选阵混乱者不仅杨慎的《词林万选》、《百琲明珠》两例，周履靖《唐宋元明酒词》也是全无定体，一以偶兴抄录唱和而成。选阵混乱，往往使得读者阅读时无所适从，从而影响总集的传播。

选阵之规划，全在选家才思。魏晋时期，总集兴起，时至明代，选阵已经形成一定的范式，各家总集多不出前人畛域。一般说来，明代收有明词的总集也多从前代体例。前代总集有以人系文者，有以类次文者，有以调统词者，此三者均总集选阵之主流形态。

其一，以人系文。明代词选罕见"以人系文"的编纂体例，明代茅氏凌霞山房所刻《花间集补》是这类总集的代表。《花间集补》是明人温博所辑，严格遵从了《花间集》以人系词的体例。《花间集》以作者为序编排所选词作，有时所选同一位作者的作品分别录在两卷，但依然保持连贯。韦庄词就是这样，其作有 22 首收录于《花间集》卷一，又有 26 首见于卷二，但他是卷一所收的最后一位作者，又是卷二所收的第一位作者。

多文体总集中也可以找到以人系文的例子，如明人周元亮《青楼韵语》先按时代分列作者，又于同一作者名下列出所选作品。不论所选作品是诗文，还是词曲，只要是同一作者的作品就系在该作者名下，是典型的以人系文的总集。明代浙江人马嘉松的《花镜隽声》也是以人系文的，他对"孽妾文妓"甚至域外士女均一视同仁，以作者生活时代编次。其书上海图书馆藏有两个残本，而国家图

---

① 陈廷焯《白雨斋词话》卷五，唐圭璋《词话丛编》，北京：中华书局 1986 年版，第 3889 页。

书馆庋有全帙。

以人系文的编纂体例，其好处是便于读者把握同一作者的词作总体风格，若其间选录了该作者风格稍异的作品，读者能较清晰地了解其中差异。又由于一些以人系文的总集是按作者生活年代编排，因此，可以当作一部作品史来阅读，使得读者能更清晰地了解时代文风之流衍。在被选者而言，其作品置于同时代作者中，能使风格特出者愈加被重视，从而推重作者的文学史地位。对于那些富有创作特色的作者来说，以人系文的总集能更好地彰显他们的特色。

其二，以类次文，亦即按题材对作品进行分类。在先则有《文选》。《文选》是多文体选本，故而其一级目录先以文体分为 39 类，其后又按文体多寡再以内容细分为若干个类目。《文苑英华》从其创例，以赋类而言，其下又设天象、岁时等类目。大体上是按先天时，后地形，再人皇，接着是士绅百姓，最后为鸟兽虫鱼草木等其他物类。一些明编词选从其例，以类次词，如《词菁》、《精选古今诗余醉》。

陆云龙《词菁》大体以天文、节序、形胜、人物、宴集、游望、行役、称寿、离别、宫词、闺词、怀思、愁恨、寄赠、题咏、杂咏、居室、植物、动物、器具、回文次序。其分类的观念沿袭了《文苑英华》的天、地、人、物次序之法。

潘游龙《精选古今诗余醉》则为每首词各标一题，再大体按天文节令、人事、地理、花草馔饮的次序各入不同的卷，同卷之间的作品大体相近。虽然全书并没有明确的类目出现，其分类的观念却依旧沿袭了《文苑英华》之法，只是潘氏的分类实践却并不完全符合其分类标准。如以天文节令次四时之词作，其间却杂有人事类之佳会、劝饮，而夹杂于花草馔饮之属的咏月、咏雪诸什，在前代总集中往往被归入天文部。事实上，早于《精选古今诗余醉》的何士信《增修笺注妙选群英草堂诗余》也是采用以类次词的编纂体例。尽管何氏的编次法是设置了类目的，但潘游龙的次序之法多少能见到何选的影子。凌天松博士的《明编词总集述评》列有《何士信与潘游龙本类目对照表》，可以参看①。

以类次文的编纂方式，极便读者检读同一题材的作品。对于描写同一对象的作品来说，这种编纂方式能使佳篇秀句更容易脱颖而出。俗话有所谓"不怕不识货，就怕货比货"，其语也适用于文学鉴赏对作品价值之判断。但若总集卷帙过巨，必然使得读者需面对众多同一题材的作品，进行二次选择，人为造成阅读滞阻。

其三，以调统词，即以词调为归类标准，同一词调的作品集中在一起的编纂方式。词调不但是词区别于其他文体的重要标志，也是词与词之间相互区别的重要标志。所谓"词有定调，调有定句，句有定字，字有定声"，定调于词最为重要。熟悉词牌者，见《山坡羊》而知其是曲非词，见《念奴娇》而知其是词非曲；见《如梦令》而知其非长调，见《兰陵王》而知其非小令，词调于词之重要大率如此。也正因为词调是词体特殊的标志，故而"以调统词"的编纂方式只能存在于有词牌、曲牌以别他体的特殊文体总集间。

明人词作依然可以歌唱，但能歌唱传播者并非主流，此论详后。不过，明人对词调之刻意用心却从明人词谱之编纂可以推知一二。明人以调统词的总集甚多，题为程敏政纂辑的《天机余锦》收 213 调 1255 阕作品，陈耀文《花草粹编》收 703 调 3702 阕词作，卓人月《古今词统》收 296 调 2037 阕作品，皆是以调统词的词总集。这些总集，对传播词调有着相当重要的作用。以调统词，往往表明编纂者对词调之重视，故而有些僻调往往也会受到编纂者的青睐，而不少僻调也正是借总集流传下来的。《天机余锦》中一些只收一

---

① 凌天松《明编词总集述评》，华东师范大学 2008 年博士论文，第 142—143 页。

阕作品的词调显然就是出于保存词调的目的。如《催徽头子》(半身屏外)、《玉团儿》(铅华淡纻新装束)、《落梅风》(风光动)等均是极少见的词调。明人所选于调下各词之序列又多较随意。卓人月《古今词统》卷五《菩萨蛮》调下,收有汤显祖词作三阕,但在三阕汤氏词作之间却又夹杂着丘浚的词作。《古今词统》略以时代先后次序作者,却并不严格遵循。如该书卷二《竹枝》调下,以年辈较晚的徐媛次于王微、屠隆等人之前;又如《天机余锦》卷之一《鹧鸪天》调下,也出现先辛弃疾而后黄庭坚的情况,此皆其显例。这种情况在历代总集及诗文评著中均非罕见,力之师曾有专文论及,指出古人并不严格依照作者生卒年先后编纂总集①。

以调统词的编纂体例,则对那些僻调的传播起到了较积极的作用,生僻词调的传世作品本来就较少,读者了解也不多。因此见到生僻词调极易产生"陌生"效果,就如在一大片熟悉的面孔中见到一张新鲜的脸庞,更易引起观者的注意。在激起读者的阅读兴趣方面,生僻的词调与生僻的作者正好是反向的,生僻的作者不如名家大家受关注,但生僻的词调绝对更能吸引人们的眼球。而僻调的作者少,作品自然也少于熟调。王兆鹏师指出,传世宋人词作共881调,其中使用最多的三个词调是《浣溪沙》、《水调歌头》、《鹧鸪天》,它们的作品数量均在650首以上②。试想,从数量在650首以上的作品中选数十阕作品,尽管在绝对数量上大于僻调,但入选比例其实不一定比僻调的入选机会更高。以《天机余锦》所选作品为例,该总集在《落梅风》一调下仅选明人瞿佑《落梅风》(风光动)

① 力之《关于日本古抄白文本〈文选序〉"略以时代相次"之"略"兼论以此本所出为李善分卷前的三十卷本说难以成立》,《内蒙古师范大学学报》2005年第4期。
② 王兆鹏《唐宋词史论》第二章第二节《宋词繁荣昌盛的"量化"标志》,北京:人民文学出版社2000年版,第107—108页。

一阕,但该调传世作品甚少。而《天机余锦》所选宋人《鹧鸪天》词在十首以上,可是相对该调657首的存词量来说,其比例无疑是微乎其微的。我们效仿钱锺书先生在《宋诗选注·序》中那段调侃小家的话,也可以说:在一切以调系词的词选中,老是僻调占便宜,那些总共不过保存了几首的僻调更占尽了便宜,因为它们只有这点点好东西,可以一股脑儿陈列在橱窗里,读者看了无限神往,不知道它们的样品就是它们的全部家当①。

以调统词的总集还有一个特殊的群体,那就是词谱。明代弘治年间,周瑛编纂今所能知的第一部词谱——《词学筌蹄》。周氏自序曾云:"《草堂》旧所编,以事为主,诸调散入事下。此编以调为主,诸事并入调下,且逐调为之谱。"②可知,最早的词谱是由总集而来,但其纂辑目的在订谱,略别于其他总集用以统纪散乱篇什之目的。虽然它们编纂目的稍有差异,但是人们依然将其视作总集,《明史·艺文志》即将程明善《啸余谱》列在总集之中。

当然,人们的创作力是无限的,词总集除了以上三种主流编纂形式之外,后世还出现过一些其他样式的词总集。如徐乃昌的《皖词纪胜》体例就相当特殊,该选是以地统词,将舆地志与词选合而为一。以安徽各州府为纲,选词人所咏各地词作依次列于其下。至于其他选阵的排列形式,请恕笔者浅鄙,不能一一详知。

---

① 钱锺书《宋诗选注·序》中有段调侃小家的话,说:"在一切诗选里,老是小家占便宜,那些总共不过保存了几首的小家更占尽了便宜,因为他们只有这点点好东西,可以一股脑儿陈列在橱窗里,读者看了会无限神往,不知道他们的样品就是他们的全部家当。"笔者喜欢这段俏皮又睿智的话,不免鹦鹉学舌一番。见《宋诗选注》,北京:人民文学出版社1989年版,第20页。
② 周瑛《词学筌蹄》,《续修四库全书》影上海图书馆藏清初抄本,上海:上海古籍出版社2002年版,第1735册第392页。

三 影响总集传播效果的其他因素

影响总集传播效果的除选型、选心、选源、选域、选阵、选系的问题以外,还会受到很多外在形态的影响。这些外在的形态既包括总集本身的问题,也有非文学的因素。

首先,总集本身的问题,如总集的卷帙是否适中;总集的收录作品是否有代表性;总集设定的选域是否为人们普遍关注等等。后二者大约见而可知,前者则需略加揭橥。人们或许会问:鸿篇巨制的总集不是正可以有更广的选择空间,保留更多的词作吗?为什么载于大型总集的词作有时反而不如小型词总集传播的面更广?

一般说来,书籍的卷帙总是会影响其传播的。试想先秦文章:一部深邃的《老子》才五千言;《春秋》各家注释相对后世史书亦可称短小精要。这大约与当时的常用书写工具不无关系,不论是甲骨还是简牍,刻之以刀,下笔纵有千言,恐怕也会使用尽可能少的话语表达尽可能丰富的涵义。而总集也是一样,例如宋初,"诏三馆、秘阁、直馆、校理分校《文苑英华》、《李善文选》,摹印颁行"①。未几,一场起于荣王宫的大火烧毁了两书刊刻的计划,《文选》李善注在大火之后不久就重新得到刊印,而《文苑英华》却直到南宋才重新被刊刻。原因无他,《文苑英华》多达一千卷,而《文选》李善注仅仅六十卷。可见卷帙浩繁虽然对保留作品起到了相当重要的作用,但在实际传播过程中往往要比卷帙适中的总集更为吃亏。词之总集情况也是如此,例如卷帙较繁的潘游龙《精选古今诗余醉》收 253 调 1395 阕词作,其版本只见崇祯间海阳胡氏十竹斋刊本。《天机余锦》收 213 调 1255 阕作品,却并无刊本传世。直到上个世

---

① 苗书梅等点校《宋会要辑稿·崇儒》,开封:河南大学出版社 2001 年版,第213 页。

纪末王兆鹏师偶尔从《国立中央图书馆善本序跋辑录》中查到该馆所藏的蓝格钞本信息，其书才得以重见天日。但茅暎《词的》四卷，收词392阕，却起码有三种明刊本：辽宁图书馆等单位所庋明刻朱墨套印本；明刻《词坛合璧》本；南京图书馆藏的明刻本。这大概和卷帙繁简不无关系吧？

除总集篇幅对传播的影响之外，总集是否有目录以便检索，是否附存相关材料以便读者了解作者及作品的情况，是否有耀眼的书名和名公大儒的序跋等等总集正文之外的元素都会影响总集所收作品的传播。

首先，总集目录、作者小传等附件对总集传播自有影响。周履靖《唐宋元明酒词》详列各阕题名作者，卓人月《古今词统》则仅列调名及篇数。读者如果要专检某人某阕作品，前者显然更便于使用，而后者更不利于该作品的传播。再看附存相关材料的情况，如卓人月《古今词统》就附有张炎《乐府指迷》、王世贞《论诗余》、沈际飞《诗余发凡》等词论，又细列作者爵里氏籍，而不少词总集是没有这些内容的。以附列作者小传的总集和不列作者爵里的总集相较，那些小家们总要在后者吃上几计闷棍。尽管小家的词作是流传下来了，但是要了解这些作者的身份、行迹，不列作者爵里的总集就不如详列爵里的总集。这些因素都会在一定程度上影响到明词的传播，但凡此皆其次要方面。

其次，不属于总集自身的问题，但同样会影响总集传播的因素，如编选者、序文跋文作者、出版的书坊之社会影响；总集的装帧、总集的刻工、总集的版式等等，也都会影响总集的传播。

以编者之社会影响为例：如杨慎的《词林万选》、《百琲明珠》，这两部词总集我们前面也曾提到，它们几乎就是杨慎从家中藏书里选录自己喜欢的词作，以消暇日绮愁的。但是杨慎在嘉靖文坛的地位，杨慎的传奇经历都为这两部词集的传播加上了重重的砝码。楚雄知府桂林人任良干在为《词林万选》作序时有这样几句话颇值得我们玩味："升庵太史公家藏有唐宋五百家词，颇为全备，暇日取其尤绮练者四卷。"这是说杨慎编《词林万选》的目的只是消闲。"间出以示走，走趋而阅之"，杨慎偶尔向任氏提到这部词选，任氏有极大的阅读兴趣。这如果不是升庵的社会影响和文学威望如何能激发任氏的兴趣？"遂假录一本，好事者多快见之"，这部编选随意的词选之社会反映居然能令读者"快见"，其中词选本身似乎倒是次要因素了。这样大的社会影响使得任氏"刻之郡斋，以传同好"①。

此外，选本还有所谓的"彰显"与"遮蔽"的功能，这在同门邓建博士的《宋代文学选本研究》的第六章《传播论》有详细的论述。他认为："选本与生俱来所具有的选择、排弃之天然属性，选家与作者之间、选家与选家之间、不同时代之间审美取向、价值判断的偏离与漂移，以及选家与作者角色的串位，使得选本传播中的彰显与遮蔽效应就此产生或加重。"②受这些因素的影响，优秀的作品可能被遮蔽，成为有遗璧弃珠；不在水平线以上的作品也可能被彰显，而成为混珠的鱼目。虽然该文所论是宋代文学选本的相关情况，但移植到明词选本型总集中同样适用。邓师兄高论，珠玉在前，可以参阅，笔者不再效颦。

第三节　其他传播明词的传统书册类型

传统的书册类型难以确数，除我们已经讨论的别集、总集之外，其他书册在传播明词的过程中，起到的作用有限，是明词书册

---

① 杨慎辑，刘崇德、徐文武点校《词林万选》，保定：河北大学出版社2006年版，第3页。

② 邓建《宋代文学选本研究》，武汉大学2008年博士论文，第177—182页。

传播的次要方面。虽然作用有限，然而种类繁多。历代目录学之分类也有从七略到四部发展转变的过程，而四部分类法之外，也尚存有道教"三洞四辅十二部"的目录分类法，佛家经录则因不同时期、不同撰者的宗派而各有差异。历代目录学家按不同的目录分类法著录了浩瀚的文献，在传世文献中，承担着明词传播任务的，不仅有集部的总集、别集，还有四部、三洞四辅、大乘小乘中的各类其他文献。我们选其中较为重要的部分，分类论之。

一　丛编：丛刻、丛钞

词籍有丛编，王兆鹏师指出："将若干种词别集或总集汇辑成编，则称丛编。如丛编为刻印本，就称丛刻；如丛编为手钞本，则称丛钞。"[①]丛编，又称汇刊、汇刻、汇编、辑刻、丛书等等。《中国丛书综录》是专录丛书的工具书，其释"丛书"之名谓："丛书是汇集许多种重要著作，依一定的原则、体例编辑的书。"[②]简言之，丛编或丛书就是多种单行本书册的集结。

词集丛编，始于南宋。南宋时期出现的词集丛编，可考者有四种：《百家词》、《典雅词》、《琴趣外编》、《六十家词》[③]。明清时期，由于社会经济和技术条件的进一步发达，丛编出版刊刻甚多。但一般各丛编以收录宋元词集为多，间收明人词籍。如，天津图书馆藏明钞吴讷《百家词》收王达《耐轩词》一卷，余皆宋元人词；浙江绍兴鲁迅图书馆藏有另一部明抄本《百家词》，仅存 17 种，含明人李祯《侨庵诗余》一卷，另有数种溢出目录之外。南京图书馆藏明人钞本《宋明九家词》收有李祯《侨庵诗余》一卷，其余八家皆宋人词；题为李东阳编纂的《南词十三种》收王达《耐轩词》一卷，李祯《侨庵诗

① 王兆鹏《词学史料学》，北京：中华书局 2004 年版，第 101 页。
② 上海图书馆《中国丛书综录·前言》，上海：上海古籍出版社 1982 年版，第 1 页。
③ 王兆鹏《词学史料学》，北京：中华书局 2004 年版，第 101—105 页。

余》一卷附录一卷,余皆宋元人词;佚名钞《紫芝漫钞》本《宋元名家词》收宋元明词人七十家一百卷,其题名干脆忽略了钞本中尚有明人张肯《梦庵词》、李祯《侨庵诗余》各一卷的事实;石村书屋《宋元明三十三家词》五十三卷,亦明代佚名钞,收王达《耐轩词》一卷①。这些丛编的特点是:它们多是钞本,未经刊刻。且所收明人词集仅限于王达、李祯、张肯三人,未知其中各本之间有何渊源,乃相近若此。

　　但毛晋《词苑英华》九种四十五卷却是例外,其中收有杨慎《词林万选》,张綖《诗余图谱》、《南湖诗余》等明人词籍,张綖《南湖诗余》是与秦观《淮海词》并刻于《诗余图谱》之后,称《秦张两先生诗余合璧》。该丛编由毛晋汲古阁刻于明末,张綖《诗余图谱》先于其他几种词籍刊印,是毛晋据济南王象晋刊《诗余图谱》三卷本刊印的。我们之所以判定《诗余图谱》的所谓"王象晋刊本"与《词苑英华》本是同一刻本,理由如下:其一,二书行款全同,均是半叶九行行十九字,四周双边,白口,无鱼尾。其二,王象晋《重刻诗余图谱序》云:"海虞毛子晋博雅好古,见予雠较此编,遂请归而付之剞人。"卷一卷端题有"高邮南湖张綖编辑"、"济南霁宇王象乾发刊"、"康宇王象晋重梓"、"姑苏子九毛凤苞订正",且二者行款全同。其三,汲古阁《词苑英华》的其他词籍版心除书名外,尚刻有"汲古阁"以及"毛氏正本"阳文方印。然出现的位置不一,大多数出现在每卷首末两页。而该刻《诗余图谱》并无此标志。最后,就其版片本

----

① 吴讷《百家词》版本情况参王兆鹏《词学史料学》。题李东阳《南词十三种》,《紫芝漫钞》本,《宋元名家词》,石村书屋《宋元明三十三家词》的词集目录来自凌天松《明编词总集述评》(华东师范大学 2008 年博士论文)。《紫芝漫钞》本《宋元名家词》误"李祯"为"刘祯"。

身来说,二者墨钉出现的位置完全相同①。该本的来源,按王象晋《重刻诗余图谱序》所说,应当是其兄象乾在上谷任上所刊。其云:"万历甲午乙未间,予兄霁宇刻之上谷署中,见者争相玩赏,竟携之而去。"②万历甲午为1594年,万历乙未是1595年,其书即刻于这两年间。

《词苑英华》又有清乾隆十七年(1752)因树楼重印本,书名页右上题"毛氏原本",左下题"因树楼藏板"。书前序有云:"……去冬购得毛氏汲古阁《词苑英华》原版,喜其字划尚无漫患。略有讹谬,悉取他本校正之……乾隆岁次壬申花朝日曲溪洪振珂书。"③因树楼所重印《诗余图谱》者,惟一不同于毛氏汲古阁本者,在其卷后未印《秦张两先生诗余合璧》。

明人编修的词别集丛编通常有厚古薄今的倾向,并且各种丛编所关注的词人较为集中。这些丛编能刊刻行世的也不多,因此,对于明词的传播来说,丛编起到的作用有限。不论从收录著作的种类,还是从传钞刊刻的数量来说,它们都属于明词传播的次要载体。

二　评论:词话、诗话

国人论诗衡文常有评论,目录学中有"诗文评"一类,其中多首列《文心雕龙》与《诗品》。欧阳修《六一诗话》是今所知最早使用

---

① 上海图书馆藏清乾隆十七年因树楼重印本之卷一叶十四《更漏子》例词"一叶叶一声声"的前一个"声"字处为墨钉;卷二叶十二《行香子》例词"闲淡妆匀。蓝溪水、深染轻裙"句中之"匀"字处为墨钉;卷三叶十四《醉蓬莱》例词"夜色澄鲜,漏声迢递"之"声"字处亦为墨钉(洪振珂印本此叶右上角有损坏)。

② 毛晋《词苑英华》,上海图书馆藏清乾隆十七年因树楼重印本。

③ 同上。

"诗话"命名的"诗文评"著作。后人因之,乃成诗话之大观,斯后又有词话、文话、曲话、联话等等。宋人许彦周曾说:"诗话者,辨句法,备古今,纪盛德,录异事,正讹误也。"①这里说的都是诗话的内容,随后黄彻又增添了"辅名教"、"论当否"两条,以补充说明诗话的功能。概言之,诗话即论诗之话语。其外延有三:狭义指单独成卷的论诗之话语;中义指原不成卷,经人辑录的论诗之话语;广义则凡论诗之话语均是。词、曲、文、对联等,文体虽异,道理相同。

朱崇才先生在《词话史》中亦认为"词话"之外延有三,他说:

> 词话这一概念,就其外延而言,可有狭、中、广三义。狭义,是指以"词"这一诗歌样式为表述对象的、原已成卷的专门著作,如杨绘的《时贤本事曲子集》、杨湜的《古今词话》等;中义,是指除了狭义所指外,还包括经后人改题、辑录而成的成卷专著,如《苕溪渔隐词话》(从胡仔《苕溪渔隐丛话》中抽出改题而得)、《词洁辑评》(从先著、程洪《词洁》中辑录评语而得);广义,是指所有"涉及词的话语",如《苏轼文集》中有四十馀条涉及词的话语,即可指称为"苏轼词话"②。

明人原已单独成书的词话较少,唐圭璋先生《词话丛编》所收四种明人词话:陈霆《渚山堂词话》、王世贞《艺苑卮言》、杨慎《词品》、俞彦《爰园词话》,其中《艺苑卮言》虽题原书之名,内容却仅是该书的词话部分。其他杂见于诗话、文话等文献中的词话甚多,岳淑珍教授所著《明代词学研究》附有散见于明人诗话、曲话、笔记、总集序说等文献中的明人论词之话语 24 种简目,惜未以所辑附

① 许顗《许顗诗话》,吴文治主编《宋诗话全编》本,南京:江苏古籍出版社 1998 年版,第 1392 页。
② 朱崇才《词话史》,北京:中华书局 2006 年版,第 1 页。

存。岳教授所辑,多有从明人诗话中得来者,如单宇的《菊坡丛话》、黄溥的《诗学权舆》、瞿佑的《归田诗话》等①。可知,诗话、词话之间的界限并不十分明显,野史、笔记中所涉及到词的内容,就是广义的词话,与成卷的诗话、词话未有本质的差异,本文因此合而论之。

谭新红先生曾谈到词话在传播过程起到的作用时指出:词话具有"议题设置"功能、刺激功能和鲜明的接受导向功能②。这些功能在明人词话中同样具备,以"议题设置"功能为例,明人词话设置过如词体风格的"婉约"、"豪放"二分法,推尊词体的目的下设置的"词之起源"、"词体之独立地位"等问题均是。除谭先生指出的三大功能外,明代词话的文献传播功能也值得注意。

词话的文献传播功能大致若选本,词话所录之词往往附有作者对所选词什的点评。有些词话保留词作全篇,有些则仅选其中个别句子。以陈霆《渚山堂词话》为例,其卷一保留明词全篇的有瞿佑《巫山一段云》(扇上乘鸾女)和刘基《水龙吟》(鸡鸣风雨萧萧)两阕,均有议论评价之语。此外,又录有瞿佑、杨基、贝琼、刘基、陈铎词作的一部分句子。

词话选录词人词作并加以评论,一方面扩大了入选词作的传播面,另一方面也刺激了读者的接受。同时,部分明词词作依靠词话得以保存,如《渚山堂词话》卷三"瞿宗吉八声甘州"条:

> 瞿宗吉寓姑苏,作《八声甘州》以自遣。首阕云:"荷危楼、翘首问天公,何时故乡归。对碧云千里,绿波一道,山色周围。风景不殊畴昔,城郭是耶非。满目新亭泪,独自沾衣。"其自叙

---

① 岳淑珍《明代词学研究》,河南大学 2008 年博士论文。
② 谭新红《宋词的书册传播》,《武汉大学学报》2008 年第 1 期。

云："丙午秋,重到姑苏,登楼有作。"①

其词不见《乐府遗音》,然《天机余锦》则载之。可是《天机余锦》在后世几近失传,能见到瞿佑这阕《八声甘州》的读者,大多数是从《渚山堂词话》读到的。

又如,明季古藏室史臣《弘光实录钞》卷四录有左懋第临终前作《沁园春》(忠臣孝子)一阕,亦未见他处记录。懋第,字仲及,号梦石,又号梦农,山东莱阳人。崇祯四年(1631)进士,历韩城令、给事中。弘光间任兵部左侍郎兼右佥都御史,出使清营,被执不屈遇害。该词是他临终遗作,本身就具有重要的史料价值。而在即世之前,能填出这样一阕长调说明左懋第对词体是相当熟悉的。文坛对词的尊体命题进行讨论后,明词在明人心中的地位,也未必就很低。若非笔记载录此阕,我们可能就没有机会了解左懋第的这阕碧血丹心之绝笔词了。词话与笔记对于保存明词文献,扩大明词的传播面有一定的作用。

通过词话,我们也可以了解部分明词文献的纂辑、传播信息。如《渚山堂词话》卷二云:"瞿宗吉,号山阳道人,有《余清》及《乐府遗音》等集,皆南词也。"②瞿佑《余清》今不传,历代书目亦少有著录,由此而知瞿佑尚有《乐府遗音》外的另一部词集。

瞿佑《归田诗话》载云:

> 乡丈凌彦翀,名云翰,……继以梅词《霜天晓角》一百首,柳词《柳梢青》一百首,号梅柳争春者,属予和之。予亦依韵和

①陈霆《渚山堂词话》卷三,唐圭璋《词话丛编》,北京:中华书局1986年版,第379页。

②陈霆《渚山堂词话》卷二,唐圭璋《词话丛编》,北京:中华书局1986年版,第363页。

就,大加赏拔①。

"梅柳争春"大约是这组词作的总名,亦未见诸文献,似亦亡佚。而我们同时可知凌云翰、瞿佑各自还有梅词《霜天晓角》一百首,柳词《柳梢青》一百首未见载于二人的传世别集。类似例子,还有一些,略检可得。

三　史部:方志、宗谱

唐人以为"方志,谓四方物土所记录者"②。志一方之地理交通、风物人情、历史文化,实在是特定地域内的地理历史百科全书,目录学将之归于史部地理类。但方志之性质,历来颇有歧见,仅杨军昌先生《中国方志学概论》就列出 7 种不同的观点③。宗谱载宗族姓氏之渊源流衍,又名家谱、谱牒、家乘,《旧唐书·经籍志》直至《明史·艺文志》多在史部下设"谱牒"一类统之。而《四库全书》则列之于子部,殊乖体例。观其"家乘"之别称,亦知其宗族史书之性质,以此,今与方志并述。

明永乐间,两次颁降《地方志修纂凡例》对地方志修纂进行统一指导,其中均特别提及地方诗文的入志问题。永乐十年(1412)颁降者,云:"诗文　自前代至国朝词人题咏山川、景物、有关风俗人事者,并收录之。"④永乐十六年(1418)颁降者,进一步细化,道:"一、诗文　先以圣朝制诰别汇一卷,所以尊崇也。其次,古今名公诗篇、记序之类,其有关于政教风俗、题咏山川者,并收录之。浮

---

① 瞿佑《归田诗话》,《历代诗话续编》本,北京:中华书局 1983 年版,第 1278 页。
② 萧统编,李善、吕延济等注《六臣注文选》卷五左思《吴都赋》张铣注,北京:中华书局 1987 年版,第 104 页。
③ 杨军昌《中国方志学概论》,贵阳:贵州人民出版社 1999 年版,第 1—6 页。
④ 赵庚奇《修志文献选辑》,北京:燕山出版社 1990 年版,第 3 页。

文不醇正者,勿录。"①

　　明清方志多设《艺文志》以录诗文,词作则或单列一类,或附于诗之后。这种纂辑方式与总集并无二致。笔者曾经检读数百种明清及民国的方志艺文部分,发现收录词作的方志较少,这大约是受到"浮文不醇正者,勿录"之修志传统的影响吧。但方志依然是明词流传的重要载体,不少词人词作是依靠历代方志流传下来的。笔者进行明词辑佚过程中,通过方志辑出的佚词已近百阕,其中不少词作者是《全明词》、《全明词补编》所失收的,方志存人存词之作用可窥一斑②。

　　方志载词不仅仅是其《艺文志》部分的专利,《金石》、《山川》等部分也都有传词的功能。如苏志皋《天仙子·登玉皇阁》就是杨笃《(光绪)蔚州志》卷十《金石志》所载③。

　　明清方志载词,往往不为作者立小传,故而词作者身份常常不彰,至有修志时已失其名姓者。如明人徐鸣时《横溪录》卷六载马某《西江月·游石湖词》一阕,原书已未知其名④。有的方志则出现不载词牌,或误载词牌的现象,《横溪录》所载《西江月·游石湖词》即不书词牌。又如《(乾隆)大足县志》卷之十一《艺文·诗》附词载潘绂《失调名·竞渡》(梅霖洗尽炎方热)原作《阮郎归》,而考之词格则未知其调⑤。凡此,皆易误导接受者,使读者读其词而未必知

---

① 赵庚奇《修志文献选辑》,北京:燕山出版社1990年版,第6页。

② 相关情况可以参看拙作《〈全明词〉辑补62首》(《钦州学院学报》2011年第2期)、《〈全明词〉辑补42首》(《五邑大学学报》2011年第3期)。

③ 国家图书馆善本金石组编《明清石刻文献全编》,北京:北京图书馆出版社2003年出版,第980页。

④ 黄秀文等《华东师范大学图书馆藏稀见方志丛刊》,北京:北京图书馆出版社2005年版,第6册第252页。

⑤ 曾受一修《(乾隆)大足县志》,故宫博物院编《故宫珍本丛刊》本,海口:海南出版社2001年版,第95页。

其为词,不利于词作的传播。

宗谱载诗文由来亦久,稼轩即有《醉翁操》(长松之风)词以赠门人范开,谈及其宗谱①。《全明词补编》据《盖东谢氏族谱·艺苑》收谢燿词一首,又据《横山徐氏宗谱》卷一收戴以让词一首。前者系族人作品,后者系他姓题咏。虽然这两种谱牒均晚出,《横山徐氏宗谱》系清道光钞本,《盖东谢氏族谱》的修纂时间则晚至民国。但按谱牒修纂的一般情况看,其必有所祖之本。

谱牒之修纂,重在明姓氏流衍,晓房支脉络。艺苑云云,特其余事。因此,收录作品并不多,在明词传播的载体中属于典型的"少数派"。且谱牒不同于其他典籍,一旦修成,往往秘不示人。外姓若要得见谱牒,恐怕相当艰难。

由于纂修方志、宗谱之人水平差异较大,故而在一定的程度上,影响着方志、谱牒的传词功能。又因地方经济差异,方志、宗谱的物质载体也存在相当大的区别。从故宫博物院编《故宫珍本丛刊》所收各省府县志来看,东南各省所修的方志往往刊刻精良,且卷帙浩繁;而西南、西北的志书每每只有钞本,志文亦较为简单。显然前者更易传开,而后者则不易流传。

四 方外:释、道著作

释道著作一般也可分入四部分类法中,四部分类以释道论著为子书,而其缁流羽客之文集,则可入集部。但方外著作也有其特殊的目录分类法,道教较为统一,而佛教则似并未有统一的目录分类法出现。《大藏经》纂辑之后,各家经录提要依然自成系统。

就目前所见之保留明代僧人词什的著述看,除明僧的别集外,还有地方志中的专门志。这些在佛教目录中多不著录,它们与前述数

---

① 邓广铭《稼轩词编年笺注》,上海:上海古籍出版社 1993 年版,第 262 页。

种书册形式的传播特点是一样的,我们不作阐发。但道教著作却有专门的目录,且《道藏》也收有明人词作,故而我们略加说明如下:

明代《道藏》始刊于正统十年(1445),先后由正一道第四十三代天师张宇初及邵以正统摄纂修,共 5305 卷。续修之《道藏》则由五十代天师张国祥于万历三十五年(1607)负责编纂,凡 180 卷。均采用三洞四辅十二部的分类法。三洞(洞真、洞玄、洞神)、四辅(太玄、太平、太清、正一)皆表示道经所属之道派。经书一般在三洞,道士别集与阐释道经的杂著则多归四辅。十二部则是三洞四辅下的子目,指本文、神符、玉诀、灵图、谱录、戒律、威仪、方法、象术、记传、赞颂与表奏。据朱越利先生统计,《道藏》中的文学作品综合类凡 55 种,戏剧类凡 153 种,神话类凡 49 种[①]。其中历代道士别集分处四辅之中,如全真七子之一的谭处端《水云集》在太平部,金人侯善渊的《上清太玄集》则在太玄部。天师张宇初的诗文集《岘泉集》十二卷就在正一部,该集卷末载词 12 首。《岘泉集》又有崇祯四年(1631)刻六卷本,题作《耆山无为天师岘泉集》;清乾隆十九年(1754)刻本,题作《岘泉集》,文渊阁《四库全书》则收有其四卷本。《全明词》据四卷本裁出。

而《道藏》、《续道藏》所收 5485 卷之外的道教著作甚多,巴蜀书社于上世纪 90 年代初专收近千部《道藏》、《续道藏》未录的著作,胡道静等先生担纲斯役。其分类法受中图分类法影响,不再以传统的三洞四辅十二部分类,而按内容分录。其中也有一些明代高道的杂著,包括一些明代道士的词作。如《藏外道书》第五册《张三丰先生全集》就收有词作 29 首,词后又附有散曲若干。其书原注云:"按祖师词曲前无所谱,只在发明丹旨耳。然谱皆古人所创,何妨自我作古耶?'登高台'本《参同》之句,以为调名恰与玄音雅

① 朱越利《道藏分类题解》,北京:华夏出版社 1996 年版,第 150 页。

称。或谓立题固妙,分段太多,不知词谱中如《哨遍》、《莺啼序》之类,亦有三四段者。此分四段,有何不可? 不得以令、慢、单、双相拘也。"①《张三丰先生全集》所收之词多为创格,其中的部分词作还出现在一些道教总集中,流传颇广。

《道藏》所传明词多不受重视,一则僻道者不观,二则佞道者重术,其于词作皆不加青眼。而《道藏》、《续道藏》又部帙浩繁,常人难以接触到。《藏外道书》则今人所编,其中所收明代高道著作大抵以单行本的形式出现。此亦明词书册传播方式之备位闰余。

五　艺术:书画论著

《四库全书总目·艺术类》总序称"古言六书,后明八法,于是字学、书品为二事。左图右史,画亦古义,丹青金碧,渐别为赏鉴一途"②。书品、鉴赏渐兴,相关论著亦作。明人书画论著甚众,其书画著录水平较宋人《宣和书谱》、元人《云烟过眼录》均有重大突破。《明史·艺文志》于《子部·艺术类》下收一百十六部著作,凡一千五百六十四卷,其中包含医药之学。其绘画、书法类著述则如朱存理《铁纲珊瑚》二十卷;杨慎《墨池琐录》一卷、《书品》一卷、《断碑集》四卷;刘璋《明书画史》三卷;李开先《中麓画品》一卷;莫是龙《画说》一卷;李日华《画媵》二卷、《书画想像录》四十卷;张丑《清河书画舫》十二卷等均在其中。但《明史·艺文志》收录的书画著作并不全,如赵琦美《铁网珊瑚》、郁逢庆《郁氏书画题跋记》、汪砢玉《珊瑚网》就不在其记载范围内。

这些书画著作记载的范围涵盖书画的物质载体、卷面内容、递藏情况、传记资料等等,每每附有作者的评论。卷面内容一般包括

---

① 张三丰《张三丰先生全集》,《藏外道书》本,成都:巴蜀书社1994年版,第447页。

② 永瑢等《四库全书总目》卷一一二,北京:中华书局1965年版,第952页。

书法字体内容、绘画色彩题材、前人题跋诗文等信息。这些信息著录的原则是求真。因此，书画论著所记载的书画原始信息，保留了大量书写在书画上的文学作品，具有存人存词的文献价值。尤其是一些今已亡佚的书帖画卷，其基本情况就只能依据这些著录推知一二了。

笔者进行明词辑佚时，对书画论著也多有倚重。以汪砢玉《珊瑚网》为例，其书就为我们提供了不少明人词作，且一些是《全明词》、《全明词补编》失收的，如卷三八《石田自画题词》条有沈周《江南春·自题山水》（林影下）、《柳梢青》（十丈梧槎）两阕；卷四十《水墨竹石菊花》条有陈淳词《浣溪纱》（近水人家觉倍清）一首。卷四二有项又新和杨无咎《柳梢青·墨梅》四首，词目为：《柳梢青·未开》（忆昔黄昏）、《同调·将开》（明珠斛量）、《同调·盛开》（琼脂匀搭）、《同调·开残》（凋谢南枝）。项又新就是《全明词》、《全明词补编》失收的词作者。

书画著作由于著录时重视保存作品的原始信息，但同时也为传播设置了一定的障碍。如书画家不题词牌、词作原作者的现象，在部分书画著作著录时并不标明。如前引汪砢玉《珊瑚网》所载沈周《江南春·自题山水》（林影下），《江南春》词牌就是笔者所加，原词后径书"自题山水"四字。若对词体稍不熟悉的读者未必会注意到这是一阕词，而不是一首句式参差的诗歌！书画家题写前人作品偶尔不写明原作者，若书画论著按原状记载，不加说明，往往会误导读者。使得读者将不出名的前代作品当作是书画家的原创，浅鄙者如笔者就曾上过这样的当。在辑佚过程中，笔者就曾因为只注意到《六艺之一录·莫云卿墨迹》所书《菩萨蛮·咏弓足》一首，而又失于检核，以致将莫是龙书写苏轼的作品当成莫是龙的词作。

总之，古代传统书册形式是多样的，但除别集与总集之外，其他书册在进行明词传播的过程中都只起到辅助作用。

第四章　面向大众的民间书册传播

随着印刷技术的革新,生产力可以满足更多书籍的出版,而民众文化水平的提高,促进了民间阅读群体的兴起,新的阅读需求由此产生。早在宋代,书坊就为适应这批读者的阅读需求,出版了一批面向他们的图书,民间日用类书《事林广记》正是其中一种。延至明代,民间阅读群体不断膨胀,相应的读物也推陈出新,民间日用类书、娱乐书刊、道德教化书刊等层出不穷。虽然词在这些书刊中的分量不大,但日用类书中大量运用词体纂辑材料,反映出词在当时的鲜活程度;娱乐书刊记述词林掌故,也是我们不能忽略的。而这些书刊的读者群是区别于传统精英文人的,他们虽然能识文断字,但文化素养远逊精英知识分子,是实实在在的市民阶层。这些书刊中的词自然体现出相应的水准,其词文不甚深,言不甚雅,日用多于怡情,实务重于教化,反映着明代一部分词篇在市民阶层的传播情况。

第一节　日用类书:民间词的书册传播方式之一

词在明代已然退出文学舞台的中心,但民间词自以特殊的方式适应着明代社会生活。主要面向市民阶层的日用类书是民间词的传播渠道之一①。现存明刊日用类书至少有 35 种,绝大多数为晚明刊本,尤以建阳书坊为甚,今多藏于日本②。前贤已注意到日用类书中保留的词作③。刘天振《明代通俗类书研究》曾对明代日用类书中的词稍作讨论,但着眼点并不在词。吴蕙芳《万宝全书:明清时期民间生活实录》对日用类书考论之细致,令人感佩。然该著对词作并未多加留意,甚至误将两阕《西江月》词标点作一首诗④。笔者经眼之明代日用类书中保留有宋元以后词作 350 多首⑤,这些词作在一定程度上体现了文学的实用功能,其传播又受传播者和受众的左右。

---

① 刘天振《明代通俗类书研究》(济南:齐鲁书社 2006 年版,第 110 页)转引日人酒井忠夫为日用类书所下定义说:"为庶民日用方便所汇集广泛易解的必要知识书"、"萌生于宋朝"、"元明时代著作良多,尤以明末清初间为最,包含所谓袖珍本在内,流通民间之数甚夥"。刘著将明代通俗类书分为日用类书、道德故事类书、娱乐性通俗类书三种,本文所论者为日用类书与娱乐性通俗类书(即娱乐书刊)。本文使用的通俗类书除非特别说明,皆为日本东京大学东洋文化研究所藏书,笔者通过东京大学东洋文化研究所汉籍全文影像资料库(http://shanben.ioc.u－tokyo.ac.jp/list.php?order＝m－no&sess＝c)等网络途径获得文本资料。上海图书馆所藏《新刻天如张先生精选石渠万宝全书》等明代日用类书未有超出日藏各本的词作。

② 吴蕙芳《万宝全书:明清时期民间生活实录》,台北:政治大学历史学系 2001 年版,第 641—673 页。

③ 况周颐《蕙风词话续编》卷一即曾专论《事林广记》所收词。《全宋词》亦载《事林广记》之俗词。朱崇才《新见〈嘲戏绮谈曲子词〉46 首考论》(《重庆工商大学学报》2003 年第 2 期)也曾加以考述。

④ 吴蕙芳《万宝全书:明清时期民间生活实录》,台北:政治大学历史学系 2001 年版,第 613 页。

⑤ 汪超《〈全明词〉失收词作缀补》(《词学》第二十三辑)据各书蒐得散佚明词346 阕,另 5 首半阕作品。

一　日用类书中词作的基本情况

日用类书既多是坊刊本，书坊刻书又多以射利为目的，由此产生的抄袭删改，曲意迎合读者的现象都在所难免。故而，所收词作内容纷繁，语辞浅鄙，来源复杂，今略述如下：

1. 日用类书中词作来源及作者

类书以纂辑材料、供人检用为目的，通常编者蒐罗纂辑已有材料而外，不明确表达编纂者的立场，日用类书亦然。其中所收词之来源虽不能一一指出辨明，但大体有以下几种情况：

1）得自其他日用类书　明代日用类书所收宋元词多来自《事林广记》，例如该书戊集《满庭芳》（四海齐云社）诸阕在明代日用类书之《八谱门类》曾多次出现。《事林广记》是宋代福建人陈元靓所编，屡经增删，有不少福建刊本，因此在建阳书坊所刊的日用类书中见到这些词作就不奇怪了。此外，辗转抄袭同一时期类书的情况也相当普遍。

2）得自道书、术数之书　明代道教兴盛，正统、万历年间曾广搜道书刻为《道藏》与《续道藏》，修真信道在当时大行其道。不少日用类书专设《修真门类》，其中一些载有词曲。如《万用正宗》卷二十四，其上层《金丹词曲》便有三组 26 首《黄莺儿》分咏大丹、炼铅、九鼎等修道法门，下层《金丹秘旨》亦有七阕小令分咏铅汞丹道。《黄莺儿》一调在金元道士词中是常见词调，多作炼形服气之语，此中所见，大略类之。相面演卦也是当时风气，《万用正宗》卷三十一有 64 首《西江月》，以《易》六十四卦为序，内容皆敷衍课卦结果，预言吉凶。其性质与《正统道藏》所收八部签诗相同。

3）得自农书　一般说来，明代日用类书重城市生活而少说农林畜牧，但《五车拔锦》卷廿八《农桑撮要》，《崇文阁万用正宗》卷九下层《农桑耕织图式》所收之 32 首《竹枝词》即与农书《便民图纂》

略同。

　　4)市井口传　　例如《鹧鸪天》(婚礼今朝讲拜堂)一阕,杂在婚礼致语的组诗中,这应该是结婚典礼使用的韵语。至少有五种日用类书记载该阕,可见该阕必是民间习用,口耳相传的。又如酒令、灯谜等词,则应当是在席间、年节中有所运用,故而为编者所采。

　　5)其他来源　　还有些单阕零篇,如《翰府锦囊》卷二所载《沁园春·贺新冠》(髫彼两髦)、《满庭芳·贺人生日新冠》(月属重三)等词,来源难辨。

　　从风格内容上来看,这些词的作者属于市民阶层。但不乏伪托前辈名公所作者,如《五车拔锦》卷廿三等书所收的《吕纯阳先生叹世〈鹧鸪天〉》(识破乾坤懒进身)。一般认为题署吕洞宾的词作皆两宋以降之伪托,曾昭岷等先生就曾指出:"吕岩词,皆为宋以后人依托。"①又如《万宝全书》卷二十三有《夏桂洲劝谕〈西江月〉》四阕,《士商类要》卷四亦载之。夏言别集中未有此四阕,且其词语浅意鄙,与夏氏词风迥异,似为伪托。

　　不题作者之作最多,情况最为复杂:它们有些是市井传播中的集体创作;有的是下层文人抒写感喟;尤其是那些纂辑资料之词,需要具体情况具体分析。

　　2. 日用类书中词作内容与功能

　　日用类书名目众多,然在内容上多贴近生活,务为实用。沈松勤先生《唐宋词体的文化功能与运行系统》指出娱乐、社交和抒情是唐宋词的三大功能②。明代文人词也以这三大功能为主,但日用类书所收词作却更突出纂辑资料的功能。

　　拙目所及,几乎所有日用类书都有占卜门类,且不少也以签诗

---

① 曾昭岷、王兆鹏等《全唐五代词》,北京:中华书局1999年版,第1284页。
② 沈松勤《唐宋词体的文化功能与运行系统》,《文学评论》2001年第4期。

敷衍吉凶。《学海不求人》、《万用正宗》等书也收有大量卜卦签词、相面之词。这部分词作供占测人事吉凶之用，与道教签诗的区别只在韵文体式。这些词多用各类意象，似是而非地道出占卜"结论"。这个"结论"往往又指向模糊，且内容多涉及财产、婚姻、健康等市民阶层日常生活中最普遍的事件、情感。签诗、签词都是务为实用的，对占卜者起暗示指引作用。

　　纂辑资料既是日用类书中词作最主要的功能，其内容除签词而外，则多涉及日常生活中习见的农桑、医疗、修真等活动，说明配方、耕织时序、修炼法门等。值得注意的是商业和法律的内容也出现在了这些词作中，《学海不求人》卷十七《算法门》有《西江月》(今有方田一段)、《水仙子》(为商出外做经营)，内容系计算示例，以词出题，词后附有答案及计算方法。《水仙子》一阕显见是以商人为潜在读者的。又如《例分八字〈西江月〉》，则是以普及法律术语为内容①。一阕《西江月》八句分别介绍八个法律术语的涵义，简洁易懂。显然整合材料，便于记忆是这些词的主要作用。其实这也是词在早期就具有的功能，如唐人易静《兵要望江南》就是以《望江南》词述将兵作战之要，其数达720首之多；而金元道士以词为发明丹旨之具更比比皆是，日用类书之词不过承其余绪而已。但需要注意的是《兵要望江南》等词作的隐含读者涉及面要小于日用类书。

　　那么日用类书所收词是否也具备文人词中习见的娱乐、社交和抒情功能呢？答案是：的确也具备。休闲娱乐也是日用类书十

①元人沈仲纬《刑统赋疏》释"例分八字"云："八字者：以、准、皆、各、其、即、若、此八字，系《刑统赋》诸条为例之事。"该书释此八字，各字下引《厩库律》、《诈伪律》等律法条文及判例，参以论述，竟逾千字。这些对普通市民来说显然过于芜杂。参沈家本《枕碧楼丛书》，北京：知识产权出版社2006年版，第175—177页。

分注重的功能,各书对笑话、酒令的蒐罗,对牙牌、骰子的介绍,对蹴鞠、投壶规则的总结等等都是类书注重娱乐生活的体现。而在这里,词的功能则是多样的,以《万用正宗》为例,除《八谱门类》以词的形式记载蹴鞠规则、技巧等事项外,该书卷十九收有《西江月》(一自情人去后)等酒令,卷二十《新增奇巧灯谜》又载有一些灯谜词作。这些作品无不具有娱乐功能,足以为读者娱乐提供参考。

交际也是日用类书的实用功能之一。交际文书的活套、亲属称谓的记述等内容在日用类书中占着极为重要的位置。词在其中也发挥着特殊作用,宋代寿词是词之大宗,词的祝寿酬赠功能在明代文人词中得到了延续,而这一功能在日用类书中也得到体现,但并不常见。前揭《翰府锦囊》所载贺人生日词即属此例。

总体上说,这些词在内容上都与日用类书的宗旨——"便民利用"相应,由于其隐含读者就是区别于文化精英的普通市民,所以在内容、语词等方面都不时地照顾读者的需要,适应读者的要求,具有明显的俗文学品格。

二　传播者对日用类书中词作传播的影响

传播者是传播活动的发出者和组织者。在日用类书的传播中,出版者或曰"书坊主"、编撰者是传播的主体。一般说来,明代书坊出版书籍从选题到销售多遵循市场规律,按照市场运作方式进行。日用类书的刊行几乎也是书坊直接参与其编撰、刊刻和发售的。如余氏双峰堂刊《新刻天下四民便览三台万用正宗》就是余象斗所编。编者在其中起到了把关人的作用,而书坊主射利的商业意图在其中必然起到重要影响。

首先,编者辗转抄袭,扩大流布面。类书的资料汇编性质决定了其材料不必为原创,因此造成日用类书的内容往往重复。同一阕词出现在四五种书中的现象并不罕见,如《鹧鸪天》(婚礼今朝讲拜堂)在《翰府锦囊》、《万用正宗》、《万宝星罗》等六种类书中均曾出现。而《例分八字〈西江月〉》也四见于各书。可想而知,这些词作出现的次数越多,潜在读者也就越多,传播范围就越广,生命力也越强。

其次,编者的把关人角色影响传播内容。编者作为把关人,其欣赏趣味、知识结构和文化水平是决定词作能否顺利进入受众视野的关键。大多数日用类书的编者都是下层文人,他们就是市民阶层的一员,时代和阶层的烙印自然而然地反映在了他们编选的类书中。市民阶层的社会地位决定了他们是一群相对的弱者,在社会生活中不时要遭遇来自各个方面的压力甚至欺侮,而"忍让"成了他们因应社会的法宝,"知足常乐"是他们的信条。直书"忍让"与"知足"在文人词中并非重要主题,但却是日用类书中的常客。把关人对这些材料的选择,显然是受到其自身因素与隐含读者双重因素影响的结果。《儆劝〈西江月〉》中"软弱安身之本"的趋吉避事思想,《夏桂洲劝谕〈西江月〉》中知足行善的说教都体现了把关人对本阶层价值观念的认同。

对于时事,市民阶层也有自己的看法。《万用正宗》卷四十二两阕《西江月》以嘉靖二十七年(1548)大学士夏言、兵部侍郎曾铣坐议收河套而弃市为内容。这两阕词就受到编者的赏识,事实上,词中除了市民阶层本身的忧虑,对夏言的同情也是当时市民阶层的判断①。因此题为夏言所作的《劝谕〈西江月〉》和咏叹其凄凉的人生结局的词作才会赫然出现在卷中。

其三,书商射利影响词作的传播。日用类书之出版销售常遵

---

① 明传奇名作,署名王世贞的《鸣凤记》就将夏塑造成忠义宰相;嘉靖四十五年(1566)仲夏金陵双泉童氏在夏言名誉尚未恢复时,就重刊了其词集;万历二年(1574)建阳书户吴世良刻本刻有《桂洲先生文集》五十卷本,足以说明民间对夏氏的认同。

市场规律运转,书坊刊书的目的主要是为了牟利,如何赢得最大利益应该是书商考虑的重点,而这种考量无疑会影响日用类书的编撰,进而影响到其中词作的传播。

建阳书商虽刻书甚多,且不乏佳刻,但也存在校勘不精,纸墨质劣,割裂偷工等恶劣现象,因此为人诟病。胡应麟即称:"闽中纸短窄鬊脆,刻又舛讹,品最下而直最廉。"①书坊刻日用类书时为控制成本,纸墨拙劣,字小行密,一般分成上下两层雕版,最大限度地利用版面。这或许会影响到日用类书在精英文人中的传播,但考虑到其受众更多是下层百姓,对精英文人的影响相对较小,成本控制或许更利于日用类书的传播,当然也便于其中词作的传播。

为控制成本和照顾读者购买力,书坊主往往会割裂简省文字,对书籍的内容传播造成影响。这对日用类书中词作的传播也是相当不利的。"盖闽专以货利为计,但遇各省所刻好书,闻价高即便翻刊,卷数目录相同,而于篇中多所减去,使人不知,故一部止货半部之价,人争购之。"②可以说,以简省内容为控制成本的手段是建阳书商的惯用伎俩。"(元明时期)一般老百姓是买不起这些文学书籍的,他们顶多只买些《万年历》、《居家便览》、《商贾要览》之类的实用书籍。"③显然,书坊刻日用类书在考虑其信息容量的同时不得不考虑整部书的篇幅,篇幅过大则其价必昂,普通读者不易购得。如此,则书籍潜在读者群会缩小,这不利于销售。那些篇幅过长的组词必然成为简省的首选,拙目所及,《万用正宗》所收的64首签词以及《学海不求人》所收的131首签词都只出现过一次,显然与成本控制不无关系。在传播中因成本控制而被淘汰的远不止这些组词,一些长调也是成本控制的牺牲品。例如,《万用正宗》所

①胡应麟《少室山房笔丛》,上海:中华书局上海编辑所1958年版,第57页。
②郎瑛《七修类稿》卷四十五,北京:中华书局1959年版,第665页。
③郭英德《元明的文学传播与文学接受》,《求是学刊》,1999年第2期。

收《西江月》、《满庭芳》两调的 25 阕相面之词,在《学海不求人》中就只剩下《西江月》一调 14 阕,而《五车拔锦》及《崇文阁万用正宗》更只收其中的 9 阕。从各书所收这组词来看,其来源显然是同一的,只是编者选用的数量有所不同。值得注意的是,这组词中原有的 5 阕长调《满庭芳》全部被省略。书坊为节约成本大约是其被省略的一个重要原因。

三　接受者对其中词作传播的影响

日用类书的读者基本就是其中词作的接受者,这些读者包括识字市民和部分精英文人。朝鲜李朝文人金正国(1485—1541)在《彦谦朝天还赠炷香花笺唐纸〈民生利用〉二卷》中说:"才说朝天返使车,殷勤寄赠草莱居。香笺玉板徒虚辱,最爱《民生利用》书。"①类似《万宝全书》的民间通俗书是朝鲜使臣返国赠人的礼品,且颇受欢迎。这也可见当时这类书受众群之广泛了。但读者对传播主体并不是毫无能力的"靶子",他们会通过选择反作用于传播主体,进而影响传播活动。在日用类书词作的传播中,读者的消费能力、阅读需求和阅读兴趣都是影响传播活动的重要因素。

1. 读者需求对词作传播的影响

胡道静先生指出:"(民间类书)为了适应当前的需要,一定会增加一些新鲜的、合乎要求的东西进去,删掉一些失去时效、不切实际的东西。"②民间类书为了适应需要,必会有所增删。读者需求是书商不能漠视的因素,正是读者的需求推动着编者进行内容调整。以商人为例,他们是日用类书的重要读者。李伯重先生指出:"由于商业的发达,明清商人专用的小型百科全书如《陶朱公致富

---

① 〔朝鲜〕金正国《思斋集》,杜宏刚等《韩国文集中的明代史料》第二册,桂林:广西师范大学出版社 2006 年版,第 325 页
② 陈元靓《事林广记》,北京:中华书局 1963 年版,第 3 页。

奇书》、《万宝全书》、《水程一览》、《示我周行》、《天下水陆路程》、《客商一览醒迷》等,不断推出,一版再版,发行量相当可观。"①这些商书与日用类书有着千丝万缕的联系,隆、万以来的日用类书基本都有与商业相关的内容。正因为读者中有大量的商人,所以《学海不求人》的《水仙子》(为商出外做经营)才以出外经商为例,并教导算帐技巧。而常年外出经营,发生法律纠纷的情况实难避免,《例分八字〈西江月〉》对法律知识的普及显然也是商人须知,因此才在不同的类书中反复出现。

晚明时风淫靡,市井间纵欲享乐是人所共知的。不少日用类书设有《风月门类》,例如《万用正宗》卷十八两阕《西江月》用挑逗性的语言对"神圣固脐膏"的神奇功用进行吹捧,对读者传播风月信息。这满足了纵欲时代市民们的需求。而《士商类要》卷二的四阕《戒嫖〈西江月〉》则显然希望将读者从非正常轨道拉回,起到潜移默化的教化作用。由于《士商类要》是专门针对商贾读者的,想来耽于淫乐对经商多有损害,故而才有专门词作以劝诫之。日用类书从正反两个方面照顾着读者的需求。

2. 读者兴趣的影响

在谈到明词时,我们不得不注意其非文学史主流地位的现实。从日用类书的酒令便清晰可知,其时普通百姓最喜闻乐见的文艺形式显然并不是词。当时酒令用《千家诗》、《西厢记》或者曲牌的非常多,但是用词的例子,我们只见到《五车拔锦》及《万用正宗》所收的《西江月》(一自情人去后)一阕。日用类书中词作的内容和语词贴近市民生活需求,反映市民的审美趣味,具有俗文学的品格。能随日用类书流传的词作其俗文学品格也是由读者喜好决定的。读者兴趣对日用类书词作传播的影响主要有以下两端:一是影响

---

① 李伯重《明清江南的出版印刷业》,《中国经济史研究》2001 年第 3 期。

词作的内容；二是影响词作的选调。前者见而可知，自不必赘言。

　　后者，读者兴趣影响下其选调与俗文学趋同。笔者所见日用类书13种，其中词作346阕又5首半阕，共用42个词调。使用数量排在前五位的词调是《西江月》、《鹧鸪天》、《竹枝词》、《黄莺儿》、《临江仙》。其选调多用小令，僻调使用率相当低，占绝对优势的是《西江月》。张仲谋先生《明代话本小说中的词作考论》认为《醒世恒言》卷24《隋炀帝逸游召谴》所用《望江南》8首，实为一组。"故与《鹧鸪天》、《临江仙》等词调分散在多篇小说中的情形不同。所以在考虑话本小说中常用词调的时候，我们更倾向于认为，最常用词调的前三位应是：《西江月》、《鹧鸪天》和《临江仙》。"但是在文人词中，情况就有所差异，张先生认为《浣溪沙》和《水调歌头》这两个词调在明代文人词中的使用频率居前①。据王兆鹏师统计，在《全宋词》48个"高频词调"中《浣溪沙》、《水调歌头》恰排前二名②。有趣的是，32阕《竹枝词》和26阕《黄莺儿》同样是以组词的形式出现在同一卷中，与散见于各卷的词作有所差别。日用类书中词作最常用的词调前三位也是《西江月》、《鹧鸪天》和《临江仙》。仅从选调看来，日用类书中三大常用词调与话本小说一致，而区别于文人词，这表明日用类书与话本小说之间有着某种相似性。

　　站在读者的角度考虑，日用类书词多用《西江月》一调显然与该调是"里弄童孺妇媪之所喜闻者"相关③。此外，日用类书之词爱采《西江月》当与该调的节奏有关，《西江月》句型是两组"六六七六"的并列，一般说来，上下片开头的两句六字会采取对仗形式，但

---

① 张仲谋《明代话本小说中的词作考论》，《明清小说研究》2008年第1期。
② 王兆鹏《唐宋词史论》，北京：人民文学出版社2000年版，第107—108页。
③ 顾起元《客座赘语》卷九《俚曲》条开列旧时受欢迎的词曲牌六个，《西江月》名在其中。见《明代笔记小说大观》，上海：上海古籍出版社2005年版，第1430页。

也有不对仗的用例。词句使用较为自由,不像齐言诗那样句式毫无变化,又不像散文那样完全口语化。且《西江月》用韵之密与曲差近,据同门刘学博士统计唐宋501阕完整的《西江月》词(另有6阕不全)①,6韵以上的词作有480阕,其中33阕是句句押韵。熟悉曲韵的读者显然更能对该调产生认同感。读者接触得越多,越有认同感的词调显然也越容易被编撰者选择。

那么,读者因素是否会对编者选择词调种类产生影响呢?也会。笔者所见日用类书词作选用的42种词调,长调不过《黄莺儿》、《桂枝香》、《水调歌头》、《沁园春》、《满庭芳》五调。且《黄莺儿》虽有26阕,但都以组词形式出现在《万用正宗》中,《满庭芳》6阕,其中有5阕是《万用正宗》所收,相对集中。《水调歌头》两见,《桂枝香》、《沁园春》均仅一见。可见,长调在日用类书中出现的频率相当低,更多的词作选用中调和小令,尤以小令为多。长调篇幅过巨,相对小令来说更不容易记住,而小令多半就能很好地纂辑材料,达到便记效果。如《万用正宗》卷六《西江月》(东方摇落时光)记录梅苏丸配方,一首小令就能很好地概况所需记录的内容。日用类书中这些关于日常生活的实用内容正是为了要流传,让人们更充分地利用书中内容。日用类书的编者显然注意到了这一因素,主动切合读者需求,选择小令,尤其是人们熟悉的小令纂辑材料,方便记忆。

在明代日用类书中,词的纂辑资料功能远甚于娱乐、交际和抒情功能,这是读者因素影响词作传播的显例。宋元以来,词已经渐渐脱离音乐,成为案头文学,并随着曲的兴起而淡出普通读者的注意焦点。从明词运用的实际来看,明词已经成为另一种传统诗歌

---

① 见刘学《唐宋词调〈西江月〉之定量考察》(未定稿),感谢刘学师姐惠赐大作供我参考。

体裁,用以社交和抒情,但其娱乐功能已经不能与宋代同日而语了。因此宋元日用类书中那些起纂辑资料功能的《齐云轨范》之类的词作就被明代日用类书所沿袭,而有娱乐功能的词作却为别的文艺形式所取代。例如北京大学图书馆藏元后至元本《事林广记》辛集下卷《风月笑林》总题为《嘲戏绮谈》的曲子词46首就在明代日用类书中销声匿迹了,其相应的功能被谐谑笑话所取代。

词只占日用类书采用的文体中很少的一部分,但就数量和功能的丰富性上说则逊于诗而胜于曲的。诗在日用类书中的普遍使用,吸引了研究者对其内容、功能的细致研究,吴蕙芳、刘天振等人的论著都有所论述。我们注意到,曲的因素在明代日用类书的娱乐门类中比较常见,例如酒令,而在其他门类则极少见到以曲纂辑资料、以曲抒情、以曲交际的例子。这说明,曲在明代市民阶层的生活中占据的位置远甚于词,但按当时的文体序列,曲的地位并不比词高。日用类书中使用一些词作,使其文体多样化,有利于刺激读者阅读兴趣。这在娱乐性通俗类书中表现也较为明显,如《绣谷春容》、《燕居笔记》等类似近世杂志的娱乐书刊则在书版辟出专区转录诗人、词人作品与轶事。

相较于明词的其他载体,日用类书的特点即:选词以俗词为主,贴近生活实用,以纂辑资料为主要功能。在传播时不像精英词作那样能够不计流通成本,必须按照市场规律运作。通过明代日用类书中的词我们也不难看到这样一个现实:词在明代虽然已经淡出普通读者的欣赏视野,但是仍然在以其特有的方式艰难存在于普通读者的生活中。

第二节　娱乐书刊:明词与词学的民间传播途径之一

明代中晚期,随着市民阶层的兴起,书坊商业化程度的提高,作为文化商品的书籍种类更加多元，与明人的休闲娱乐结合得也更加紧密。坊刊小说、戏曲剧本固然是明人热衷的休闲读物，一些类似今日杂志的娱乐书刊也在书坊中诞生。词体出现了新的书册传播样式，它区别于过往通俗类书、坊刊小说、文人词话等书籍，是一种新的文本综合体。这类书刊包罗万象，以小说为主体，杂糅诗词歌赋、信札辩本、掌故传奇，间出绣像，又载书册广告。后世辗转刊刻，版本亦多，然今所易见者仅四部六种：《国色天香》、《绣谷春容》、《万锦情林》及三种《燕居笔记》①。这些书刊所载词不少，且多数在小说中出现，如果除去其中在小说部分出现的词什，那么明词在娱乐书刊中所占位置是微乎其微的。不过在明词传播的过程中，娱乐书刊的影响仍然值得注意。从正面影响来说，它们普及了词学知识，扩大了词的传播面，保存了明词文献。从负面影响来看，娱乐书刊反映了明词托体不尊，文体混淆严重的事实，并使得这些不良影响进一步扩散。

一　娱乐书刊基本状况及其中的词

胡士莹先生《话本小说概论》指出："同拟话本小说有一定关系的"，"适合一般市民阅读的通俗书"，"如《朱翼》、《国色天香》、《万锦情林》、《燕居笔记》、《绣谷春容》等都是。"这里指出这批读物与通俗类书大体一致，并独具慧眼地提到这些书刊"是当时最时髦的

---

① 何大抡序本《燕居笔记》、林近阳增编本《燕居笔记》、题名冯梦龙编《燕居笔记》（该本实际为余公仁所编，参何长江《〈燕居笔记〉编者余公仁小考》，《明清小说研究》1993 年第 3 期）。由于这些书籍被上海古籍出版社《古本小说集成》与天一出版社《明清善本小说丛刊》两部丛书收录，研究者才得以便利地使用。本文除《万锦情林》及题名冯梦龙编《燕居笔记》用《古本小说集成》外，均用《明清善本小说丛刊》本（台北：天一出版社 1985 年版）。然《明清善本小说丛刊》所收诸本未新编页码，本文以此只注卷数。

读物，这是后世小型期刊的滥觞"①。不过，就其性质而言，这些书籍与前一节所论日用类书不同，而更近于后世的杂志。故而，我们以娱乐书刊名之，突出其娱乐的功能。

《国色天香》、《绣谷春容》、《万锦情林》及三种《燕居笔记》基本刊刻于隆庆以后。从刊刻时间上说，《国色天香》刊于万历十五年（1587），是今存诸书中最早的，而题名冯梦龙编的《燕居笔记》时间可能稍晚，要到明清易代之际。其中万卷楼本《国色天香》、世德堂本《绣谷春容》及何大抡序本《重刊增补燕居笔记》均为金陵书林所刊，而余文台双峰堂本《万锦情林》及另外两种《燕居笔记》则是建阳书坊所刊，刊刻时间和刊刻地点都相对集中。这些娱乐书刊的版面形式与通俗类书相似，多是上下分栏，小字狭行，绣像大小不一，或在上栏或在下栏。但题名冯梦龙编《燕居笔记》则大多数卷目是不分上下栏的，因此全书收录内容虽然并不比另两种《燕居笔记》多出多少，篇幅却较之多出一倍还多（题冯梦龙编者有二十二卷，而另两种均只有十卷）。这些书刊均不止一次刊行，如《国色天香》有万历十五年（1587）刊本，又有万历二十五年（1597）刊本。而《燕居笔记》更是被不止一家书坊刊行，今存最早的《燕居笔记》是建阳余泗泉萃庆堂刊万历林近阳增编《新刻增补燕居笔记》十卷本，该书既然名为"新刻增补"，则此前必定有同名刊本②。

从内容上看，这些娱乐书刊是以文言小说为主，兼收各种诗文、杂记。孙楷第先生说："此等读物，在明时盖极普通。诸体小说之外，间以书翰、诗话、琐记、笑林，用意在雅俗共赏。"③其内容之驳

① 胡士莹《话本小说概论》，北京：中华书局 1980 年版，第 410 至 411 页。
② 各书版本情况可以参考前引刘天振《明代通俗类书研究》及吴潇《晚明"杂志类"消闲文艺读物研究》（上海师范大学 2005 年硕士论文）。
③ 孙楷第《日本东京所见中国小说书目》，北京：人民文学出版社 1958 年版，第127 页。

杂,由戴不凡先生所言亦足见一斑。戴先生曾感叹《国色天香》"既收《贺正德皇帝南巡回銮帐词》,复收《金莲供状》、《赵氏谋杀亲夫供状》,如此胡编乱辑,若在康乾时代,殆非大辟不可"①。但当时人们并不以为不妥,时人感兴趣的内容多有反映,如介绍道教修行法门的《修真秘旨》就在《国色天香》卷六中出现。各种书刊之间亦多有辗转沿袭的现象,林近阳编《燕居笔记》与《万锦情林》所收的中篇文言小说有三分之二是重复的,而其中的词类竟然有90%以上的重复率。吴潇《晚明"杂志类"消闲文艺读物研究》称这六种娱乐书刊所收十三种中篇文言小说有十二种是明人作品②。且各书均收有《钟情丽集》、《三妙传》、《天缘奇遇》等三种文言小说,重复因袭之严重,可想而知。

娱乐书刊中的词作主要包括两个部分:一部分出现在小说中,另一些则出现在杂记中,前者是娱乐书刊中所见词作的大宗。小说中出现的明人词作除在小说选本中得到传播外,娱乐书刊也为之提供了相当重要的传播途径。我们在后文会专门谈到小说传播词什的情况,娱乐书刊中小说所收词作的情况与之无异,详见后文所论。而在杂记中出现的词,以前代词作为多,明人词什较少,大多数杂记中的词什都以掌故的形式出现,而较少纯收单篇词作的现象。

这些出现在杂记中的词作来源大抵如下:其一,出自总集、别集。《绣谷春容》中《选锲骚坛撮粹嚼麝谭苑乐集》卷之二《彤管撮粹》之孙夫人词、李清照词等,几乎不涉及词之本事,应当是从总集、别集中所来。如李清照诸词以《李易安词》为名总括之,称:"有

《漱玉集》三卷行于世,颇多佳句。"①三卷本《漱玉集》今不传,但见载于宋人黄昇《唐宋诸贤绝妙词选》卷十,其书在明代或许尚未散佚,编者极可能看到该本,并选用其词。

其二,源自前人笔记。如《国色天香》及《绣谷春容》之"太宗命解缙咏月",其事见明人郎瑛《七修类稿》卷二十九,该本事中词调名《落梅风》,而郎瑛将原调名误作《风落梅》,两书从其误,可知出处之所在。各书所载梁意娘词赠中表兄弟的爱情悲剧,则出自罗烨的笔记《醉翁谈录》之《梁意娘》条。

其三,出自诗话、词话。如《绣谷春容》之《寇莱公〈江南春〉词》即是阮阅《诗话总龟前集》卷十三据《古今诗话》所载。《万锦情林》之《唱春容词》出自杨湜《古今词话》。

其四,从小说中得来。如《万锦情林》之《胜琼寄词》出自明人梅鼎祚《青泥莲花记》,其词当是梅氏所做,胜琼不过是小说中之人物,而编者却以为实有其人。虽其事不足称,但时人多有将小说虚构之人物当成实有其人而列目的,如卓人月就将瞿佑《剪灯新话》附录《寒梅记》中的虚构人物马琼琼当成现实世界中的女性词人,而将其"所做"《减字木兰花》(雪梅妒色)收入《古今词统》②。甚至今人编《全明词》亦有将小说、笔记虚拟人物视为实有其人而为之单独列目,如女鬼翠微、王秋英及玄妙洞天少女之属皆是。

其五,出自道书。如《国色天香》之《修真秘旨》,其中有题吕洞宾所作《渔父词》十八阕、《梦江南》词六阕,均出自《吕祖志》卷六。《吕祖志》是明英宗正统年间修《道藏》时辑录,题名吕洞宾的词作多有后人伪托者。

此外,还有一些词的来源不详,应该有得之于父老口传的,如

---

①《绣谷春容》,《明清善本小说丛刊初编》第二辑《短篇文言小说》,台北:天一出版社1985年版。

②张仲谋《明代话本小说中的词作考论》,《明清小说研究》2008年第1期。

《绣谷春容》等书所载之《朱继贤野合丽春》主人公朱继贤是福建惠安人之西席,其本事涉及香艳,时人猎奇传之亦不稀奇。而有些词也可能是单篇流传,如《国色天香》等书所收《贺正德皇帝南巡回銮帐词》、《天理流行篇》尾缀之两阕《西江月》等。

　　总之,其间词作来源之杂,由上述诸端亦足见之。娱乐书刊词什的来源与日用类书词作来源之不同,即在前者更多地来自较传统的文人书籍,属于精英知识分子的话语系统,但并不意味着其读者就一定是精英知识分子,而恰恰说明明代普通市民阶层对精英阶层的自觉靠拢。娱乐书刊能适应多层次读者的阅读兴趣,使得读者能够自由选择。即便是精英知识分子偶尔读到这些书籍也不会觉得其完全没有参考价值,而实际上书坊预设的读者群也正包含士大夫阶层。

二　娱乐书刊的受众群体

　　娱乐书刊"此等读物,在明时盖极普通"①,置诸五都之市,日不给应,流传应极广。凡书之流传愈广,则受众愈多,因而影响亦愈大。娱乐书刊的受众群体也是其中词作的受众,娱乐书刊之词作及其词学观念影响的范围正是本节所关注的。

　　从编选者的隐含读者来看,这类书刊似乎是面对士大夫的,实际上士大夫并非编选者主要的目标人群。《国色天香》卷首谢友可的《刻公余胜览国色天香序》说:"今夫辞写幽思、寄离情,毋论江湖散逸,需之笑谭,即缙绅家辄藉为悦耳目具。"②而双峰堂所刊《万锦情林》的封面识语则曰:"更有汇集诗词歌赋、诸家小说甚多,难以

①孙楷第《日本东京所见中国小说书目》,北京:人民文学出版社1958年版,第127页。
②《国色天香》,《明清善本小说丛刊初编》第二辑《短篇文言小说》,台北:天一出版社1985年版。

全录于票上,海内士子买者一展而知之。"①不论《国色天香》的"江湖散逸"、"缙绅家",还是《万锦情林》的"海内士子",其指向均非下层民众。《国色天香》既被称为"公余胜览"的书刊,则其指向仕宦之人也是可以想见的。再看《国色天香》内中各卷注语:其卷一上层《珠渊玉圃》下注云:"是集大益举业,君子慎毋忽焉。"②这说明,童生举子也在娱乐书刊的预设读者群中。而卷四的《规范执中》下注云:"此系士人立身之要。"其卷五《名儒遗范》则注云:"士大夫一日不可无此味。"③则士人儒林的确像是在编者圈定的读者群中的。

　　但从各书的娱乐性质来说,我们认为编者设定的隐含读者虽然不排斥士人儒林,但更多的倒应该是市民阶层中那些既具有一定经济实力,又有闲暇时间的人群——商人。而编者以"士人君子"为号召,显然也是一种促销手段,迎合自觉不自觉地向往上层精英生活的普通读者的阅读期待。胡士莹先生说这些书"既可给粗通文墨的人阅读,也可供文人墨客消遣",他认为"这些书,既是当时的启蒙读物,又是一般市民的日用便览,也可供商人书信摘录词藻之用"④。这两处提到的受众群体是从粗通文墨之人到士大夫儒流,范围极广。戴不凡先生则点明:

　　　　明初以来,小说刊本大行,瓷商舶主于旅途无聊之际,正可手把一编为乐,或资友朋谈助。若《国色天香》内容之纷然杂陈,适可供此等"江湖散逸"之需。以其中所收小说言之,语多

①余象斗《万锦情林》,《古本小说集成》影双峰堂刊本,上海:上海古籍出版社1990年版,卷首。
②《国色天香》,《明清善本小说丛刊初编》第二辑《短篇文言小说》,台北:天一出版社1985年版。
③同上。
④胡士莹《话本小说概论》,北京:中华书局1980年版,第410至411页。

浅近欠通之文言,又夹以俚肤"风流"之诗词,情节磨磨蹭蹭,故事拖泥带水,亦堪此辈于旅途中消磨"公余"长日。吴敬所署籍"抚金",当是抚州金溪;明代戏曲小说恒多赣东人编撰,而刊印者则在就近之闽北建阳;观夫建板小说往往在东京、伦敦、巴黎多所收藏,而国内反多遗佚,亦可得此中消息一二①。

　　虽然娱乐书刊收录了部分名公巨卿的诗文书启,也有些历代诏诰册表,但这些内容多是文人士大夫阶层早已烂熟的,对他们来说并无太多的参考价值。即便是初学童生,若为举业或许以读兔园册子、时文房稿更为重要吧!而其中所收小说,情节相对简单,倒是"风流"诗词漫卷。商人则粗通文墨,在商旅舟车中的大量闲暇时间又需要消磨,读这些小说杂记正可广识见,资闲谈。正是因为如此,娱乐书刊所选词作或有堪为传奇的本事,又或是前代名公才女、当朝文坛钜子所作。

　　六种娱乐书刊都涉及到的词本事如下:梁意娘寄姨表兄李生词、岳飞《满江红》词、张氏守节词、戴复古妻守节词。梁意娘事足以满足时人猎奇的香艳故事,其他三事均是涉及当时特重之"忠节"问题。各书中所收当朝名公的"词"则有解缙、文徵明、夏言、何乔,亦有时人朱继贤等人作品。需要说明的是何乔题岳王祠之"词",集解缙的"寿词"虽然列在"词类"或《诗余撷粹》之"词"类下,但均非一般意义上的"词"或"律词",此见而可知,详后。朱继贤等人作品的入选与其本事之"奇"、"艳"相关,而解缙、文徵明、夏言声名赫赫,料当时尽人皆知。何乔则官至尚书,其作品是谒岳祠所作,表达对岳飞精忠报国的敬意。或许是考虑到商人远行的怀乡情结,编者还特地选录了几首寄外词,以供读者佳人妆楼颙望之想。

---

① 戴不凡《小说见闻录》,杭州:浙江人民出版社 1980 年版,第 242 页。

三　娱乐书刊对明词及词学的传播

尽管娱乐书刊中，除小说之外的词作分量并不多，但对明代市民阶层的词学普及与影响却是重大的。娱乐书刊对明代词及词学的传播之影响有正反两个方面的意义。正如开篇所言，从正面影响来说，它们扩大了词的传播面；普及了词学知识等等。从负面影响来看，娱乐书刊扩散了明人混淆词体等不良影响。

1. 扩大明词的传播面，保存明词文献

娱乐书刊中的明词主要有小说中的明词和杂记中的明词之分。小说中也有用前人词作的情况，如《绣谷春容》中的《柳耆卿沅江楼记》就用了李后主《虞美人》词。但明人小说中的当代词作显然是明词而非其他朝代的词，我们讨论明词的传播，这部分词作是不可视而不见的。明人小说中虚拟人物所作之词尽管未必工稳可读，但至少说明当时的人们并不仅仅将词当作前朝遗物，供奉在香案前、神龛中，更让词作丰富他们的生活的。前一节我们讨论了日常生活中明人以词纂辑材料的情况，从中可见当时明词实用的功用，这里我们则知明人在娱乐休闲中亦使用词。明代小说中的明词数量亦大，以《刘生觅莲记》为例，一个中篇文言小说中有词 37阕，所占篇幅之大令人称奇。但是在当时除了少部分小说虚拟人物被当作实有其人，小说作者拟小说人物所作的词什被收入总集得以传播之外，这些词作的书册传播方式基本是由小说书刊自身完成的。具体到中短篇小说中的词之传播，其文本传播主要是依靠小说选本完成的。但这些娱乐书刊的出现、兴起则为小说中的词提供了新的文本传播途径。

杂记中的明词虽然不多，但为明词在市民阶层传播提供了新的途径，又有存文献之功。《绣谷春容》等书收有《茶瓶词》、《玉蝶环》等较为罕见的词调，这些词篇通过娱乐书刊得到了保存、传播。

《国色天香》《绣谷春容》均收《贺正德皇帝南巡回銮帐词》，该词词牌俟考，句虽陈腐，然今其词不见《全明词》及《全明词补编》。《绣谷春容》只收原词，而《国色天香》则兼收该词长序。蒋一夔《尧山堂外纪》卷九十四云：

> 武宗尝自易名为寿，命所司给御马监太监天字一号牙牌与之。正德戊寅二月巡边还，文武官具阵词以迎①。

该书后记有《玉楼春》帐词一阕。正德时以帐词迎驾并非偶一为之，但传至今日的迎驾帐词已经寥寥无几，这阕词作正可为当时文献补阙。此外，朱继贤之《醉春风》词亦不见于《全明词》及《全明词补编》。《国色天香》卷四上层之《士民藻鉴》所收《天理流行篇》末尾以《西江月》（立心顺乎天理）及《西江月》（积善乃遗后庆）等两阕词统合全文内容，其词虽然不能明确定为明词，但该词从内容到语言均与明代通俗类书劝善词非常接近。况且该词出现在晚明出版的《国色天香》中，其创作年代只会早于或等于出版时间，而不会更晚，因此不论其创作时代是早是晚，均可为娱乐书刊留存文献之证。

　　解缙《落梅风》、夏言《渔家傲》、文徵明《满江红》等词随着娱乐书刊的传播而有了更多的读者，扩大了原词的流布面。解缙传世词作仅三阕，这阕《落梅风》不见于解缙本集《春雨先生文集》，因娱乐书刊的传播而得到更多的读者。又如夏言，因政治斗争的失败，其别集在万历初已经较难见到，其子婿吴春为编文集时已经感叹搜全之难，娱乐书刊可谓让夏桂洲词多出了一条传播的蹊径。当然，就名公之词而言，夏言《渔家傲》、文徵明《满江红》在作者本集

---

① 蒋一葵《尧山堂外纪》卷九十四，《续修四库全书》影明刻本，上海：上海古籍出版社 2002 年版，第 1195 册第 145 页。

中都不算是特别出色的作品,若不是编者鉴赏水平低下,大约就是其选目随意所致。而普通受众多不具备鉴赏能力,只是认准夏言、文徵明等人的"著名商标"。这对名家词作的传播来说,反为不美。

2. 突出词作本事,普及词学知识

娱乐书刊的编者特重词本事,例如《万锦情林》之卷五《词类》收有20篇诗词,几近篇篇有本事。这些本事给人们提供了一条了解词作背景的新途径,如前揭《贺正德皇帝南巡回銮帐词》之长序及其词直接点明该词是宁王宸濠之乱时,正德"南征凯旋"的作品。而如《国色天香》之《太宗赏月》与《绣谷春容》之《太宗命解缙咏月》是同一本事,娱乐书刊引其事正为该词的写作背景涉及成祖朱棣,是当时"风雅"之事,而这又为不一定会去读《七修类稿》的普通读者提供了了解本事的机会。至于宋人徐君宝妻《满庭芳》、刘鼎臣妻《鹧鸪天》、易祓妻《一剪梅》、花仲胤妻《伊川令》等词之本事,一方面为读者提供了消遣谈资,由词作本事促进了读者的阅读兴趣;另一方面也使读者因为了解了本事而对词作有更深刻的理解。当然,这些本事也不尽真实,如前揭《胜琼词》即明人小说之词。而《红白桃花词》所说严蕊与唐仲友受诬之事,并不符合事实。编者为尊者讳,未点明该本事中所谓欲构陷唐仲友的"上方"即朱熹。今人束景南先生《朱子大传》已辨其诬[1]。

明人在小说中大量用词,甚至以之为逞才之具,而这些行为往往遭人诟病,但从正面看也有向普通读者普及词学知识的效果。小说作者虚拟情境,将词在人际交往过程中的功用体现得淋漓尽致。如《刘生觅莲记》,其间酬赠词作、唱和词是非常普遍的,甚至还出现了联句词、集句词等。前者所在多有,不去细说;后者可见《国色天香》卷三《刘生觅莲记·下》之《忆王孙》,该词全词如下:

---

[1] 束景南《朱子大传》,北京:商务印书馆2003年版,第511—524页。

当时书语正堪悲（田昼）。不用登临怨落晖（牧之）。今在
穷荒岂易归（郭勿甫）。酒盈杯（韩无咎）。拨尽寒炉一夜灰
（吕蒙正）①。

这首集句词让普通读者得以知晓词的创作方式与诗歌一样，可以
出现集句之作。同一篇小说中还有几次集词牌成句的例子，如卷
二《刘生觅莲记·上》之《风入松》（二郎神去竟何之）一阕就是集14
个词牌而成，并且在词末注明"十四牌名"。此外，如《国色天香》中
的《花神三妙传》有数首和苏轼、辛弃疾词韵之作，分别步苏轼《蝶
恋花》（花褪残红青杏小）及辛弃疾《千秋岁》（塞垣秋草）之韵。类
似这样的例子，均在能让普通读者更多地了解词的基本知识。

3. 混淆诗词体性，扩散其负面影响

明人词作托体不尊、文体混淆等问题我们无法为之讳饰，明词
获此讥责实在是自身确有其失，而娱乐书刊也恰恰为这些明词弊
端提供了范本。明代文人对词的认识中存在的缺陷通过娱乐书刊
传播给了更多的受众，扩散了这些负面影响。

首先，混淆诗词界限。明人之"词"，所指多样，既指唐宋之诗
余，亦指曲等其他通俗韵文。明代娱乐书刊中混淆诗词的现象十
分严重，娱乐书刊所收文体甚多，一般均按文体排列，诗、赋、箴、铭
等作品部分基本没有发生过混杂其他文体的情况，但在词体中却
出现了相当严重的混淆现象。以《绣谷春容》为例，其《选锲骚坛摭
粹嚼麝谭苑乐集》卷之二《诗余摭粹》明确该卷所收是"诗余"，且在
篇首又镌有"词"字，但所收之解缙以月祝寿、何乔题岳王祠、雄雌

①《国色天香》卷三，《明清善本小说丛刊初编》第二辑《短篇文言小说》，台北：
　天一出版社1985年版。郭勿甫系宋人郭功甫之误。第三句"今在穷荒岂易
　归"，见郭功甫《观东坡画雪鹊有感作诗寄惠州》诗，孙绍远《声画集》卷八，文
　渊阁《四库全书》本，上海：上海古籍出版社1987年版，第1349册第916页。

交感、过钓台赋词等条均显非通常意义上的"词"，而只是韵文。其他娱乐书刊也是一样，在明确题写"词类"的类别中反复出现"过钓台赋词"等条的内容。《国色天香》之《过登钓台》条所收作品显然是一篇骚体诗，而作者津津乐道地以"词"称之，并收入"词类"，且六种娱乐书刊的杂记类均将此诗收在词类。这种情况并非编者不小心，而正是明人混淆词体观念的惯常行为。明初陈循《芳洲文集续编》卷六最末数篇作品明确分在"词"下，其中也杂有两首骚体诗。可见类似情况在明代并不是娱乐书刊的编者偶有疏忽所致，实在是当时的一般见解。

浑称诗词的情况也是明人混淆诗词界限的明证，如《国色天香》之《事露献诗》条，该条所称之事是前揭朱继贤《醉春风》词，但标题却谓之为"献诗"，更让今人哭笑不得的是，该条出现的位置明明在"词类"中。以上数事均可为明人混淆诗词体性的佳例。

其次，忽略词体的文体特征。词自南宋以降，普通百姓多不能唱，该文体在文本上的特征则成为其区别于诗、曲的重要标志。这个文体特征最重要的是其词牌，但是一些娱乐书刊就忽略了这个特征，每每刊落词牌。如《贺正德皇帝南巡回銮帐词》、夏言《渔家傲》等词均是，前者失调名，后者则仅书《夏言阁老送李晋卿令宜兴词》，显然重词题而轻词牌。

词的文体特征之二则是双调以上的词分有"阕"。明代书籍区分"阕"数的通行办法有两种：一是分行；另一种便是使用"○"符号。但在《绣谷春容》之《选锲骚坛摭粹嚼麝谭苑乐集》卷之二《诗余摭粹》中，几乎见不到明分上下阕的词，亦不见使用"○"分片。对词调熟悉的读者来说这或许并不是什么问题，但是对普通市民阶层的读者来讲，他们就未必能分清词牌与上下阕了。这些负面影响对词的传播来说是值得研究者注意的。

第五章　叙事文学的明词传播功能

　　古人以为小说"文备众体"，戏曲"无体不备"，这两种叙事文体因为其文体的特殊性，都成为词作附丽的对象。小说、戏曲作者在写作作品之前，一定有一个构思的过程，这个过程形成的文本存在于作家的观念中，文学理论称作"前文本"。通过对前文本符号化，使得作品以物化的形式存在，否则接受者难以接收文本信息。但在此前，作家的创作决定着词作在前文本中存在的数量和质量①。不论是文字符号还是戏曲演出的声音、造型符号，都是对前文本的物化，附丽于前文本中的词作得以依靠这些物化的符号传播。当文本进入物化阶段，小说传播的方式主要是案头的书册文本，而戏曲则兼具了案头与舞台二维传播空间。这个传播阶段，出版商通过对文本进行控制，成为新的把关人；演员通过对文本的阐释成为二度创作者，他们对文本的控制和阐释都影响着附丽于前文本中的词什的传播，而受众也会通过对传播过程的反馈反作用于前文本。我们需要特别指出的是文本对传播也不是毫无作用的，它们一旦由作家创造，就成为一个自在世界，对作家起到一定的约束作用，进而影响到词作的传播。我们将通过对戏曲文本约束作家创作的分析来说明这一问题。

---

① 我们这里说的小说、戏曲作者包括原作者、改编者和写定者等影响前文本存在形态的行动者。

第一节　小说传播明词的决定因素与实效

　　研究者对中国古典小说韵散结合的创作模式极为关注,这反映在众多对附丽于小说的韵文的讨论中①。尽管言者纷纷,意见不一,但小说对韵文的传播提供了一条特殊通道却是不可否认的事实。宋人赵彦卫认为小说"文备众体",其《云麓漫钞》卷八云:"唐之举人,先藉当世显人,以姓名达之主司,然后以所业投献;逾数日又投,谓之温卷。如《幽怪录》、《传奇》等皆是也。盖此等文备众体,可以见史才、诗笔、议论。"②所谓"文备众体"指小说可以融汇诸多文体于一编,韵散结合,体现作者之才。但韵散结合的叙述模式却是由来已久,古史家多有在散文叙述中杂用韵文的情况。史家绝唱之《史记》叙事时常杂录韵文,如汉高祖之《大风歌》、项羽之《垓下歌》司马迁在叙事时皆全文收录。出自稗官的小说家者流与史家往往有暗通之处,唐前小说杂用韵文就是司空见惯的现象。唐代以来的小说,韵文更是占有其间不可或缺的地位,唐人《游仙窟》几乎就是一场小型诗歌唱和活动的现场记录。这种传统一直在小说创作的国度里延续着,"《剪灯余话》全书共 60,827 字,插入的诗文却有 17,424 字,约占 30%,书中的诗词共有 206 首,集中起来倒自可成一部诗集,全书篇幅与之相当的《剪灯新话》中,插入的诗词也只有 70 首"③。70 首诗词却也并非小数目,在宋代 1500 余位词作者中存词量在 70 首以上的也只有 76 人而已(当然,《剪灯余话》、《剪灯新话》中的韵文作品以诗为多)。那么,"文备众体"的小

①陈恩维、赵义山《古代小说中诗词曲赋研究综论》(《明清小说研究》2008 年第 3 期)对这个问题有专题论述,可参。
②赵彦卫《云麓漫钞》卷八,北京:中华书局 1996 年版,第 135 页。
③陈大康《明代小说史》,北京:人民文学出版社 2007 年版,第 105 页。

说到底为词的传播，提供了一条怎样的通道？ 本节我们要略作讨论。

一　小说中词作的创作者

不知作品的创作时代则无以谈"明词"之传播，因此我们首先要讨论小说中词的创作者。谈到小说中词的创作者，似乎只有两种情况：要么词作与小说作者是同一人，要么出自不同人之手。但具体到明代的小说，情况却远非如此简单的非此即彼。由于明代小说有文人创作的作品，也有历代累积型作品，不少小说的创作者仍然存有严重争议。《金瓶梅》的作者兰陵笑笑生到底是谁，《西游记》是否就是吴承恩所写定，……？ 目前均无标准答案。"三言二拍"等话本故事源流也是多有所本，其中词什的创作者要一一落实几乎是不可能实现的任务。或许正因如此，唐圭璋先生编撰《全宋词》时，除为宋人话本小说中人物词及宋人依托神仙鬼怪词单独表出外，又在卷末附上元明小说话本中依托宋人的词什。唐先生大概是考虑到元明小说话本的作者可能引用过部分今天已经散佚的宋词，《元明小说话本中依托宋人词》或许就有"真"宋词。理论上说，"明代小说作者所撰之词，无论是客观叙写之词，还是代拟人物角色之词，只要不是从前代词人那里'借来的'或是从宋元小说中'照搬来的'"的的确确"就应该一律视为'明词'"①。但笔者私下以为，在文献不足征的前提下，我们不妨将初次出现在明人小说中的词姑且都归入明人名下。如此一来，明代小说中词的创作者大约就可以分为：

1. 小说明确指出词作是前人创作

这类词一般会站在叙述人的角度明确告诉读者词什的作者是

----

① 张仲谋《明代话本小说中的词作考论》，《明清小说研究》2008 年第 1 期。

前人，叙述人或指出词作的作者，或只说词作源于前人。例如《西湖二集》第一卷《吴越王再世索江山》开篇就引马洪《画堂春》（萧条书剑困埃尘）。该篇小说入话道：

　　　　萧条书剑困埃尘，十年多少悲辛！松生寒涧背阳春，勉强精神。·　且可逢场作戏，宁须对客言贫？后来知我岂无人，莫谩沾巾。
　　　　这首词儿，名《画堂春》，是杭州才子马浩澜之作①。

接着讲述了马洪创作该词的本事，以为是"后来马浩澜读他这首诗，不觉咨嗟感叹起来，因做前边这只《画堂春》词儿，凭吊瞿宗吉"②。"这首词儿，名《画堂春》，是杭州才子马浩澜之作"明确指明小说入话所引词作的创作者。小说所言马洪作词凭吊瞿佑之事，虽不足凭，但马洪的《画堂春》词在明季周清原的《西湖二集》中占据了一席之地，并多出一条传播途径，可以面向更多的受众。

　　明代小说所引前人词作，宋人词作占的比例最多。例如《二刻拍案惊奇》卷五《襄敏公原宵失子　十三郎五岁朝天》的入话，引用康与之、柳永、李邴三人的三首元宵词作，且引且评③。叙述人通过叙述话语介绍了三首词的作者，并解说词作背景，评点词作之高下，说明宋代之元宵民俗及其节庆负效果。而三首元宵词作的集结也颇类似专题词选的做派，明人拟话本小说的这一创作手法应

①周清源著，刘耀林、徐元校注《西湖二集》第一卷，杭州：浙江人民出版社1981年版，第1页。
②周清源著，刘耀林、徐元校注《西湖二集》第一卷，杭州：浙江人民出版社1981年版，第2页。
③凌濛初著，陈迩冬、郭隽杰校注《二刻拍案惊奇》，北京：人民文学出版社1996年版，第100—102页。

该是延续了宋人旧习,宋人话本《西山一窟鬼》就曾借用集句词的
形式,罗列出咏春词十四阕之多,而这个话本也被改编成《警世通
言》第十四卷《一窟鬼癫道人除怪》。事实上,类似现象在话本小说
中所在多有,而文言短篇小说和长篇章回小说中则相对较少出现。
其余单阕零篇明确引前人作品的就更不在少数,这些词作中也有
明人作品。

　　有的小说虽然指出词作创作者是前人,却并不明确说明词作
者到底是何人。这又可以分为两种情况,一是词作作者的确不能
考知的;二是创作者可以考知,但小说作者未加说明的。前者如
《金瓶梅》第四十六回《元夜游行遇雪雨　妻妾笑卜龟儿卦》卷
首词:

　　　　帝里元宵,风光好,胜仙岛蓬莱。玉尘飞动,车喝绣毂,月
　　照栖台。三宫此夕欢谐,金莲万盏,撒向天街。迓鼓通宵,华
　　灯竞起,五夜齐开。
　　　　此只词儿是前人所作。单题这元宵景致,人物繁华。且
　　说西门庆那日打发吴月娘众人,往吴大妗子家吃酒去了①。

这首词不但不知道作者,并调名亦不可考,《全宋词》录作无名氏
词。《禅真逸史》卷十七《古崤关啜守存孤　张老庄伏邪皈正》所引
的《锦缠道》(燕子呢喃)也属于这类情况,词什作者不能确定,小说
作者只以"有古词为证"一笔带过。

---

① 兰陵笑笑生《金瓶梅词话》第四十六回,上海:上海中央书店1936年版,第
　503页。李渔批评《新刻绣像批评金瓶梅》本回所引的卷首词是《浪淘沙》(小
　市东门欲雪天),见《李渔全集》第十三卷,杭州:浙江古籍出版社1991年版,
　第182页。此亦小说传播词作时,评点者作为把关人角色的一例。小说中词
　作往往会受到来自不同方面的干扰,而评点人也是其中的干扰因素之一。

又有创作者可以考知，但小说作者不加说明的，如《禅真逸史》卷五《大侠夜阑降盗贼　淫僧梦里害相思》文中讲到元宵之繁盛与喧嚣也引用了《二刻拍案惊奇》卷五入话所引的李邴词，但小说作者并不交待词作是何人所作，只称道"当日是正月十三上灯之夜，家家悬彩，户户张灯。怎见得好灯？古人有一篇词，名《女冠子》，单道这灯的妙处"①。

不过，小说作者在指出前人创作者时也偶尔会出现张冠李戴的情况。今人判定《生查子》(去年元夜时)的创作者是欧阳修，在有的明代拟话本小说中这阕词却归到了秦观的名下。虽然欧阳修《欧阳文忠近体乐府》卷一载有该词，但《熊龙峰四种小说·张生彩鸾灯传》、《喻世明言》第二十三卷《张舜美灯宵得丽女》、《今古奇观》第六十七卷《张舜美灯宵得丽女》这三部小说的作者均未对此提出疑问。出现这类误判，固然有当时的一般看法，但小说作者更关注叙述故事，推动情节发展，而不会像学问家一般去考订词作作者。

2. 词什是前人创作而小说未明说者

小说不说明词什作者的情况可能是小说作者并不将此类细节放在心上，也可能是作者借前人词作塑造人物形象，推动情节发展。《警世通言》卷十二《范鳅儿双镜重圆》的入话部分就是一阕词：

　　　　帘卷水西楼，一曲新腔唱打油；宿雨眠云年少梦，休讴，且尽生前酒一瓯。　　明日又登舟，却指今宵是旧游；同是他乡沦落客，休愁！月子弯弯照几州②?

①方汝浩撰，高学安、余德余点校《禅真逸史》，杭州：浙江古籍出版社1987年版，第57页。
②冯梦龙著，严敦易校注《警世通言》第十二卷《范鳅儿双镜重圆》，北京：人民文学出版社1956年版，第158页。

这首词不书词牌,不记作者,但可以考知作者是瞿佑,词牌是《南乡子》。这首词末句,乃借用吴歌成句,正道出飘零他乡者的无奈与凄凉。小说作者引这首词只是为了引出下文悲欢离合的故事,因此该词是谁作的,是什么词调等问题,在小说作者看来都是次要的,可以忽略的。《清平山堂话本·雨窗集》之《戒指儿记》引苏轼的《满庭芳》(香靥雕盘)一阕,也只是因为其词"单道着女人娇态"①。该词作者是文豪苏轼,还是隔墙登徒子,抑或是东邻王昌均不是小说作者和读者在阅读时关注的首要问题。这在明代小说中是普遍现象,稍检即得。单以《西游记》为例,其中明确可考,来自金元道士的词作就可以单独成为一部小型全真道士词选,但小说作者明确说明这些词作来源的情况却甚少。

有的小说引用的并非整首词,而只是叙述人在叙述故事时发表感慨,随口引用的散句。这种情况,叙述人如果停止叙述,专门对所引散句的出处进行说明不但无谓,而且会破坏整篇小说的叙述脉络,影响受众的阅读连贯性。《石点头》第十卷《王孺人离合团鱼梦》在讲到王从古和乔氏夫妻离散后破镜重圆,有这样一段叙述:

> 王从古即日申文上司告病,各衙门俱已批允,收拾行装离任出城,登舟望北而行。打发护送人役转去,王教授泊船冷静去处,将乔氏过载,复为夫妇。一床锦被遮羞,万事尽勾一笔,只将临安被人劫掠始终,并团鱼一梦,从头至尾,上床时说到天明,还是不了。正是:

---

① 洪楩编,谭正璧校点《清平山堂话本》,上海:上海古籍出版社1987年新1版,第245页。

　　今宵剩把银缸照，犹恐相逢是梦中①。

　　这段文字中的"今宵剩把银缸照，犹恐相逢是梦中"虽用晏小山词中名句，却仅仅是表达王、乔二人意外聚首后若梦若幻的激动心情，并无其他深意。巧的是，这句词也被兰陵笑笑生看中，写在了《金瓶梅》第二十回《孟玉楼义劝吴月娘　西门庆大闹丽春院》中，不过以之陈述西门庆与李瓶儿的同宿双栖，亦无深意。兰陵笑笑生还在第五十二回《应伯爵山洞戏春娇　潘金莲花园看蘑菇》中用晏殊"无可奈何花落去，似曾相识燕归来"调侃陈经济与潘金莲欲行苟且之事而不得的情况，类似于"蒙太奇"手法中的画面剪辑工具。

　　小说作者借前人词作塑造人物形象，推动情节发展的情况，如《拍案惊奇》卷二十四《盐官邑老魔魅色　会骸山大士诛邪》入话：

　　　　且先听小子《风》、《花》、《雪》、《月》四词，然后再讲正话。

其后引"风袅袅"、"花艳艳"、"雪飘飘"、"月娟娟"四阕词，随后发问：

　　　　看官，你道这四首是何人所作？话说洪武年间，浙江盐官会骸山中，有一个老者，缁服苍颜，幅巾绳履，是个道人打扮。不见他治甚生业，日常醉歌于市间。歌毕起舞，跳木缘枝，宛转盘旋，身子轻捷，如惊鱼飞燕。又且知书善咏，诙谐笑浪，秀发如泻。有文士登游此山者，尝与他倡和谈谑。一日大醉，索

————————

① 天然痴叟，王鸿芦《石点头》，郑州：中州古籍出版社 1985 年版，第 200—201 页。

酒家笔砚,题此四词在石壁上,观者称赏。自从写过,黑迹渐深,越磨越亮①。

　　这里将苏州唐寅之词,借给了一个盐官会骸山中的妖道。王世贞《艳异编·续集》卷之十二《大士诛邪记》之故事正是该篇的源头,这四阕词正是被王世贞借给妖孽的。唐寅这组词,思巧辞俏,虽绮艳而不乏大气,非流俗所能,小说作者借之敷衍妖道的"知书善咏"再合适不过。作者意在借唐寅词什塑造人物形象,推动情节发展,自然不必说明词作出处。

　　3. 套改前人成篇,应该视为明人所作

　　张仲谋先生将"以前人词为基础加以改造者"归入"'三言'、'二拍'用前人词真伪考"部分加以讨论,实际上"亦有违体例之一律"②。内举两例皆经过小说作者改写,创作者自然应该是小说作者而不是杨慎或曹组。在词史上,后人对前人的拟作,对前人作品的矁栝都存在与"三言"、"二拍"中词作改造前人成篇相似的情况,其作品的创作者理应是改编者而不是被改者。此等情况不但出现在小说中,不仅出现在我国词史上,在域外词史中也有相似现象。如朝鲜人徐居正编选《东文选》,其卷八就收有题名崔执钧的《剔银灯》(昨夜细看蜀志),其词云:

　　　　昨夜细看蜀志。笑曹操孙权刘备。用尽机关,徒劳心力,只得三分天地。屈指细寻思,何似,刘伶一醉。　　人世都无百岁。少痴孩、老尫悴。只有中间,些子年少,忍把浮名牵系。

---

① 凌濛初著,章培恒整理,王古鲁注释《拍案惊奇》,上海:上海古籍出版社1982年版,第420至421页。
② 张仲谋《明代话本小说中的词作考论》,《明清小说研究》2008年第1期。

虽一品与千锺,问白发、如何回避①。

这阕词几乎全袭范仲淹《剔银灯·与欧阳公席上分题》,范词云:

> 昨夜因看蜀志。笑曹操、孙权、刘备。用尽机关,徒劳心力,只得三分天地。屈指细寻思,争如共、刘伶一醉。　　人世都无百岁。少痴騃、老成尫悴。只有中间,些子少年,忍把浮名牵系。一品与千金,问白发、如何回避②。

然仍被视作崔氏之作。

同样,《金瓶梅》第六十七回的卷首词云:"朔风天,琼瑶地。冻色连波,波上寒烟砌。山隐彤云云接水,衰草无情,想在彤云内。

黯香魂,追苦思。夜夜除非,好梦留人睡。残月高楼休独倚。酒入愁肠,化作相思泪。"③尽管其词句仿效范仲淹的《苏幕遮》(碧云天),几乎也是亦步亦趋,但是这阕词如果归在范文正公的名下,范公于九泉之下大约也要咬牙切齿了吧? 这种套改前人词作的情况,应该单独成类,创作者自然是明人。哪怕其词十句有九句是抄袭前人,那惟一不是从前人成篇中来的句子也仍然是明人的,而全词也因此与前人成篇并非一篇。其艺术价值或许无限趋近于零,甚至可以完全忽略,但其著作权却应该与被套改的原作不同。

4. 小说作者明确说明词作属于作者自撰的

瞿佑《剪灯新话》附录《秋香亭记》,一般认为是作者自传性质的文言小说。讲述的是商生与表妹杨采采的爱情故事,战乱拆散

---

① 〔韩〕柳己洙《历代韩国词总集》,首尔:韩神大学出版部 2006 年版,第 51 页。
② 唐圭璋《全宋词》,北京:中华书局 1965 年版,第 11 页。
③ 兰陵笑笑生著,李渔批评《新刻绣像批评金瓶梅》下册,《李渔全集》第十四卷,杭州:浙江古籍出版社 1991 年版,第 9 页。

了这对苦命鸳鸯,待重逢,采采已嫁作他人妇。小说并没有为苦命的主人公安排一个大团圆的结局,最后作者瞿佑现身说事,作者与叙述人合二为一,并以《满庭芳》一阕,劝慰商生。小说称:

> 生之友山阳瞿佑,与生同里,往来最熟,备知其详。既以理谕之,复作《满庭芳》一阕,以释其情。词曰:
> 月老难凭,星期易阻,御沟红叶堪标。辛勤种玉,拟弄凤凰箫。可惜国香无主,尽零落、路口山腰。寻春晚、绿荫清昼,鵊鵊已无聊。　　蓝桥虽不远,世无磨勒,谁盗红绡。怅欢踪永隔,离恨难消。回首秋香亭上,霜桂老,落叶飘飘,相思债、还他未了,肠断可怜宵①。

小说中明确说是瞿佑"既以理谕之,复作《满庭芳》一阕,以释其情"。笔者所见类似这种借小说传播自己词作的情况并不多,但在明词与小说的结合中,的确存在小说作者明确说明词作属于作者自撰的传播现象。

　　5. 不见于其他典籍,可能是小说作者自撰的

　　张仲谋先生在对"三言""二拍"的词作进行调查后,说:"其他典籍不载,仅见于'三言'、'二拍'者。这样的词共有 11 首","《全宋词》皆以为出于'话本依托'。我们认为,在没有寻出可靠的文献依托之前,当然可以'疑为'小说依托,但也仍然可以在两个方面有所保留。其一,不能排除在冯梦龙生活的明代,看到比我们今天所见到的更多宋元笔记或其他典籍的可能性。其二,即使说是小说依托,其始作俑者也往往是或可能是宋代话本或笔记小说的作者。"②

---

① 瞿佑《剪灯新话》,《明清善本小说丛刊初编》本,台北:天一出版社 1985 年版。
② 张仲谋《明代话本小说中的词作考论》,《明清小说研究》2008 年第 1 期。

张先生治学之严谨，实在让人感佩。一切依据文献说话固是理所当然，但是笔者以为在文献不足征的情况下，从权处理也未必就不是一种科学的态度。以《喻世明言》卷十二《众名姬春风吊柳七》为例，该篇是敷衍《清平山堂话本》之《柳耆卿诗酒玩江楼记》而来。在《清平山堂话本》中，总共仅使用了两首词，其中一首还是李煜的名作《虞美人》(春花秋月何时了)，另一首《西江月》(师师媚容艳质)之用字与《乐章集》所载相较也颇多错讹。而《喻世明言》引录柳永词凡7首，其中4首见于柳永《乐章集》，其余3首(即《如梦令》"郊外绿阴千里"，《千秋岁》"泰阶平了"，《西江月》"腹内胎生异锦")仅见于该篇小说。《汲古阁珍藏秘本书目》载宋板《柳公乐章》五本，注云："今世行本俱不全，此宋板特全"①。而《乐章集》正有汲古阁《宋六十名家词》本，且有毛扆补校本。毛氏父子所得秘籍多刊行于世，汲古阁既有"特全"之宋板《柳公乐章》，毛扆补校如何能不用之？《乐章集》的明代通行本既然"俱不全"，今传经过辑补的柳集所不载的词，冯梦龙又从何而能得其"全"？有一点需要注意的是：《喻世明言》终究是部话本小说，而不是学术专著，也不是严谨的史书。小说是可以根据情节需要随意发挥的，脱离了小说的这个特点，而将之当成严肃的史料进行考证，难免出现南辕北辙的"可能"。在有更明确的文献出现前，张先生自然可以认为《如梦令》"郊外绿阴千里"等三篇可能是宋人作品，我们也不妨与《全宋词》一样，以为是"小说依托"。

另如《熊龙峰四种小说·苏长公章台柳传》之篇末：

东坡曰："欲求列位珠玉一首在上以纪之，可乎?"只见佛印长老道："小僧先占一词在上。"词云：记得去年时节，春色湖

---

① 毛扆《汲古阁珍藏秘本书目》，《丛书集成新编》本，台北：新文丰出版公司1985年版，第2册第79页。

光晴彻。杨柳绿依依,因甚行人折。听说、听说,已属他人风月。

辨才长老云:"老僧也作一词。"词云:春色湖光如练,杨柳依稀拂面。杨柳已离,栽向别家庭院。哀怨、哀怨,欲见无由得见。

南轩长老云:"老僧亦作一词。"词云:柳眼笑窥人送,袅娜舞腰纤弄。那更柳眉效矉,三件皆出众。尊重、尊重,已作一场春梦。

秦少游曰:"小子也作一词。"词云:传与东坡尊舅,欲作栏杆护佑。心性慢些儿,先着他人机勾。虚谬、虚谬,这段姻缘生受①。

在经眼典籍中,这四阕《如梦令》最早出现于此,或当是小说作者所撰。且不说其词水准高下,就其内容看亦只不过是为了贴合小说主人公苏东坡"欲求列位珠玉一首在上以纪之"的情节需求而已。

此外,大量与小说情节结合紧密的词作,既不见诸典籍,创作者亦不明晰,但是其中必定有相当部分是小说作者所撰。"三言"、"二拍"这5部小说集共收作品198篇,其中有79篇小说共含有词作182首,有主名的55首,知道创作者的29首②,大部分词作的著作权难以辨明。见微知著,我们不妨暂时将明代小说中创作者不明确的作品视为明人作品,站在这个前提下讨论以明人小说为载体的明词传播情况。考订小说中词作著作权的工作固然需要做,但在条件暂时不完备的情况下,不妨留待将来。

---

① 《熊龙峰四种小说·苏长公章台柳传》,《明清善本小说丛刊初编》第一辑《短篇白话小说》,台北:天一出版社1985年版。
② 张仲谋《明代话本小说中的词作考论》,《明清小说研究》2008年第1期。

二　小说中明词传播的决定因素

是什么因素决定着小说中词什的传播？是小说篇幅的长短吗？是小说的语体风格吗？是小说的诞生时代吗？都不是。决定小说中明词传播的因素是作者（包括原创、重编、写定者等）和出版商。小说的篇幅长短不是决定小说是否使用词体的因素，长篇章回体小说《三国演义》中原书韵文只有一首咏貂蝉的词，而前揭文言短篇小说《艳异编·大士诛邪记》却在一个单篇中就引用了四阕词。小说的语体风格也不是决定小说是否使用词体的因素，文言小说《艳异编·大士诛邪记》的用词量超过了白话拟话本小说《石点头》全书的用词数量，《石点头》全书只用了两阕词。小说诞生的时代先后也不是决定小说是否使用词体的因素，明代前期出现的《剪灯新话》用词8阕、《剪灯余话》用词17阕，而诞生于晚明的《轮回醒世》却仅用词1阕。

我们认为小说作者和出版商是决定小说中词作传播的主要因素，作者在创作、重编、写定小说时决定词作的命运，出版商在出版时决定词作是否能顺利到达传播的另一端——读者。在这中间的任何一个环节出现问题，小说中词的传播过程就会中断。

小说作者充当了把关人的角色，他的知识结构、审美趋向决定着词作的命运。作为原创者的小说作者，他要采用哪些前人词作，如何运用这些词作都存乎一念之间。宋人话本《碾玉观音》、《西山一窟鬼》都各用了十多首咏春诗词作为入话，这十多首咏春诗词几乎就相当于一个微型的选本，诗词入选全在选家手眼。两篇小说各自的原创者选用哪些诗词与他们的知识结构和创作时的即时记忆是密不可分的。鲁迅谈到这些入话的功用时说：

此种引首，与讲史之先叙天地开辟者略异，大抵诗词之

外,亦用故实,或取相类,或取不同,而多为时事。取不同者由
反入正,取相类者较有浅深,忽而相牵,转入本事,故叙述方
始,而主意已明,耐得翁之所谓"提破",吴自牧之所谓"捏合",
殆指此矣①。

尽管入话需要"转入本事",但对于小说的叙事来说,选哪些词与不
选哪些词其实并无关宏旨。不过,对于词作而言,则有在新的传播
途径上受阻或通行的区别。

词作被引用次数越多,出现在越多的小说中,传播面越广,传
播的效果也越好,这是一个简单的道理。随着小说的传播,新的把
关人以改编者、写定者的身份出现,他们对词作的取舍增删也决定
着原作所选词作传播的新动向。康与之的《瑞鹤仙》(瑞烟浮禁苑)
一词在多种话本小说中被反复征引,《二刻拍案惊奇·襄敏公原宵
失子　十三郎五岁朝天》、《今古奇观》第七十一卷《十三郎五岁朝
天》、《清平山堂话本》、《喻世明言·闲云庵阮三偿冤债》都曾引用
该词。前揭唐寅的"风袅袅"、"花艳艳"、"雪飘飘"、"月娟娟"四阕
词即被改编者凌濛初完整地保留下来。

有的词在小说原作中没有出现,但改编者为之新创或改用其
他词作。有些词在作者重编的过程中惨遭淘汰,退出新的传播循
环。如《清平山堂话本·戒指儿记》有阕《南乡子》(情兴两和谐),
专写主人公云雨之事,极其露骨。冯梦龙在改编时就将这阕词删
去,而代之以一首《西江月》。另外一些词则在作者重编时顺利进
入到新的传播循环中,《喻世明言》第十六卷《范巨卿鸡黍死生交》
结篇云:

①鲁迅《中国小说史略》,北京:东方出版社1996年版,第78页。

至今山阳古迹犹存,题咏极多。惟有无名氏《踏莎行》一词最好,词云:千里途遥,隔年期远,片言相许心无变。宁将信义托游魂,堂中鸡黍空劳劝。　　月暗灯昏,泪痕如线,死生虽隔情何限。灵轜若候故人来,黄泉一笑重相见①。

而该故事所本之《清平山堂话本·死生交范张鸡黍》原作:

至山阳古迹尤存,题咏及多,聊陈二诗曰……②。

冯梦龙在改编故事时删去了原作的二首五言诗,而增加了这阕《踏莎行》,使得这首词借助《喻世明言》传扬开来。这些词作通过不同小说的传播,对促进词作的传播效果必然起到积极作用。

一个或许更有意思的例子是《清平山堂话本·刎颈鸳鸯会记》中入话所用的这阕不书调名的词:

丈夫只手把吴钩,欲斩万人头;如何铁石打成心性,却为花柔?　　君看项籍并刘季,一以使人愁;只因撞着虞姬戚氏,豪杰都休。③

这阕词乃卓田的《眼儿媚·题苏小楼》,该词前尚有一首诗。冯梦龙改写《刎颈鸳鸯会记》为《蒋淑真刎颈鸳鸯会》(《警世通言》第三十八卷),冯氏留诗删词,而《今古奇观》载该篇拟话本小说入其第

---

① 冯梦龙《喻世明言》第十六卷,北京:中华书局 2009 年版,第 153 页。

② 洪楩编,谭正璧校点《清平山堂话本》,上海:上海古籍出版社 1987 年新 1版,第 283 页。

③ 洪楩编,谭正璧校点《清平山堂话本》,上海:上海古籍出版社 1987 年新 1版,第 154 页。

二十一卷,从冯氏之省。但略晚于冯氏的凌濛初在《初刻拍案惊奇》卷三十二《乔兑换胡子宣淫　显报施卧师入定》却以该阕为开篇词。同时,这阕词也进入了《金瓶梅》作者是视野,成为小说的开篇词。可见,小说作者是小说中词作的把关人,选哪阕,不选哪阕,存乎作者一念之间。

　　小说作者的作品完成后,进入传播环节的下一阶段,出版商充当了这个阶段的把关人。他们或出于节约成本之目的,或出于为便读者阅读的考虑,对小说中诗词的去留起到决定性影响。他们的意见往往影响着小说在传播过程中,与成百上千名读者进行文本交流的效果。正如我们在书册传播中讨论到日用类书词作时所涉及的那样,小说中的诗词韵语有时候也会成为牺牲对象,若在这个环节没有通过出版商的删节而"幸存",就将被排除在新的传播循环之外。胡应麟曾经提到出版商对《水浒传》中诗词韵语的删节,他说:"《水浒》所撰语,稍涉声偶者,辄呕哕不足观,信其伎俩易尽","此书所载四六语甚厌观,盖主为俗人说,不得不尔。余二十年前,所见《水浒传》本,尚极足寻味。十数载来,为闽中坊贾刊落,止录事实,中间游词余韵,神情寄寓处,一概删之,遂几不堪覆瓿。"①坊贾只录情节,而将"中间游词余韵,神情寄寓处,一概删之"的行为让胡应麟为之扼腕。

　　汪道昆也曾对郭勋重刻《忠义水浒传》删去韵语颇有微词,他说:

　　　　洪武初,越人罗氏,诙诡多智,为此书,共一百回,各以妖异之语引于其首,以为之艳。嘉靖时,郭武定重刻其书,削去

——————

① 胡应麟《少室山房笔丛》卷二十五,上海:中华书局上海编所1958年版,第572页。

致语,独存本传①。

"郭勋削去的致语,就是古本《水浒》中每回之前的'妖异之语'以及诗、词、骈俪的文字(即宋元说话人说的词篇、言语、吟词等韵文)"②,被删除的致语显然也包括词作。

双峰堂刊刻《水浒志传评林》是《水浒传》的早期简本之一。刊刻者则在抨击对手"省诗去词,不便观诵"的同时,将回首诗词改刻于上层,又或径自删去部分诗词,并说:"双峰堂余子改正增评,有不便览者芟之,有漏者删之,有失韵诗词歌削去"③。书商余文台以"不便览"、"有漏者"、"失韵"等借口,大行删削诗词之能事。他们从经济角度考虑,为降低成本,以求速售,才是书商的真正目的。出版商对小说诗词韵语的这种态度和处理方式必然影响到小说中词作的传播。小说的作者和出版商通过各自手中的"权力",按照各自的审美习惯和利益需求影响着小说中词作的传播④。

三　明人小说传播词作的实效

总体上说,明人小说对传播词作的积极意义是大于负面影响的,通过明代小说,其中的词作向更广阔的民间传播,让更多的读者接触到这些词作。相当数量的明人小说为情节创作了相匹配的词作,从某种意义上说这些词作就是在小说创作的刺激下诞生的,

① 天都外臣《水浒全传叙》,施耐庵、罗贯中著《水浒全传》,北京:人民文学出版社 1954 年版,第 1825 页。
② 胡士莹《话本小说概论》,北京:中华书局 1980 版,第 189 页。
③ 题罗贯中编《水浒志传评林》,《古本小说集成》本,上海:上海古籍出版社 1990 年版,第 2 页。
④ 关于《水浒传》韵文的研究,曾参张育红《〈水浒传〉韵文初探》(首都师范大学 2003 年硕士论文)。

没有载体小说就没有这部分词作的产生。除少数特例以外,那些描摹人物外貌、刻画人物心理、记录环境场景、抒发情感议论、归纳全篇宏旨等等的韵语,甚至构成小说情节、质素的诗词歌赋实际上在本质上并无差异,各种文体之间几乎都是可以互通的。但是小说作者在行文中选用了大量词作,在明人小说所运用的众多韵文中,词几乎是仅次于诗歌的文体。这说明,明词的创作虽然不被特别重视,但作为一种经历过繁盛的文体,词体的经典地位在面向市民的小说中得到了"资质认证"。小说作者选用词来推动情节发展,进行客观描写,抒发主观感受本身就是一种态度。这既是前代词体繁盛的后续影响,也是经典词篇在明代传播的结果。在肯定了明人小说对词作传播的正面意义之后,我们要从词与小说的关联性、小说创作用词的情况、小说引词的效果三个方面,讨论明人小说传播词作的实际效果。

1. 词与小说情节的关联性

正如我们前文分析的那样,明人小说的词作创作者是复杂的,这些词作除引用前人的成篇之外,相当部分是作者自己创作的。这部分词作的载体大多只限于小说本身,那些作为推动情节发展质素的词篇更容易进入新的传播循环。词与小说叙述的故事情节关联度越大,它们与小说一起传播的可能性也就越大,但是它们脱离小说文本单独进行传播的可能性又会相对更小。

如李昌祺写《剪灯余话·贾云华还魂记》,其男女主人公魏鹏、贾云华的相会与恋爱故事全部依靠诗词唱和来推进。魏鹏题《满庭芳》(天下雄藩)一阕引出了穿针引线的边孺人,并由此得见女主人公贾云华。这阕词是男女主人公相遇的道具,对故事情节的推动较为重要。小说中的《风入松》(碧城十二瞰湖边)、同调(玉人家在汉江边)及《唐多令》(深院锁幽芳)、同调(少小惜红芳)都是主人公恋爱期间的唱和词,《如梦令》(明月好风良夜)以及《声声慢》(太华峰头)、《青玉案》(合欢花下曾相见)则是推动男女主人公的情感发展,加深读者对男女主人公才子佳人的身份确认发挥着积极作用的元素。而《踏莎行》(随水落花)、《摸鱼儿》(记当年,浪游江海)、《疏帘淡月》(西湖皓月)等阕则是故事高潮前后,女主人公的决绝之词和男主人公的追忆之词,其中后二者相当于尾声。《永遇乐》(倾国名姝)则是全篇点睛的议论之词,这是我国古典小说表达教化功能,卒章显志的传统手法。就这些词作与小说情节结合的紧密度来说,《满庭芳》、《风入松》及《唐多令》都有重要作用,推动着情节的发展,而《如梦令》以下诸词不过说明男女主人公的才具,但男女主人公才具在小说前文中已经有所体现,对推动情节发展意义不突出。《永遇乐》虽然不推动情节发展,但对概括全篇大意甚为合拍,与小说的文本关系密切。对传统小说而言,没有这阕卒章显志的词作,小说结构就不甚完整。因此,《艳异编》、《今古奇观》、《西湖二集》在重写该小说时都保留了《满庭芳》、《风入松》、《糖多令》及《永遇乐》,而《踏莎行》、《摸鱼儿》则被《今古奇观》、《西湖二集》省略①。

再以《清平山堂话本·简贴和尚》为例,该拟话本小说使用的词作计有:《鹧鸪天》(白苎轻衫入嫩凉)、《望江南》(公孙恨)、《南柯子》(鹊喜噪晨树)、《踏莎行》(足蹑云梯)、《鹧鸪天》(淡画眉儿斜插梳)、《诉衷情》(知伊夫婿上边回)、《南乡子》(怎见一僧人)。这些词作《鹧鸪天》(白苎轻衫入嫩凉)是辛弃疾的酬赠作品,小说用为引首词;《鹧鸪天》(淡画眉儿斜插梳)是描摹人物外貌的,它们与小说情节关系较为疏远。《南乡子》是篇末结束词,其余词作都是小说中入话和正文的主人公"代束词",是小说作者为主人公量身定做的,由这些词推动小说的情节发展,是小说重要的组成部分,而

---

① 瞿佑等著,周楞伽校注《剪灯新话(外二种)》,上海:上海古籍出版社1981年新1版,第270—303页。

《南乡子》（怎见一僧人）也是即篇议论,结合小说本身的情节叙述的。因此在冯梦龙《喻世明言·简帖僧巧骗皇甫》中全部加以保留,加入新的文本,进入新的传播循环。但两阕《鹧鸪天》词却都在改编中失去了词牌。

又如《剪灯新话》卷三的《翠翠传》,其故事后来被《二刻拍案惊奇》卷六《李将军错认舅　刘氏女诡从夫》敷衍成新的小说文本,而《今古奇观》又载该篇。其中有两首《临江仙》是主人公的枕上唱和之作,由于词作反映青梅竹马的主人公新婚之夜欢愉的心情,推动着小说乐极生悲高潮的到来,与小说情节密切结合,因此在三篇小说中这两首词都被沿用了下来。才子佳人小说中的这一类词尤其如此,词作如果脱离小说文本单独欣赏,大多数并非佳作,甚至有些发表议论的词作会因为脱离语境而让人不知所云。但在小说设定的语境中,则占据不可或缺的地位。当然,也有论者认为小说中的韵文会起到相当的负效果:"小说'文备众体'有着严重的弊病,古代小说几乎所有作品都在不同程度上遭到了它的破坏。""艳词滥调和以韵文说教一定程度上破坏了作品的思想内容。""运用词赋绘物状景的程式化,有损人物塑造个性化。""造成作品的'隔',有碍情节和人物行动的连贯,破坏了作品的完整性。""文备众体的语言形式,背离了小说通俗化原则。"①这些"弊端"综合起来,会导致读者在阅读过程中自行作出调整,选择跳跃部分诗词韵语。而在实际阅读过程中,那些与情节较为疏离的词作或许更容易被读者忽略吧?

2. 小说传播词作的随意性

小说作为词的传播载体本身不同于别集和总集,这种载体形式决定了词在文本中的从属地位。小说用词体的目的不在存人存

---

① 方正耀《中国古代小说的文备众体》,《中州学刊》1989 年第 1 期。

词,而在为小说创作服务。因此,不论是作者引前人作品,还是作者原创,小说中的词都不可避免地带有随意性的特点。在引前人作品时,张冠李戴的情况时有发生,虽然小说的主要目的并非传词,但对一些经典名篇的随意删改点窜,对于词作传播来说,起到的效果是负面的。如《清平山堂话本》、《喻世明言》及《今古奇观》都引用的柳永《西江月》,柳词原作:

> 　　师师生得艳冶,香香于我情多。安安那更久比和。四个打成一个。　　　幸自苍皇未款,新词写处多磨。几回扯了又重授。奸字中心著我①。

而在《清平山堂话本》作:

> 　　师师媚容艳质,香香与我情多。冬冬与我煞脾和。独自窝盘三个。　　　撰字苍王未肯,权将"好"字停那。如今意下待如何?"姦"字中间着我②。

《喻世明言》中作:

> 　　调笑师师最惯,香香暗地情多。冬冬与我煞脾和。独自窝盘三个。　　　"管"字下边无分,"闲"字加点如何?权将"好"字自停那,"姦"字中间着我。③

---

① 唐圭璋《全宋词》,北京:中华书局1980年版,第55页。
② 洪楩编,谭正璧校点《清平山堂话本》,上海:上海古籍出版社1987年新1版,第1—2页。
③ 冯梦龙《喻世明言》,北京:中华书局2009年版,第112页。

原作与诸小说所引相去甚远,几乎是句句有异文。这说明小说作者在运用词作时并不会去检核原书,带有极大的随意性。这种字词差异极大的作品很难说是词家原作,甚至可以视为小说作者的新创。以上述《西江月》来看,柳词就被后世改写者变成了游戏文字的拆字词。

至于文字上的"鱼鲁亥豕"就更是难以避免,这样的现象在明人小说中也是司空见惯的。《西湖二集》第二十三卷《救金鲤海龙王报德》卷首有词:

> 长忆西湖湖水上,尽日凭栏楼上望。三三两两钓鱼舟,岛屿正清秋。　　笛声依约芦花里,白鸟成行忽惊起。别来闲想整纶竿,思入水云寒。
> 这是潘逍遥忆西湖《虞美人》词。话说西湖之妙,更不必言,还有希奇古怪之事,以资听闻①。

该阕的词格绝非《虞美人》,小说作者书写潘阆原作的首句衍出"湖上水"三字,导致词格不协,因此胡乱指派一个词牌给这首误书了的潘阆《酒泉子》(长忆西湖)。

引用前人词作固然是如此随意,明人小说作者自撰之词也是一样极不严谨。明人作词本就有随意施为的现象②,小说中也存在这样的情况。如《封神演义》的第二十八回和第三十六回各有一阕《西江月》,我们将之抄录下来,就可见雷同之严重:

① 周清源著,刘耀林、徐元校注《西湖二集》第二十三卷,杭州:浙江人民出版社1981年版,第426页。
② 明人词作随意施为的情况可以夏言词为例,请参看拙作《明人夏言词与稼轩词比较刍议——以夏辛二人信州词作为中心》,《长江学术》2008年第2期。

　　鱼尾金冠鹤氅,丝绦双结乾坤,雌雄宝剑手中擎,八卦仙衣可衬。　　元始玉虚门下,包含地理天文,银须白发气精神,却似神仙临阵。(第二十八回)

　　鱼尾金冠鹤氅,丝绦双结乾坤。雌雄宝剑手中拎,八卦仙衣内衬。　　善能移山倒海,惯能撒豆成兵。仙风道骨果神清,极乐神仙临阵。(第三十六回)①

　　这两阕词8句中有5句是雷同的,其中3句完全雷同,其随意性可想而知。类似情况在明人小说中都不罕见。《金瓶梅》第十回、第十七回也各有一阕《西江月》极写云雨之事,不论是语词选用,还是意象布局,或者出现场合,用词功能与目的都是大同小异的。明人小说中词作的随意性是小说的本质属性决定的,我们不能苛求古人,但是在讨论其对传播的作用时,我们不能不承认这是一种负面影响。误断词什创作者,可能产生传播中混淆作者的情况;文字上的"鱼鲁亥豕"不可避免地带来文本理解上的出入;明人小说作者自撰之词的自我剽窃现象,在传播中降低了词作的价值。

　　3. 小说引词的遮蔽性

　　传播的目的是彰显,对词作在总集、别集的传播,我们总是期待词作者和词什能获得认同,达到彰显词作的目的。但小说引词往往反其道而行,因其随意性和小说自身的叙事特点而带有天然的遮蔽性。这种遮蔽性主要体现在对词作原作者的遮蔽和词作价值的遮蔽。而就词作被遮蔽的原因来说,则既有小说作者创作的问题,也有小说读者的阅读因素。

　　小说文体特点在叙事,其文本由全知全能的叙述者话语构成。

----

① 许仲琳《封神演义》,北京:人民文学出版社1973年版,第262页、第329页。

这在中国古典小说中体现尤其明显,叙述者可以通过"有词为证"、"各位看官"等提示语来凸显叙述者的存在,直接发表观点与读者进行沟通。这一叙述人在叙述过程中,运用诗词韵语的本来目的自然希望隐含读者能够阅读,但是大量游离于小说情节之外的韵语往往在实际阅读过程中很难得到普通读者的青睐。因此才让出版商对删除正文韵语有了相应借口,前文提到的双峰堂余氏刊《水浒志传评林》就以韵语"有不便览者"为借口,而将之驱逐出小说正文文本。其直接后果是诗词韵语退居到次要地位,读者在实际阅读过程中往往会将之忽略,由此必然影响到小说中词作的传播。从这一点上说,小说作者运用词的本意在彰显词作,但在实际传播过程中,小说情节却对词作产生了相应的遮蔽作用。这是小说作为词作载体与总集、别集作为词作载体的重要区别之一,或许小说作者也并不乐见。

其次,小说作者在创作中的随意性,也对词作产生了相应的遮蔽作用。这主要体现在对词作原作者的遮蔽和词作本身的遮蔽上。对词作作者的遮蔽除错判创作者之外,还有专注叙述而不提词作作者,导致大量词作创作者不明确。我们在第一部分已经举过不少例子,不赘言。小说作者不提词作原作者大约有两个原因:一是以为没有必要,一是借词作为小说质素。

前者如《警世通言·范鳅儿双镜重圆》引瞿佑《南乡子》(帘卷水西楼),小说作者只是要由该词引出故事正文,因此不提原作者。明人小说中大量可能出自原创者手笔的词作都因为这样的原因而被遮蔽。有些写景、议论的词作十分当行,单独欣赏亦不减明词佳篇,但由于这类词作主要依靠小说为载体,小说不提其原作者,我们就很难判断其创作者。《剪灯余话·贾云华还魂记》等书中的《疏帘淡月》一阕就是很好的例子:

溶溶皓月，从前岁别来，几回圆缺？何处凄凉，怕近暮秋时节。花颜一去成终诀，洒西风，泪流如血。美人何在？忍看残镜，忍看残玦。　　忽今夕分明梦里，陡然相见，手携肩接。微启朱唇，耳畔低声儿说：冥君许我还魂也，教同心罗带重结。醒来惊怪，还疑又信，枕寒灯灭①。

该篇是小说主人公的悼亡词，以月起兴，由月之圆缺无常说到人之伤秋，上阕最后三句备述睹物思人之苦，过片承之以梦境，自然流畅。梦中场景历历，因现实中不可得，而在梦中见得；因醒时不敢想，故梦中想。及醒来所见之寒枕孤灯，复将梦中团聚全盘推翻，更见思而不得的苦楚。若是现实中悼亡之作，此阕大约也不是庸作。但由于小说作者没有给作品留下作者信息，这篇作品的创作者不知是谁，难以遽断。

至于那些构成小说质素的词作，不少是为情节需要而托名历代词家的。这类作品也往往让我们无所适从，难以判断其真是名家词作，还是小说作者代笔。如我们前文提到的冯梦龙小说中那些疑似仿效柳永词作的情况，就是很好的例子。以小说为词之载体而使得原作者姓氏全无从考订的情况相当普遍，更见小说对词作遮蔽能力之强。而类似情况在别集、总集等传播载体中出现的可能性就相对要小得多。

小说中词作大多数依靠小说文本为惟一载体，因此其传播往往也伴随小说的抄写、刊刻而行世。但也有一些小说词作由于特殊原因而通过其他方式传播。江晓原先生《云雨：性张力下的中国人》曾提到明清色情小说中的诗词，这些篇什就曾借助春宫图册进

---

①李昌祺《剪灯余话·贾云华还魂记》，《明清善本小说丛刊初编》本，台北：天一出版社1985年版。

行传播。其云：

> 春宫图册中的每幅图通常都配有题咏，一般是短诗或小词、小令之类。这些题咏又常与色情小说中插入的诗词相互通用假借——十之八九都是直接描述、咏叹性行为的。比如《绣榻野史》中的词，就在三部春宫画册中作为题咏出现：《风流绝畅》中出现一首，《花营锦阵》中出现七首，《鸳鸯秘谱》中出现两首①。
>
> 《鸳鸯秘谱》中有六阕题词与小说《株林野史》中的相同②。

这些词作是先于小说存在，借助小说传播；还是小说作者首创，已经较难考知，但起码存在小说中的词借春宫画册传播的可能。尽管今人从道德角度出发，认为这些词作绝无可称，但我们不能对之采取虚无主义态度。因为它们也参与了那个时代的生活，是明人生活的组成部分。我们想要提醒读者的是：我们讨论的是明词的传播。笔者意在讨论其传播的实况，而不是对其时之词作进行道德批评。作为文学史的一种写法，我们同样希望既讨论"加法"，也关注"减法"③。我们后文还会谈到明词与绘画结合的传播方式，可惜的是，我们未见到明人小说词作中那些写景、状物的词作与绘画、版刻结合的情况。

---

① 江晓原《云雨：性张力下的中国人》，上海：东方出版中心 2006 年版，第 160 页。
② 江晓原《云雨：性张力下的中国人》，上海：东方出版中心 2006 年版，第 292 页。
③ 葛兆光《思想史：既做加法也做减法》，《读书》2003 年第 1 期。

第二节　戏曲:文本与舞台并行的传播途径

　　明代是戏曲的黄金时代,上到王公鸿儒,下至贩夫走卒,写剧观戏,举国若狂。戏曲多有剧本,剧本往往"凡诗赋、词曲、四六、小说家,无体不备"①,和小说一样是词的载体之一。戏曲与词有着天然的内部联系,戏曲发展过程中具有重要地位的诸宫调与词关系匪浅,而传奇的第一出开场家门更是几乎都会用到词。"今知明代传奇共950部,其中存全本者207,存佚曲者140,失传603部;杂剧531种(不包括难以鉴别作者是元人抑明人的元明间无名氏杂剧作品),其中今存全本者184,存佚曲者16,失传者331种"②,作品数量之大,让我们对其间词作再难以等闲视之。

　　剧本只是戏曲作家按照演出的要求书写的底本,一旦搬上舞台,还需要经过演员们的再创造③。因此,戏曲兼具案头与舞台二维传播空间,这也导致戏曲的传播过程,可以以受众为节点,每个节点间又构成相对独立的传播过程。戏曲在剧作家创作时,作家与文本间存在自我传播形式,剧作家有时会受到自己创作的作品之影响。作家创作完成后,戏曲文本通过书商和演员两个并行的把关人在不同的时空传播。书商向读者的传播是单向度的;演员向观众的传播却是双向的,可以收到及时反馈。请试将该过程用一个简单的示意图(图5—1)表示如下:

① 孔尚任《桃花扇·小引》,北京:人民文学出版社1959年版,第1页。
② 金宁芬《明代戏曲史》,北京:社会科学文献出版社2007年版,第2—3页。
③ 明代戏曲的表演空间实际上也不仅仅限制于舞台,有时也可以在厅堂或其他地方。参看马长山《昆曲厅堂演出的主导格局与舞台美术总体风格的形成》(《艺术百家》2008年第5期)但我们为便叙述,称之为"舞台表演"。王安祈《明代传奇之剧场及其艺术》(台北:学生书局1986版)对明传奇的演出也有精彩的探讨。

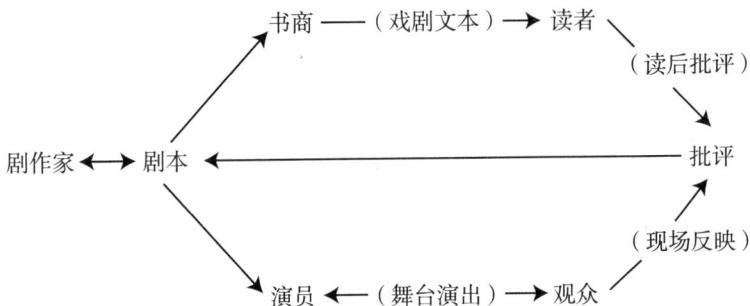

（图 5—1）

　　因此，附着在剧本中的词作实际上有两条传播途径，两个传播空间。上图中各个节点都会对戏曲中词作的传播产生影响，本节我们要讨论蜗居于戏曲中的词作基本状况、戏曲中词作的两条传播途径与传播过程中各个节点对其传播效果的影响。

　　一　明代戏曲中词作的基本状况

　　明人戏曲从体制上大致可以分为杂剧、传奇等，细分则更为繁杂，我们浑而言之，统称为戏曲。戏曲中的词是属于戏曲文学的一部分，这部分词作一般以宾白的形式出现，为便叙述，我们径名之为"剧中词"。由于前人今贤较少专门谈剧中词，我们在讨论戏曲作为明词传播的载体之前，不得不多花点笔墨先对其基本情况作个简单的梳理。我们将从剧中词的创作者、词牌运用、语体色彩、叙事与再现等问题分别说明。

　　1. 剧中词的来源与创作者

　　剧作者在戏剧文本中很少提到剧中词的来源问题，也极少使用相关手段提示剧中词的著作权。这与小说叙述者直接说明或借主人公的语言说明词作作者的情况很不一样。我们以《六十种曲》为例，该戏曲总集是崇祯年间毛晋所刊，大致上能反映明人传奇创作的轮廓。《六十种曲》除元人王德信《北西厢》外均是传奇，其中

59 种传奇有高明《琵琶记》、施惠《幽闺记》两种元人作品，因此，该总集共收有明人传奇 57 种。这些作品包括明人改编的宋元南戏，如《荆钗记》、《白兔记》、《杀狗记》等；也包括当时人改编明人作品，如该书既收汤显祖《还魂记》，又收汤显祖著、吕硕园订的《还魂记》。我们初步统计，其中 57 种明人传奇中使用词作共 386 首（不计重复者 8 首），内中开场家门用词 90 首。这些词作的著作权大体可以分为以下几种情况：

1）作者通过特定方式提示该词创作者是前人

这种情况是剧中词的少数派。提示的方式主要有：剧中人是历史人物，使用该历史人物词作；通过在词牌前加注说明。前者，剧中人一般是宋元词作者。邵璨《香囊记》第十四出岳飞的上场词就是岳飞名作《满江红》（怒发冲冠）。主人公上场吟诵这阕千古名篇，略有文化的受众（包括读者和观众）对此都不陌生，能够激发起受众对名将岳飞英雄事迹的欣赏期待。

后者，如袁于令《西楼记》第二十二出《渔家傲》、第三十出《贺圣朝》都在词牌前"旧词"二字以提点词作来源，但并不说明是何人作品。实际上，《渔家傲》（疏雨才收淡苎天）是杜安世作品。而第三十出的《贺圣朝》（白雪梨花红粉桃）词牌应该是《贺圣朝影》，它是欧阳修的作品。

2）剧中不注明词作来源，但词作是前人成篇

这又可以分为两类：一是篇目著作权可以考知的；一是著作权不可考的。前者如汤显祖《紫箫记》第二十出用和凝《春光好》（纱窗暖），张凤翼《红拂记》第三出用温庭筠《更漏子》（玉炉香），王錂《春芜记》第二十四出用李煜《罗敷令》（辘轳金井梧桐晚），许自昌《水浒记》第二十六出用苏轼《西江月》（照野弥弥浅浪），陆采《怀香记》第二十四出用秦观《踏莎行》（雾失楼台）等均是。而后者则如汤显祖《紫钗记》第十六出、叶宪祖《鸾鎞记》第三出《浣溪沙》（轻

打银筝落燕泥);陈汝元《金莲记》第二十七出与屠隆《彩毫记》第
四十出所用的两阕《小重山》仅个别字不同。到底是二者均引用了
前人成篇,还是后出者引前者,在没有确切文献说明前则很难考
订了。

    3)剧中词套改前人成篇,著作权属于明人

    这类词作与小说中相似情况略有不同的是,在套改幅度上有
过之而无不及,不但直接大幅度套用前人词作,有的甚至连用韵都
不遵守。沈鲸《双珠记》第二十二出套改传为李白词的《菩萨蛮》
(平林漠漠烟如织),其词作:

> 平林漠漠烟如织。荒山一带伤心碧。暝色下江干。有人
> 行路难。   崎岖聊竚立。宿鸟归飞急。何处是归程。长亭
> 更短亭①。

全词从结构到意象均袭用前人词,只在少数字句上作了改动,这种
词作自然不能视作前人词作,而是明人的袭改。古时,人们并无著
作权观念,以前人名句入己作的情况是相当普遍的,甚至不少名作
都存在这样的状况。著名的如晏殊"落花人独立,微雨燕双飞"一
句就是袭自五代翁宏的《宫词》②。但是,明代剧中词所袭用前人词
作的尺度远远超过了"借鉴"的范畴,若说是明人抄袭前人成作也
并无不可。又如无名氏《鸣凤记》第二十八出老旦扮周氏上场词用

---

① 本节戏剧文本,若非特别说明,均来自于毛晋《六十种曲》,北京:中华书局
    1958 年版。
② 王伟勇《宋词与唐诗之对应研究》(台北:文史哲出版社 2004 年版)中类似例
    子甚多。笔者受其影响,也曾在多篇论文中关注宋人袭用前人成句的情况,
    如《论南宋文人对〈文选〉的评价与接受》(《广西师范大学学报》2008 年第 2
    期),《北宋女词人魏玩词初探》(《上饶师范学院学报》2008 年第 1 期)等。

《虞美人》：

> 春花秋月何时了。往事知多少。小楼昨夜又东风。故国不堪回首月明中。　　断机投杼心犹在。只是朱颜改。问儿青琐有何言。报道一封朝奏九重天。

该词除下片为适应剧中情节，稍作修改之外，其余部分全部来自李煜词。若连"一封朝奏九重天"出自韩诗的情况并观，全词只 13 字是剧作者所作，但这又如何能说是前人词作呢？令人更诧异的是，剧作者居然不顾《虞美人》词格，最后两句以第七部十三元、一先韵字的"言"、"天"为韵，这与原作第一部的一东韵字"风"、"中"相差实在太远，而无可相押，其随意可想而知。

我们在上一节讨论小说中词作著作权时，也曾遇到这类套改前人词作的情况，在明人通俗文艺作品中，这似乎是个普遍现象，其原因值得思考，但与本文关系不大，暂不讨论。

4)剧中词首见于戏曲剧本，可能是剧作者创作

《六十种曲》中的剧中词大部分属于这类情况，不赘言。

明人戏曲剧中词的来源与小说中词作来源基本相同，这说明通俗文学的创作有一定的相通性，尤其是小说和戏曲的关系更是血脉相连。小说与戏曲在创作手法上的相似导致其对词作运用的相似性，因此也造就了以通俗文本为载体的词作在传播现象上的相似。

2. 剧中词运用的词调

我们惊奇地发现，在词调的选择上，明代剧中词与日用类书、小说竟然存在某种高度的相似性。明代日用类书中的词作最常用的词调前三位是《西江月》、《鹧鸪天》和《临江仙》[1]。明代话本小说

---

[1] 汪超《论明代日用类书与词的传播》，《图书与情报》2010 年第 2 期。

中最常用的词调前三位也是《西江月》、《鹧鸪天》和《临江仙》。在《六十种曲》之明传奇所用的 300 多首词作中,共出现过词调 101 个,在不排除重复的情况下,我们统计各调的运用数量。运用次数在十次以上的词调及数量如下:(表 5－1)

鹧鸪天	46	满庭芳	15	玉楼春	14	忆秦娥	10
西江月	39	临江仙	15	沁园春	11	如梦令	10
浣溪沙	22	菩萨蛮	14				

表 5－1 显示,使用率最高的三个词调是:《鹧鸪天》、《西江月》、《浣溪沙》。与小说和日用类书中词作相比,虽然《临江仙》被挤出前三名,但在绝对数量上仍然稳居前五,体现了强大的影响力。《鹧鸪天》与《西江月》的排序虽然互换,但是相差的数量也并不很大。在 46 阕《鹧鸪天》中,有 29 首出现在第二出。而《六十种曲》中的明人传奇在第二出使用剧中词的总共只有 42 次,其比例之高,令人咋舌。这些《鹧鸪天》往往出现在第二出第一支曲结束后的宾白,而《西江月》则广泛分布在传奇第一出的开门到临近尾声的部分。《鹧鸪天》在第二出的集中出现是否是剧作家的一种习惯,而《西江月》则是普遍适用的词调? 这一点值得我们注意。《西江月》这个值得玩味的词调可以探讨的余地还很大,笔者不以为已经出现的讨论相关问题的论著已经穷极其源了,但这里我们不作深究。

我们要探究的是出现了 15 次的《满庭芳》和 11 次的《沁园春》①。这两调出现的位置集中在第一出副末上场陈述家门大意部分。"自宋元南戏以来,开场例由副末上场,先念一阕词为吉祥颂

---

① 《六十种曲》中各明传奇第一出出现的《满庭芳》词牌字样实际上有 16 次,但沈彩《千金记》的第一出第一首词虽然词牌题作《满庭芳》,考其词格,当是《临江仙》第二格。

扬语,或浑写大意。再与幕内对答中点出剧名,然后再念第二阕词叙述剧情。"①这 26 阕词恰恰都是叙述剧情的。在戏曲中,以叙述体出现的陈述方式主要集中在第一出家门部分,15 阕《满庭芳》占去了副末上场,开场家门叙述剧情的四分之一,而 11 阕《沁园春》则占到六分之一强,分量不可谓不重。拙见以为其原因不外以下两点:

其一,《满庭芳》与《沁园春》都是熟调。《满庭芳》词调在《全唐五代词》中出现一次,《沁园春》词调在同书中出现 20 次,作者都是吕洞宾。这些词都相当成熟,如此密集地出现在传奇人物吕岩(吕洞宾)身上。一般认为题署吕洞宾的词作皆两宋以降之伪托,曾昭岷等先生即说:"吕岩词,皆为宋以后人依托。"②《全宋词》收《满庭芳》331 首,是该书所收绝对数仅次于 428 首《沁园春》的长调。值得注意的是在《全金元词》收《满庭芳》调达 329 首,《沁园春》调 179 首,这从绝对数上看,正好和剧中词调一样是《满庭芳》多于《沁园春》。或许这是一种巧合,但也存在当时词调接受度换位的可能。只是这些都不影响它们是常用词调,因此较易被剧作者接受。

其二,《满庭芳》与《沁园春》都是长调,相对于中调或小令来说,篇幅较长,进行叙述时可以适当展开,能够更好地表达情节。

运用次数在十次以下,五次以上的词调及数量如下:(表 5—2)

长相思	9	减字木兰花	6	好事近	5	谒金门
蝶恋花	7	青玉案	6	满江红	5	
汉宫春	7	小重山	6	南歌子	5	
诉衷情	7	清平乐	5	踏莎行	5	

①汪志勇《谈俗说戏·蒲松龄禳妒咒研究》,台北:文史哲出版社 1991 年版,第 21 页。
②曾昭岷、王兆鹏等《全唐五代词》,北京:中华书局 1999 年版,第 1284 页。

其余 118 首用 78 调,每调均只出现过不足五次。而话本小说《三言》、《二拍》中共使用了 58 个词调①。与之相比,剧中词使用的词调具有相对的广泛性。尤其值得注意的是这些词调中出现了自度曲。杨柔胜《玉环记》第一出的《满庭庆宜和》就是一阕新翻犯调的自度曲。徐复祚就更是在他的《红梨记》、《投梭记》的第一出中分别使用了《瑶轮第五曲》、《瑶轮第六曲》及《瑶轮第七》等三阕自度曲。

　　3. 剧中词的陈述方式与功能作用

　　从陈述方式的角度看,剧中词大致可以分为叙述体与代言体两类。前者与小说一样,是站在叙述人的角度叙述故事,描述过去发生的事情;后者是将已经完成的故事当成正在发生的事件在受众面前表演。因此叙述体是叙述者直接陈述故事,代言体是代剧中人进行表达。从对事件的掌控度来说,叙述体的陈述人对事件是全知全能的;代言体的陈述人却对事件发展与受众一样不能掌控。

　　在戏曲中,叙述体剧中词主要集中在第一出的家门中。叙述人通过词来醒世、劝谕、讽刺等等,但更重要的是叙述剧情。《六十种曲》中的 57 种明传奇每一种均有一首叙述剧情的词作,31 种除叙述剧情的词作外尚有一两阕词或是吉祥颂语,或具讽喻之功,甚至有作者借词浇胸中块垒的情况。

　　事实上,开场家门在叙述剧情前的词作极可能是演出时为候场的观众准备的,起到安定场内观众情绪的作用,为演出争取一个安静的环境。这与话本小说的入话部分功能较为相似。而剧情大意的提出,一方面可以使得观众对全剧内容有所了解;另一方面也起到广告效应,激发受众的观赏欲望。我们以《香囊记》第一出开

① 张仲谋《明代话本小说中的词作考论》,《明清小说研究》2008 年第 1 期。

场为例,末上场连念三阕词,前两阕云:

> 《鹧鸪天》一曲清歌酒一巡。梨园风月四时新。人生得意
> 须行乐,只恐花飞减却春。　　今即古,假为真。从教感起座
> 间人。传奇莫作寻常看,识义由来可立身。
>
> 《沁园春》为臣死忠,为子死孝,死又何妨。自光岳气分,
> 士无全节,观省名行。有缺纲常。那势利谋谟,屠沽事业,薄
> 俗偷风更可伤。怎如那岁寒松柏,耐历冰霜。　　闲披汗简
> 芸窗。谩把前修发否臧。有伯奇孝行。左儒死友,爱兄王览,
> 骂贼睢阳。孟母贤慈,共姜节义,万古名垂有耿光。因续取五
> 伦新传,标记紫香囊。

这里前一首是说明传奇在娱乐中对观众的劝化功能,让观众对戏
曲的价值作较高的评价。次一首借文天祥《沁园春》成句开篇,铺
说前代忠孝节义的名人,强调这些价值观念的重要,结拍点明全剧
的篇名①。因为戏曲标题已经明确,所以没有再出现传奇惯常使用
的"借问后房子弟。今日搬演谁家故事。那本传奇"等语。而是直
接进入第三阕词,说明剧情:

> 《风流子》兰陵张氏,甫兄和弟。凤学自天成。方尽子情。
> 强承亲命。礼闱一举,同占魁名。为忠谏忤违当道意,边塞独

---

① 文天祥《沁园春·至元间留燕山作》云:"为子死孝,为臣死忠,死又何妨。自
　光岳气分,士无全节,君臣义缺,谁负刚肠。骂贼睢阳,爱君许远,留得声名
　万古香。后来者,无二公之操,百炼之钢。　　人生翕欻云亡。好烈烈轰轰
　做一场。使当时卖国,甘心降虏,受人唾骂,安得留芳。古庙幽沉,仪容俨
　雅,枯木寒鸦几夕阳。邮亭下,有奸雄过此,仔细思量。"(唐圭璋《全宋词》,
　北京:中华书局1965年版,第3306页。)《香囊记》只借其数句成句而已,并
　且连词格都未全部遵循。

监兵。宋室南迁。故园烽火,令妻慈母,两处飘零。　　　九成遭远谪,持臣节十年身陷胡庭。一任契丹威制,不就姻盟。幸遇侍御,舍生代友,得离虎窟。昼锦归荣,孝友忠贞节义。声动朝廷。

这阕词采用叙述体,叙述者全知全能。首句"兰陵张氏。甫兄和弟"介绍主人公。"凤学自天成。方尽子情"概括第二出《庆寿》、第三出《讲学》;"强承亲命。礼闱一举。同占魁名"连说第四出《逼试》到第十出《琼林》的主要内容;第十一出《看策》由"为忠谏忤违当道意"一句说明,之后各句均陈说全剧各节的重要情节,其间虽然也有未被提到的闲出,但全剧大意已经尽在该词中。

从叙述顺序来看,全词是采取叙述顺序与故事顺序同一的方式,这是为适应戏曲演出而不得不如此。若在讲述剧情大意时采取逆叙、插叙的方法必然导致观众理解的阻碍,不利于对剧情的把握。因为词的文本容量有限,不可能对每个情节极尽铺叙之能,所以我们看到的家门大意词作基本是一两句词说一个情节,而且这还不能保证每个情节都能被叙述到,一些对全剧大节影响略小的情节就被省略。在该剧中,君臣关系是大节,而宗族家庭则是小节。剧中第九出《忆子》是写母亲张崔氏思念宦游在外的儿子,第十三出《供姑》则是写媳妇邵贞娘供养婆婆,竭尽孝道。这两出的内容都是写张家家事,在风起云涌的家国兴亡面前,这些个人情感都是小节,因此在家门大意中被略去。在叙述过程中,这就是所谓的片断叙事法。在剧中词的叙述体词作中我们还可以找到很多叙事学方面的技法,值得关注。

从体制上说,传奇的开场家门是承宋元南戏之旧的,但数量上较宋元南戏已经有了较大的变化。57种传奇中,仅邵璨《香囊记》和陆采《明珠记》在开场家门中使用过三阕词。但宋元南戏的开场家门连用词作的情况非常多,今见1975年出土于广东潮安的宣德六年(1431)抄本《刘希必金钗记》正是佳例。该本是个明初南戏演出本,较为接近宋元旧貌,其开场就远比明人传奇复杂。副末登场,先念《临江仙》《鹊桥仙》,感叹流年易逝。继而念词一首,说明做戏不易,请求观众的理解。再与后台对答,点出要演出的剧目。复念一首词,说明剧情。最后有四句七言下场诗①。而1967年从上海嘉定出土的成化年间北京永顺堂刊本《新编刘知远还乡白兔记》的开场甚至比《刘希必金钗记》还要复杂②。相较而言,杂剧的剧中词就不多,这大约是因为杂剧一般用北宫调的缘故吧。但明代中期以后,出现了南北合套的南杂剧。受到南戏的影响,一些杂剧也以词为开场,汪道昆的《大雅堂杂剧》就是典型的例子。可见,叙述体陈述方式的开场词,在明代戏曲中得到了广泛的运用。虽然每部剧的开场词作数量较宋元南戏少,但受戏剧创作的影响,剧中词的绝对数量仍然不可小觑。而这部分词作在体制和技法上的特殊性,也是值得明词研究者重视的。它们是专注于叙事的作品,是词这一文体中的独立军团,在词史上具有典型价值。

　　在第二出之后的各词,则主要是代言体陈述方式。这部分剧中词的主要作用是:提示故事发生的场所环境,如《青衫记》第二十三出《眼儿媚》就是描绘贬所官舍周遭山水的;再现故事发生时序,如《怀香记》第二十七出借苏轼《洞仙歌》上阕表达故事发生时间是在"夜凉无寐"之际;以独白方式描写人物心理;以对白方式陈述情节发展状态等等。值得注意的是剧中词以对白的形式出现,虽然适应了舞台的演出,但在此过程中也出现了曲化的倾向。剧作者为提示主人公身份,常常破格,仿照曲的创作在词中任意添加词缀。汪廷讷的《狮吼记》第二出《浣溪沙》就是个好例子,其词云:

①陈历明《明初南戏演出本〈刘希必金钗记〉》,《文物》1982年第11期。
②赵景深《明成化本南戏〈白兔记〉的新发现》,《文物》1973年第1期。

〔生〕娘子。你裙拖六幅潇湘水。髻挽巫山一段云。到来不语自生春。

〔旦〕相公。你徙倚闲庭如有待。踌蹰白昼岂无因。支吾言语不须论。

很明显,生旦对白中的首句都多出称谓,而这也恰恰是明词被诟病的曲化现象。

剧中词与小说中的词作有一个明显差异:前者极少用于描写人物外貌。这大概是由于舞台演出人物上场,形象已经直观地展现在受众面前,而不需要再由叙述人介绍。但也有些剧中词通过剧中人的视角观察人物形象,揭示、强化人物精神面貌,说明剧中角色对对方的观感,如《投梭记》第九出《渔家傲》就是小生与副净通过念词揭示各自眼中对方形象的。

而在部分传奇中,剧中词也成为参预情节的质素,如《邯郸记》第二十四出的回文词《菩萨蛮》就是。该词在剧中被安排出现于官锦上,而织造锦缎之人正是主人公卢生的妻子。卢生此时落难,正是靠阅词得到平反。皇帝见到锦缎上的词作,是该出关目所在。汤显祖在剧中专门安排了倒读的情节,这说明作者考虑到了表演时观众的因素。至于才子佳人传奇的诗词功能就与才子佳人小说中的惯套是一致的。他们或展示人物才能,或通过唱和推动男女主人公情感进展。前者其例如谢说《四喜记》第二十八出小生吊场所用的《鹧鸪天》(袅袅东风御苑通)。作者正是借这阕词作,展示主人公宋祁的才气的。

戏剧中词作的问题值得讨论处还很多,我们作此节主要是为了揭示不甚为人关注的戏曲中词的存在状态,为讨论戏曲在明词传播中的作用服务。但行文至此,已嫌喧宾夺主,就此打住。

二　案头与舞台：剧中词的二维传播空间

戏曲是一门综合艺术，由文学、音乐、舞蹈、美术等多学科共同组合而成。戏曲剧本是戏曲的文学表现形式，是精神形态的存在，词附着在剧本中，戏曲就是它们的载体。一旦戏曲文本形成物质形态的剧本后可以通过案头阅读达到传播的目的，而戏曲剧本通过演员舞台演出，进行二度传播，舞台又是戏曲的另一传播空间。因此，附着在剧本中的词作实际上有两条传播途径，二维传播空间。

1. 案头传播的文本空间

作为案头文学传播的戏曲一定具有书面传播形态。戏曲的书面传播形态与其它文体有共通性，但是作为特殊的文体，它又具有区别于诗词书面传播方式的特点。首先，它不太可能通过题壁传播，也不太可能书写在器物上传播。这主要是由于戏曲文本远较一般诗词文本长，它是若干韵文、散句的集合。但是，由于戏曲是具有情节的，一旦剧情为人们熟悉之后，人们可以通过绘画、雕刻等的图像方式再现剧情，只不过剧中词的传播仍然受到限制。因此，作为案头文学传播的戏曲剧本主要仍然是以书册的方式传播。

戏曲剧本按物质形态可以分为稿本、抄本、刊本等形式。

首先，剧作家创作戏曲，形成稿本。这一过程是剧作家将戏曲文学的前文本物化的过程，没有哪一部戏曲是能够绕过这个过程的。可以说，稿本是戏曲文学传播的第一个物质文本，是后续书册传播的祖本。没有这个祖本，书册传播就无法继续，案头空间就失去延续可能，而舞台传播也将受到重大影响。实际上，由于戏曲不获文人雅士重视，明人戏曲稿本今多散佚。检阅《中国善本书目》，大陆所存戏曲稿本几乎尽是清代所遗，如南京图书馆藏的清人张梦祺《玉指环传奇》稿本四卷、秦子陵《红罗记传奇》稿本四卷、《如意珠传奇》稿本四卷等等。明人戏曲稿本真是吉光片羽。皮之不存,毛将焉附?即便是明代,能见到稿本的读者也只是少数。因此,剧中词依靠稿本传播的形式显然是较罕见的。

其次,戏曲稿本形成,抄本出现。由于抄本既可以是从稿本抄出,又可以是从抄本再抄,也可以是从刊本抄出,来源多途,故而数量也不少。只是今存明人抄明戏曲剧本依然不多见,赵美琦脉望馆钞校《古今杂剧》是今存最著名的明人戏曲抄本。其抄录元明杂剧共计 340 种,今存 242 种,藏中国国家图书馆。传奇则如 1975 年出土于广东潮安的宣德六年(1431)抄本《刘希必金钗记》等。

复次,刊本是明代戏曲书册传播的最常见形式。由于戏曲属于通俗文艺作品,明人戏曲刊本亦多。今传明代传奇全本 207 种、残本 140 部;杂剧全本者 184 种、残本 16 种,多赖刊本保存。此不需赘言。

戏曲剧本按编撰形态可以分为总集、别集等形式。总集部分,追求“网罗放佚”的情况较为罕见,但汇集数十种戏曲剧本的情况依然不少。如流传较广的毛晋《六十种曲》收明传奇 57 种;今藏日本宫内省图书寮的《传奇四十种》收明传奇 39 种;今已失传的《梨园雅调》收明人传奇 60 种。此外,还有一些单出选本专选某些戏曲中写得较为精彩的片断。剧中词基本上是以宾白的形式存在,因此,这些选本是否保留宾白对明代剧中词的传播至为关键。那些保留宾白的单出选本更可能具备传播明代剧中词的功能,那些只选曲文的选本则基本不对剧中词的传播产生重大作用。

以《善本戏曲丛刊》所收各剧为例:该丛刊第四辑影印今藏日本京都大学人文科学研究所的《万壑清音》就是保留宾白的。该集由止云居士选辑,刊于天启四年(1624),收明传奇 37 种计 68 出。共八卷,按剧名出目排列,全收北曲套数。曲词加点板,保留宾白。《善本戏曲丛刊》第二辑影印今藏美国哈佛大学汉和图书馆的《歌林拾翠》,则是一个挖改本。其书是天启五年(1625),金陵宝圣楼挖改金陵书林郑元美奎壁斋万历二十七年(1599)刊本。该书收戏文28种计216出,也保留宾白,为所收选出的剧中词提供了传播可能。而更多的选本是不保留宾白的,《善本戏曲丛刊》第二辑影印李郁尔等编选的《月露音》万历刊本,收明人传奇套数共145剧213出。其数量不可谓不大,但仅录曲词。同辑收录的来虹阁主人辑《增订珊珊集》,梯月主人辑《吴歈萃雅》等书均未留宾白。戏曲选本删去宾白,剧中词失去依存的条件,显然不能依靠该书传播了。如《红拂记》第二出《渡江》,生扮李靖的宾白中有一阕《鹧鸪天》,词曰:

> 投笔由来羡虎头。须教谈笑觅封侯。囊中黄石包玄妙,腰下青萍射斗牛。　　调羹鼎,济川舟。云龙风虎岂难投。功名未到英雄手。且与时人笑敝裘。

《增订珊珊集》收有该传奇的这出戏,但由于删去了宾白,《鹧鸪天》(投笔由来羡虎头)这阕词就未能保留。而《歌林拾翠》也选有该出,题与《六十种曲》一样作《仗剑渡江》。因为《歌林拾翠》保留宾白,所以该阕《鹧鸪天》也被保留下来。尽管《歌林拾翠》并未将该阕的词牌标出,但该词却通过这个选本多出一个传播渠道来①。戏曲单出选本是否保留宾白,与剧中词是否能传播关系极大,这是我们在讨论戏曲剧中词案头传播不得不注意的。

戏曲别集则如汤显祖《玉茗堂四种传奇》、汪道昆《大雅堂杂剧》、叶宪祖《四艳记》等均是专收单个作家作品的集子。稍检书目便可得,不必详述。附着在这些作品传播的剧中词显然会因为作

---

① 以上诸戏曲选本,均出自王秋桂《善本戏曲丛刊》第二辑、第四辑,台北:学生书局1984、1987年版。

家戏曲别集的结集和刊刻而获得更多的关注,传播得更广。

　　戏曲书册传播中有两点需要注意:一是明清戏曲书册载体的题词;一是脱离戏曲文本,单独摘出的剧中词作。题词作品不属于戏曲文本,一般是受众对戏曲本文的评价反映,相当于读后感。这些题于戏曲剧本上的词作也随着戏曲剧本的传播而传播,与明词题跋传播是同一性质。明崇祯间刻澂道人评本《四声猿》卷首就有顾若璞所作的一阕《沁园春》,其词云:

　　　　读《四声猿》调寄《沁园春》
　　　　才子祢衡,鹦武雄词,锦绣心肠。恨老瞒开宴,视同鼓史;掺挝骂座,声变渔阳。豪杰名高,奸雄胆裂,地府重翻姓字香。玉禅老,叹失身歌妓,何足联芳。　　　木兰代父沙场,更崇嘏名登天子堂,真武堪陷阵,雌英雄将;文堪华国,女状元郎。豹贼成擒,鹗衮新赋,谁识闺中窈窕娘。须眉汉,就石榴裙底,俯伏何妨。
　　　　此余归黄伯姊知和氏所作,伯姊著有《卧月轩稿》行世,今年春秋八十矣。闻填此阕,因附刻焉。
　　　　　　　　　　　　　　　　　　　　　　澂道人记①

　　这阕《沁园春》在内容上类似开场家门,但却是顾若璞读徐渭《四声猿》的感受。而孟称舜《蝶恋花·题娇娘像》四首,其词载于《节义鸳鸯塚娇红记》卷首②。这却是作者自题其传奇的情况,其词作与

---

① 徐渭著,周中明校注《四声猿》,上海古籍出版社1984年版,第205页。其词不见《全明词》及《全明词补编》,也不见《全清词·顺康卷》及其补编,可据补。
② 王汉民、周晓兰编集校点《孟称舜戏曲集》,成都:巴蜀书社2006年版,第521—522页。其词不见《全明词》及《全明词补编》,拙作《〈全明词〉〈全明词补编〉漏收词百首补目》(《上饶师范学院学报》2009年第1期)已经据以补录。

传奇内容有别，是游离于戏曲文本之外的。这些明人题词未出现在《全明词》中是令人遗憾的。

脱离戏曲文本，单独摘出的剧中词作也是较为特殊的一类，它们本身具有抒情写景的功能，脱离文本可以单独欣赏。最典型的例子是汤显祖的词作，不少明词选本所选汤显祖词作都来自《临川四梦》，而王昶《明词综》提到的《玉茗堂词》根本就不存在。例如明人编《古今传统》卷五收汤显祖三阕词作。其中《菩萨蛮·邯郸梦》（客惊秋色山东宅）出自《邯郸记》第二出《行田》;《菩萨蛮·织锦回文》（梅题远色春归得）与《菩萨蛮》（还生赦涕人天望）出自《邯郸记》第二十四出《功白》。

2. 表演传播的舞台空间

戏曲剧本出现后，除由抄写、刊刻的途径进行案头传播之外，最重要的就是舞台演出了。戏曲剧本本身也是为演出创作的底本，剧作家创作戏曲剧本的目的就是为了能使其演出。正是因为这个原因，我们在戏曲文本中经常看到剧中词被分给不同行当的角色为宾白。演员通过对文本的阐释成为二度创作者，他们阐释剧本的手段就是唱、念、做、打，通过音乐、语言、舞台造型等符号将剧本物化。

明代戏曲演出极盛，民间四大声腔各有流传地，"今唱家称'弋阳腔'，则出于江西，两京、湖南、闽、广用之;称'余姚腔'者，出于会稽，常、润、池、太、扬、徐用之;称'海盐腔'者，嘉、湖、温、台用之。惟'昆山腔'止行于吴中，流丽悠远，出乎三腔之上，听之最足荡人"①。而一些王公官宦之家，也自有家班。据《如梦录·节令礼仪纪第十》小注载：

---

① 徐渭著，李复波、熊澄宇点校《南词叙录注释》，北京：中国戏剧出版社 1989 年版，第 37 页。

> 周府，旧有敕拨御乐，男女皆有色长，其下俱吹弹、七奏、舞旋、大戏、杂记。女乐，亦弹唱官戏。宫中有席，女乐伺候，朝殿有席，只扮杂记、吹弹七奏，不敢做戏。宫中女子，也学演戏……。各家共有大梨园七八十班，小吹打二三十班……①。

光周藩各家的表演班底就有百多班，当时文人雅士也多有家班，李日华《味水轩日记》、祁彪佳《祁忠敏公日记》等文献也多有赴约观看家班演剧的记载，阮大铖的家班更是戏曲史上不能不提的。这些演出团体的表演对剧中词的传播起到的作用也有所不同。

一般说来，戏曲演出的形式有清唱、舞台表演之分，演出的形式差异必然导致传播效果的不同。戏曲选本中那些不收宾白的选本大多数是为清唱准备的，但清唱的表演形式对剧中词的传播基本不产生影响，可以不论。明代戏曲整本演出的几率相对较少，但凡演出整部剧，剧中词多半能经过演出传播。一旦受众熟悉了全剧的剧情，恐怕很难再耐着性子去观看整部剧了，而会选择一些比较精彩的单折或单出观看。明代戏曲更多的表演方式可能还是数单出表演。明清小说中多有这类描写：

> 西门庆令书童："催促子弟，快吊关目上来，分付拣着热闹处唱罢。"须臾打动鼓板，扮末的上来，请问西门庆："《寄真容》那一折，可要唱？"西门庆道："我不管你，只要热闹。"（《金瓶梅》第六十三回）②
>
> 吃了饭，点戏时，贾母一面先叫宝钗点，宝钗推让一遍，无

---

① 常茂徕著，孔宪易校注，《如梦录·节令礼仪纪第十》，郑州：中州古籍出版社1984年版，第88页。
② 兰陵笑笑生著，李渔批评《新刻绣像批评金瓶梅》中册，《李渔全集》第十三卷，杭州：浙江古籍出版社1991年版，第453页。

法,只得点了一出《西游记》。贾母自是喜欢。又让薛姨妈,薛姨妈见宝钗点了,不肯再点。贾母便特命凤姐点。凤姐虽有邢王二夫人在前,但因贾母之命,不敢违拗,且知贾母喜热闹,更喜谑笑科诨,便先点了一出,却是《刘二当衣》。贾母果真更又喜欢。(《红楼梦》第二十二回)①

这都是选取单折、单出表演的情况。我们前文讨论过的那些单出选本,不少就是为适应观众选择特定的某一出戏服务的。而点戏演出时,恐怕很少会去点第一出家门大意,这样一来,占据剧中词重要组成部分的副末登场念词就在单出演出时被阻挡在传播过程之外了。而与剧情高潮结合较紧的单出因为"关目好",通常曝光率高,更容易被选中,其中的词作也就更容易传播。

要之,剧中词附丽于戏曲文本进行传播,戏曲文本的传播有两种物化形态,即书面传播和演出传播。明人戏曲剧中词的书面传播,主要是由书册承担,书册是戏曲文本的物化形式。书册一旦出版,又成为一种新载体,除书中的剧中词之外,还可以承担题词的传播任务。而在舞台演出的传播中,那些附着在戏曲关目精彩的单折、单出中的剧中词更容易传播。

三 作者与文本的互动及其对剧中词传播的影响

我们前文以图 5—1 反映戏曲的二维传播空间及其路径,在整个传播循环中,各个节点间的关系是互为表里、缺一不可的。其中最主要的三对循环互动关系是作者与文本、演员与观众、书商与读者,这三对互动关系均能影响剧中词的传播。在后两对互动关系

---

① 曹雪芹、高鹗《红楼梦》,北京:人民文学出版社 1964 年第 3 版,第 251 页。

中,演员、书商分别在两个空间与受众产生联系。演员通过舞台演出向受众(观众)进行传播,观众通过对演出的反映进行反馈;书商通过文本营销向受众(读者)进行传播,读者通过购买频次向书商进行反馈。四方两组传播关系在戏曲文本处达成一致。演员通过唱念做打对戏曲文本进行阐释,传播戏曲文本及剧中词;观众欣赏演出,接受戏曲文本及剧中词。演出的效果、观众的欣赏水平都影响着剧中词的传播,这是十分明确的。书商和读者的关系与我们在其他书册传播中讨论过的二者关系并无二致,因此这两组关系我们可以不必花费笔墨讨论。戏曲文本与作者之间的关系,及其对戏曲剧中词传播的影响,是我们讨论的重点。

戏曲文本由剧作家创作,是剧作家所创造的世界,没有剧作家就没有戏曲文本。从表面上看,剧作家掌控着文本创作的绝对权力,但事实上戏曲文本却在暗地里影响着剧作家的创作。剧作家在他所创造的世界面前,也有屈从的时候。作者与所创造世界间的对话,同时影响着附丽于戏曲文本中的剧中词的传播。

首先,作者创造戏曲文本,戏曲文本必然打上作者的印记。因此,作者对词的态度必然决定他是否用词,到底用什么样的词作。

明代戏曲流派纷呈,各个流派间的理论主张自不相同。以沈璟为首的"吴江派"剧作家尚本色,反对掉书袋,他们主张"作剧戏,亦须令老妪解得,方入众耳"①。这个理论落实到戏曲创作中,就极少见该派作家引用前人成篇,也甚少用典。《六十种曲》中所收该派沈璟、高濂、顾大典、徐复祚、叶宪祖等人的作品都极少见用前人典雅精工的词作的情况。以上5位作家共有8部作品收入《六十种曲》,它们是:高濂《玉簪记》、叶宪祖《鸾鎞记》、顾大典《青衫记》、沈璟《义侠记》、汪廷讷《种玉记》及《狮吼记》、徐复祚《投梭记》及《红

---

① 王骥德《曲律·杂论上》,《中国古典戏曲论著集成》第四册,北京:中国戏剧出版社1959年版,第154页。

梨记》。这八部作品中共使用 62 阕词,其中仅《鸾鎞记》用了一阕《浣溪沙》(轻打银筝落燕泥),该词著作权难以判定。我们通读这八部作品中的 62 阕词,往往能感受到其中选词下语不加雕饰,质朴自然。

早于"吴江派"的"昆山派"历来讲究用辞的典雅精工,曲文骈俪,又被称作"文辞派"。《六十种曲》收其创始人邵璨,派中人郑若庸、陆采、梁辰鱼、张凤翼、屠隆、梅鼎祚、许自昌等人的 11 部作品。这些作品共使用 103 首词,不但每部作品的平均用词量高于"吴江派"作品,其中引用的前人词作也占《六十种曲》各剧大宗。温庭筠、秦观、苏轼、王益、宋祁等人的词作都出现在他们的剧中。甚至许自昌《水浒记》这样的本色作品也引用了宋祁的《玉楼春》(东城渐觉风光好)之类的雅词。而他们的曲文理念也反映到了剧中词中,读他们创作的剧中词也能感受到它们与一般的文人词作没有什么太大的区别。若我们要选剧中词选,昆山派剧作家的词作脱离戏曲文本大多依然可以传播,而吴江派剧作家所用那些辞句较为浅鄙的词作恐怕就很难进入到传播视野了。

戏曲改编者也是戏曲作者的一种,他们对戏曲剧中词的传播产生的影响一点也不比原作者小。一个典型的例子是汤显祖《还魂记》(即《牡丹亭》)的改编过程。《六十种曲》中既收汤显祖《还魂记》原作,又收吕硕园改编的《还魂记》。汤显祖原作共有剧中词 16 阕,而在吕氏改订本中却只剩下 2 阕,其余 14 阕在改订本《还魂记》的新传播循环中被排斥了。所保留的两阕,一阕是开场家门,另一阕是第二出柳梦梅上场词《鹧鸪天》(刮尽鲸鳌背上霜)。前者是传奇不可或缺的组成部分,后者是用以说明故事发生地,表明主人公身份的,在戏曲中均有较重要的作用,因此都没有被删去。而在明词选集中,被排除的 14 阕中每有入选的,但吕氏保留的 2 阕却极少见到选家选入词集。如顾璟芳等人编选的《兰皋明词汇选》就选有该剧第十四出的《醉桃源》(不经人事意相关),而该选总共只选有汤显祖的词作两阕。大约选家手眼自与剧作改编者不同,改编者根据个人对词的好恶,加以增删,直接影响到词作的传播,剧作改编者对剧中词传播的影响是不可忽略的。

以此可见,作家剧作观念的差异必然导致他们在词作使用情况上的差异,那些文辞质朴的本色词作可能更容易受到"吴江派"剧作家的青睐,而骈俪典雅的词作则在"昆山派"剧作家中更有市场。而这种差异也导致了前人词作借助戏曲为载体传播的效果差异。

作家对文本的影响较为明显,而文本对作家的影响则比较隐晦。我们以为戏曲文本起码在三个方面影响着剧作家,并通过这种影响作用于剧中词。这三个方面的影响是:戏曲文本的文体规范、戏曲文本的语言特点和戏曲剧情的内在规律。

第一,从戏曲文本的文体规范来看,每种文体都有自己的固定创作模式,超出这个模式就是所谓的"破体"。戏曲在长期的发展中也形成了相应的规范:杂剧的四折加一个楔子;南戏和传奇副末开场的家门等等。剧作家是选择杂剧还是传奇作为创作形式是剧作家的自由,一旦选定,剧作家就要受到相应的文体约束。有的剧作家恐怕对词这种文体未必很喜爱,但受传奇体制的约束,创作传奇时必有词作,删改传奇时也不得不保留至少一阕开场家门词作。如成化年间北京永顺堂刊本《新编刘知远还乡白兔记》的开场有词三阕,其中除剧情大意《满庭芳》之外还有两阕词,一阕是迎奉乐神,另一阕是秦观的《满庭芳》。在无名氏改编的《白兔记》中后二者都被删去,但却保留了前者。又如前揭《还魂记》,除被保留下来的《汉宫春》(杜宝黄堂)外,原作的开场家门还有一阕《蝶恋花》。改编者吕硕园几乎尽删原作剧中词,却留下开场家门《汉宫春》,也正好说明传奇文体对剧作家的约束。正是传奇文体规范保证了几

乎每部传奇都有至少一阕词得到传播，《六十种曲》中范受益著、王
錂订《寻亲记》，徐元《八义记》等六种传奇就只有一阕词，而且全部
出现在开场家门部分。因此不论剧作家如何创作传奇，改编者如
何修订传奇，除非他们破体成剧，否则必得遵体。传奇作家遵体最
直接的结果就是保证了传奇至少有一阕剧中词得到传播。

　　第二，从戏曲文本的语言特点来看，戏曲是诗意的作品，是带
有戏剧性的诗，是诗歌与戏剧的结合体。中国戏曲又自有其特殊
性，不论传奇还是杂剧，其演唱都要遵从一定的音乐系统，要符合
一定的声腔。而这些音乐声腔在乐曲曲词中的标记就是一个个曲
牌。剧作家在大量创作曲文的过程中难免会受到曲的影响。因
此，戏曲剧中词难免出现一些破格出律的现象，这就是我们常说的
曲化现象。邵璨《香囊记》第十出共有三阕写景《西江月》其中两阕
破格，即《西江月》(只见馥郁沉烟喷瑞兽)、《西江月》(只见赤电超
光越影)。这两阕首句均不合《西江月》词格，它们起句的"只见"二
字都是暗示下文写景的提示语。至于念对白前增加人物称谓的情
况就更多了，我们随意列举几阕词的首句：

　　　1. 相公，几年别下南安路。(《还魂记》第四十二出《玉楼
春》)

　　　2. 千岁，默坐长秋心暗焦。(《南柯记》第四十一出《鹧鸪
天》)

　　　3. 娘子，你裙拖六幅潇湘水。(《狮吼记》第二出《浣溪
沙》)

　　　4. 孩儿，你不见春芜掩映秋千里。(《投梭记》第三出《菩
萨蛮》)

　　　5. 思若兄，看你志气翩翩裘帽小。(《投梭记》第九出《渔
家傲》)

　　6. 夫人，你不见日月无光天地昏。(《投梭记》第十三出
《鹧鸪天》)

　　巧合的是这 6 例词调的首句均是七字句，1 至 2 例多出称谓；
例 3 则多出称谓外还多出个主语，使得"裙拖六幅湘江水"有了指
涉对象；4 至 6 例出格字竟然达到了五字，接近首句字数。这种现
象在曲中属于常见的衬字。这几例中的衬字，其作用在补充语意
的缺漏，使受众更容易理解对白的指称对象。但它们却严重违反
了词律，在普通的词体创作下几乎是不会出现这种现象的。这是
戏曲曲文语言特点对作者的干扰作用，并通过剧作者影响到剧中
词。而其必然影响剧中词的书册传播，严格的词选一定不会选这
些破格出律的词作。而曲选也不会选这些"嫁接"过的"类曲词"，
至于那些不选宾白的单出曲选更不会选这些词作了。

　　第三，从戏曲剧情的内在规律来看，戏曲虽然是夸张地反映社
会生活中的事件，但毕竟是对现实世界的反映，具有一定的生活逻
辑。我们以剧中人物的塑造为例，这些人物必然要符合他们所处
的社会阶层。在戏曲中，人物的语言是最容易反映他们个性特征
的质素之一。西哲曾说："语言表现了情绪和性格，而又切题，那么
你的语言就是妥贴恰当的。"①

　　剧中人物固然是剧作家创造，但剧作家也只能根据他所创造
的人物形象和剧中环境来书写语言。戏曲语言"宜从脚色起见。
如在花面口中，则惟恐不粗不俗；一涉生旦之曲，便宜斟酌其词。
无论生为衣冠仕宦，旦为小姐夫人，出言吐词当有隽雅春容之度。
即使生为仆从，旦作梅香，亦须择言而发，不与净丑同声。以生旦

————————

① 〔古希腊〕亚里士多德《修辞学》，转自伍蠡甫主编《西方文论选》，上海：上海
　　译文出版社 1979 年版，第 92 页。

有生旦之体,净丑有净丑之腔故也"①。那些适合人物形象的语言描写当然更容易出彩,也更容易被选家选中,更容易为受众喜闻乐见。

古典戏曲由于"无体不备"的特殊性,众多词作附丽于此。这些词作主要是作者为适应剧中情节创作的,其流传依赖戏曲的传播,在明词中属于一个特殊的作品群。如传奇开场家门部分的剧中词,必然有一阕是采用叙述体叙述故事情节的,是词史上专以叙事的特殊作品群。这些剧中词依靠所附着的戏曲文本进行传播,有案头文本和舞台演出两种途径,其传播效果由传播过程中的各个节点控制。而戏曲传播过程主要是戏曲文本的传播,文本与作者之间是一组互动的关系,作者创造出戏曲文本,却又受到文本的制约。戏曲文本在文体规范、语言特点和剧情的内在规律上影响着作者的创作,并通过作者进一步影响到剧中词的传播。

不论小说还是戏曲,这些文本中的词作也常被一些明人编的词总集选录,如卓人月的《古今词统》收有瞿佑《剪灯新话》附录《寒梅记》中的虚构人物马琼琼"所做"《减字木兰花》(雪梅妒色);又收《剪灯余话》卷三《贾云华还魂记》中的虚构人物贾云华《踏莎行》(随水落花);沈际飞《草堂诗余别集》卷二《小令》误以明传奇《觅莲记》中的《南乡子》(夜阑梦难收)为周邦彦词而收入。该书卷四《长调》又误以《觅莲记》中的《花心动》(风里杨花)为谢无逸词见收②。这尽管扩大了小说、戏曲中词作的传播范围,提供了更多元的传播途径,但是却混淆了小说、戏曲词作的作者。从存人和存史的角度上说均不值得提倡,而明人每被清儒讥讽空疏,亦非空穴来风也!

————————

① 李渔《闲情偶寄·词曲部·词采第二》,《续修四库全书》影吉林大学图书馆藏清康熙间刻本,上海:上海古籍出版社 2002 年版,第 1186 册第 507 页。
② 凌天松《明编词总集述评》,华东师范大学 2008 年博士论文,第 105 页。

第六章　明词单篇散阕的书面传播方式

　　古人诗文在刊刻前,往往就已经以单篇形式在宇内海外流传开来,直到作者晚岁甚至辞世后才集中刊行。单篇散阕的词作不但在物质载体上与书册有所差别,就是功能与传播特点也自有值得关注处。本章主要讨论单篇明词在人际交往中的简寄传播,在各种物质载体上的书面传播,并着重讨论帐词这种特殊的词体之传播状况。

第一节　社交实用层面的帐词传播

　　阅读明代典籍,偶尔会遇到一种前缀骈四俪六的序文,后书一阕词什的作品,这类作品多半就是帐词。帐词一般是以单篇散阕的形式传播,少部分作品入选文集得以采取书册形式传播。帐词在文章体制上亦文亦词,多以四六文叙述事件,以诗余抒发情感。前人对帐词的文体属性也颇有歧见,李东阳《怀麓堂集》卷四十《文稿二十·箴铭赞引题跋》中收有帐词,赵完璧《海壑吟稿》卷七则以帐词为与"赋"并立的文体。《唐伯虎先生集·外编续刻》卷八《词》中则收《谒金门》帐词一阕。贺复徵《文章辨体汇选》卷六百三十二却专设"帐词"一类,收徐渭《寿中军某侯帐词》与蔡复一《贺檀密云帐词》二篇,前者有四六又有词,后者却只保留其四六文。古人对帐词之归类真可称众说纷纭。笔者以为,帐词是两种文体的结合体,并非专门的文体,其中的四六文属于"文",而诗余则属于"词",是词与文共同构成的文体组合。检校中国文学的方阵,多少名篇经典和帐词类似,均是两种文学的组合。陶渊明《桃花源记》不就是《桃花源诗》前的序文吗? 王勃《滕王阁序》不也正是前有四六,后缀诗歌的作品组合吗? 这些作品自然文归于文,诗从其诗,那么帐词的文体属性也当作如是观。帐词用于社交场合中的迎送贺祭等仪式,属于典型的应酬文字,在传播过程中也有一定的特殊性。因此,尽管刘湘兰博士的《论明代的幛词》已经从文体学和文化学的角度阐发了帐词的文体特性和文化表征,笔者本节则欲从传播的角度再次讨论明代帐词的情况[①]。

一　帐词之物质载体及其使用

帐词之所以称为帐词,是因为它的文字书写在特定的物质载体——"帐"上。帐词又作"幛词"或"障词",帐、幛、障三字在这里都是特指题写庆吊之词的布帛,因此三字并无差别。偶尔也有写作"账词"的情况,但较罕见。帐词承担的社会功能主要是庆贺喜事、祭吊哀丧,具有特定的赠送对象。帐以布帛绸锦制作,文字或织或绣或书。沈德符《万历野获编》卷十二载:

> 江陵时,岭南仕宦有媚事之者,制寿幛贺轴,俱织成青罽为地,朱罽为寿字,以天鹅绒为之。当时以为怪,今则寻常甚矣。今藩府贺其按抚,将领贺其监司,俱以法锦刺绣文字,在在皆然,价亦不甚蔓,盖习以成俗也[②]。

[①] 刘湘兰文载《学术研究》2009 年第 7 期,该文发表前,刘博士惠赐定稿给笔者参考,特申谢忱。叶晔《论明幛词的起源与演变》(《词学》第 30 辑,上海:华东师范大学出版社 2013 年版)所论源流、演变甚确,请参考。

[②] 沈德符《万历野获编》卷十二,北京:中华书局 1959 年版,第 316 页。

明代中期张居正主政时,以天鹅绒罽织出寿幛文字尚属罕见,而到晚明万历以后,这样的幛子已经是寻常物事了。当时甚至以法锦为底,刺绣文字的寿幛,也只是"在在皆然"而已。由于幛子制作考究,所以时人又往往为之添上一个修饰词,雅号之曰"彩幛词"、"绮幛词"或"锦幛词"等等。如赵宽有《归朝欢·送孙都宪彩帐》、王皋有《天仙子·题邓士鲁奖励彩障辞》、屠隆有《赠陈伯符奉诏归娶锦账词》。

　　在庆贺、祭奠的仪式上,锦幛是贺仪、奠仪的组成部分。《梼杌闲评》第四十八回《转司马少华纳赂　贬凤阳臣恶投缳》提到:

> 崔家只推不知,任那些趋奉的牵羊担酒、簪花送礼的来庆贺。常例送旗匾之外,置锦帐对联,照耀异常。他便大开筵宴,接待亲友[1]。

大约旗、匾、锦帐、对联都是牵羊担酒、簪花送礼之外的重要组成部分,事主需要借助旗、匾、锦帐、对联为仪式锦上添花,使得喜事更荣耀热闹,丧礼更隆重体面。

　　除在室内举行的寿诞、祭奠之外,也有些仪式是要在露天举行,或许还要跨马游街,衬以鼓乐。因此,旗帐还会出现在通衢大道上。《韩湘子全传》第二十二回《坐茅庵退之自叹　驱鳄鱼天将施功》就曾描述说:"当下退之坐了四人官轿,皂甲人役,鼓乐旗帐,簇拥进城,在官衙驻札。"[2]《会仙女志》则云:"晋江行吾张公,学师安福湖山。尹夫子与闻其事,锡以鼓乐彩帐,舆从厚仪,行古奠雁

---

[1] 轶名撰,刘文忠校点《梼杌闲评》,北京:人民文学出版社 2006 年版,第 533 页。
[2] 雉衡山人《韩湘子全传》第二十二回,《古本小说集成》本,上海:上海古籍出版社 1990 年版,第 618 页。

礼,亲迎于归。"①二者虽是小说,前者写为官的开衙建府,后者状士民的秦晋之好,但都没有离开鼓乐、旗帐。正德十四年(1519)二月壬申,"威武大将军朱寿",也就是正德皇帝,巡边从宣府还京,"文武群臣具彩帐、银币、羊酒迎于德胜门外,如先年仪"②。这也是帐词出现在街衢的例证。

　　不论室内还是室外,帐词之幛,其形制大约均如立轴。顾希佳先生说:"幛是用布帛做成,裁制成一定规格,上面写礼仪文字。最初的是寿幛、挽幛;也可以用来祝贺其他的喜事。竖写、直挂。……旧时大户人家讲究体面,常常在重要礼仪活动之前就托人操办匾幛楹联,届时敲锣打鼓送去,当场悬挂张贴,成为仪式的重要组成部分。"③旗帐之竖写、直挂,大体也如立轴。清雍正时,有官员因贪渎被罪,"查据当商贾培章等金称:当铺十八家共送崔天机奠仪四两、祭幛一轴、水礼十六色"④,幛以"轴"计量,尤可见其形制与立轴之相似。"帐"又往往与"旗"并用,故而帐词有时也称"旗帐词"或"旗幛词"。前揭《唐伯虎先生集·外编续刻》所收《谒金门》一阕,题后就注明该阕系"吴县旗幛词"。《水浒传》第七十一回《忠义堂石碣受天文　梁山泊英雄排座次》有所谓"列两副仗义疏财金字幛,竖一面替天行道杏黄旗"的情节⑤,大约这"仗义疏财金字幛"与"替天行道杏黄旗"也是并用的。

————————

① 郦琥《高寄斋订正会仙女志》,《丛书集成新编》本,台北:新文丰出版公司
　1985 年版,第 90 册第 56 页。

②《明实录·武宗实录》卷一百七十一,台北:"中央"研究院历史语言研究所
　1962 年版,第 37 册第 3291 页。

③ 顾希佳《礼仪与中国文化》,北京:人民出版社 2001 年版,第 276 页

④《世宗宪皇帝硃批谕旨》卷一百七十四之十四,文渊阁《四库全书》本,上海:
　上海古籍出版社 1987 年版,第 423 册第 395 页。

⑤ 罗贯中、施耐庵《水浒传》,北京:人民文学出版社 1997 年第 2 版,第 928—
　929 页。

旗帐的使用程序如何？《东游记》卷四十七回《八仙蟠桃大会》为我们提供了一个典型的明清庆寿旗帐的使用场景，其云：

> 但所送礼物、旗帐之类，皆未有可其意者。忽仙童报道："八仙送礼来贺。"母命延入。八仙把盏、礼毕，送上云轴。母命张挂，展之，云霞灿烂，光辉满堂；诵之，词句琳琅，意味隽永。且其制合堂壁宽广，尺寸不逾①。

这里的神仙世界其实就是现实人间的写照，王母生日便是现实世界某位老封君的寿诞的艺术升华。客人来贺寿，先把盏称觞，行礼之后送上旗帐。旗帐需要张挂，其尺寸以合制为宜。张挂之后还需诵读旗帐上的词句，众人评鉴一番才作罢。

明代帐词，不论其内容是祝寿诞、贺升职、获奖膺、庆军功、送考绩、祭永别等等，除"大将军朱寿"正德皇帝下令向大臣讨要旗帐的特例外，基本上都具有人际交往的功能。

在明代，赠送帐词的人社会地位往往比接收帐词的一方更低，很少有居上位者给下属送帐词的。前引沈德符《万历野获编》有云："江陵时，岭南仕宦有媚事之者，制寿幛贺轴"，"今藩府贺其按抚，将领贺其监司"。该书卷二十五又云："江陵封公名文明者七十诞辰，弇州、太函，俱有幛词，谀语太过，不无陈咸之憾。"②这些材料中说到的仕宦媚事者及王世贞、汪道昆地位均不及首辅张居正。而其中提到藩府等官送帐词的情况，藩府之于按抚，将领之于监司均是处于权力场核心较远的一方。至于为离任官员送上锦帐词的细民百姓更不如官员社会地位高。

---

① 吴元泰《八仙出处东游记·八仙蟠桃大会》，《古本小说集成》本，上海：上海古籍出版社 1990 年版，第 181—182 页。
② 沈德符《万历野获编》卷二十五，北京：中华书局 1959 年版，第 630 页。

但帐词不能用于至尊。明清两代皇帝,数百年间只有正德曾向臣下索要过帐词,但其锦帐上却并不书写"皇帝"的尊号,而只能算是群臣给"大将军"奉上帐词,并且也不是所有的官员都认可他的做法。正德十二年(1517),正德皇帝朱厚照北狩将归,"传谕五府及团营三大营各为旗帐奉迎"。首辅杨廷和就认为"赠送旗帐,在官僚亲旧则可。恐非人臣事上之礼。当更议之"①。而这件事情也得到正德的继任者嘉靖皇帝的赞许。嘉靖元年(1522),小皇帝称赞杨廷和说:"卿以正学直道辅佐先帝,随事匡救,备极诚悃。力阻护卫,谏止游巡,以死自誓不附权幸,不作威武大将军敕,不书彩帐。"②事实上,正德时群臣给武宗进帐词,也的确不敢称尊号,不敢称臣。《明实录·武宗实录》卷之一百五十八记载:"上还自宣府。是日,文武群臣皆曳撒大帽,鸾带,服色,迎驾于德胜门外。中官预传上意,具彩帐数十、彩联数千,皆金织字。序词惟称'威武大将军',不敢及尊号。众官列名于下,亦不敢称臣。"③

二　帐词之创作与题署

帐词创作的情况与题署的方式都是其传播的重要影响质素。帐词的创作内容、指涉对象等要素都影响着帐词的传播;帐词的题署人是帐词的初次传播群体,也是影响帐词传播效果的要素。若对传世帐词的内容进行统计应该可以很好地说明帐词的创作之相关问题,可惜的是《全明词》删去了帐词的词题,而《全明词补编》

---

① 杨廷和《杨文忠三录》卷三,文渊阁《四库全书》本,上海:上海古籍出版社1987年版,第428册第808页。
② 《明实录·附录·世宗宝训》卷六,台北:"中央"研究院历史语言研究所1962年版,第99册第555页。
③ 《明实录·武宗实录》卷一百五十八,台北:"中央"研究院历史语言研究所1962年版,第37册第3029页。

"于帐词类,删去长篇序文,只录词作,但词题中'帐词'、'词'之类名称仍予保留,以明词作之本来属性;若词题中本无'帐词'之类名称,则加案语说明"①。我们只能对帐词的创作情况进行大体的说明。

帐词的创作内容可按贺祭的对象和事件分成三个相互关联的层面:官场事件、祝寿贺喜、祭奠吊丧。官场中的升调、奖膺、军功、入觐、考绩等事件均是帐词庆贺的理由。《明实录·英宗实录》卷之八十七载山西应州儒学学正叶绶上书所言:"俟其考满,书其职之称否。仍禁约府、州、县官不得接受生员馈送及旗帐立轴。"②看来府、州、县官员考满转任,地方乡绅送旗帐的情况已经相当普遍,连并不盛产词人的山西也风气大炽。流风所及,以至于荒唐天子正德皇帝也想要享受一下旗帐的滋味。他自导自演,让官员按品级为"威武大将军朱寿"写凯旋帐词、送贺礼,又转手将收到的贺礼再用赏赐银牌的方式赐回臣工。《明实录·武宗实录》卷之一百五十八载:

> (正德十三年春正月)己未,赐文武群臣银牌。一品重二十两、二三品十两,镂其上曰"庆功",五彩饰之,贯之朱组;四五品及都给事中五两、左右给事四两、给事中、御史三两,镂曰"赏功",贯之青组,又各被以花红而退。先是,群臣具彩幛及贺仪,出银以品级为差。故所赐亦如数。翰林以无贺仪,不与赐云③。

①周明初,叶晔《全明词补编》,杭州:浙江大学出版社2007年版,第2页。
②《明实录·英宗实录》卷八十七,台北:"中央"研究院历史语言研究所1962年版,第5册第1746页。
③《明实录·武宗实录》卷一百五十八,台北:"中央"研究院历史语言研究所1962年版,第37册第3035—3036页。

正德赏赐给群臣的银牌几乎就是变相还钱,而翰林院因为没有进奉贺礼,居然被排斥在大赏群臣的范围之外。正德皇帝前后收到过不少帐词,但这些帐词多未传世。正德大约是有史以来第一个,也是最后一位收到帐词的皇帝,真是空前绝后!

官员卸任,若地方无帐词相送,对离任官员来说,是件非常丢脸的事情。反之,旗帐越多,越显得荣耀。西周生《醒世姻缘传》第六回《小珍哥在寓私奴　晁大舍赴京纳粟》写到明代官场送旗帐的"旧规"。小说载晁县令对百姓极为刻薄寡恩,不得民心,因此他离任时并无乡绅百姓送他旗帐、脱他的靴子。有当地乡绅说:"这个晁父母,不说自己在士民上刻毒,不知的,只说华亭风俗不厚"①,担心晁县令因为面子上挂不住而对华亭民风说三道四。送不送帐词居然成了官员评价地方风俗的指标,也是有明一代的咄咄怪事。离华亭不远的苏州,却实实在在地出现了当地士绅百姓纷纷送旗帐词给卸任太守的实事。宣德五年(1430),况钟守苏州,实心惠民,深得百姓爱戴。次年,况钟"丁母忧,郡民诣阙乞留。诏起复"。到正统六年(1441),况钟"秩满当迁,部民二万余人,走诉巡按御史张文昌,乞再任"②。其间百姓所送旗帐词专门收在《况太守治苏续集》卷十中。

脱离官场的情境来看,官绅生日、得子,秀才进学、中举,士人娶妻、纳妾等等日常生活事件也都是人们送帐词祝贺的缘由。《梼杌闲评》第四十五回《觅佳丽边帅献姬　庆生辰干儿争宠》就描写了魏忠贤生日时的厅堂布置:"不独器皿精奇,地下都是铺的回文万字的锦毡,厅上锦幛布满,幔顶上万寿字的华盖,四围插着牡丹芍药各种名花,那桌围椅褥都绣的松柏长春。一会间女乐齐鸣,玉

①西周生辑著,黄肃秋校注《醒世姻缘传》第六回《小珍哥在寓私奴　晁大舍赴京纳粟》,上海:上海古籍出版社1981年版,第78页。
②张廷玉等《明史》卷一百六十一,北京:中华书局1974年版,第4380—4381页。

箫鸾管,仙音嘹亮。"①这里未必是魏忠贤生日的真实场景,但若当
成豪富士绅的生日场景看却是八九不离十的。有时候不仅仅是官
员本人生日,就是他们的亲属生日也多有送帐词的。前引《万历野
获编》卷二十五就提到王世贞、汪道昆在张居正父亲生日时曾送有
帐词,这也正好是官场和民间交织的社交场域。场域中的人们心态
如何? 前引《梼杌闲评》"崔家只推不知,任那些趋奉的牵羊担酒、簪
花送礼的来庆贺"之所谓"趋奉"则正好说的是书写帐词者之事实心
态,受贺者对这些趋奉之徒并非全不知情,而只推不知,亦是当时"潜
规则"。今天我们能见到的帐词,士人交往中用以贺民间之喜的内
容虽然较贺官场的升转考奖来得少,但也是帐词的重要内容。

　　对国人来说,生死从来都是大事,死别与生日一样受到相当的
重视。一旦士人逝去,在世的亲属、孝子贤孙们竭尽本事,让亡者
极尽哀荣。晚清吴趼人《二十年目睹之怪现状》尽管晚近,但所述
民俗的内容倒是明清一脉相承的。其八十七回《遇恶姑淑媛受苦
　设密计观察谋差》有这样一个情节:"及至明日,辕门抄上刻出了
'苟某人请期服假数天',大家都知道他儿子病了半年,这一下更是
通国皆知了,于是送奠礼的,送祭幛的,都纷纷来了。"②祭幛与贺幛
虽然针对的对象和事件不同,但形制是一样的,功能也大同小异。
祭幛也是重要的社交道具,明时风俗正是其源头,前引《世宗宪皇
帝硃批谕旨》卷一百七十四之十四"铺十八家共送崔天机奠仪四
两、祭幛一轴、水礼十六色",不就也有祭幛吗? 但是祭奠帐词在传
世文献中保留下来的较少,大约是因为其事为人忌讳吧。《全明
词》和《全明词补编》中收录的明确说是祭奠帐词的只有一阕,即汪

---

① 轶名撰,刘文忠校点《梼杌闲评》,北京:人民文学出版社 2006 年版,第
　506—507 页。
② 吴趼人著,张友鹤校注《二十年目睹之怪现状》,北京:人民文学出版社 1959
　年版,第 707 页。

思的《如梦令·送雪亭黄亲家出殡帐词》。

以前引"众官列名于下,亦不敢称臣"的情况看,帐词的题署模式往往是多人联合署名的。虽然帐词署名者众多,但帐词的作者却只有一人,顶多是作品完成后经人润色而已。有的帐词是由他人代撰,而撰词者不署名。吴承恩就常代人撰写帐词,吴进《吴射阳遗集跋》称其曰:"先生英敏博洽……凡一时碑版、金石、祝嘏、赠送文辞,俱出其手。"①吴承恩《射阳先生存稿》收录的 39 篇帐词,大部分是为人代耕。又如明代李诩《戒庵老人漫笔》卷三《迎武宗驾还帐词》条称"是时余邑裕轩夏公从寿为参议,此其代笔者,存以见当年时事云尔"②。夏从寿就为湖广镇巡诸官代写了武宗南巡的帐词。这是正德十四年(1519),宁王朱宸濠之乱,武宗亲征闹剧的组成部分。其时,武宗亲征大军未到,南赣巡抚、副都御史王守仁已生擒宸濠,正押还京师。弄臣张永为了讨武宗欢心,让王守仁放了宸濠由"威武大将军、镇国公朱寿"平乱。武宗以此落水受惊,正德十五年(1520)二月驾崩。武宗病后还京途中,各地官将纷纷奉上帐词,为"大将军"贺军功。李诩所载亦此中之一。该事件既有特殊性,本篇帐词又具有典型性,因此全录,并略加分析,以见帐词的写作模式:

> 伏以春生秋杀,妙阃辟于乾坤,雷厉风行,廓清夷于江汉。惟天讨必加于有罪,肆王师岂出于无名? 功在一人,欢腾万口。兹盖伏遇钦差总督军务后军都督府威武大将军镇国公朱,英资神授,骏德天成,庙算无遗,远慑犬羊于徼外,王猷允塞,岂容狐鼠于域中! 粤在洪都,建有宁府。圣祖重屏翰之计,茅土攸分,累朝敦亲睦之仁,继承不替。宜祖训之永守,期

---

① 吴承恩著,刘修业辑校,刘怀玉笺校《吴承恩诗文集笺校》,上海:上海古籍出版社 1991 年版,第 388 页。
② 李诩《戒庵老人漫笔》卷三,北京:中华书局 1982 年版,第 118 页。

宗社以同休。讵意兹邦，是生恶胤。乃宸濠者，凤禀凶暴，少有豺狼之声，大肆烝淫，长为禽兽之行。攘夺良氓殆遍，贼杀善类孔多。招诱贼徒者不翅万众，阴谋不轨者殆将十年。罪贯已盈，反形渐具，谏台交奏，宜加斧钺之诛，圣德涵容，尚锡几杖之赐，方遣官而降敕，俾悔过以图新。岂枭獍之恶已成，顾蜂蚁之忱何在？伪传制檄，岂惟指斥乘舆，大兴甲兵，直欲谋危社稷。遂杀巡抚，首据省城，南康、九江，皆被乘虚袭破，民庐市肆，悉遭纵火焚烧。垂涎欲犯留都，染指已攻安庆。驰变告于一旦，法所不容，赫皇怒于九重，义所必讨。敬告宗庙，肃将天威。即日临朝以誓师，匪徒推毂而分阃。六飞亲御，举鞭指江以西，五位暂离，仗剑从天而下。周之皇父、休父，戒旅陈行，唐之英公、卫公，前驱后继。六军齐奋，增耀日之威灵，万马不嘶，听如山之号令。先声至，而逆丑褫魂丧魄，义旗举，而元凶束手就擒。表天纪之必正不挠，信王师之有征无战。有生大慰云霓之望，无辜咸脱水火之中。荆棘不生，允藉班师节制，秋毫无犯，乐闻奏凯欢声。迈成周之克定三监，政由冢宰，陋汉景之讨平七国，兵属条侯。元功显勒于鼎钟，示永世而万古不泯，大驾早还于斧扆，敷文教而六合同春。某等惭扈从莫效犬马之劳，诗歌《常武》，叩行在不胜葵藿之悃，祝拟华封。诚欢诚忭，稽首顿首。谨献词曰：

一统山河调玉烛，尧舜至仁先睦族。独怜七国与三监，只今犹蹈前车覆。赫然天怒肃，何须分阃还推毂。誓六师，一人自将，直指西江澳。　　披坚执锐俱颇、牧，凭仗威灵如破竹。元凶就缚诏班师，大功独建归黄屋。凯歌赓法曲，欢腾亿兆俱蒙福。竞嵩呼，天长地久，永镇绥荒服。右调《归朝欢》①。

---

① 李诩《戒庵老人漫笔》卷三，北京：中华书局1982年版，第118—120页。

全篇的四六文部分,开篇总写事件之意义,以说明出师讨伐的正义性,为下文颂扬之词先定基调。"兹盖伏遇……岂容狐鼠于域中"是对接受帐词者的夸赞之词,以说明其人其事的不同寻常或可庆贺。作者一般会在这个部分详列受贺者的官禄爵衔,我们注意到该词在述受贺者时,题写的名衔并不是六飞在天的正德皇帝,而是"威武大将军镇国公朱"。这正是我们前文提到帐词不可用于至尊的证明。其后说明事件经过,历数宁王劣迹,对"大将军"亲征江西的成效进行了夸张的跳跃式叙述,似乎王师一到,不被甲兵而自胜。并极尽吹嘘之能事,夸耀受贺者在事件中的伟大功绩,夸饰事件的意义,以及奉上帐词者无限敬仰的心情。四六文部分以叙述为主,兼有议论的。帐词的四六文部分一般用于叙述赠送帐词的原因、所为之事。"谨献词曰"与"右调《归朝欢》"则是呈上词作的套格,也有的帐词将词牌直接书写出来,如"谨献某调词曰"云云。词的部分则是以抒情为主,表达对接受帐词者,或者送帐词所为之事的情感。如这阕《归朝欢》与四六文部分遥相呼应,先说国家对宁藩的宽仁厚爱,续说宁王叛乱重蹈前人覆辙,接着是颂扬天威,描述对平叛的欣喜。

大多数帐词都有为情造文之弊,所以帐词的艺术水平一般不被看好,清人邹祗谟就曾叹道:"帐词率无佳作,岂欢愉之言难好耶?"[1]其实,帐词未必就是"欢愉之言",祭奠仪式上用的帐词就不能称为"欢愉之词"吧? 但不论帐词为何事而作,其特定的文体表征就是夸饰铺陈。这些与事实不尽相符的浮夸文字难以感人心弦,难得见到佳篇也是很正常的。故而,大多数帐词不能行之久远也就在所难免的了。

实际上,帐词作为庆贺吊唁之道具,是当时社会文化的反映。

---

[1] 邹祗谟《倚声初集》卷二十,《续修四库全书》影南京图书馆藏清顺治十七年刻本,上海:上海古籍出版社 2002 年版,第 1729 册第 436 页。

帐词的夸饰趋奉恰恰是当时官绅阶层好为大言,社会浮夸风气的折射。这一文化现象使得官场和民间在庆贺仪式上交织在一起了。而官员与士绅本来就是互为表里的,两个阶层在各个层面上有着千丝万缕的联系。因此,帐词在官场和民间的各种典礼仪式上出现就再正常不过了。只是越是流行的东西也越难保留,因为在当时是如此普遍,以至于人们不太重视,编纂文集时也很少会注意保留,故而流传下来的帐词相对曾经产生的帐词不过是九牛一毛而已。

三 帐词的传播阶段与特点

帐词的传播按其传播时间点来分,可以分为两段:一是事件当下的即时传播;二是事件过后的后续传播。由于帐词有特定对象、针对特定事件,加上其内容空泛、语言浮夸,大多数帐词的传播时间不长,难以进入第二个阶段的久远传播过程。

1. 帐词的即时传播阶段

帐词在即时传播阶段具有时效性。由于帐词的指涉对象相当明确,指向特定时间的具体事件,因此,帐词的内容一般说来是过期无效的。升官考绩、入学中举、婚丧嫁娶无一不是具有特定时间的,过了这个特定的时间点,事件便成为历史,不可逆转。帐词既然是为特定事件创作的,那么其创作时间,理论上要早于事件发生的当下,但也有些帐词是事后补送。正如前文指出的那样,大多数帐词创作之后需要进行联署。因此,帐词的初步传播对象就是这些联署的人。

再以西周生《醒世姻缘传》第六回为例,小说对明人的帐词使用有如下刻画:

> 晁知县起身之日,是那几家乡宦举人送赆送行,倒也还成

个礼数。那华亭两学秀才,四乡百姓,恨晁大尹如蛇蝎一般,恨不得去了打个醋坛的光景。那两学也并不见举甚么帐词。百姓们也不见说有"脱靴遗爱"的旧规。那些乡绅们说道:"这个晁父母,不说自己在士民上刻毒,不知的,只说华亭风俗不厚。我们大家做个帐词,教我们各家的子弟为首,写了通学的名字,央教官领了送去;再备个彩亭,寻双靴,也叫我们众家佃户庄客,假装了百姓,与他脱脱靴。"①

这里送给晁知县的帐词就是补送的,在帐词受赠者晁知县已经动身启程,几家乡宦举人已经"送赆送行","成了礼数"之后,还有乡绅提议要再做个帐词送去。而且做了帐词,是"写了通学的名字,央教官领了送去"。若写名字的生员们是亲笔署名,这阕帐词就在他们中得到传播。问题是随着帐词越来越流于形式,很多联署人未必真就亲笔署名。帐词在这个传播循环中的效果并不佳。

帐词在第一阶段是要悬挂的,悬挂的帐词得到进入又一个传播循环的机会。前引《东游记》八仙贺寿送给王母娘娘的帐词就被张挂、诵读。张挂在仪式现场的帐词如果会被参加仪式的人关注,那么就有了再次传播的机会。

这个阶段,影响帐词传播的外在因素主要有帐词的赠送与受赠双方之社会影响、帐词载体——幛子的精致度、帐词悬挂的场所等等。

首先,帐词赠送与受赠者的社会影响与帐词传播的宽广度是成正比的。赠送者的社会影响大,受赠者自然对其更加重视,帐词的传播机会也就更多。这是个不需要展开说明的事实。而受赠者的社会影响也在帐词的传播过程中起着重要作用。受赠者社会影

---

① 西周生辑著,黄肃秋校注《醒世姻缘传》,上海:上海古籍出版社1981年版,第78页。

响大，在同等情况下收到的帐词就会更多；而基数越大，受到关注的程度也就越高。如苏州百姓送给况钟的帐词，各地官员送给武宗的帐词都是很好的例子。

其次，幛子的精致度影响帐词的传播。买椟还珠的郑人尽管被当成愚蠢者的典型，但是这样的愚人世间却从来不曾少，人们对精致的事物总会投去更多的关注。越精巧的幛子自然也更能引起人们关注的目光，而幛子作为帐词的载体，越被人关注的幛子其上所书的帐词自然也就越被人关注。

再次，帐词悬挂的场所也是影响帐词传播的重要因素。在行进的队伍中悬挂的帐词，因为移动的原因总不如静态的帐词更容易看完整。帐词悬挂于超出人们视力范围处和挂在人们面前的帐词相比，自然也是前者更不容易完成传播吧？

2. 帐词失去实效后的传播阶段

事件仪式结束之后，不少帐词被滚滚红尘淹没，如风过水，水面不留一点痕迹。但是部分帐词却通过不同的形式进入到了第二个传播阶段。因为旗帐制作精美，有的旗帐在仪式结束后依旧被保留着。如明末清初人阎若璩的五世祖阎双溪"凡举典礼，必购高文巨笔以重其事，如吴郡沈石田山水，文衡山草书，山阳吴射阳锦幛词，多藏于家"①。旗帐上的帐词显然也会随着幛子的保留而流传下去。只是这种传播方式，信源只有幛子一个，流布面极其狭窄，不能广为人知。

帐词要进入更广的传播视野和更久远的传播过程，必须借助书册的力量。一般说来，收录帐词的书册文献有别集、总集和笔记。部分帐词的作者将作品保留在自己的文集中，不论这些帐词被收录在哪类文体中，它都能借助书册保留下来。《全明词》与《全

---

① 段朝端《楚台见闻录》（清末民初抄本）卷上，现藏于淮安市楚州区图书馆。此条材料转引自刘湘兰《论明代的幛词》（《学术研究》2009 年第 7 期）。

明词补编》中的大多数帐词就是从帐词作者的别集中搜集来的。有些帐词的受赠者会将别人赠送给自己的帐词保留在文集中,毛伯温的《毛襄懋先生别集》附录之帐词就是其例。有的帐词也借助其他书册进行传播,如前引李诩《戒庵老人漫笔》卷三《迎武宗驾还帐词》和《国色天香》、《绣谷春容》所收的《贺正德皇帝南巡回銮帐词》均是。

　　影响失效后的帐词传播的因素同样很多,即时传播阶段三个影响因素中的前两个在后续传播阶段同样具有。后续传播阶段一个重要的传播途径是书册传播,这样一来,和影响书册传播效果的因素类似,把关人也起到重要的作用。总集中的帐词,固然受选家的影响,别集中的帐词同样也有把关人。别集的编者是作者本人的,其个人态度对帐词的传播起到相当重要的影响。如《万历野获编》卷二十五所载王世贞、汪道昆媚事张居正之事:

　　　　江陵封公名文明者七十诞辰,弇州、太函,俱有幛词。谀语太过,不无陈咸之憾。弇州刻其文集中,行世六七年,而江陵败,遂削去此文,然已家传户颂矣。太函垂殁,自刻全集,在江陵身后十年,却全载此文,亦不窜易一字,稍存雅道云①。

王、汪二人献媚于张居正,为张父七十岁生日作帐词,谀语太过,在编纂个人别集时二人对所作帐词的态度却是天壤之别。别集编者对帐词传播之影响亦可见。

　　帐词是明代特别兴盛的一种社交实用文学样式。尽管从纯文学的角度上看,它们的确内容板滞、文格不高,但作为一种文化现

---

① 沈德符《万历野获编》卷二十五,北京:中华书局1959年版,第630页。

象,它们在明代社会生活中占据着重要的位置。它们全面参与到明代官绅社会生活的各个层面,帐词的传播也是明代单篇散阕词作传播的一个特例。

第二节　明词的其他单篇书面传播方式

作家创作往往有个聚少为多、集腋成裘的过程,在别集梓行前,文学作品往往以单篇的形式先行传播。我们这里说的单篇专指作品借助文字,以书面形式单独附着在某些物质载体上进行传播的情况。这些单篇词作可能是作者创作后直接题写,也可以是他人书写。不过,一旦文本凝定于特定的载体上之后,就开始进入传播循环,具备单篇传播的可能。这与词通过书册形式传播时的单篇作品是有所区别的:书册由于本身所具备的信息载体功能,是阅读的基本关注点。但"阅读史中所谓的阅读不完全等同于读书,阅读的对象远比读书的对象来得丰富。阅读针对的是文本,文本并不只表现为书写或印刷的形式,它可以包括文字、图像、口语、图片、印刷、音乐等表现形式"①。可以说,我们这里所谓的单篇书面传播正是阅读史中除书册之外,那些书面的表现形式。明词的单篇书面传播之物质载体与前代相比并无创新,但在运用的范围和程度上都有所发展。今就明词单篇书面传播重要的载体形式,胪列如下:

一　下马即寻题壁字:题壁

题壁传播是古代文学学者关注较早的文学作品传播方式之一,早在传播学引进中国大陆不久的 20 世纪 90 年代初,王兆鹏师

---

① 张仲民《从书籍史到阅读史——关于晚清书籍史/阅读史研究的若干思考》,《史林》2007 年第 5 期。

就发表了《宋文学书面传播方式初探》①，其中涉及题壁传播的问题。十数年来，古代文学对题壁文化的讨论已经积累了丰厚的成果，本文以此略论之，存其大概，以明彼时词作存有此种传播形式。

　　题壁之"壁"是个宽泛的概念，一般包括建筑物之墙壁、自然界之石壁等平面。古人题壁大约并不分场合，公共场所、私家建筑、宗教道场等等，凡有可题之壁，大率便有题壁之作。姚一元《虞美人影·万玉禅院题壁》、周拱辰《天仙子·书道士壁》、王臬《糖多令·北固山五圣庙步壁间韵》是书写在宗教场所的作品；陈霆《满江红·题太原官舍壁》、李应策《御街行·有咨子为令者，笑书于太常之壁》、张綖《酹江月·会试书场屋壁》是题于官方建筑之壁。张南湖在激烈的场屋文战下，居然还能有闲情逸致书此阕壮行，百代之后读来或许也不免莞尔。杨循吉《洞仙歌·题酒家壁》、曹堪《减字木兰花·独游西村，过邻家乞茶，戏题馆壁》、吴棠祯《水调歌头·书案玉楼壁》是书于酒肆楼台之壁；李汎《清平乐·题族弟溢台山书屋壁》、曹堪《百字令·题斋壁》是私密建筑之题写；张元祯《武陵春·书西山石壁月中行调》、陈霆《书泗州南山石壁》是写在自然界石壁之上。总之，可以题写的场所之多，与前代题壁之作并无差异。

　　题壁之"题"则是书写之谓，一般有作者自题与他人题写两种情况。前文提到的题壁作品都是作者自题所吟词作的情况，李玑《卜算子·夜月书事，用壁间东坡赤壁乐章韵》则是壁间题写他人作品的例证。李玑所见壁间东坡词，应当是后人题写的。

　　题壁者性别并不限于男子，吴门士人女尹氏有《离亭燕·题泗州鲍集店壁》，长沙女子王素英《减字木兰花》也是题写在良乡琉璃河馆壁之上。这大约是因为题壁比较自由，对作者身份并无过多

---

① 王兆鹏《宋文学书面传播方式初探》，《文学评论》1993 年第 2 期。

约束之故吧！题壁的作品"发表"门槛很低，只要有人题写，均无不可。因此，作品的质量也是泥沙俱下的。

　　读者寻过题壁之后，诗兴大作而和韵的情况也不鲜见。王圻《水调歌头·和碳石壁间许默斋司马韵，时次张茅递运所》、贡修龄《失调名·元宵前一日，武林西溪看梅，和壁间韵》均是显例。有的题壁或情感动人，或字句喜人，或有别的原因，甚至多次引发人们的新题壁。信州杉溪驿就曾有过引发众多宋人题跋的女性题壁①，王兆鹏师在《宋代的"互联网"——从题壁诗词看宋代题壁传播的特点》中将之生动地比喻成今天网络上的顶帖②，明人题壁也有这样的现象。易震吉《菩萨蛮》(银蟾带恨多因缺)等三阕词有序：

　　　　驿壁女子三诗，有"恰似梨花经雨后，可怜零落旧时春"之
　　　　句。壁间有作《梨花行》者，陈臣庄作《梨花怨》调《百字令》。
　　　　余赋《菩萨蛮》三阕③。

这是因为壁间题诗中的一联秀句引发的众多"顶帖"。

　　一般说来，题壁由于载体的固定，传播面较窄、受众不广。能接触到题壁作品的往往是经过题壁处所的人。如张綖题写于场屋壁间的作品，若非自己抄出，恐怕除去考棚中的执事人员，非得等

----

① "信州杉溪驿舍中，有妇人题壁数百言，自叙世家本士族，父母以嫁三班奉职鹿生之子，娩娠方三日。鹿生利月俸，逼令上道，遂死于杉溪。将死乃书此壁，具逼迫苦楚之状，恨父母远，无地赴诉，言极哀切，颇有词藻，读者无不感伤。"(沈括撰，胡道静校注《梦溪笔谈》卷二十四《杂志》一，北京：中华书局1957 年版，第 241 页。)

② 王兆鹏《宋代的"互联网"——从题壁诗词看宋代题壁传播的特点》，王兆鹏、潘碧华主编《跨越时空：中国文学的传播与接受(古代卷)》，吉隆坡：马来亚大学中文系 2009 年出版，第 145 页。

③ 饶宗颐初纂，张璋总纂《全明词》，北京：中华书局 2004 年版，第 2048 页。

场屋再次使用时,下一位考生才能看得到。李汎《清平乐·题族弟溢台山书屋壁》、曹堪《百字令·题斋壁》的受众显然也是较窄的群体,若非与李溢、曹堪有交游者,又如何能进得了他们的书屋和斋室?

有些题壁作品还可能被墙壁的主人掐断传播途径,陈全之《蓬窗日录》卷七:"太祖渡江题诗庵壁,僧洗之。乃献诗:'御笔题诗不敢留,留时只恐鬼神愁。曾将法水轻轻洗,犹有余光射斗牛。'"[①]明朝建政之初的这位献诗寺僧恐怕并非因为担心留着御笔鬼神愁,而是在乱世自保的手段吧?

题壁诗词署名往往含混,有的甚至不署名,因此诗词虽存,而作者失考的情况也是屡见不鲜的。大多数题壁的作品和作者未能经得起时间的考验,烟消云散。而保留下来的那些题壁作品大都是借助书册传播的方式来抵御时间长河的猛烈冲刷。题壁的传播方式是古人文学活动的重要内容,学者讨论文学作品题壁传播方式之优劣等相关问题的成果已多,不赘[②]。

二　百代名臣金石宝:石刻

石刻几乎是与文字同时产生的。曹魏陈思王曹植有"戮力上国,流惠下民,建永世之业,留金石之功"的愿望[③],留功金石是古人建功立业的外化。凡有功绩,必愿铭于金,刻诸石,铸成鼎,树好碑,以求流传久远,永世不朽。在这种观念的指引下,陈思王所不

---

① 陈全之《蓬窗日录》,上海:上海书店 1985 年版,卷七第五页。
② 如王兆鹏《宋文学书面传播方式初探》,《文学评论》1993 年第 2 期;《中国古代文学传播研究的六个层面》,《江汉论坛》2006 年第 5 期;刘洪生《唐代题壁诗》,北京:中国社会科学出版社 2004 年版;刘金柱《中国古代题壁文化研究》,北京:人民出版社 2008 年版。
③ 萧统编,李善注《文选》卷四十二,北京:中华书局 1977 年版,第 594 页。

屑的"徒以翰墨为勋绩,辞赋为君子"①,却也成为后人所希冀的。辞赋君子往往也会将自己的翰墨勋绩刻制成碑,以传后世。但这种传播方式从来不是词作传播的主流,《宋代石刻文献全编》收录7278篇石刻,其中诗歌占1391篇,而词仅有27篇②。明词中也仅仅是少数作品的传播借助了这一传播方式。

与题壁不同的是,立碑与创作可能不是同步的。题壁的作品,一旦书写在壁上便告完成,而立碑的创作与题刻之间有个时间差。但从理论上说,刻碑勒石的作品每每比题写于壁的作品流传时间更久远。从碑刻的地理位置来说,一般是立于景观名胜或通衢要津,也有的作品是直接刻在天然石壁上,或者刻石后镶嵌于建筑物的壁间。今天在众多旅游景点均能见到石刻,其中刻碑是较普遍的方式,西安碑林里成排成列的石碑就是这类石刻的汇集;刻在天然石壁的则如桂林七星岩、叠彩山、象鼻山上那些大大小小的题刻;镶嵌于建筑物壁间的诗词,如黄冈的东坡赤壁就有一间碑阁,其整面墙体都镶嵌着东坡书帖刻成的《景苏园帖》。而明词中也有前两种情况,如夏言的《大江东去·扈跸渡河日,进呈御览》就被刻碑立于黄河边;夏言的另一首词《鹧鸪天·西山灵岩寺,和元耶律丞相韵,剜洞中石壁》则是直接刻在花岩石洞中的天然石壁上。

就题刻的内容来说,则大多与所在地理空间有相应的关系。夏言之《满江红·和岳武穆》曾被勒石于西湖之滨③,其原因大约和西湖畔的岳坟不无关系吧!苏志皋《天仙子·登玉皇阁》一词是他在嘉靖甲辰(1544)秋,督饷到蔚州(今河北蔚县)趁着月色登临玉皇阁所赋。杨笃撰《(光绪)蔚州志》卷十《金石志》载:"明玉皇阁天

---

① 萧统编,李善注《文选》卷四十二,北京:中华书局1977年版,第594页。
② 王星《宋代石刻与文学》,武汉大学2009年博士论文,第16页。
③ 丁敬《武林金石记》,《石刻史料新编》本,台北:新文丰出版公司1975版,第10935页。

仙子词刻"末署"明进士,山西右参议固安寒村苏志皋并书"。其下
有注云:"在阁下,草书,字如升大,嘉靖二十三年"①。这块碑刻之
所以会被留在蔚州玉皇阁,正是因为该词是登临所赋。《(嘉庆)金
山志》卷二所载立于江天寺天王殿的明嘉靖时人的三通词碑则全
部是游览金山之后填写的词作。它们是"游金山寺作大江东去词
　　贵溪桂洲夏言并书　　嘉靖壬寅(原注:天王殿);登金山满江红词
　　操江佥都御使澶渊史褒善　　嘉靖乙卯(原注:天王殿);游金山调
锦江春词　　南昌张寿　　嘉靖癸酉(原注:天王殿)"②。

　　题刻虽然多与所在地理空间有关,但并不是所有与该地方相
关的作品都会被勒石传播。刻石立碑的作品是经过事前选择的,
如前引《(嘉庆)金山志》:"登金山次苏韵作大江东去词　　南畿巡抚
宋仪望并书　　丹徒知县徐一槚等立石　　万历三年(原注:天王
殿)。"③历代游金山的词作众多,独嘉靖时三人及万历间的宋仪望
的作品被刻石,且宋氏作品是由丹徒县令立碑,这不正是刻石作品
经过把关人选择的明证吗?又如《全明词》所载明代和岳飞《满江
红》的作品达到十数阕,但只见夏言的作品被刻石立碑的记载,这
不也正好说明词作刻石立碑是有人选择控制的吗?只是把关人以
何种标准选择可以刻石的作品,则是需要进一步探讨的问题。

　　从物质载体来说,石刻一般比题壁更能耐得住雨打风吹。刻
有作品的石碑往往比题写着作品的墙壁更能经得起时间的考验。
一些著名历史人物的词碑甚至被加意保护。明太祖朱元璋留有一

① 国家图书馆善本金石组编《明清石刻文献全编》,北京:北京图书馆出版社
　2003 年出版,第 980 页。
② 卢见曾《金山志》,石光明等编《中华山水志丛刊·山志》第十三册,北京:线
　装书局 2004 年版,第 226—227 页。
③ 卢见曾《金山志》,石光明等编《中华山水志丛刊·山志》第十三册,北京:线
　装书局 2004 年版,第 227 页。

阕失调名词作,其词云:

> 望东南。隐隐神坛。独跨征车,信步登山。烟寺迁迁,云林郁郁,风竹姗姗。　　尘不染,浮生九寰。客中有、僧舍三间。他日偷闲,花鸟娱情,山水相看①。

这是今天所知朱元璋传世的唯一词作。《金坛县志》卷二:"其山脉之来自常州者,则有顾龙山。"句下小字注云:"在城南五里,一名乌龙山。明太祖东征时尝驻跸此山,题词云(词略)。"据同书卷十一《艺文志》所附《碑碣》载有该词碑刻②。顺治七年(南明永历四年,1650),顾炎武游金坛曾有《金坛县南五里顾龙山上有太祖高皇帝御题词一阕》诗,诗中有:"突兀孤亭上碧空,高皇于此下江东。即今御笔留题处,想见神州一望中"之句③,我们便可以推测高皇帝这阕词刻碑后,是建了亭子善加保护的。到了清末的冯煦等纂修县志,该石碑依然存在。

　　大多数野外的碑刻是不大可能受到朱元璋词碑的对待的,它们很可能在矗立一段时间后就被毁坏。但即便损坏的碑刻也还是能够发挥他的传播功能,《吴趋访古录》卷七《嘉定·瑞竹轩》条序言:"在集仙宫。元道士孙应元植枯竹架蔷薇,忽生枝叶,未几成林,因以名轩。明正统间赐道经一藏。宫前环水,名玉带河。后里人重修此轩,于土中掘得断碑,为当时道流倡和之作。"④可见,断碑

---

① 饶宗颐初纂,张璋总纂《全明词》,北京:中华书局 2004 年版,第 113 页。
② 冯煦等纂《金坛县志》,《中国方志丛书·华中地方》据民国十年排印本影印,台北:成文出版社 1970 年版,第 58 页。
③ 顾炎武著,王蘧常辑注,吴丕绩标校《顾亭林诗集汇注》,上海:上海古籍出版社 1983 年版,第 292 页。
④ 姚承绪撰,姜小青校点《吴趋访古录》,南京:江苏古籍出版社 1999 版,第 138 页。

上所刻的道士唱和作品,在石碑毁弃后依然有重见天日的机会。

　　从碑刻传播的受众来看,也有相当的局限性。和题壁的情况一样,碑刻的空间位置是固定的,很难改变。受众要亲眼见到碑刻,非得到现场不可。因此,顾炎武是亲身到金坛,才能得见顾龙山上的朱元璋词。同样,夏言《鹧鸪天·西山灵岩寺,和元耶律丞相韵,劙洞中石壁》也只有游览过西山的贡修龄和有其作,贡所和之词即《鹧鸪天·游花岩,次夏相国桂洲石洞题词》。相反,夏言的《大江东去·扈跸渡河日,进呈御览》的和韵作品数量相当多,今天所能见到的和韵作品在 30 首以上。这些和韵者多半未曾到过立有词碑的黄河渡口。尽管有人是通过读词碑和该阕词韵的,但更多的和韵者却是通过其他途径了解到词作内容的。《全明词》及《全明词补编》所收诸多和作,只有刘尧诲词的小序表明他是亲见夏言词碑的。刘氏的《大江东去》(一派长河)有小序云:"渡河读夏桂洲大江东去词碑用韵。"①而其他的和韵作者极可能是通过阅读手抄的形式得到信息的。至于金山寺天王殿中的南昌张寿《锦江春》词,不但未见历代总集著录,连《全明词》中也没有,专力于明词辑佚的各家也未曾提到该阕。由于诸种《金山志》均未载其词,若其碑今日未能再立于金山寺天王殿中,该词就极可能已永逝天壤了。

　　石刻的传播同样借助书册才能行之久远,夏言、宋仪望、史褒善的作品是收入其别集进行传播的。而朱元璋《缺调名》(望东南)、苏志皋《天仙子·登玉皇阁》则是记载在地方志中才得到更广泛的传播的。一般说来,碑刻的刊行勒石都是经过事前选择的。那些社会影响较大的作者所作的词较容易被选中勒石,比如明太祖高皇帝朱元璋、嘉靖名相夏言的词作等均是。此外,那些书法突

①饶宗颐初纂,张璋总纂《全明词》,北京:中华书局 2004 年版,第 1077 页。

出、文采飞扬的作品也较容易被选中。

三　山随画活,云为诗留:书画

　　早期的绘画作品极少有题跋,甚至到宋代,书画上题写诗词的情况都不多见,稍微翻阅一下今人编的《中国古代书画图目》等图册就能得到相关的印象。但随着文人画的日益兴盛,书画题跋也逐渐成为一项重要的文艺活动。由于后文还将就诗、书、画结合传播的问题进行专门讨论,所以此处仅对该问题略加介绍,以使读者知单篇书面传播方式亦包括绘画与书帖。

　　书画作品作为明词单篇传播的方式,理论上说应该有五种情况:一是书画创作者自题作品;二是他人以词作题跋;三是书画创作者题他人作品;四是他人题书画创作者作品于卷中;五是他人题写作者之外的第三人作品于卷中。笔者识见未广,只见到前三种情况的例子。此外,还有一些书画作品综合上述若干情况于一卷。

　　书画作者自题作品的情况,如《六艺之一录·陈道复梅雪词帖》云:

　　　　葛姬号梅雪,金陵人也。年最幼,性最淑,与寻常姬大不
　　侔。原其号,称情矣。山人见于娄之东,扣其颠末,则其前辈
　　山人之二十年交也。呼酒尽醉,且作梅枝并置一词赠之。词
　　寄《蝶恋花》云:(词略)①。

这是陈淳为葛梅雪绘制梅枝图,并自作词题于卷的。故宫博物院藏沈周《卧游图册页》之一〇有《小玉山》(花尽寻春厌日迟)一首,无锡市博物馆藏《沈周书端阳词张宏补蜀葵图》有《鹧鸪天》(风雨

---

① 倪涛《六艺之一录》卷三百九十二,文渊阁《四库全书》本,上海:上海古籍出版社1987年版,第838册第321页。

葵花小院前)一首①。前者也是作者自题作品于自己的画册上,而后者则是沈周题写自己的词作于卷上的情况。

他人以词作题跋的情况,如《书画题跋记》卷一《宋杨无咎补之画梅四帧》条,原注于《宋扬无咎补之画梅四帧》后云:"后调《柳梢青》辞四阕。在绢素上,长卷。"②其后则载元人柯九思、明人文徵明等题词作于后。这是柯、文等人在宋人杨无咎的画卷上题词,无咎画卷今藏故宫博物院,然未见有文衡山词,盖长卷为人割裂。

书画创作者题他人作品的情况,如上海博物馆藏董其昌《秋兴八景图册》就分别题写宋元人词作于册页上,秦观、万俟咏等人作品均在董香光的题写视野中。万俟咏《长相思》(短长亭)等阕,并不题明原作者。又如《六艺之一录》卷三九二《莫云卿墨迹》条载莫是龙书苏轼《菩萨蛮·咏弓足》(涂香莫惜莲承步)一首,也是书家题写他人作品的情况。

而如《书画题跋记》卷十《王元美题唐六如花阵六奇》条,则是综合出现若干上述题写情况之例,《花阵六奇》原卷有创作者唐寅的词,又有王世贞所题《玉烛新》(吴宫新宴起)③。

书画作为单篇词作的传播载体,其保存文献之功甚大,周晖《金陵琐事》卷之三《西溪词》云:"西溪龙公诗词,未有刊本,仅从人家卷轴上见之。今得其一,词云:'田庐重葺(略)'乃《念奴娇》词也。"④其中的西溪龙公指江西宜春人龙霓,龙霓文集未曾刊刻,其作品竟然要靠卷轴题跋才能见到。可知书画卷轴在单篇作品传播

---

① 沈周《沈周书画集》,北京:中国民族摄影艺术出版社2003年版,下卷第353页。

② 郁逢庆《书画题跋记》卷一,徐蜀编《国家图书馆藏古籍艺术类编》,北京:北京图书馆出版社2004年版,第10册第518页。

③ 郁逢庆《书画题跋记》卷十,徐蜀编《国家图书馆藏古籍艺术类编》,北京:北京图书馆出版社2004年版,第11册第226—227页。

④ 周晖《金陵琐事》,南京:南京出版社2007年版,第115—116页。

中的重要文献地位。今人编纂总集、别集,亦每每有从传世书画中辑录佚文的,如《全明词补编》就使用了部分传世书画作品辑佚。而其缺点也显而易见的,可作如下观:

一是作品传播范围有限。书画作品本身也是艺术创作的成果,具有唯一性。由于技术手段的限制,原作之外,很少有复制品。因此,以书画作品为载体的明词,其传播的范围相对较窄,传播受众群体较小,传播的效果不佳,影响范围较小。

二是书画遮蔽功能突出。艺术性是书画作品的重要审美属性,书法的飘逸灵动、绘画的写意工笔都是最先抓住人们眼球的。相对而言,文学作品在书画作品中极其容易被遮蔽。因为在观看书画时,人们最关注的不是诗词,而是绘画、书法艺术。

三是词作者名易被忽略。不少题写于绘画、书法作品的词作不书写作者名,或者只书写作者的字号,那些名声不显的作者,很可能就被忽略了。如《赵氏铁网珊瑚·氏州第一调题楚江秋晓图后》条有《氏州第一》(秋色翻霞)一首。但作者不详,他书写此阕之后,只题署名曰"枫江老渔"。至于这个枫江老渔究竟是谁的号,我们遍索各类索引均未能得。有些不写作者名的作品还会可能被当成书写者的作品被误判,极容易张冠李戴。

这些通过书画传播的单篇作品也有进入书册传播的可能,如作者别集收录,总集编纂选入,或者还有可能在书画目录中出现。

四 题写于物无不可:其他载体

器物上题写文字,并不是很晚近的事。先民时代的陶器上就刻有陶文。到商代,青铜器铭文已相当普遍。《礼记·祭统》称:"夫鼎有铭,铭者自名也,自名以称扬其先祖之美,而明著之后世者也。"①

---

① 孔颖达《礼记正义》,阮元校刻《十三经注疏》本,北京:中华书局1980年版,第1606页。

这时的铭文是有实际功能的,具有颂扬祖德,垂范后世的作用的。但到后世,文字也常常成为器物的装饰。唐代长沙窑陶瓷的一个特色就是釉下彩的诗文装饰,今藏上海博物馆的长沙窑瓷枕就题写着张继《枫桥夜泊》的名句。

　　明代以前题写在器物上的词就已经出现,如谭元春有《潜刻右丞墨迹有歌》诗提到祁氏筑宅,挖地基得到题写着《剔银灯》词的古瓷枕①。王尚纲的《虞美人·咏古枕》的序也提到:"古枕,汝窑磁,……面书古词一阕,想为落花赋者,笔迹词意,近代所尠。依韵谢之。"②明代以词作为器物装饰纹样的,或者题写在器物上的词作绝对数量并不多。我们略举几例以存大概:

　　明人有赠送罗帕为礼物的风气,官员还朝照例以一书一帕赠人,因此古籍中有所谓"书帕本"。手帕上题写诗词,也偶有记载。祝枝山有《谒金门·锦帕寿人》词曰:

　　　　吴女制。一片绿阑红地。云鹤灵芝为四际。当中金寿字。　　此法起于今世。我复为君题识。还有祝词从大例。一丝添一岁③。

这阕寿词写得明白如话,又为受赠人送上十分吉利的贺寿语,且"我复为君题识"已明确道出词是写在锦帕上的。谈迁《枣林杂俎》和集也记载了一个题写词作于帕上的例子,其云:"乙酉九月,梅溪里王翃,买妾张氏,盖难妇也。明年丙戌夏,还其故室,作《满庭芳》

---

①谭元春《新刻谭友夏合集》卷二,《续修四库全书》影崇祯六年张泽刻本,上海:上海古籍出版社 2002 年版,第 1385 册第 337 页。
②饶宗颐初纂,张璋总纂《全明词》,北京:中华书局 2004 年版,第 513 页。
③饶宗颐初纂,张璋总纂《全明词》,北京:中华书局 2004 年版,第 421 页。

词题帕赠之。"①此外,张琮《满庭芳·题柴季娴姨母书回文汗巾》所咏柴季娴题字的回文汗巾,大约则是题写于汗巾之上。

手帕、汗巾不仅可以题写词作,有些词作还可以被织在其上。瞿佑《归田诗话》云:

> 虞邵庵在翰林有诗云:"屏风围坐鬓鬖鬖,银烛烧残照暮酣。京国多年情尽改,忽听春雨忆江南。"又作《风入松》词云:"画堂红袖倚清酣,华发不胜簪。几回晚直金銮殿,东风软花里停骖。书诏许传宫烛,轻罗初试朝衫。御沟冰泮水挼蓝,飞燕语呢喃。重重帘幕寒犹在,凭谁寄银字泥缄? 报道先生归也,杏花春雨江南。"盖即诗意也,但繁简不同尔。曾见机坊以词织成帕,为时所贵重如此。张仲举词云:"但留意江南,杏花春雨,和泪在罗帕。"即指此也②。

邵氏词作为人喜爱,至于织户要将其词制成帕,广为流传。

有些词作也可能题写在其他载体上,如明宣宗朱瞻基的《锦堂春》(映日秾花旖旎)就曾以铜版为传播的载体,据称其词得自"杭州灵隐寺藏铜版,题宣德七年三月十五日。有万寿祺款"③。李堂《汉宫春·为倪虞部舜薰题美人二障》是题写于屏风上的。吴景旭《撷芳词》有序云:"下第后,游三生石,僧拾瓷片,请作句刻之修竹上,一自忏,一嘲僧,一代僧解嘲,共三首。"④就是题写在竹子上的。此外,写在扇子上的词作也不少,翻检《全明词》,题扇词也是时有所

---

① 谈迁《枣林杂俎》,《续修四库全书》影上海图书馆藏清抄本,上海:上海古籍出版社 2002 年版,第 1135 册第 130 页。

② 瞿佑《归田诗话》,《历代诗话续编》本,北京:中华书局 1983 年版,第 1273 页。

③ 饶宗颐初纂,张璋总纂《全明词》,北京:中华书局 2004 年版,第 253—254 页。

④ 饶宗颐初纂,张璋总纂《全明词》,北京:中华书局 2004 年版,第 3073 页。

见的。而夏言的词作也可以为我们提供一个题扇传播的例子,杨仪云:"壬寅岁,仪缪领霸州之命,公属词书扇,以为赠言。"①钱允治则说:"词至夏桂洲、严介溪,俱以《百字令》、《木兰花慢》为赠答之什……介溪往来词调,纷纷于扇面画幅,相见辄用以媚之。"②则介溪必亦曾将桂洲所赠词写于扇面。前者是夏言书己词于扇赠人,后者是他人书夏言词于扇。书于扇面显然增加了夏词的传播途径,只是谁能想到正是严嵩将夏言送上了黄泉路。

　　这些题写在器物上的词作都有传播面狭窄的局限,它们均非主流的传播载体。

五　千里神交,若合符契:书柬

　　前述诸种情况,均着眼于物质载体;但在明词的单篇传播过程中,有一类区别于其他的明词传播方式的代柬词。"柬"即简,即书,即札,即尺牍。文人的简札是人际交往的重要工具,代柬词具有简札功能,是以词为书柬寄给友人。这类词作是建立在人际交往基础上的人际传播,具有实用功能,不宜用物质载体区分。尽管难免分类混杂之嫌,但因为它也是明词的单篇传播方式,故而附列于此。

　　唐宋时期,以诗词为书柬的例子不胜枚举,唐人马戫有《蜀中经蛮后寄陶雍》,薛涛有《酬郭简州寄柑子》,韩翃有《章台柳·寄柳氏》;宋词中则向子諲《满江红·奉酬曾端伯使君,兼简赵若虚监郡》,韩淲《点绛唇·五月二日,和昌甫所寄,并简叔通》,徐元杰《满江红·以梅花柬铅山宰》,张炎《甘州·为小玉梅赋,并柬韩竹闲》……

----

① 王国维《王国维遗书·庚辛之间读书记》,上海:上海古籍书店 1983 年版,第9页。
② 沈雄《古今词话》,唐圭璋《词话丛编》,北京:中华书局 1986 年版,第 802 页。

　　明代词人在人际交往中也以词代柬,代柬词具有人际传播的功能。从代柬词的收信人来看,则主要可以分为亲人、朋友、同僚等等。如钱光绣《踏莎行·寄怀李君龙先辈》、沈谦《浪淘沙·寄毛稚黄》、顾贞立《菩萨蛮·病中不寐,简故园女伴》是写给朋友的;周用《百字令·次韵简钟石》、杨仪《减字木兰花·奉和夏相国赠行韵,寄省中僚友》是写给同僚的;王凤娴《念奴娇·寄女文殊》、唐世济室钱夫人《满庭芳·寄夫美承掌宪并次来韵》是写给亲人的。彼时词作寄给情人恋人的也不是没有,但这类词能流传的,则女性一方多半是女妓。如《青楼韵语》所收尚紫兰《醉蓬莱·独坐偶念与吴生畴昔畅饮,辄成却寄》、郑云璈《拣香词·赠情人词》、岳文《花心动·无畸屡辱过访寄此见怀》等均是①。

　　代柬词的内容千种万端,举凡生活中所涉及的,几乎都能在代柬词作中窥得一二。钱夫人的《满庭芳·寄夫美承掌宪并次来韵》是为丈夫唐世济升官而写的庆贺词。周忱《沁园春·贺洗马蔺公升秩词》则是写给同僚,贺其官品晋升的。杨士奇有《木兰花慢·寄寿仲亨兄》,可知祝寿也是代柬词的重要内容。杨慎《喜迁莺·寄胡在轩且约高峣之会》是写词代柬以约客;顾璘《诉衷情·桂林徐伯川屡约不至,有词见寄,作此答之》则是因为约客不成,友人来词代柬致歉,顾某作词代柬回复。有的则是偶得好词,自己得意便写出寄给友人评鉴索和,如曹元方《一寸金·孙执升寄新词赋答》就是孙写词寄给曹,曹作答的。也有些代柬词根本就只是闲居无事,填词向友人致意问候而已,如杨慎《木兰花慢·春日闲居,寄简西峃》。有的则干脆是闲极无聊,和友人开开无伤大雅的玩笑,如

---

① 《青楼韵语》系明人朱元亮辑注校证,张梦征汇选摹绘,辑录自晋迄明之女妓诗词曲等500余首,刊印于明代万历四十四年(1616),今藏国家图书馆。有民国三年(1914)的隐虹轩排印本及民国二十四年(1935)中央书店"国学珍本文库"本。

李杰《阮郎归·戏简文量，文量细君不在》。秦瀚《杏花天·次答思斋见寄》则是作者给出的回函。总之，代柬词的内容包罗万象，只要书信中可以涉及的主题，代柬词均可替之。

代柬词的传播是人际传播的一种，它突破了人际交往中空间的限制，可以使得异地如亲面。代柬词与异地诗词唱和的传播并不相同，诗词唱和中的作品并不一定具备简帖的功能，而代柬词之所以能名之为"代柬"也正是因为它具备书信的功能。

代柬词的传播对象是特定的，尽管不一定是唯一的，但指涉明确，具有一定的私密性。因此，代柬词在传播初期的受众范围是有限的。但是随着代柬词入别集、总集，进入书册传播的轨道，它的传播就会超出私密的范围，进入更广泛的空间。

明词单篇传播的方式是多元的，但这些传播方式都面临着受众群体小，词作传播效果不佳的问题，它们的传播均需要借助书册传播才能进入更广阔的传播天地。但却也正是这些形式多样的单篇传播方式，使得明词传播的熠熠生辉，让我们不得不佩服前人的创造力，希望亲自把玩体会其中的趣味。

第七章　明词的口头传播方式

　　口语是传播的主要媒介之一,口头传播在文学传播中占据相当重要的位置。与书面传播的文字媒介相比,口头传播借助的媒介物是语音。日常对话借助语音,当街高唱也借助语音,雅集吟诗借助语音,宴饮听歌也借助语音,它们的差别只在语音的声调变化。说话和歌唱是文学口头传播的重要方式,词最初作为音乐文学出现,借助口头歌唱传播曾经是词极其重要的传播方式之一。我们本章主要谈明词的歌唱传播方式。

　　词在唐宋能以口头歌唱的方式传播是毫无疑问的,施议对先生《词与音乐关系研究》及王兆鹏师《歌妓唱词及其影响——宋词的口头传播方式研究》均曾对宋词的口头传播方式有细致的阐述①。词的创作有"选词以配乐"和"由乐以定词"两种方式,通过这两种方式创作出来的词都能够通过一定的旋律演唱传播。人们一般认为南宋后,随着曲代词兴,词乐渐失,词之"选词以配乐"和"由乐以定词"的创作方式渐渐被依平仄、字句定格进行创作所取代,词渐渐转为案头文学不能传唱了。但词乐失传之具体时间却并不

---

① 施议对《词与音乐关系研究》,北京:中国社会科学出版社 1985 年版,第92—103 页。王兆鹏《唐宋词史的还原与建构》,武汉:湖北人民出版社 2005年,第 107—138 页。该文又曾以《宋词的口头传播方式初探——以歌妓唱词为中心》为题刊于《文学遗产》2004 年第 6 期,然论文集所收不受篇幅限制,材料更为富赡。

能明确判断①,那么有没有明词能被歌唱,明词存不存在演唱的传播方式? 如果存在这样的方式,明词的歌唱有何特点? 这都是我们本章要关心的。至于其是否美听便唱,使用何种音乐系统演出等则不是我们讨论的内容。

第一节　依前代词调创作的明词之传唱

"词乐渐失"的判断到底起于何时,难以说清,但明人多已认同这一判断。徐渭说:"宋词既不可被弦管,南人亦遂尚此(超按:指北曲),上下风靡,浅俗可嗤。"②今人也多认为词乐到宋元之际全面崩溃,不能再演唱。明代是否尚能通过词乐演唱前代词调,明词以何种音乐系统演唱,均非本文所关注的,本节主要讨论明人依前代词调格律填写的词作在明代是否还能通过演唱的方式进行传播?拙见以为可以找到当时依然可以演唱前代词调的蛛丝马迹③! 部分传统的词调在明代依然可以演唱,它们中的一些沿袭着宋元旧腔,而另外一些则或入曲、入剧而歌。

一　明人对词之音乐属性的认识

在明人的知识系统中,唐宋词与音乐的关系是焦不离仲的。且不说明人词论中对唐宋人传唱词之本事的津津乐道,就连恪守

---

① 宋红《"得失寸心知"——评张仲谋先生〈明词史〉兼述日本的明乐研究》就"对明词乐失传说却持怀疑态度"(《古籍整理出版情况简报》2002 年第 6 期,总 376 期),并引日本所藏《魏氏乐谱》的情况为例。

② 徐渭著,李复波、熊澄宇点校《南词叙录注释》,北京:中国戏剧出版社 1989年版,第 24 页。

③ 张若兰《明代中后期词坛研究》(中国社会科学院 2007 年博士论文)也有《词在明代中后期的口头传播》专节讨论词合乐可歌的问题,虽属辟路草创之故,亦足资参考。

理学传统的朱舜水也对此甚是明了。朱氏曾说:"不佞年六十二,一日不肯释手。故诗词绝不拈着,因质性愚下,无暇及此耳。"①但是在回答日人关于"《花间集》及《草堂诗余》凡近世乐府,悉皆协于丝竹乎"的问题时则说:"乐府固协于丝竹,《草堂诗余》有阴阳平仄之谱,盖以比于丝竹而为之也。"②在朱舜水看来,诗余之分阴阳平仄就是为了要"比于丝竹",以便曲唱。

　　明人创作也屡屡提到词的歌唱,如祁彪佳《寓山士女春游曲》:"笙箫十里犹圆溢,花外轻传《金缕》声。游人一齐回首听,《念奴娇》词歌一阕。"③《金缕曲》、《念奴娇》的声音响起在寓山上空,这到底是实景还是想象已经不重要,重要的是在深谙曲律的祁彪佳视野中,《金缕曲》与《念奴娇》是可唱的。谭元春有《潜刻右丞墨迹有歌》诗咏祁人阎氏筑宅所得题写着《剔银灯》词的古瓷枕,其诗有句云:"我欲高歌《剔银灯》,唤起维摩禅心早。"④不论谭友夏要如何唱《剔银灯》都不重要,重要的是提到该词,他并非是去高吟朗诵,而是要以乐曲唱之。词中这类描述就更是俯拾皆是了,我们随意引几则:"一曲《华胥引》,双鬓雪儿歌"(谢应芳《水调歌头·茅仲良初度席上赋》);"《金缕曲》、新声低按,碧油车、名园共游"(倪瓒《水仙子》"吹箫声断更登楼");"含情独对浣纱溪,歌残《水调》翠眉低"

① 朱之瑜《舜水先生文集》卷二十二,《续修四库全书》影上海图书馆藏日本正德二年(一七一二)刻本,上海:上海古籍出版社 2002 年版,第 1385 册第 102 页。

② 朱之瑜《舜水先生文集》卷二十二,《续修四库全书》影上海图书馆藏日本正德二年(一七一二)刻本,上海:上海古籍出版社 2002 年版,第 1385 册第 89 页。

③ 祁彪佳《远山堂诗集·七言古诗》,《续修四库全书》影北京图书馆藏清初祁氏东书堂抄本,上海:上海古籍出版社 2002 年版,第 1385 册第 210 页。

④ 谭元春《新刻谭友夏合集》卷二,《续修四库全书》影崇祯六年张泽刻本,上海:上海古籍出版社 2002 年版,第 1385 册第 337 页。

(沈亿年《忆秦娥》"春云飞")①。

此外,明人小说也为我们描写了唱词的场景:如《水浒传》第七十一回《忠义堂石碣受天文　梁山泊英雄排座次》写道:"宋江大醉,叫取纸笔来,一时乘着酒兴,作《满江红》一词。写毕,令乐和单唱这首词曲。"②《剪灯新话》卷一《滕穆醉游聚景园记》:"美人曰:'对新人不宜歌旧曲。'即于座上自制《木兰花慢》一阕令翘歌之。"③《剪灯新话》卷二《天台访隐录》:"上舍自为《金缕词》一阕,歌以侑觞曰……"④类似这样的描写在明代小说中也并非罕见。小说作者安排这样的情节,本身就说明在他们的认知中,词与歌唱密不可分。

这些例子可能都还只是作者在创作中的随意发挥,但是他们提到词调,便想到词是可唱的,足见他们对词与音乐的关系是有深刻了解的,他们并不把词当成纯粹的案头文学看待。至于他们会不会唱词,能不能倚声填词,都不是问题之关键。不论在理学家的知识体系,还是在文人的诗词创作,或者是在小说家的想象世界,词在明人的视域范围仍然是与歌唱可以挂上钩的。至于到底哪些词调可以唱,那又是另外的问题了。

二　明人可以歌唱宋元遗调

明人俞彦在谈到历代诗歌变迁时说:"唐之诗,宋之词,甫脱

---

① 饶宗颐初纂,张璋总纂《全明词》,北京:中华书局2004年版,第5页、第27页、第2892页。

② 罗贯中、施耐庵《水浒传》,北京:人民文学出版社1997年第2版,第934页。

③ 瞿佑《剪灯新话》卷一《滕穆醉游聚景园记》,台北:天一出版社1985年版,第38页。

④ 瞿佑《剪灯新话》卷二《天台访隐录》,台北:天一出版社1985年版,第8页。

颖,已遍传歌工之口。元世犹然,至今则绝响矣。"①以此观之,则宋元之词可歌,而明词可歌者竟成绝响。此非俞彦一人之言,略微批检有明典籍便不难发现类似材料。但也有材料表明,明人可以歌唱部分宋元遗调,即明人填词以宋元旧腔唱之。这部分宋元旧调不仅在文人士大夫间薪火相传,亦曾登上朱明王朝的庙堂宗社②。

　　1. 明代庙堂音乐用宋元遗调

　　据《明史·乐志》,明代庙堂宴飨、鼓吹之音乐曾杂用词曲。洪武三年(1370)所定朝会宴飨之制,"凡圣节、正旦、冬至、大朝贺,和声郎陈乐于丹墀百官拜位之南,北向。……百官又拜,奏《喜升平之曲》,拜毕,乐止。驾兴,奏《贺圣朝之曲》,还宫,乐止。百官退,和声郎、乐工以次出"③。嘉靖间所定之礼乐,亦有《贺圣朝》、《水龙吟》、《醉太平》等调,然考其词,体格则异乎各谱所载。清人张德瀛《词徵》卷二云:

　　　　《明史·乐志》载嘉靖间续定庆成宴乐四十九章,其《贺圣朝》、《水龙吟》、《醉太平》等曲,犹承宋之遗响。若《清江引》、《水仙子》诸曲,又滥觞于金、元者。惜乎词之音理,至胜国而其绪绝也④。

张氏感慨词之音理至明而绪绝的原因并非明代不能唱词,而是因

---

① 俞彦《爰园词话》,唐圭璋《词话丛编》,北京:中华书局 1986 年版,第 400 页。
② 田玉琪《〈明集礼〉中词作与宫调》将明初朝廷宴飨乐歌等十三词调的宫调与宋人现存的标注宫调的词调相比较,认为二者多有一致,并指出"洪武三年的'九奏乐歌'及'十二月按律乐歌'既在语言形式上属词体,在音乐形式上亦属于宋代词乐,而非当时的流行曲乐,应为北宋大晟乐的遗存"。(《华夏文化论坛》第五辑,吉林大学出版社 2010 年版,第 76 页)
③ 张廷玉等《明史》卷六一,北京:中华书局 1974 年版,第 1502—1503 页。
④ 张德瀛《词徵》,唐圭璋《词话丛编》,北京:中华书局 1986 年版,第 4116 页。

为明朝庙堂之乐使用了《清江引》、《水仙子》诸北曲。大概以宋乐
承前代乐章而来,北曲则是"辽、金北鄙杀伐之音,壮伟很戾,武夫
马上之歌"[1],是典型的下里巴人俗曲,用为庙堂音乐不够典重庄
严,难见汉家威仪。但张德瀛也明确指出:"《贺圣朝》、《水龙吟》、
《醉太平》等曲,犹承宋之遗响。"

关于明代庙堂之乐用宋元遗调,除前文注引田玉琪先生《〈明
集礼〉中词作与宫调》所举《大明集礼》的材料,杨慎《词品》卷之一
也有记载,其云:

> 《六州歌头》,本鼓吹曲也。音调悲壮,又以古兴亡事实
> 之,闻之使人慷慨……此词宋人大祀大恤,皆用此调。国朝大
> 恤,则用《应天长》云[2]。

此处可见《应天长》也被纳入了明代庙堂鼓吹之乐的范畴。杨慎生
长元辅之家,又举进士第一,中朝典章当然是相当熟悉的,况且他
本人也精通律吕,能度曲,对国家大典的用乐情况不至于误记。嘉
靖间人王维桢的《应天长·孝烈皇后鼓吹词应制》,嘉靖、隆庆间人
高拱的《应天长·庄皇帝鼓吹词》,万历间人王瀓初的《应天长·孝
定皇后鼓吹词》等传世词作正好为我们提供了印证。王维桢是嘉
靖十四年(1535)进士,累官至南京国子监祭酒。孝烈皇后方氏是
世宗嘉靖皇帝第三后,嘉靖二十六年(1547)十一月薨。《应天长·
孝烈皇后鼓吹词应制》词虽不甚工,然写当时之事,亦称允当。高
拱是穆宗庄皇帝隆庆的潜邸旧臣,穆宗隆庆帝御统六载即驾崩,高
拱依例为之奉上鼓吹词。王瀓初曾官于内阁。孝定皇后李氏是穆

---

① 徐渭著,李复波、熊澄宇点校《南词叙录注释》,北京:中国戏剧出版社1989
　　年版,第24页。
② 杨慎《词品》,唐圭璋《词话丛编》,北京:中华书局1986年版,第430页。

宗妃,神宗母,万历四十三年(1615)薨。细味《应天长·孝定皇后鼓吹词》词意,盖即为孝定皇后灵枢奉安所作。其词云:

> 慈宁宫里寒光彻。宝篆金猊香霭裂。碧云归,金电掣。天地阴濛飞皓雪。　　皇家哀思切。薤露歌声呜咽。玉匣深藏灵穴。万年王气结①。

全词肃穆之气读之可感,若以入乐,则多半是音调低回典重,含悲呜咽之声不绝的。由此大约可以推知宋元遗调在明代中期的庙堂大典中之使用情况。

　　当然,这类作品作为国家典章制度层面的存在,本身就有浓厚的应制成份,其作品的传播范围有限,朝廷官员、宫廷乐工而外,能接触到的人应该就极少了。王维桢的《应天长·孝烈皇后鼓吹词应制》直接说明了鼓吹曲的应制性质。高拱一生著述极富,但传世词作今仅见《应天长·庄皇帝鼓吹词》一阕。余姚人孙升也是一样,他仅传的词作亦是一阕《应天长·庄皇帝鼓吹词》。这说明高拱、孙升本身并不长于作词,也不喜作词,但鼓吹的性质让高拱们不能不倚声一回。但这些应制倚声的作品又能刺激多少人的耳膜呢? 且不说能听到这些鼓吹的人不多,普通人甚至对国家大典中的这一典制都知之甚少,张邦奇的《张文定公觐光楼集》卷一收有两阕《应天长》鼓吹词,它们是《应天长·恭撰孝康静肃庄慈哲懿翊天赞圣敬皇后梓宫发引鼓吹辞》和《应天长·恭撰慈孝贞顺仁敬诚一安天诞圣献皇后梓宫发引鼓吹辞》,后一阕的词牌就涉形误作《庆天长》,大约为张邦奇编纂文集者、校勘者和刻工均不曾注意到

---

① 饶宗颐初纂,张璋总纂《全明词》,北京:中华书局 2004 年版,第 1245 页。

"国朝大恤，则用《应天长》"的实际情况，否则就不会出现这样的错误了①。

　　2. 明代文人能演唱宋元遗调

　　元稹《乐府古题序》谓："后之审乐者，往往采取其词，度为歌曲，盖选词以配乐，非由乐以定词也。"②这里提到乐府声诗的两种创作方式：一是"选词以配乐"；一是"由乐以定词"。词的创作也有这样两种方式③。谈到词调的起源，王世贞就举例说："《望江南》、《忆秦娥》则以辞起调者也；《菩萨蛮》则以词按调者也。"④这两种方式创作出来的词都能够通过一定的旋律演唱传播。

　　明初，去宋元不远，词之唱腔尚未完全泯灭，明代文人（尤其是由元入明之文人）实际上能演唱宋元词调。王蒙《忆秦娥》序云：

　　　　余观《邵氏闻见录》，宋南渡后，汴京故老呼妓于废圃中饮，歌太白《秦楼月》一阕，坐中皆悲感，莫能仰视。……完颜莅中土，其歌曲皆淫哇蹀躞之音。能歌《忆秦娥》者甚少，有能歌者求余作画，并填此词，以道南方怀古之意⑤。

这段词话的信息是非常丰富的，与本节最相关的论述是当时有人

────────────

① 周明初、叶晔《全明词补编》上册，杭州：浙江大学出版社 2007 年版，第 253 页，在该词牌下有按云："原调名误作《庆天长》，依《词谱》、《词律》及前一首调名改。"
② 元稹《元稹集》，北京：中华书局 1982 年版，第 254 页。
③ 所谓"选词以配乐"即"以词起调"或曰"以字声行腔"："以文辞句字的字读语音的平仄声调，化为乐音进行，构成旋律"；而所谓"由乐以定词"即"以词按调"或曰"以（定）腔传辞"："以稳定或基本稳定的旋律，传唱（不拘其平仄声调的）文辞"。参洛地《词乐曲唱》，北京：人民音乐出版社 1995 年版，第 2 页。
④ 王世贞《艺苑卮言》，唐圭璋《词话丛编》，北京：中华书局 1986 年版，第 386 页。
⑤ 饶宗颐初纂，张璋总纂《全明词》，北京：中华书局 2004 年版，第 142 页。

能有唱《忆秦娥》，但传唱者已经相当罕见了。向王蒙索画之人显然也是由元入明者。此外，也有记载指称瞿佑词能入乐，而瞿佑在词序中也提到了倚声填词，唱词传播的事实，可以为例。杨慎《词品》卷之六云：

> 杨廉夫尝访瞿士衡，以鞋杯行酒，命其侄孙宗吉咏之。宗吉作《沁园春》以呈，廉夫大喜，即命侍妓歌以侑觞①。

杨维桢好以鞋杯行酒，瞿佑奉命作《沁园春》，杨铁崖大喜而命侍妓歌该词侑觞，这是面对面的传播过程，是明人能演唱《沁园春》的实例。我们相信在当时，不仅仅是杨维桢的侍妓能唱该调，杨、瞿诸人都应该能演唱该调。此间，瞿佑咏《沁园春》词显然是"倚声填词"，"由乐以定词"。瞿佑所能倚声填词之调显然并非只有这一阕，在其词作中我们发现了瞿宗吉按调填《望江南·辛丑元夕》四阕，并歌唱传授于人的例子。这篇词序并不很长，但能说明问题，我们全引如下：

> 自兴河失守后，民多逃窜，城市萧索，唱佛曲者亦不复出。学子王和侍寝，因与话吾乡风景之盛，于枕上赋《望江南》四阕，歌以授之。和，南京直隶广德人，省父来此，相从数载矣，年十六，能通四书大义，工五七言律诗。异日南还，如咏此曲，当记一时师友相聚之好也②。

永乐间，瞿佑以诗祸谪保安戍边，赋此四阕时正值永乐十九年（1421），元夕之夜，独在异乡，宗吉逢佳节而倍思亲，乃于枕上填词

---

① 杨慎《词品》，唐圭璋《词话丛编》，北京：中华书局1986年版，第530页。
② 饶宗颐初纂，张璋总纂《全明词》，北京：中华书局2004年版，第178页。

思乡。填好词后，还歌唱传授给弟子。这说明《望江南》彼时亦是可歌可传之调。明代中期的杨仪《杏花天》序云："辛亥正月水仙盛开，对花夜酌，以古调《杏花天》歌以进觞。此曲初似不叶，然入越调，北音发声，自得悠扬之趣，乃知易安之能赏音，以解妇为足少也。"①可见，直到明代中期，能以宋元旧调填词而歌的人并不是硕果仅存。这些都还只是就我们所见词序，略为摘出而已，大量未有词序及那些被历史淘汰的词作中应该也少不了此类作品。当然，这些作品其调是得之于乐谱，还是故老口传，则不得而知了。

　　按旧谱填词的例子，在明词传播中倒是有的。明初王行有《清风八咏楼·赠送朱彦祥》，其序有云："临歧无以寓情，因寻林钟商曲有名《清风八咏楼》者，南宋词林所制也。调既适时，谱又合东阳故事，填一阕以饯云。"②《清风八咏楼》之调甚僻，然因合于当时情境，故而被检出依谱填词。其调既属林钟商调，自然也能入于丝竹。清人沈雄《古今词话·词评》卷下"王行半轩词"条评之云："王止仲，国初遗老，有赋《迎春乐》，用夹钟商调。赋《解语花》，用林钟羽调。前辈之按律填词如此。"③则王行填词之严守律吕并非只在此《清风八咏楼》一阕。而晚于王行百年的状元才子杨慎，则在词序中说到按白石谱填词而歌，这就更是一个适合的例子了。鄱阳姜夔之白石词旁谱，为今仅见之宋人词乐谱，明代显然也是流传在世的。杨慎《花犯念奴·有序》之序云："射陂朱子作《清调曲》七解，所谓'神楼一何峻'也。……乃檃括为近调一阕，以《白石谱·花犯念奴》按之，可歌也。"④

　　那么"选词以配乐"或云"以字声行腔"的例子在明词中是否存

① 饶宗颐初纂，张璋总纂《全明词》，北京：中华书局 2004 年版，第 906—907 页。
② 饶宗颐初纂，张璋总纂《全明词》，北京：中华书局 2004 年版，第 148 页。
③ 沈雄《古今词话》，唐圭璋《词话丛编》，北京：中华书局 1986 年版，第 1023 页。
④ 饶宗颐初纂，张璋总纂《全明词》，北京：中华书局 2004 年版，第 813 页。

在呢？也存在。虽然例证不多，但是有之则足以证明明人之词有以词起调者。陶宗仪《南浦》词有长序，其中云："尝坐余舟中作茗供，襟抱清旷，不觉度成此曲。主人即谱入中吕调，命洞箫吹之，与童子棹歌相答，极鸥波缥缈之思云。"①虽然陶是由元入明，但起码说明在明初，文人能以词按调。而到明末，屈大均、葛筠也为我们留下了相关例证。其《琵琶仙》词序有云："蒲衣将我新词谱入琵琶襖子。令新姬歌之，赋此为谢。"而葛筠《念奴娇》序亦云："有善歌按板歌之，吴音凄婉，木叶尽脱，座客皆泣下。"②这也是先有词后入曲，但善歌之人歌唱葛筠之作所用音乐是否是宋元乐调则不可考。

由于学养及识见的差异，明人本身对具体哪些词能合乐而歌，其认识亦自有异同。李开先《歇指调古今词序》云：

> 唐宋以词专门名家。言简意深者，唐也；宋则语俊而意足，在当时皆可歌咏，传至今日只知爱其语意。自《浪淘沙》、《风入松》二词外，无有能按其声调者。余因雪蓑有作，己摘集《风入松》词矣，而《浪淘沙》则自天朝以及胜国搜罗成帙，不但唐宋而已，名为《歇指调古今词》，校而刻之，可由之歌咏唐宋词，而追绎古乐府，虽三百篇当亦不远矣。然《浣溪沙》、《浪涛（超按：当为"淘"之误）沙》，名意亦相似，而字格绝不同。至于今《卖花声》则句句不殊无因扣作者名贤而问之，当细阅《词学筌蹄》及《南北词选》，冀或有得耳③。

---

① 饶宗颐初纂，张璋总纂《全明词》，北京：中华书局 2004 年版，第 138 页。

② 饶宗颐初纂，张璋总纂《全明词》，北京：中华书局 2004 年版，第 1925—1926 页。

③ 李开先《李中麓闲居集》，《续修四库全书》影中国科学院图书馆藏明刻本，上海：上海古籍出版社 2002 年版，第 1340 册第 651 页。

李开先亦是曲中名宿,但似乎对并世南方诸公能歌咏《花犯念奴》、《杏花天》不甚了了,认为当时仅仅《浪淘沙》、《风入松》二调,能按其声调。由于文献不足徵,今已无法确知具体有多少前代旧调在明朝依然能传唱。但是词通过口头传唱的方式传播,明人能以前代旧腔唱词,则于史有徵,虽然其已式微是显而易见的。

三　明词可以入曲演唱传播

尽管明人能歌之前代旧调仅占词调的一小部分,但是明人可以歌宋元词调,词能通过歌唱传播,却是不能否认的。词曲在文体发展的过程中究竟发生了什么样的纠葛,词似乎是在一夜之间就"词乐失传"了,而北曲由之兴盛。至明,"即诗余中,有可采入南剧者,亦仅引子。中调以上,通不知何物"①。宋元南曲中有词,词被用入曲中传唱,其情况洛地先生有精到的见解,他说:"南宋戏文的曲(即被元人到今人所称之'南曲'),是与南宋词及词唱处在同一时代切面上的民间曲子。它与南宋词及其唱互相渗透着,又是兼含当时'缠达'、'唱赚'、'曲破'等曲子的汇聚处。"洛先生并指北曲引词入曲之小令占到北令90个曲牌的三分之一②。至明代,所谓"今世歌者惟南北曲,宁如宋犹近古"③。明末沈际飞对词入南北剧而唱诸调略为梳理云:

　　词中名多本乐府,然而去乐府远矣。南北剧中之名,又多本填词,然而去填词远矣。今按南北剧与填词同者,如《青杏儿》即北剧小石调,《忆王孙》即北剧仙吕调,《生查子》、《虞美

---

①俞彦《爰园词话》,唐圭璋《词话丛编》,北京:中华书局1986年版,第400页。
②洛地《词乐曲唱》,北京:人民音乐出版社1995年版,第276—278页。
③俞彦《爰园词话》,唐圭璋《词话丛编》,北京:中华书局1986年版,第400页。

人》、《一剪梅》、《满江红》、《意难忘》、《步蟾宫》、《满路花》、《恋芳春》、《点绛唇》、《天仙子》、《传言玉女》、《绛都春》、《卜算子》、《唐多令》、《鹧鸪天》、《鹊桥仙》、《忆秦娥》、《高阳台》、《二郎神》、《谒金门》、《海棠春》、《秋蕊香》、《梅花引》、《风入松》、《浪淘沙》、《燕归梁》、《破阵子》、《行香子》、《青玉案》、《齐天乐》、《尾犯》、《满庭芳》、《烛影摇红》、《念奴娇》、《喜迁莺》、《捣练子》、《剔银灯》、《祝英台近》、《东风第一枝》、《真珠帘》、《花心动》、《宝鼎现》、《夜行船》、《霜天晓角》,皆南剧引子。《柳梢青》、《贺圣朝》、《醉春风》、《红林檎近》、《蓦山溪》、《桂枝香》、《沁园春》、《声声慢》、《八声甘州》、《永遇乐》、《贺新郎》、《解连环》、《集贤宾》、《哨遍》,皆南剧慢词。外此鲜有相同者①。

则当时能入曲入剧而唱者起码有上述六十调,此亦说明明词有入曲演唱传播的情况。

　　而程明善《啸余谱·南九宫十三调曲谱》列出了南九宫十三调曲谱中能歌之词调的大致词目。程氏在分析南曲曲牌与词调关系时,采用了"字句与诗余同"、"此系诗余,与引子同"、"与诗余同"、"与诗余同,但少换头"、"与诗余大同小异"、"此系诗余,亦可唱"等提法。我们将其中标明"此系诗余"者列表如下②:

---

① 卓人月汇选、徐士俊参评、谷辉之校点《古今词统》,沈阳:辽宁教育出版社
　　2000 年版,第 38 页。
② 程明善,字若水,号玉川,天启监生,南直隶徽州歙县(今属安徽)人。以歌之
　　源于啸,故以"啸余"名谱。该书虽不及《南北九宫谱》详备,然以其通俗便
　　用,流传亦广。张若兰博士的《明代中后期词坛研究》曾列出,本文表 7－1
　　据《四库全书存目丛书》集部 425 册所收北京师范大学藏万历刊本录入。

表 7—1

宫调	词调	例词	程明善注	备注
仙吕引子	糖多令	张孝祥《糖多令》（花下钿箜篌）	此系诗余，与引子同	
仙吕调慢词	声声慢	李清照《声声慢》（寻寻觅觅）	此系诗余，与引子同	例词作者原题"康伯可"，误。
	八声甘州	柳永《八声甘州》（对潇潇暮雨洒江天）	此系诗余，与引子同	
	桂枝香	张辑《桂枝香》（梧桐雨细）	一名《疏帘淡月》，此系诗余	
正宫调慢词	安公子	柳永《安公子》（长川波潋滟）	此系诗余，亦可唱	例词词牌作"公安子"，误。
大石调慢词	蓦山溪	辛弃疾《蓦山溪》（小桥流水）	此诗余也，与今引子同	
	丑奴儿	康与之《丑奴儿》（冯夷剪碎澄溪练）	此系诗余，亦可唱	
中吕引子	行香子	苏轼《行香子》（清夜无尘）	此系诗余，亦可唱	
	青玉案	贺铸《青玉案》（凌波不过横塘路）	此系诗余，亦可唱	
	尾犯	柳永《尾犯》（夜雨滴空阶）	此系诗余，亦可唱	
	剔银灯引	柳永《剔银灯引》（何事春工用意）	此系诗余，亦可唱	
中吕调慢词	醉春风	赵德仁《醉春风》（陌上清明近）	此系诗余，亦可唱	该阕作者《全宋词》作"无名氏"
	贺圣朝	叶清臣《贺圣朝》（满斟绿醑留君住）	此系诗余，亦可唱	
	沁园春	黄庭坚《沁园春》（把我身心）	此系诗余，亦可唱	
	柳梢青	僧仲殊《柳梢青》（岸草平沙）	此系诗余，亦可唱	

续表

宫调	词调	例词	程明善注	备注
中吕调慢词	（柳梢青）又一体	谢逸《柳梢青》（香肩轻拍）	亦系诗余，用入声韵	
般涉调慢词	哨遍	苏轼《哨遍》（睡起画堂）	此系诗余，亦可唱	
南吕引子	一剪梅	蒋捷《一剪梅》（一片春愁带酒浇）	此系诗余，与今引子同	
	生查子	赵彦端《生查子》（新月曲如眉）	此系诗余，与今引子同	原作"宋人作"。
南吕调慢词	贺新郎	辛弃疾《贺新郎》（瑞气笼清晓）	此系诗余，亦可唱	
黄钟引子	天仙子	张先《天仙子》（水调数声持酒听）	此系诗余	
商调引子	高阳台	僧仲晦《高阳台》（红入桃腮）	一名《广青春》，此系诗余，与引子同	
	二郎神慢	柳永《二郎神慢》（炎光谢）	此系诗余，亦可唱	
商调慢词	集贤宾	柳永《集贤宾》（小楼深院）	此系诗余，亦可唱	
	永遇乐	解昉《永遇乐》（风暖莺娇）	此系诗余，亦可唱	
	解连环	周邦彦《解连环》（怨怀无托）	此系诗余，亦可唱	
双调引子	捣练子	冯延巳《捣练子》（深院静）	此系诗余，亦可唱，新增	
	（风入松慢）又一体	俞国宝《风入松慢》（东风巷陌暮寒骄）	此系诗余，亦可唱，新增	例词作者原题"张于湖"，误。
	海棠春	秦观《海棠春》（流莺窗外啼声巧）	此系诗余，亦可唱	

　　这个词目共有南九宫十三调中计 28 调 29 体，而其中明确标明可以演唱的诗余有 19 调。这尚不包括那些被注明为"与诗余同"

或"与诗余大同小异"之类的词调。

退一步说,如果这些入曲的词调是可以演唱的,那么同调同体的词应当也可以通过入曲的方式演唱传播,其传播途径就不止于书面传播。而不论沈际飞所列的 60 调,还是陈明善所列的 28 调 29 体诗余,它们基本是明人填词的常用词调,僻调极少。果然如沈际飞、程明善所言上述词调均可演唱,那么明词相当部分便具备了合乐而歌的可能。更让我们感兴趣的是:在以词入曲演唱的情况中,南曲数量远胜于北剧,个中原由,我们下文分析。明人实在也是对歌唱词抱有很大的兴趣,张若兰博士举例说:

> 无论如何,既然时人对词的创作仍有一定热度,对经典词作也仍有追赏歆慕之情,那么,使己作及前代佳词能够合乐以满足视听双重享受,便不免会成为创作者、传播者及接受者的共同诉求。因此,王骥德才会因"歌法不传,殊有遗恨"而将《草堂诗余》中的词作"各谱今调,凡百余曲"。杨慎《调笑白话·隐括毛泽民词》则将已不可歌的宋人转踏旧词稍加改动,隐括入曲,其目的不言而喻。朱应辰更明确阐述隐括前人词作入曲的动因,云:"《草堂诗余》中有警悟数词,人咸诵之,惜未能被诸声歌以宣发之尔。余居环楼,长宵梦醒,每闻钟声,偶诵秦少游《蝶恋花》首句'钟送黄昏鸡报晓',一时感兴,遂合五词,填腔以南音属套歌之。"这些都可见明人因追崇前人之作,而产生了将词用曲乐曲调歌唱的诉求并付诸实践①。

笔者认同张博士的结论。王骥德、杨慎等人的行为虽是特例,但也说明明词在入曲而唱的情况下是有传播空间及影响的。而所谓

---

① 张若兰《明代中后期词坛研究》,中国社会科学出版社 2010 年版,第 152—153 页。

"使己作及前代佳词能够合乐以满足视听双重享受，便不免会成为创作者、传播者及接受者的共同诉求"，则明人自度曲之兴起也是一样的道理。

要之，明词虽然处于词乐渐失的窘境，但是并非完全沦为案头文学而不能歌唱。明人对词之演唱有天然的兴趣；明人不但在庙堂宴飨、鼓吹等场合能使用词，在文人的日常生活中，词也仍然可歌；而以入曲、入剧的方式演唱传播，使得明词有除阅读、书写、吟咏之外，更广阔的传播空间。可以向不识字的人传播这些可唱的词作，这也是明人提到要将己作传给樵夫牧童，击壤叩角而歌的原因①。

第二节　明人自度曲及其传唱

今之流行乐坛有为唐宋词名篇谱曲入乐以歌者，且风行于KTV、荧屏声频等，如《月满西楼》、《水调歌头》均是。以今范古固不足取，然人同此心，明代也有以曲唱词的例子。可见创作者、传播者及接受者均有听词演唱的需求，而那些精通律吕，或自以为精通乐律的人便自觉不自觉地参与其事。明人自度曲悄然而兴，这些为听词演唱的复古努力到今天已很难再在音乐上复原。本文只关注其词是否能通过演唱传播，有如此这般的一种传播方式，而不探讨明人自度曲之乐理问题，亦不考虑其演唱方法与效果。

一　自度曲及其历代简况

在谈自度曲的传唱之前，我们需要明了什么是所谓的"自度曲"。宛敏灏先生认为："据说率意吹管成腔，然后填词，这种叫做

---

① 参瞿佑《鹧鸪天》(村酒频匀不用钱)等四阕词序。词载《全明词补编》(杭州：浙江大学出版社 2007 年版)，第 38—39 页。

自度腔；先率意为长短句，然后制谱，就叫做自制腔。柳永、周邦彦、姜夔、吴文英等词集中有很多新调，就是这样来的。不过，哪首是先作词而后配曲，哪首是先有新声而后填词，除极少数尚有说明外，后人已无法搞清当时的创作程序。因此，所谓'自度'与'自制'混用已久。"①刘庆云教授则说："'自度曲'实际包含制词与配曲两个方面。""自制词实有别于自度曲。自制词只撰文辞，而所用词牌名，大多即是词题，与自度曲的词、曲两相结合的特征有异。"②但宋明词人作自度曲多不标示，姜夔、杨慎标注其作为"自度曲"本身就是罕例。清人初亦浑言自度曲与自制词，万树《词律》有"自度腔"、"自度曲"、"自制腔"，却无"自制词"，说明他也没有明确区分二者关系。本人讨论明人自度曲，亦从明人而浑言之：自度曲即词人自制的词调曲调。

　　自度曲既然始于宋，其存在状态如何？有学者梳理宋人自度曲情况，认为其可分为"撰词、谱曲同出于一人之手"和"撰词、谱曲不出于一人之手"两种情况。这两种情况，前者又有"全新创作"与"改造旧谱、另立新名"；后者则有"有词无声"与"有声无词"之别。她并提到"宋代十分盛行自度新腔，在《词谱》的826调中，有近仅600调是宋人自度或首次使用的。在宋代，很多词人都能自度词，其中以柳永、周邦彦、姜夔为主"③。此间所论之《词谱》，盖即康熙五十四年（1715）王弈清等人所修之《钦定词谱》。宋人填词、度曲有旁谱注于词下者或亦不多见，张枢"晓畅音律，有《寄闲集》，旁缀

---

① 宛敏灏《词的体制——词学讲话之一》，《安徽师范大学学报》1980年第1期。
② 刘庆云《对"自度曲"本原义与演化义的回溯与平议》，《词学》第三十二辑，华东师范大学出版社2014年版。
③ 谭海燕《宋词在形式上的突破与发展》，新疆师范大学2004年硕士论文，第20—21页。

音谱,刊行于世。每作一词,必使歌者按之,稍有不协,随即改正"①,或许正因为少见"旁缀音谱"者,故特为表出。此类旁谱,今传者仅姜夔《白石道人歌曲》之十七种。宋人自度曲在后世被采入词谱,后人亦用其调,"《琵琶仙》系白石自度腔,容若中秋阕即填此调"②。若检词籍,则历历在目。金、元两代,自度曲之风依然流传不歇。其时叶宋英有《自度曲谱》,虞集为之作序。明清时期,自度曲并盛行不衰,金农便有《冬心先生自度曲》一卷专录自度曲③。明清人之自度曲不能协律者所在多有,以至于谢元淮提醒时人说:

> 自度新曲,必如姜尧章、周美成、张叔夏、柳耆卿辈,精于音律,吐辞即叶宫商者,方许制作。若偶习工尺,遽尔自度新腔,甘于自欺而欺人,真不足当大雅之一噱。古人格调已备,尽可随意取填。自好之士,幸勿自献其丑也④。

　　然而世间又有几个姜、周、张、柳,能吐辞即叶宫商? 所以,从作品传播的角度看,尽管明人自度曲可能存在不能协律的情况,但毕竟多出一条传播途径,未必全然值得"一噱"。

二　明人不乏能自度曲者

　　清人毛奇龄曾对时人妄度新腔表示不满,说:"古者以宫、商、角、徵、羽、变宫、变徵之七声,乘十二律,得八十四调。后人以宫、

① 张炎《词源》卷下,唐圭璋《词话丛编》,北京:中华书局1986年版,第256页。
② 谢章铤《赌棋山庄词话》,唐圭璋《词话丛编》,北京:中华书局1986年版,第3417页。
③ 明人之后,清词自度曲的发展与影响,刘深《清词自度曲与清代词学的发展》(《南京大学学报》2015年第6期)曾专力讨论,可以参看。
④ 谢元淮《填词浅说》,唐圭璋《词话丛编》,北京:中华书局1986年版,第2515页。

商、羽、角之四声,乘十二律,得四十八调。盖去徵声与二变不用焉。四十八调至宋人诗余犹分隶之,其调不拘短长,有属黄钟宫者,有属黄钟商者,皆不相出入。非若今之谱诗余者,仅以小令、中调、长调分班部也。其详载《乐府浑成》一书。近人不解声律,动造新曲,曰自度曲。试问其所自度者,曲隶何律,律隶何声,声隶何宫、何调,而乃捆然妄作,有如是耶。"①毛西河大约是不满当时不协于律的自度曲泛滥而提出此论,他认为根源在于"不解音律"。但明人却并非完全不解音律,朱曰藩《南湖诗余序》云:"先生从王西楼游,早传斯技之旨,每填一篇,必求合某宫某调,某调第几声,其声出入第几犯。务俾抗坠圆美合作而出,故能独步于绝响之后,称再来少游。"②朱曰藩说的这位"再来少游"就是《诗余图谱》的作者张綖。朱氏这里虽然有过誉之嫌,但张綖精律却并非虚拟,即便是这位朱曰藩本人也是精通律吕的名家。前引杨慎《花犯念奴·有序》序中所谓"射陂朱子作《清调曲》七解,所谓'神楼一何峻'也"之射陂朱子便是此人。朱曰藩的推赏,透露出张綖对词作宫调颇为留心,而杨慎、朱曰藩、张綖等人也恰好是明代部分词人通晓宫调,注重词的音乐属性,欲恢复唱词传统的例证。

明代自度曲作者如杨慎、沈谦等人皆是顾曲周郎。例如,杨慎解律是文献有载的,王弈清《历代词话》引《桐下听然》云:"杨用修少时善琵琶,每自为新声度之。及登第后,犹于暑月夜绾两角髻,著单纱半臂,背负琵琶,共二三骚人,携尊酒,席地坐西长安街上,歌所制小词,撮拨到晓。适李阁老早朝过之,听其声异常流,令人

---

① 毛奇龄《西河词话》,唐圭璋《词话丛编》,北京:中华书局 1986 年版,第 587 至 588 页。

② 张綖《诗余图谱》附《秦张两诗余合璧》,《四库全书存目丛书》影北京大学图书馆藏明末毛氏汲古阁刻词苑英华本,济南:齐鲁书社 1997 年版,集 425 册第 287 页。

询之,则云杨公子修撰也。"①杨慎彻夜清歌自度曲,风流自在,甚至惊动当朝阁老。这则材料的另一端,则可见杨慎对自度曲之喜好。《落灯风》、《误佳期》正是杨慎的自度曲,吴衡照《莲子居词话》卷之二《明人自度腔》称其调宜补万树《词律》之未备。

延至晚明,施绍莘亦极喜作自度曲,陈继儒《秋水庵花影集叙》云:

> 自眉道人开径东佘之阳,施子野从泖上筑墓西佘之阴,帘拢窈窕,花竹参差,远近始有褰裳而游者。余不设藩垣,听人往来,如檐燕,如隙中野马;而子野严扃镉,以病辞,中酒辞,顾阁上嘈嘈数闻弦索度曲声,则子野所自制词也。客唐突不得入,横折花枝,呵詈委道旁而去,而子野默默笑自如②。

在游人如织、嘈杂市声中能不为所动,自顾按弦索、谱新声,其沉醉程度不难想见。施绍莘自己也说:"于是花月下、香茗前、诗酒畔、风雪里,以至茅茨草舍之酸寒,崇台广囿之弘侈,高山流水之雄奇,松龛石室之幽致,曲房金屋之妖妍,玉缸珠履之豪肆,银筝宝瑟之萦魂,机锦砧衣之怆思,荒台古路之伤心,南浦西楼之感喟,怜花寻梦之闲情,寄泪缄丝之逸事,分鞵破镜之悲离,赠枕联钗之好会,佳时令节之杯觞,感旧怀思之涕泪,随时随地,莫不有创谱,新声称宜,迭唱每听。"③自花前月下、登山临水以至于断续寒砧、佳节怀思无不创谱新声,真可以说得上是"随时随地"了。随时谱曲在施绍

---

① 王奕清《历代词话》,唐圭璋《词话丛编》,北京:中华书局1986年版,第1310页。
② 施绍莘《秋水庵花影集》,《四库全书存目丛书》影北京大学图书馆藏明末刻本,济南:齐鲁书社1997年版,集部422册第96页。
③ 施绍莘《秋水庵花影集》,《四库全书存目丛书》影北京大学图书馆藏明末刻本,济南:齐鲁书社1997年版,集部422册第102—103页。

莘,是一种自觉的行动。他说:"犹记十六七时,便喜吟咏,而诗余、乐府于中为尤多,十余年来,费纸不知几十万,尝贮之古锦囊,挑以筇竹杖,向桃花溪畔、杏树村边,黄叶丹枫,白云青嶂,席地高歌一两篇,虽不入谱律,亦复欣然自喜。山童骑黄犊负夕阳而归,亦令拍手和歌,喝于互答,因择其声之幽脆者,命歌工教以音律。"①他自少年时便相当喜爱诗余,后来更是特地选声音幽脆之小童,请人教以音律,使其能和歌。这是对自度曲传唱自觉的行动,由此可推进自度曲的传播。

以上诸例说明自度曲在明代不乏创作者。吴藕汀《词名索引》收录明人创调有 56 调②。值得注意的是,其中有 5 调题写出自《绣谷春容》。虽然其中《茶瓶词》在明代以前就已经出现,但其余数调亦足证明人自度曲并非只是精英文人的专利,市民阶层也曾参与其中。那么,可以推测,自度曲一事在明代是有一定的群众基础的。而吴藕汀所列的 56 调明人创调并不完全,沈谦《采桑》、《一串红牙》等明标为"自度曲"的词调并不在其书中。今天,尽管我们不能一一寻宫按调地去歌唱这些自度曲,但是他们作为明词传唱的一个组成部分,却是不可被忽略的。

三　明人自度曲的类型

吴藕汀《词名索引》收明人创调 56 调,其中标明为自度曲的有 12 调,其他则注明"调见某人某书"。总体说来,明人自度曲与宋人自度曲一样,主要有两种情况,一是一空依傍,全部新创;一是改自旧调,新翻新犯。

---

① 施绍莘《秋水庵花影集》,《四库全书存目丛书》影北京大学图书馆藏明末刻本,济南:齐鲁书社 1997 年版,集部 422 册第 102 页。

② 吴藕汀《词名索引(增补本)》,北京:中华书局 2006 年版。

1. 一空依傍，全部新创

这类全部新创的词调往往是词调数量增加的重要原因。唐宋人的创调基本能认定为词，例如《如梦令》、《破阵乐》、《鱼游春水》等均与帝王宫廷有关系；而大晟府所制《角招》、《徵招》、《黄河清》等后世皆有流传。至于文人自度曲，最著名的当然是姜夔。他自己惬意地吟哦说："自作新词韵最娇，小红低唱我吹箫。曲终过尽松陵路，回首烟波十四桥。"①并因所度《暗香》、《疏影》而得范成大赠以小红，这几乎是后世文人最津津乐道的文坛艳事之一。

明代自度曲除《词名索引》所收 56 调外，还有沈谦《采桑》、《一串红牙》、《满镜愁》、《东风无力》、《胜常》、《弄珠楼》、《扶醉怯春寒》，顾贞立《桃丝》、《翠凌波》等调。这些词调往往词牌名与所咏内容有密切关系，例如《一串红牙》就是咏"板"之词，而《弄珠楼》则是径以集会地点命名，题云："弄珠楼宴集赠陆嗣端司马"②。有的作者还编有略带神秘色彩的故事，如沈亿年《琅天乐》就为其自度曲词得来作序说："梦至霄阙，引见一真官，官命合乐缋之，觉而依调成此词。真官盖曾主人间云。"③顾贞立《桃丝》、《翠凌波》据说也是因为一场游仙梦，梦中两仙子，赠她两种仙草：桃丝与翠凌波，词牌即依此命名④。有的词牌的命名却来自前人诗词，也有的则较为随意。如沈谦之《扶醉怯春寒》自云得名于周邦彦词句"红日三竿醉，头扶起寒怯"；《玉楼人醉杏花天》则由李白诗句得名，而他的《一串红牙》则仅仅因为所咏对象是歌板，命名随意而得。

---

① 傅璇琮等主编《全宋诗》，北京：北京大学出版社 1998 年版，第 51 册第 32044 页。
② 饶宗颐初纂，张璋总纂《全明词》，北京：中华书局 2004 年版，第 2648 页。
③ 饶宗颐初纂，张璋总纂《全明词》，北京：中华书局 2004 年版，第 2888 页。
④ 饶宗颐初纂，张璋总纂《全明词》，北京：中华书局 2004 年版，第 2837 页。

2. 改自旧调，新翻新犯

对既有词调进行修改，使成新曲，是自度曲中一种常用的方法。如《烛影摇红》就是周邦彦奉命据王诜《忆故人》改出①。这种修改旧调的情况有两种较为特殊的方式，即新翻调和新犯调。

在音乐学上，翻调指将一个唱调或旋律"翻"到另一个调高上去唱奏；犯调则是指一个曲子内用两个以上宫调，演奏时运用变调演奏的方法增强音乐效果。而犯调则还有一层词格上的意义，那就是以词调相犯，例《六丑》、《江月晃重山》等即是。晚明钱贞嘉的《月笼沙》也属于这种词格意义上的犯调。钱氏今传词作 6 阕，其中仅有一阕新犯调，即《众香词·射集》中所收的《月笼沙》。该阕双片，上下片词格均是《西江月》前两句和《浪淘沙》第二格后三句的组合。明人沈谦则在其词集中明确区分了自度曲、新翻曲和新犯曲，其词集中并未解释此三者到底如何演唱，但对新翻曲和新犯曲的创调都作了说明。我们考察其新翻曲与新犯曲在创制过程中均有集各调于一阕的情况，而沈氏对之仍有区分，大约是从音乐的角度着眼的吧。

有的新翻曲则是通过改变原有词调用韵形成新调，例如《叶落秋窗》即将《长相思》之韵易为仄韵而成。用韵的改变会影响到词的曲唱，如《满江红》本用仄声，词调壮怀激烈，姜夔《满江红》（仙姥来时）改用平声韵，声情遂缓，悠然舒徐。有的词调除平仄不同外，其他无甚差别，但却是不同的词调，如《卜算子》若用平韵便成了《巫山一段云》。可知，词韵之平仄差异，的确可以产生不同的词调。当然，我们也需注意，明人并不能将宋代词调之宫商一一按明，徐渭《南词叙录》就说："必欲宫调，则当取宋之《绝妙词选》，逐

① 吴曾《能改斋漫录》卷十七载："王都尉有忆故人词云……徽宗喜其词意，犹以不丰容宛转为恨，遂令大晟府别撰腔。周美成增损其词，而以首句为名，谓之《烛影摇红》。"（北京：中华书局 1960 年版，第 496—497 页。）

一按出宫商,乃是高见。彼既不能,盖亦姑安于浅近。"①则所谓新翻曲、新犯曲大约亦只是存其大意而已。

四　对明人自度曲的认识

1. 明人自度曲格律的随意性

明人自度曲有随意性。《憩园词话》卷一云:"有明一代,未寻废坠,绝少专门名家。间或为词,辄率意自度曲,音律因之益棼。"②所谓率意自度曲,并非横加指责,明人多数自度曲一唱之后,包括作者在内,很少有再唱该调者。而有些作者的同一调自度曲,前后都有所差别。例如夏言《齐东曲》二首,其一云:

> 宝泽楼头闲眺望,绝胜西山南浦。冰簟疏帘堪对弈,清凉不觉炎蒸苦。倒影入池塘,鸥鹭来寻主。紫禁黄扉,当年天上人争睹。　　又谁知、今日水阁山亭,不羡瑶池玄圃。安乐窝中风月好,高情未必殊今古。世事从渠,一任翻云覆雨。想廿载长安,每怀吾土。喜归来,堂种槐三,门栽柳五。绿水青山光入户。听白昼林园箫鼓。看檐引春风,缆牵迟日,楼船歌舞。但从今,更休问、岁年多少,也不须、漫将甲子闲推数。

其二则作:

> 白鸥园上鸥无数。出没烟汀露浦。坐占鸥沙春日午。眼中脱却风波苦。归自凤凰池,来作群鸥主。鸥去鸥来,柴门策杖闲看睹。　　想鸥情、应爱茂叔莲池,开傍渊明菊圃。乐意

---

① 徐渭著、李复波、熊澄宇点校《南词叙录注释》,北京:中国戏剧出版社 1989 年版,第 25 页。

② 杜文澜《憩园词话》,唐圭璋《词话丛编》,北京:中华书局 1986 年版,第 2852 页。

相关鸥认取,与鸥重结盟千古。醉伴鸥眠,忘却满江风雨。

　梦里烟波,槐根国土。喜鸥群、暮暮朝朝,三三五五。瑶翰
云飞光映户。更不避画船笙鼓。看沙嘴鸥团,波心鸥泛,风前
鸥舞。叹海翁,久矣、忘却机心,笑世事、浮沤何足数。①

《齐东曲》吴藕汀《词名索引》存之,以为首见于夏言词集。但其题
为《次汪生絅韵》,则恐怕创调者并非夏氏,此暂存疑。我们注意到
夏言该词两阕字数有差,盖填词之际尚有增删,又或受元明曲之影
响,结拍两句领字少异,在下阕第二字又添有领字。但不论属于何
种情况,其随意性是不能被否认的。

　2. 明人自度曲的传播受创调者名望、交际范围影响

　大多数明人自度曲在明代只有创调者本人曾经使用,有的作
者的新创词调甚至不为人知晓。如沈谦之创调甚多,仅自度曲就
有七调,但吴衡照只知道其中的一种,其《莲子居词话》卷之二云:
"满镜愁,仁和沈谦自度曲也"②,而不及其余。可见大多数自度曲
的影响非常有限,但是杨慎、王世贞的自度曲,吴衡照就了如指掌,

---

① 夏言《桂洲集外词》,《明词汇刊》本,上海古籍出版社 2012 年版,第 848—
849 页。又见《赐闲堂稿》卷九。《赐闲堂稿》十卷附录一卷:嘉靖二十五年
(1546)曹忭、杨九泽杭州刻本。该本字大行疏,刊刻精美,洵可宝之。上海
图书馆和南京图书馆皆藏有是本,今观上海图书馆所藏者四册,半叶八行,
行十六、十七字,细黑口,上鱼尾,四周三边。该本行款同于今存上海图书馆
的黄裳旧藏《续修四库全书》据以影印之二十四卷本《桂洲诗集》。《赐闲堂
稿》九、十两卷收词,卷九存 56 阕,卷十存 65 阕(卷首目录作"七十六阕",
误)。上海图书馆又有一册《赐闲堂稿》九、十两卷及附录一卷的残本,其行
款与前者略同,唯叶数有差,当属另一刻本。又,日本内阁文库有八卷本《赐
闲堂稿》。夏氏《齐东曲》未见《全明词》及《全明词补编》。
② 吴衡照《莲子居词话》,唐圭璋《词话丛编》,北京:中华书局 1986 年版,第
2425 页。

他在同卷中提到"王太仓之《怨朱弦》、《小诺皋》,杨新都之《落灯风》、《误佳期》"①,而这也恰恰是今传王世贞与杨慎的全部自度曲。王世贞《小诺皋》则曾被晚明的曹元方运用。由此可见明人自度曲的传播是受到创调者名望影响的,名声越大的创调者所创词调越容易被人关注。

而有些自度曲的传播则是在创调者的交际范围内,明显受到创调者交游范围的影响。如蒋平阶《双星引》、沈亿年《琅天乐》,其唱和者除同赋《支机集》的沈亿年、周积贤、蒋平阶外鲜见第四人。

3. 明人自度曲创调者有明显的地域色彩

拙目所及,明人自度曲的作者大略如表7—2所列:

表7—2　有自度曲传世明人地域分布

省份	作者	备注
浙江	潘廷章、曹元方、屠隆、沈亿年、李渔、潘炳孚、谢迁、薛三省、张宁、陈霆、徐渭、王屋、沈谦	
江苏	唐寅、王世贞、杨仪、王锡爵、方凤、周用、夏树芳、周复俊、顾贞立	
上海	蒋平阶、王道通	
江西	夏言、郑以伟、陈孝逸	陈孝逸,江西临川人,一作浙江杭州
四川	范文光、杨慎	
湖北	颜木	
海南	邱濬	
陕西	韩邦奇	

这或许不是一个完全的名单,但是应该基本涵盖了今传自度曲的明词作者中之大部分。

---

① 吴衡照《莲子居词话》,唐圭璋《词话丛编》,北京:中华书局1986年,第2425页。

我想不需要做更多的说明，读者自可发现，创调者中除韩邦奇一人来自长江以北外，其余均是南方人。而江浙两省创调者最多，尤以浙江为甚。明人自度曲的创调者有明显的地域色彩。更进一步，这些创调者占籍在"环太湖词学带"的又占到一半以上。其原因，我们将在第三节与明词传唱者的地域结合讨论。

4. 清人对明人自度曲的评价

明词在清人眼中不足观，明人自度曲在清人看来似乎亦不足一提。陆鋆《问花楼词话》甚至说王世贞自度曲"尤可笑者，《小诺皋》二阕，信手涂抹，真是盲女弹词，醉汉骂街"。[①] 杜文澜则较为持平地从整体上说明人"绝少专门名家。间或为词，辄率意自度曲，音律因之益棼"[②]。清人万树编《词律》收有金、元人之自度曲，而弃明人自度曲不收。杜氏以为："万红友作《词律》，不收明人自度腔，极为卓识。"又说："明人知音者少，率意命名，遂无底止。"[③]可见，杜文澜是认为明人不通音律。前揭刘庆云教授文据《词苑萃编》等书指出，"明代词不被管弦"是明人自度曲被清人鄙薄的第二个原因[④]。然其人所论是在明词体卑格下的语境中进行，该判断是否准确？我们以为也并非完全臆说，但将明人自度曲一笔抹倒，却又有失公允。吴衡照《莲子居词话》卷之二为明人鸣不平说：

　　　　既录金元制矣，何独于明而置之。谓律吕有未协，又安知

①陆鋆《问花楼词话》，唐圭璋《词话丛编》，北京：中华书局1986年版，第2544至2545页。

②杜文澜《憩园词话》，唐圭璋《词话丛编》，北京：中华书局1986年版，第2852页。

③杜文澜《憩园词话》，唐圭璋《词话丛编》，北京：中华书局1986年版，第2852页。

④刘庆云《对"自度曲"本原义与演化义的回溯与平议》，《词学》第三十二辑，华东师范大学出版社2014年版。

律吕之必不协也。窃意王太仓之《怨朱弦》、《小诺皋》,杨新都之《落灯风》、《误佳期》,徐山阴之《鹊踏花翻》,陈华亭之《阑干拍》,皆当补列。惟汤临川《添字昭君怨》,本出传奇,宜从《干荷叶》、《小桃红》例,以示界限①。

　　笔者同意吴衡照的观点,既然我们不能判断明人之自度曲是否协律,则其词就存有协律和不协律两种可能,自当具体问题具体分析,而不该一概否定。当然,对于我们讨论明词口头传唱的方式来说,美听不是关键,传唱才是我们关注的重点。

第三节　明词口头歌唱传播的特点

　　明人词作可以通过歌唱传播,已如上所述。明人之"词"这个词汇有多种涵义,该词汇亦可用于指"曲"、"山歌"、"吴歌"等其他能传唱的文体。不可否认的是明词口头传唱的传播方式只是明词传播方式的次要方面,它们传播范围有限。唐宋词的歌唱传播是遍布大江南北皆可合乐而歌,而明词歌唱传播则有明显的地域性特征。唐宋词在民间能广泛传播,著名作者作品一出,辄远近皆知,而明词的传播具有文人化的倾向,是文人在小范围内的传播。明词歌唱传播与唐宋词之歌唱传播相同的一点,是它们也有实用性的功能,可以侑觞佐欢,纾解积郁。

一　明词口头歌唱传播地域的南方化

　　明词的口头传播地域具有南方化的特征。我们在前文提到明代自度曲的创调者占籍基本集中在长江以南,而"环太湖词学带"

---

① 吴衡照《莲子居词话》,唐圭璋《词话丛编》,北京:中华书局1986年版,第2425页。

又占其中的一半以上。这种现象并不只存在于自度曲的部分,在宋元旧调的传唱中也明显有类似倾向。入曲、入剧而歌的词调基本集中在南方兴起的南曲、南剧中。沈际飞整理的明词入曲入剧而歌的词目里,除《青杏儿》是北剧小石调、《忆王孙》是北剧仙吕调外,其他58调全部都是南剧,其中《生查子》等44调是南剧引子,《柳梢青》等14调是南剧慢词。而程明善整理的28调29体能入曲而歌的词调亦是入南九宫十三调而唱。我们再看在词序中明确提到歌唱词或撰词供人歌唱的明人占籍:

表7—3　词序中明确提到歌唱词或撰词供人歌唱的明人占籍表

省份	作者	备注
浙江	陶宗仪、凌云翰、瞿佑、张肯、章玄应、虞原璩、沈周、桑悦、唐枢、王屋、徐石麒	
江苏	王行、杨仪、孙楼、夏树芳、葛筠	
福建	徐𤊹、黄道周、余怀	
安徽	李汎、苏景元	
湖北	颜木、邹枚	
四川	杨慎	
海南	邱濬	
广东	霍与瑕	
江西	陈孝逸	一作浙江人
湖南	王夫之	
陕西	马朴	
河南	王祖嫡	

表中所列30人只有王祖嫡(河南信阳)、马朴(陕西同州)两人是北方人。从词序明确说到歌唱词的作者来看,他们绝大部分也是南方人,而且也以浙江为盛。

　　既然明词自度曲和明确提到歌唱词的作者绝大部分是南方人,词调入曲亦以南方盛行的南曲、南剧为多,则明词口头歌唱传播地域的南方化表征已经相当明显了。那么,其原因何在?

　　首先,南方有悠久的词学传统。从历史上说,词体兴盛于南方。唐五代之花间、南唐,主要就是盛行于今天的四川及东南一带。浙江、江西、福建是宋代出产词人的前三名①。因此,杨海明先生早在1984年就提出宋词是带有"南方文学"色彩的②。兆鹏师《宋词作者的统计分析》中通过定量分析得出宋词作者队伍中80%以上是南方人,78%的作品是由南方人创作的③。据《全金元词》作者小传统计,元代占据出产词人三鼎甲的省份是浙江、江苏、江西,依然是南方词人占绝对优势。词在南方的创作、传播有如此深厚的历史渊源,词在南方传唱比在北方多,词在南方更有听众而在北方市场相对较小就相当明显了。我们在前文也谈到了"环太湖词学带"的成因及其在明代优势地位的增强。而余意、齐森华先生在《吴中词学与"词亡于明"辨》中说:

　　　　《全明词》收录词人1390余人(《全明词》前言),此表实际
　　参与统计的人数是1242人。……通过各省词人数据比较,南
　　京词人数最多,占实际参加统计人数的45.41%,占《全明词》
　　收录词人数的40.58%。浙江次之,占实际参加统计人数的
　　30.92%,占《全明词》收录词人数的27.63%。毫无疑义,明代
　　的词学中心在南京和浙江。如果对南京以今天的地域江苏对
　　应来统计,其中镇江府、苏州府、常州府、扬州府、应天府、淮安

①参唐圭璋《宋词四考》(南京:江苏古籍出版社1985年版)及王兆鹏、刘学《宋
　词作者的统计分析》(《文艺研究》2003年第6期)。
②杨海明《试论宋词所带有的"南方文学"特色》,《学术月刊》1984年第1期。
③王兆鹏《唐宋词史的还原与建构》,武汉:湖北人民出版社2005年版,第86页。

府、徐州府等地词人总数有 441 人,占《全明词》收录词人总数的 31.73%,占实际参加统计人数的 35.51%。从人数看以及从百分比来比较,明代的词学中心应该在当时的南京,今天的江苏①。

自词体初兴至朱明之世,东南一区所产词人数量之多于此可见。此间虽然有南北方人口绝对数量的差异,然亦不可否认的是南北方人对词这种文学体裁的认可度的确有天渊之别。词从唐宋开始唱到元代,至明代断不至于连一星一沫的遗迹都找不到。对于一种文学体裁的传存来说,当然是越多人关注,留存的几率也越大。南方既然有悠久的词学传统,又有相对北方更大的词作者基数,则明词口头传唱的传播方式在南方有着比在北方更多的关注者,也就不难想见了。

其次,语言变迁对词传唱地域的影响。李清照曾说:“盖诗文分平侧,而歌词分五音,又分五声,又分六律,又分清浊轻重。且如近世所谓《声声慢》、《雨中花》、《喜迁莺》,既押平声韵,又押入声韵。《玉楼春》本押平声韵,又押上去声,又押入声。本押仄声韵,如押上声则协,如押入声,则不可歌矣。”②汉语分四声,不论各地方言调值差异多大,四声基本是一致的。李清照指出,诗文只需注意平仄而词为便歌唱,需要分五声、六律,又分清浊轻重。这就是从字音的角度说明词与诗文在选辞用字上的差异。张炎说乃父张枢宁可词意不佳,亦要协律的严格要求也是我们耳熟能详的故事③。宋室播迁,金人入主中原,北方受到金人影响,中原语音发生了一

① 余意、齐森华《吴中词学与“词亡于明”辨》,《文学遗产》2008 年第 4 期。
② 李清照著,王仲闻校注《李清照集校注》,北京:人民文学出版社 1979 年版,第 195 页。
③ 张炎《词源》卷下,唐圭璋《词话丛编》,北京:中华书局 1986 年版,第 256 页。

定的变化。但是南方依旧在赵宋统治下,语音自然发展。至蒙元统治中国,北方汉语语音已然掺杂了不少外族因素。北方语音在周德清《中原音韵》中被分为平、上、去三声,而平声又分阴阳,入声派入平、上、去三声,《洪武正韵》则依然是平、上、去、入四声,又各分阴阳。当时曲学有"北宗《中原》,南遵《洪武》"之说,尽管洛地先生辨其不可信①。但起码说明南北方语言差异对词曲的创作的确有所影响,否则也就不会存在这样的说法了。一般说来,在所有的语言要素中最易发生变化的就是语音,而南方语音相对说来变化缓慢,至今不少南方方言中依然保留有部分古音,且四声区分甚是明了。如此,在语言上南方就比北方更接近于能唱词的时代,因而也有利于词的入乐而歌,从而影响到词人的创作。

二　明词口头歌唱传播范围的文人化

我们这里说的文人化之"文人"是个广义的范畴,那些能识字撰文的人都可以进入这个范畴。宋人唱词,不仅仅是文人能歌唱,会度曲,细民百姓也是心乐其事。《本事词》卷下曾载云:

> 蜀妓类能文,盖薛涛遗风也。陆放翁返自蜀,其客挟一妓偕行,归而置之别馆,率数日一往。偶以病久疏,妓颇疑之。客作词自解,妓即韵答之云:"设盟说誓。说情说意。动便春愁满纸。多应念得脱空经,是那个先生教底。　　不茶不饭,不言不语,一味供他憔悴。相思已自不曾闲,又那得工夫咒你。"又传一蜀妓,席上作送行词云:"欲寄意、浑无所有。折尽市桥官柳。看君着上征衫,又相将、放船楚江口。后会不知何日,又是男儿,休要镇长相守。苟富贵、毋相忘。若相忘,有如

---

① 洛地《词乐曲唱》,北京:人民音乐出版社1995年版,第45—52页。

此酒。"此乃妓自度曲,今即名《市桥柳》云①。

　　唱词之事是歌妓所业,能度曲虽然罕见,但是唱词佐欢是歌妓分内之事。兆鹏师在《歌妓唱词及其影响:宋词的口头传播方式研究》中对歌妓唱词的情况作了细致的阐述,歌妓唱词是当时的普遍情况。蔡挺一阕《喜迁莺》,遂得内迁,高拜枢密。其词就是劳军内监听到歌妓演唱后带回宫禁,而宫女们闲唱该曲,乃达神宗圣听,才成全了蔡挺内调之美事②。这些内监、宫女未必个个识字,他们甚至未能明白蔡挺《喜迁莺》所要表达的意思,只是听到词中有"太平也",便传唱其词。宋词传唱的基础就是普通百姓。宋词能在普通百姓中演唱传播,所以才能开出绚烂的花朵,极富生命力。而到了明代,词的口头传播范围明显缩小,渐渐出现了文人化的倾向。

　　明词演唱的文人化倾向首先表现在作者的文人化上。明代词序中提到唱词、令人唱词的作者,我们前文梳理的自度曲创调者基本是文人,其中也不乏高官。陶宗仪、瞿佑、沈周、杨慎、余怀、王夫之等等,都是文化史上赫赫有名的人物,而邱濬、夏言、杨仪、黄道周等人则是当朝显宦。我们前面提到《绣谷春容》中有数调属于自度曲,其书作为以下层百姓为隐藏读者的娱乐性通俗书刊,它的作者却并非下层百姓,而起码是一位能撰写小说,编选诗词的普通文人。因此该书中存在的自度曲并不能否认词的演唱传播之文人化倾向。由于词之乐律不同于当时流行的南北曲及山歌小调,要稍通律吕需有相当的文化修养,因此非文人难以做到。如此,能合乐之明词的作者多为文人便不必费解了。

　　明词的演唱主体除了与宋词一样有文人和歌妓外,亦不乏"小

----

① 叶申芗《本事词》,唐圭璋《词话丛编》,北京:中华书局1986年版,第2366页。
② 脱脱《宋史》卷三二八《蔡挺传》,北京:中华书局1977年版,第10577页。

童",在明人词序中经常提到撰词由小童歌唱。邱濬接到友人来信求其预作挽诗,为谱《满江红》,并说:"他日蒙赐告归省,道过横浦,少憩梅峰之下,命童子歌此词以佐觞,先生能为我痛饮否。"(《满江红》"百岁人生")①桑悦作词赠给父母官,有序说:"高旷之怀,辱宰剧邑,殊违素心,闲中录近作小词数首,奉呈左右,公余或可命僮子歌以侑觞,少清怀抱云耳。"(《如梦令·过废宅有感》)②王祖嫡词亦有序曰:"予既爱其词之幽恬,有桃花流水之趣,而又慕公之高思,一至其地不可得,因如其韵和之,俾童子扣舷歌焉。"(《渔父词》"芳杜洲中理钓竿")③陆深也说:"予家海上,园亭中喜种杂花,最佳者为海棠。每欲取名花、填小词,使童歌之。"④而前揭施绍莘也是"山童骑黄犊负夕阳而归,亦令拍手和歌,隅于互答,因择其声之幽脆者,命歌工教以音律"。教以音律以便更好地拍手和歌,隅于互答,这是对小童唱词的积极努力。小童能与文人作者和歌,陶宗仪《南浦》词长序也提供了佐证,其序云:"尝坐余舟中作茗供,襟抱清旷,不觉度成此曲。主人即谱入中吕调,命洞箫吹之,与童子棹歌相答,极鸥波缥缈之思云。"⑤明代词人听小童歌词,大约有这样几种原因:其一,童声清越,唱词美听。故而施绍莘会专挑嗓音条件较好的小童教以乐律。其二,童子和歌,符合词境。如瞿佑作《鹧鸪天》,便打算"付樵童牧竖击壤而歌之,叩牛角而和之,甚有山野意趣"⑥,就是因为小童唱该词甚和其词内容,更能让听者动山林之想。其三,明初禁妓,童子侑觞。与宋代官员宴饮可以用伎乐不

---

① 饶宗颐初纂,张璋总纂《全明词》,北京:中华书局 2004 年版,第 271 页。

② 饶宗颐初纂,张璋总纂《全明词》,北京:中华书局 2004 年版,第 374 页。

③ 饶宗颐初纂,张璋总纂《全明词》,北京:中华书局 2004 年版,第 1106 页。

④ 陆深《春雨堂随笔》,《丛书集成新编》本,台北:新文丰出版公司 1985 年版,第 87 册第 676 页。

⑤ 饶宗颐初纂,张璋总纂《全明词》,北京:中华书局 2004 年版,第 138 页。

⑥ 周明初,叶晔《全明词补编》,杭州:浙江大学出版社 2007 年版,第 39 页。

同,明代禁止官员狎妓,明人多有因狎妓而受到惩戒的例子。永乐九年(1411)四月"辛亥,都察院右佥御都御史史仲成劾奏陕西按察使辛耀、副使徐道正、张泰,佥事姜荣、马骧、黄桢挟妓饮酒有玷风宪。上命都察院械置耀等于陕西按察司前,榜示警众"①。类似例子在明代中前期史不绝书,而童子则不在禁止范围。如邱濬、陆深都是当朝高官,桑悦则是为父母官写词,似乎不能不有所避讳。

　　明词的传唱主体也有文人自身,文人作词,当然也有歌唱词的。杨仪《杏花天》序云:"辛亥正月,水仙盛开,对花夜酌,以古调《杏花天》歌以进觞。"②这是文人的自娱自乐,自填词而歌古调。前引瞿佑填《望江南·辛丑元夕》四阕,并歌唱传授于人的例子,也可为文人歌唱自己创作的词什之明证。王夫之更是以词自纾块垒,其《女冠子》有序云:"余旧题茅堂曰'姜斋',此更称卖姜翁,非己能羡,聊以补人之不足尔。戏为之词,且卖且歌之。"③此词之所谓"垂涎休自闷,有泪也须弹"谁能说不是船山先生的夫子自道呢?

　　从多以童子歌词侑觞来看,词的文人化倾向是很明显的。试想,如果普通百姓也能唱词,欣赏词,那么应当有更多歌妓唱词的例子,而小童清唱或许就没有这样大的市场了。至于那些自填自唱的情况,就更可说明词的传唱范围越来越小,慢慢集中到文人阶层了。

三　明词口头歌唱传播功能的实用化

　　沈松勤先生指出娱乐、社交和抒情是唐宋词的三大功能④。劝

①《明实录·太宗实录》卷一百十五,台北:"中央"研究院历史语言研究所1962年版,第8册第1467页。
②饶宗颐初纂,张璋总纂《全明词》,北京:中华书局2004年版,第906页。
③饶宗颐初纂,张璋总纂《全明词》,北京:中华书局2004年版,第2450页。
④沈松勤《唐宋词体的文化功能与运行系统》,《文学评论》2001年第4期。

饮侑觞、交际唱酬均是所谓实用的功能之一。明词在文人世界里依然占据这样的地位，具有如此之功能。而受到金元道士词的影响，以唱词传播道教教义的情况在明代依然有遗迹。

1. 劝饮侑觞

宋人晏殊"一曲新词酒一杯"，张元干"举大白，听《金缕》"。不论是婉约的大晏词，还是豪放的芦川词，酒与词似乎都是一对好搭档。明人也是如此，斟酒需清歌"斟酒清歌兴有由"（周履靖《南乡子·歌妓》）①；酒阑要欢唱"酒阑欢唱雅歌声"（陈襄《画堂春》"红花绿柳啭黄莺"）②。这从来就是演唱词常有的功用，宋人常以歌妓演唱词劝饮侑觞，歌妓演唱的词通常有名人名作，也会有参加宴饮的主客之作。明代也是这样，前引杨慎《词品》卷之六：

> 杨廉夫尝访瞿士衡，以鞋杯行酒，命其侄孙宗吉咏之。宗吉作《沁园春》以呈，廉夫大喜，即命侍妓歌以侑觞③。

杨铁崖就是令歌妓唱主人家孙儿辈之瞿佑所撰之词。客人中若有名作，主人也会令歌妓唱出，钱谦益《列朝诗集小传》丁集中转引新安潘之恒《亘史》曰：

> 赵王雅爱茂秦诗，从王客郑若庸得《竹枝词》十章，命所幸琵琶妓贾扣度而歌之。万历癸酉（1573）冬，茂秦从关中还，过邺，偕若庸见王，王宴之便殿，酒行乐作，王曰："止。"命缅瑟以琵琶佐之，声繁屏后，王复止众妓，独奏琵琶，方一阕，茂秦倾听，未敢发言。王曰："此先生所制《竹枝词》也。谱其声，不识

---

① 周明初，叶晔《全明词补编》，杭州：浙江大学出版社2007年版，第524页。
② 周明初，叶晔《全明词补编》，杭州：浙江大学出版社2007年版，第231页。
③ 杨慎《词品》，唐圭璋《词话丛编》，北京：中华书局1986年版，第530页。

其人可乎?"命诸伎拥贾姬出拜,光华射人,藉地而竟《竹枝》十章①。

谢榛所作《竹枝词》为赵王所得,至谢榛过府,宴饮之间,乃令王府琵琶妓独奏。最后竟将弹唱《竹枝词》侑觞的贾妓送给了谢榛。明人劝酒也有歌词以邀客人的,甚至有客人不饮,而唱词骂客的主人。王屋就是这样的酒徒,他有一首劝客饮酒词,也有一首骂客不饮之词。他的《水调歌头》(痛饮自今夕)序云:"月夜醵饮甚欢,座客有先起者,歌此示之,客乃还座。"②王屋还有一首《小梅花》(看逝水)却是骂客之作,其序云:"酌酒劝客,客推故不饮,因自饮之。歌此骂客。"③想来遇到如此有名士之风的主人家,来客也是无可奈何了。文人如果能词,往往又有填词令歌妓或小童演唱佐酒的。余怀《五十进酒词四首》序文就说到"作《浣溪沙》词,命红袖歌之。歌一阕聊尽一杯,歌罢陶然径醉"④;令小童歌词侑酒的例子我们上文已经说过,就不再重复。明代也有文人自己填词自己唱,自己斟酒自己乐的。如徐𤊹有《浪淘沙·荔枝》八阕,就是"夏日山居,荔枝正熟。偶忆欧阳永叔《浪淘沙》词,风韵佳绝,遂按调效颦,歌以佐酒"⑤。

看来酒在词中也是不可或缺的角色,歌词饮酒劝酒对主客而言都是一种激发酒兴,增加趣味的游戏。虽然明代日用类书也载有酒令小词,但在明代普通百姓中,歌唱词可能并非他们最重要的劝酒侑觞之娱乐,而文人却依然有以词聊佐清欢的。词在这个功

① 钱谦益《列朝诗集小传》,上海:上海古籍出版社1983年版,第424页。
② 饶宗颐初纂,张璋总纂《全明词》,北京:中华书局2004年版,第1622页。
③ 饶宗颐初纂,张璋总纂《全明词》,北京:中华书局2004年版,第1619页。
④ 饶宗颐初纂,张璋总纂《全明词》,北京:中华书局2004年版,第2408页。
⑤ 饶宗颐初纂,张璋总纂《全明词》,北京:中华书局2004年版,第1248页。

能上是延续了宋词的社会文化功能的,只是其功能的相当部分覆盖范围被曲等其他文艺形式取代了。明词劝酒侑觞的功能弱化了,龟缩到了文人圈里。

2. 社交酬赠

文人社交酬赠是词的另一个实用功能,而在社交场合中,以唱词或填词供人歌唱为交际手段的,也不乏其例。主人若是解歌,客人作词便可呈主人谱曲,按拍歌唱相和。如前引陶宗仪《南浦》词,就是陶氏作词,而主人谱曲,命洞箫吹之,与童子棹歌相答。演唱词作的几个要素均在此例中具备:陶词能入乐;词可以由洞箫伴奏,演唱相和者是童子。而其演唱传播的场合却是在一次交际活动的小舟中。葛筠《念奴娇》亦是由葛筠填词,而由在座的善歌者按拍板歌之,歌者吴音凄婉,演唱效果惊人,座客竟至于皆泣下。这也是在一次社交场合,填词、歌唱之人分任其事的例子。

明人也有专门填词供人家妓童子歌唱的,前揭桑悦《如梦令·过废宅有感》及王祖嫡《渔父词》(芳杜洲中理钓竿)都是这类可以传唱之词的适例。黄道周则有词赠给钱继章,希望其词能入钱氏之丝竹管弦。黄道周《满江红》词序有云:"吴江舟中,读雪堂新诗,同何羲兆赋《雪堂艳》二阕,奉钱尔斐铁版弹丝,足发一粲也。"①这两阕《满江红》是典型的社交酬赠之作,而《满江红》之调恰恰是可以合乐而歌的。既然能合乐,自然也是可以被于管弦的了。

也有人填词给远行之人的仆夫歌唱,以壮行色。颜木《阳关引》等词之序说:"明年乙未,藩省郡县例应入觐。州守范子与焉。前期戒行河梁钱别,爰制四词,词俚意近,使仆夫歌之,以相其行云。"②这就是在送行祖道的场合,写歌给家妓童子之外的角色歌唱的例子了。也有的词人因事感发,自撰自歌,留别为其送行之客。

① 饶宗颐初纂,张璋总纂《全明词》,北京:中华书局2004年版,第1530页。
② 饶宗颐初纂,张璋总纂《全明词》,北京:中华书局2004年版,第736页。

周思兼《烛影摇红》有序云:"己酉之秋,故人王凤洲以书来曰:'于肃愍诗,君还记否。'予感焉,北行之日,出以示客,因歌一曲,以侑别觞。"①该序说的就是留赠送行者的情况。

以唱词酬赠来进行社交活动是明词口头传唱的实用功能之一,这一项也延续了宋词的社会文化功能。但是由于明词本身的演唱传播并非主流传播方式,这一实用的功能在明词中也处于非主流地位。但此种传播功能依然是我们不能视而不见的。

3. 其他实用功能

口头传唱的明词,其实用功能中也保留了金元道士词以词为传播教义工具的功能。这一功能所存之文人词主要是唱和冯尊师的《苏武慢》之作。李汛《苏武慢·寄白岳山人六首》即唱和元代全真道士冯尊师之作,虽然李汛是说"录畀白岳山人朱素和试歌于月明风露之下"②,六阕词也并未涉及太多的道教意象和道法术语,但其中寄寓的道家出尘之想则是显而易见的。这些词若果真传播开来,也能对信徒的思想产生一定的影响。

此外,还有一个特例,就是章玄应的五阕《渔歌子》。其词是专为劝力而作,大率如举重劝力之前呼"邪许",后亦应之。其词序云:

> 长兴来言,今年前山奥松苗甚好,明年正二月及时栽种。闻之心喜,因作词寄《渔歌子》数阕,俾种树之时,歌以相劝。庶从事者之忘其劳云③。

口头传唱的传播方式其传播地域的南方化,传播对象的文人化,传

---

① 饶宗颐初纂,张璋总纂《全明词》,北京:中华书局2004年版,第1053页。
② 饶宗颐初纂,张璋总纂《全明词》,北京:中华书局2004年版,第582页。
③ 饶宗颐初纂,张璋总纂《全明词》,北京:中华书局2004年版,第626页。

播功能的实用化都是词体在传播流衍的过程中发生的现象。它们
有的是贴合明代实际状况产生的,而有的则是延续前代成例又发
生新变的。总而言之,明词存在口头演唱的传播方式,但这种方式
在明代并不是词体传播的主流,词也不是受众最喜闻乐见的文艺
样式,因此词的口头演唱传播到明代已然是"夕阳无限好,只是近
黄昏"了。

第八章　文化场域对明词传播
主体与受众的影响

　　文学活动的中心是活动的主体——人，而人隶属于社会，社会则是由许多相对独立的"场域"构成的关系空间。每个场域都有自己相对独立的运作法则，但相互之间的关系却是盘根错节的。场域由各种社会关系所建构，因此其性质取决于场域中的行动主体所占据的社会地位。而决定行动者社会地位的因素主要是他们所积累的资本。资本的表现形式多样，它们包括经济、文化、社会、符号资本等等。这些资本在一定的条件下可以相互转换，某甲获得的科考名次、文艺声望等文化资本，均可以转换成经济资本，例如《儒林外史》对范进中举之后，当地官绅的反应之描写就是个极佳的例证。而经济资本有可能转化为社会资本，使得经济资本的持有者占据较高的社会地位。行动者社会活动的根本目的即积累和独占各种资本，以维护或提升其在场域中的位置①。

---

① 布尔迪厄的社会学理论是本章的理论基础，这段概括表述以及下文相关概念，均是笔者阅读布尔迪厄著作及相关研究论著的理解。这些著作包括：包亚明译《文化资本与社会炼金术：布尔迪厄访谈录》，上海：上海人民出版社1997年版；刘晖译《艺术的法则：文学场的生成和结构》，北京：中央编译出版社2001年版；杨亚平译《国家精英：名牌大学与群体精神》，北京：商务印书馆2004年版；张意《文化与符号权力：布尔迪厄的文化社会学导论》，北京：中国社会科学出版社2005年版；高宣扬《布迪厄的社会理论》，上海：同济大学出版社2004年版；〔美〕戴维·斯沃茨著，陶东风译《文化与权力：布尔迪厄的社会学》，上海：上海译文出版社2006年版。

　　场域概念的创造者布尔迪厄最先将之运用到文学研究领域，他的《艺术的法则：文学场的生成和结构》细致地分析、重构了十九世纪晚期法国文学场①。而我们注意到的是在不同文学场域中的行动者，由于持有资本和获取资本的状况与目的差异，在文学场中的表现及作品传播也各不相同。不同场域由于场域构成的差异，其活动与传播也自有特点。文学场的内容极为丰富，可以探讨的问题很多。虽然也有学者认为该理论是由资本主义工业化阶段，西方社会总结而来，对其是否适用于古代中国有所质疑。但笔者以为，其具有一定的普适性，人类不同社会阶段的社会结构尽管不全相同，但人性有相似性。结合宋、明以来的社会现实看，布尔迪厄的场域理论可以描述当时的社会运行状况。本章我们意在观察不同场域中的行动者，在场域中传播与接受的差异。我们分别选取男性世界及女性世界的几个特殊场域进行考察。我们主要考察女性世界中的闺阁场域与青楼场域②，并以女性行动者在场域中创作词的情况为例，剖析其间行动者在文学传播与接受过程中扮演的角色及其差异。我们选男性世界文学场与权力场间关系远近不同的几个唱和群体，分析他们的差异，考察他们内部构造及场域行动者在当下传播趋向及纵向传播效果的差异。

---

① 皮埃尔·布迪厄著，刘晖译《艺术的法则：文学场的生成和结构》，北京：中央编译出版社 2001 年版。

② 本章讨论明代妇女生活，参阅了众多相关论著，恕笔者不能一一胪列。重要者有：〔美〕高彦颐《闺塾师——明末清初江南的才女文化》（南京：江苏人民出版社 2005 年版）、武舟《中国妓女生活史》（长沙：湖南文艺出版社 1990 年版）、龚斌《情有千千结：青楼文化与中国文学研究》（上海：汉语大词典出版社 2001 年版）、马金兰《城市的畸形之花——试析明代中期至清代前期的南京娼妓业》（四川大学 2007 年硕士论文）、柳洁挺《闺阁书香——明代江南妇女的文化教育与社会生活》（华东师范大学 2007 年硕士论文）及洪雪英《青楼场域之分析》（《汉学论坛》3 期，2003 年出版）。

第一节　闺阁与青楼:不同场域
传播者与接受者差异

闺阁与青楼在女性世界中是两个共时存在的场域,在同一时空基本上是两条平行线。但偶尔会因为男性线段的穿越而突然产生交汇,例如家族中的男性在权力场中竞争失败,很可能牵连闺阁中的女性,使之沦落风尘;风月场上的男性也可能改变青楼女子的命运,使之回归家庭,加入到闺阁场域。这两种情况均非常态,闺阁场域与青楼场域本身是两个截然不同的世界,场域中的行动者由于惯习、资本等因素的差异,在作为传播者和接受者时均有显著的差别①。

一　闺阁场域、青楼场域的内部结构

场域是由各种社会关系建构起来的,而构成社会关系的主体是场域中的行动者。要了解一个场域的运行法则,必须了解场域行动者及其所处的社会地位。

---

① 惯习(habitus),又被译为"习性"、"生存心态"等,是布尔迪厄理论的核心概念。惯习指特定历史条件下,社会行为影响下,个体培养出来的与环境相适应的生存习惯、禀性系统、认知结构等的总结果。惯习一旦形成,就会凝定为生活方式、行为习惯的符号化结构,如衣着打扮、饮食口味、居家行为等,从而成为不同社会等级在行动者身上的象征性的具体化。惯习会指挥个体和群体的行为方向,赋予各种社会行为以特定的意义。

　　资本(capital)则是布尔迪厄理论的另一个核心概念,指行动者所拥有的,决定他们在场域中所处地位的生产要素、关系、能力等。布尔迪厄将资本分为四种:经济资本、文化资本、社会资本、象征资本,象征资本是对前三种资本的认证,是前三者所带来的信用与权威,类似于所谓的"威信"。

1. 闺阁场域

"闺",本意为小门。先秦典籍多用本意。《墨子》卷十五《号令》:"令将卫,自筑十尺之垣,周还墙、门、闺者,并令卫司马门。"①《左传·昭公元年》:"私盟于闺门之外。"②以上均用本意。而"闺"与"阁"合用又作"闺阁"。《史记·汲郑列传》云:"黯多病,卧闺阁内不出。"③这里指内室,后专指女子的卧房,又借指妇女,尤其是官宦人家的女子。如《玉台新咏》卷十何逊《闺怨》:"闺阁行人断,房栊月影斜。"④闺阁场域的行动者主要是官宦人家的女性,另有其家中亲属、保姆侍婢及她们的友人等。

由于闺阁场域的主要行动者之间具有亲属关系,古人对她们相互之间的关系要求是长辈慈,晚辈孝。由于封建等级观念的规定,在实际运作过程中,闺阁内的行动者们往往具有森严的等级,她们之间的等级由各自所持资本决定。

从经济资本上说,掌控闺阁经济大权的往往是家族中居于核心位置的女性,如《红楼梦》中的王熙凤。王熙凤通过对家族经济命脉的掌控,也在闺阁场域中占据上位。明代女性有一定的财产权,出嫁或改嫁时往往带有不少嫁妆⑤。在闺阁场域中,经济上占有较独立位置的行动者才能略占上风。

文化资本方面,则如明代女词人商景兰之于祁彪佳。因为商

---

① 张纯一《墨子集解》,成都:成都古籍书店1988年版,第539页。
② 孔颖达《春秋左传注疏·昭公元年》,阮元校刻《十三经注疏》本,北京:中华书局1980年版,第2023页。
③ 司马迁《史记》卷一百二十《汲郑列传》,北京:中华书局1959年版,第3105页。
④ 徐陵《玉台新咏笺注》卷十,北京:中华书局1985年版,第496页。
⑤ 如《喻世明言》卷一《蒋兴哥重会珍珠衫》中王三巧被休后改嫁吴进士,原夫蒋兴哥"将楼上十六个箱笼,原封不动"送去作为陪嫁。《金瓶梅》中孟玉楼、李瓶儿改嫁时也带有大量财产到西门庆家,而潘金莲则没有什么陪嫁。因此,在经济资本上逊于孟、李二人。

景兰在文学艺术上的造诣能与丈夫夫唱妇随,所以夫妻琴瑟和谐,
商氏在家族中也占据较稳固的地位,祁彪佳终身不曾纳妾。

　　社会资本方面,恐怕更多由父亲、丈夫、儿子的社会地位决定,
这虽是旧时约束妇女所谓的"三从"所从之主体,但却真真实实地
影响着闺阁女性的日常生活。例如《聊斋·镜听》云:"益都郑氏兄
弟,皆文学士。大郑早知名,父母尝过爱之,又因子并及其妇;二郑
落拓,不甚为父母所欢,遂恶次妇,至不齿礼。"①这里,郑氏兄弟的
社会地位,竟然直接决定着各自妻子在父母那里享受到的待遇。
而有些时候,闺阁女性在场域中的地位会受到男性亲属的社会活
动影响。男性权力场斗争的结果,甚至可能颠覆闺阁场域女性的
命运。正德年间,吏部尚书陆完获罪,他家中的闺秀就受到了严酷
的对待:

> 　　传旨执完,并收其母、妻、子女,封识其家。班师日,完裸
> 体反接,揭白帜,杂俘囚中以入。将置之极刑,会上晏驾,今上
> 即位,屡下廷臣谳,完祈哀不已,乃比依交结朋党紊乱朝政律
> 以请。诏:宥完死,谪戍福建靖海卫。妻子得释,时母年已九
> 十余,竟死于狱②。

陆完在权力场中斗争的失败,直接导致了其家中女性被执,其母命
丧狱中。章学诚在《文史通义》内篇之《妇学》中指出:"前朝虐政,
凡缙绅籍没,波及妻孥,以致诗礼大家,多沦北里"③。从这个意义

---

① 蒲松龄著《详注聊斋志异图咏》,北京:中国书店 1981 年影光绪同文书局石
　印本,第十四卷第二十二页。
②《明武宗实录》卷一九三,台北:"中央"研究院历史语言研究所 1962 年版,第
　37 册第 3614 页。
③ 章学诚著,叶瑛校注《文史通义校注》,北京:中华书局 1985 年版,第 535 页。

上说,青楼与闺阁,亦一纸之隔也!

　　从象征资本说,它主要由闺阁女性日常的行动积累、长辈称许等因素所得。如顾若璞早寡,二子尚幼,其公公黄汝亨就以顾氏"妇慧哲,晓文理,能为母,可督教成之"①,而略感宽慰。顾氏享寿甚高,入清后,年近九旬乃亡。她关心社会民生,王士禛《池北偶谈》也记载顾氏"所著《卧月轩文集》,多经济大篇,有西京气格。常与妇女宴坐,则讲究河漕、屯田、马政、边备诸大计"②,这为她获得很高的社会威望,其影响所及,至高彦颐在《闺塾师——明末清初江南的才女文化》中称"蕉园诗人都是一位不平凡的杭州女族长顾若璞的家族或精神后人"③。"不平凡的"顾若璞正是以其占有的文化资本、社会资本等,而能获得较高的象征资本的。

　　明代,尤其是明代中后期,随着女性自我意识的兴起,闺阁场域虽然也渐渐参与闺阁以外的生活,但相较青楼场域行动者而言,则依然是个封闭半封闭的世界。只是闺阁场域中行动者们的文学活动已经越来越受到外在世界的关注。

　　2. 青楼场域

　　"青楼"本指高楼。曹植《美女篇》有"青楼临大路,高门结重关"之句,李善注引《列子》谓"虞氏,梁之富人,高楼临大路"④,曹植句盖从此出。《晋书》卷八九《忠义传·麹允传》载:"与游氏世为豪

───────────

① 黄汝亨《寓林集》卷十五《亡儿茂梧圹志》,《续修四库全书》影湖北省图书馆藏明天启四年吴敬吴芝等刻本,上海:上海古籍出版社 2002 年版,第 1369 册第 212 页。
② 王士禛《池北偶谈》卷十五《谈艺五》,北京:中华书局 1982 年版,第 353 页。
③〔美〕高彦颐《闺塾师——明末清初江南的才女文化》,南京:江苏人民出版社 2005 年版,第 248 页。
④ 萧统编,李善注《文选》卷二七,北京:中华书局 1977 年版,第 392 页。

族,西州为之语曰:'麹与游,牛羊不数头。南开朱门,北望青楼。'"①有时甚至用以称帝王宫苑建筑,《南史》卷五《废帝东昏侯纪》云:"武帝兴光楼上施青漆,世人谓之'青楼'。"②但也兼指妓馆,至宋元之后则专称妓馆。青楼场域主要的行动者是妓女、老鸨、嫖客,外有为青楼服务的龟奴、侍女等。

龚斌先生称:"历史上的娼妓制度有许多变化,娼妓的名称也名目繁多。但根据娼妓的性质,不外官妓、家妓、私娼三类。""官妓在唐、宋、明三代特别发达。"③宣德年间尚"未有官妓之禁","臣僚宴乐,以奢相尚,歌妓满前。"④宣德四年(1429)八月,宣宗诏令禁止官妓侑酒,官员狎妓宿娼亦属违法。《典故纪闻》卷九载:

> 宣德四年八月,宣宗谕礼部尚书胡濙曰:"祖宗时,文武官之家不得挟妓饮宴,近闻大小官私家饮酒,辄命妓歌唱,沉酣终日,怠废政事,甚者留宿,败礼坏俗。尔礼部揭榜禁约,再犯者必罪之。"此革官妓之始⑤。

然而到晚明,世风淫靡,不但私娼发达,宗室往往亦有狎妓蓄妓者。淮王"翊鎀之未王也,与妓王爱狎,冒妾额入宫,且令抚庶子常洪为子,陈妃与世子常清俱失爱,潜谋易嫡"⑥。甚至左良玉这样的高级

---

① 房玄龄等《晋书》卷八九《忠义传·麹允传》,北京:中华书局1974年版,第2307页。
② 李延寿《南史》卷五《废帝东昏侯纪》,北京:中华书局1975年版,第154页
③ 龚斌《情有千千结:青楼文化与中国文学研究》,上海:汉语大词典出版社2001年版,第3—5页。
④ 张廷玉等《明史》卷一五一,北京:中华书局1974年版,第4185页。
⑤ 余继登《皇明典故纪闻》卷九,《四库全书存目丛书》影浙江图书馆藏明万历王象乾刻本,济南:齐鲁书社1996年版,史部第52册第652页。
⑥ 张廷玉等《明史》卷一一九,北京:中华书局1974年版,第3633页。

将官也"尝夜宴僚佐,召营妓十余人行酒,履舄交错,少焉左顾而
叹,以次引出"①。至于秦淮河、西湖畔的秦楼楚馆更是名动天下,
但妓女间的等级却也是相当森严的,名妓与下层妓女间的区隔甚
至不亚于闺阁与青楼。《陶庵梦忆》卷四《二十四桥风月》载:

> 广陵二十四桥风月,邗沟尚存其意。渡钞关,横亘半里
> 许,为巷者九条。巷故九,凡周旋折旋于巷之左右前后者,什
> 百之。巷口狭而肠曲,寸寸节节,有精房密户,名妓、歪妓杂处
> 之。名妓匿不见人,非向道莫得入。歪妓多可五六百人,每日
> 傍晚,膏沐薰烧,出巷口,倚徙盘礴于茶馆酒肆之前,谓之"站
> 关"②。

扬州九条巷的妓女中,名妓是可以端着架子,不见人的;而下层歪
妓则必须"站关"。在南京,妓馆所处位置也构成妓女社会资本的
一部分,《陶庵梦忆》卷八云:"南京朱市妓,曲中羞与为伍;王月生
出朱市,曲中上下三十年,决无其比也。"③尽管王月生是曲中上下
三十年,绝找不到匹敌者的尤物,但曲中依然"羞与为伍"的原因只
是因为她出生于朱市。"朱市"又作"珠市","在内桥旁,曲巷逶迤,
屋宇湫隘。然其中时有丽人,惜限于地,不敢与旧院颉颃。"④至于
再下等的妓女则更不可望名妓之后尘了。

事实上,妓女间等级使得到不同妓馆的消费群体自然产生区

---

① 张廷玉等《明史》卷二七三,北京:中华书局 1974 年版,第 6997 页。
② 张岱《陶庵梦忆》卷四,《续修四库全书》影国家图书馆藏乾隆五十九年王文
　诰刻本,上海:上海古籍出版社 2002 年版,第 1260 册第 347 页。
③ 张岱《陶庵梦忆》卷八,《续修四库全书》影国家图书馆藏乾隆五十九年王文
　诰刻本,上海:上海古籍出版社 2002 年版,第 1260 册第 380 页。
④ 余怀著,李金堂校注《板桥杂记》中卷《丽品》,上海:上海古籍出版社 2000 年
　版,第 49 页。

隔，那些贩夫走卒、引车卖浆之徒又怎能负担得起上层妓馆中的高额消费呢？冯梦龙《醒世恒言·卖油郎独占花魁》中花魁王美儿嫁于卖油郎朱重的故事显然是想象，但朱重省吃俭用才能筹够嫖资的例子却是现实生活真实的反映。该篇小说的入话部分有一首《西江月》，说：

> 年少争夸风月，场中波浪偏多。有钱无貌意难和，有貌无钱不可。　　就是有钱有貌，还须着意揣摩。知情识趣俏哥哥，此道谁人赛我。①

一句"有钱无貌意难和，有貌无钱不可"，道尽了风月场上的机关本质。

决定妓女间等级的因素就是她们所持有的各种资本。妓馆的经济资本，如屋宇之修饰，是否"精洁殊常"，"外间人买者，不惜贵价；女郎赠遗，都无俗物"②？妓女的文化资本，如诗词歌赋、琴棋书画之水平如何？妓女的社会资本，大约可称人脉；指妓女或所属妓馆是否拥有相当的社会关系，是否有名士显宦与之交游？如汪然明之于柳如是，侯方域之于李香君等皆是柳、李所持有的社会资本之组成部分。妓女的象征资本如何？妓女象征资本的获得，往往来自品题，如唐人崔涯"每题一诗于倡肆，无不诵之于衢路。誉之，则车马继来；毁之，则杯盘失错"③。"东坡在黄冈，每用官奴侑觞。群姬持纸乞歌词，不违其意而予之。有李琦者，独未蒙赐。一日有

---

① 冯梦龙著，顾学颉校注《醒世恒言》，北京：人民文学出版社 1956 年版，第 32 页。

② 余怀著，李金堂校注《板桥杂记》上卷《雅游》，上海：上海古籍出版社 2000 年版，第 15 页。

③ 范摅《云溪友议》卷中，《唐五代笔记小说大观》本，上海：上海古籍出版社 2000 年版，第 1284 页。

请,坡乘醉书:'东坡五载黄州住,何事无言赠李琦',后句未续。移时乃以'却似城南杜工部,海棠虽好不吟诗'足之,奖饰乃出诸人右。其人自此声价增重,殆类子美诗中黄四娘。"①东坡对李琦的品题也是李琦所获得的象征资本。而崔涯的毁誉,竟然能够左右妓女象征资本的积累与消耗。明清时期,盛行于风月场的"花榜"实际上也是妓女们获取或维护象征资本的战场。其大体状况可参看武舟先生的《中国妓女生活史》的相关论述②。

　　青楼场域中的关系,还有妓女与老鸨、嫖客与妓女、嫖客与嫖客等,今亦略言之。老鸨与妓女是相互依存的关系,老鸨靠妓女获取经济资本,又通过经济资本为妓女提供社会资本、文化资本的保障。嫖客与妓女间的关系也是互动的,嫖客为妓女提供经济资本、社会资本;而妓女则为嫖客提供文化资本和象征资本。晚明时期的历史语境下,名士无不与妓女交游,《情有千千结:青楼文化与中国文学研究》也谈到这个问题,可以参考③。而嫖客与嫖客之间则跟妓女与妓女之间一样,是一种竞争关系。《桃花扇》所描写的侯方域与阮大铖争夺"秦淮八艳"之一的李香君,虽然侯、阮二人的出发点不同,却正是竞争的关系。嫖客间争斗致命的事件也偶有发生,如《崇祯记闻录》卷七载云:

　　　　七夕前,兵丁二人夜往城外妓家欲留宿,因先有客在,兵丁强驱之去,其人不服相争,遂为悍卒所手刃,明早地邻执以

① 周辉著,刘永翔校注《清波杂志校注》卷五,北京:中华书局 1994 年版,第197 页。
② 武舟《中国妓女生活史》,长沙:湖南文艺出版社 1990 年版,第 149—155 页。
③ 龚斌《情有千千结:青楼文化与中国文学研究》,上海:汉语大词典出版社2001 年版,第 9—15 页。

报官①。

这是嫖客间争斗中的暴力事件,大致发生的场所不会在高级的妓馆。

闺阁场域与青楼场域是古代女性世界的两个特殊场域,由于场域内部结构的差异,场域活动也自有一套不同的法则。而场域运行的不同法则也导致了其中文学传播与文学接受的差异。

二　闺阁、青楼场域差异影响下的接受者

闺阁与青楼两个不同场域的行动者,因为持有资本的差异,在内部形成不同的结构。而在资本的累积过程中,不同场域的行动者间因为累积方式的差异,直接影响到了她们的文学接受。尽管闺阁与青楼场域中的女性也可能存在相互转换角色的现象,但就正常情况说,她们的出身和所属场域决定着她们文学接受的差异。

首先,启蒙教育接受内容的差异。闺阁场域中的个体行动者在启蒙教育阶段,注重女教,讲修妇德。一些文化家庭也注意对女子传授诗词,这是闺秀词人不自觉的接受,与青楼词人比较而言,她们的文化资本受家庭沾溉甚多。如叶小鸾幼年在舅父家度过,她的舅父沈自徵是吴江派的重要作家,舅母张倩倩也是著名的女作家。小鸾三四岁时,沈自徵"口授《万首唐人绝句》及《花间》、《草堂》诸词,皆朗然成诵,终卷不遗一字"②。沈榛的"外父手授《诗》、《礼》、《内则》,及三唐近体,《香奁》、《草堂》诸集,故所拈小令、长

---

① 不著撰人《崇祯记闻录》卷七,台湾银行经济研究室编《台湾文献丛刊》本,台北:台湾银行1968年版,第272册第100页。

② 沈自徵《祭甥女琼章文》,叶绍袁原编,冀勤辑校《午梦堂集》,北京:中华书局1998年版,第363页。

调,皆清婉有致"①。陆深的女儿聪慧而早夭,年仅三岁即病死。但
在她生于这世界上那短短的一千多天中,"已能诵五七言诗词数十
首"②。陈子龙的女儿,"岁余即解言,识屏障间字",六岁时"令师授
以曹、王、颜、谢诗百余首,及班、张赋辞,皆成诵,且求解大意。予
为述古人姓名及星宿、河岳、卦象之数皆不忘"③。从这些例子,大
体可见闺秀所受家庭早期教育的状况。家庭启蒙教育,令这些闺
秀较早积累了大量的文化知识,拥有了开启诗词创作门户的钥匙。

　　而青楼场域对青楼女性的教育集中在吸引恩客上。青楼女性
虽也有母亲同样出身青楼的,如李香君的母亲就是青楼名妓李贞
丽,而前举王月生,也是出生于妓馆的。但更多的则是穷苦人家将
女儿卖给青楼,由老鸨收作养女的。青楼以赢利为目标,教育雏妓
时,"训练内容可用四字概括:'猜、饮、唱、靓'。猜,就是手谈(猜
拳),口呼与出指灵活配合,诡变莫测;饮,就是饮酒。……唱,就是
歌唱弹奏,学好才能成为艺妓;靓,就是容色鲜妍,仪态潇洒,谈吐
风雅,笑可倾城。此外,兼学一点诗、书、画,就有望成为名妓
了"④。谢肇淛《五杂组》中提到扬州"瘦马",说:"市贩各处童女,加意装
束,教以书、算、琴、棋之属,以徼厚直。"⑤"瘦马"就是通过教养幼
女,卖为人妾,以牟利。这虽与妓女有别,但本质上却差异不大。
故而"瘦马"的教育与雏妓的教育大体相似。一个有趣的例子是明

①　胡文楷编《历代妇女著作考》,上海:上海古籍出版社 1985 年版,第 ll6 页
②　陆深《俨山集》卷七十六《京女志铭》,文渊阁《四库全书》本,上海:上海古籍
　　出版社 1987 年版,第 1268 册第 488 页。
③　陈子龙《安雅堂稿》卷一六,《续修四库全书》影明末刻本,上海:上海古籍出
　　版社 2002 年版,第 1388 册第 167 页。
④　马金兰《城市的畸形之花——试析明代中期至清代前期的南京娼妓业》,四
　　川大学 2007 年硕士论文,第 40 页。
⑤　谢肇淛《五杂组》,《明代笔记小说大观》本,上海:上海古籍出版社 2005 年
　　版,第 1639 页。

代青楼词人徐翙翙。徐翙翙是金陵歌妓,《全明词》称其名作"徐惊
鸿",她有《秋水词》,今存词 4 阕。朱彝尊称:"翙翙年十六时,名未
起,学琴不能操缦,学曲不能按板,因舍而学诗。"①大约徐氏在音乐
上没有什么天赋,学琴学曲,都荒腔走板,不得已而改学诗词,以求
得青楼的一技之长。

　　对青楼女性来说,诗词的教育并非主要内容。在早期的文化
资本积累上,青楼女性处于弱势。作为接受者,她们的接受条件逊
于闺阁接受者,受到的接受阻碍较大。

　　其二,场域文化累积对行动者文学接受的影响。闺阁场域由
于文化家族的世代累积,场域行动者往往能便利地接触到大量的
书籍,而这是她们重要的文化资本。闺阁女性接受文学传播的一
条重要途径就是阅读家族藏书。如嘉靖年间,刘永年的母亲蹇氏
"自幼简重,寡言笑,甫十岁,即攻女红,至忘寝食,不下楼者数载。
比长,识字通算法,读书了大义,若日记、故事及小词口诵如流"②。
蹇氏既然"不下楼者数载"而能做到"若日记、故事及小词口诵如
流",其原因不外"读书了大义"。而秀州姚元瑞女则"日读汉魏以
来诸集,摹晋诸家书法"③,沈宜修也是"经史词赋,过目即终身不
忘"④。这些闺秀所以能如此,莫不与其家族的文化积淀相关。文
化世家哪有不藏些诗词异书的? 有些闺阁女性,不仅读自家藏书,
亦善用社会资本,"往来姻戚所,或见有异书及诸稗官小说,辄携取

---

① 朱彝尊著,黄君坦校点《静志居诗话》卷二十三,北京:人民文学出版社 1990
　 年版,第 762 页。
②《明诰封宜人刘母蹇氏墓志铭》,中国文物研究所、陕西省古籍整理办公室编
　《新中国出土墓志(陕西贰)》,北京:文物出版社 2003 年版,四〇三。
③ 厉鹗《玉台书史》,天虫子编,董乃斌等点校《中国香艳全书》本,北京:团结出
　 版社 2005 年,第 522 页。
④ 叶绍袁《亡室沈安人传》,《午梦堂集》,北京:中华书局 1998 年版,第 225 页。

以归,旬日而还之,则既诵习之矣"①。

　　而作为亲属的文人,往往也会给闺秀们一定的激励和指导。例如归有光的妻子,"时至轩中从余问古事,或凭几学书"②。归有光的妻子跟丈夫学习书法,了解历史,项脊轩成了一个夫妻情感交流的小天地,通过学书、问古事,女方能更加接近丈夫的心灵世界。而徐媛也是在丈夫影响下开始学习诗词创作的。她嫁给范允临后,鲽鹣情深,允临喜吟咏,徐媛"从旁观焉,心窃好之,弗能也",允临偕友出游,徐媛则"漫取唐人韵语读之,时一仿效,咿唔短章,遂能成咏"③。徐媛尽管后来文学名望甚著,但其初起,却是因为丈夫喜为诗词,才开始自学创作。我们也可以想见,徐媛的丈夫在其中也会进行一定的指导。

　　青楼场域的女性,尽管也可能在跟文士的接触下提高创作水平。但在阅读、使用书籍上,恐怕就远没有闺秀这样便捷的条件了。有些妓女只是能"性聪慧,识字义,唐诗皆能上口"④,便获余怀《板桥杂记》的赞赏品鉴了。"秦淮八艳"之一的董小宛"阅诗无所不解,而又出慧解以解之。尤好熟读楚词、少陵、义山、王建、花蕊夫人、王珪三家宫词。"⑤董氏这样名重一时的秦淮艳妓所读不过是一些闺秀发蒙时的读物,其间闺阁与青楼的文化资本积累之差异

---

① 唐顺之《荆川集》卷十《吴母唐孺人墓志铭》,文渊阁《四库全书》本,上海:上海古籍出版社 1987 年版,第 1276 册第 440 页。

② 归有光著,周本淳校点《震川先生集》,上海:上海古籍出版社 2007 年版,第431 页。

③ 徐媛《络纬吟》卷首,《四库未收书辑刊》影明末抄本,北京:北京出版社 2000年版,柒辑第拾陆册第 298 页。

④ 余怀著,李金堂校注《板桥杂记》中卷《丽品》,上海:上海古籍出版社 2000 年版,第 40 页。

⑤ 冒襄《影梅庵忆语》,《续修四库全书》影清道光世楷堂刻昭代丛书本,上海:上海古籍出版社 2002 年版,第 1272 册第 239 页。

由此可见。

　　一些青楼女性则难免附庸风雅,以期获取社会资本。如晚明嘉兴妓女周文,有能文之名,然而入清后,朱彝尊曾见她"酒间谈论,援今证古,娓娓不休,亦未至以五七言读词,回环迄不能句,第于帖括,则全不解耳。"①可以想见,周文虽然的确曾接受过一些诗文训练,否则难以被人称为能文者,但是她并不精通此道。从明代到清朝,周文的文学素养似乎并没有因为人生阅历的增加而得到大幅度的提高,她虽不至于"以五七言读词",但"第于贴括,则全不解"。这与她的文化资本积累是有直接关系的,她的日常活动或许更多地在迎来送往,为稻粱谋。不像闺秀那样有闲暇考虑文化资本的累积。

　　事实上,文化资本积累直接影响到她们的文学接受。试想,只读过《唐诗三百首》的接受者,与不仅读过《唐诗三百首》,且读过《全唐诗》的接受者相比,自然是后者更易于接受蕴含较深的文学作品了。

　　其三,场域的文学传播情况影响其接受。由于场域结构的差异和关涉对象的不同,对场域的文学传播有着直接的影响,传播的差异又必然影响着文学的接受。

　　从闺阁、青楼两个场域的内部结构来看,闺阁场域的行动者大多是有亲属、血缘关系的,她们的活动多集中在有限的地理空间,面向特定的对象;青楼场域的行动者则多是由经济纽带联系,他们的活动地域范围可以相对广阔,青楼词人面对的对象是不确定的变量。因此,闺阁场域的行动者作为接受者时,所接受的个体传播对象主要是家族亲友及为家族服务的清客、校书。

　　一般说来,闺秀的唱和对象主要是女性。闺阁场域女性唱和

---

① 朱彝尊著,黄君坦校点《静志居诗话》卷二十三《教坊》,北京:人民文学出版社1990年版,第766页。

过程中的接受者,所收到的酬赠作品主要是场域中其他行动者赠给的作品。如祁彪佳自沉殉国之日,商景兰年仅四十有二,其后她"教其二子理孙、班孙,三女德琼、德渊、德茝及子妇张德蕙、朱德蓉。葡萄之树,芍药之花,题咏几遍,经梅市者,望若十二瑶台焉"①。商景兰与三女、二媳的酬唱,不论传播者还是接受者都以女性为主。从接受者的角度说,这种酬赠促进了她们的文学修养。吴江午梦堂的女性也多有类似活动,如叶纨纨《浣溪沙·同两妹戏赠母婢随春》《浣溪沙·前阕与妹同韵,妹以未尽更作再赠》,小鸾有《浣溪沙·同两姊戏赠母婢随春》,小纨有《浣溪沙·为侍女随春作》《浣溪沙·赠女婢随春》,都是同韵唱和之作。虽说是戏谑地赠给家中侍女的,但在叶氏姐妹间,却是一次略带竞技性质的题咏。

　　女性作者作为酬赠的接受方,所收到的赠词主要是她的直系亲属所作的词篇。如沈宜修有《浣溪沙·和仲韶寄韵》《水龙吟·六月二十四日和仲韶》等篇,均是与其夫叶绍袁的唱和。从词题看来,是叶绍袁先有寄内词,然后才有沈宜修的和韵之作。沈宜修又有《浣溪沙·和君晦》二阕,君晦即宜修的兄弟沈自炳。又如张令仪《减字木兰花·华会兄以〈减字木兰花〉词见赠,即步原韵》也是一首收到兄弟寄赠而回赠的作品。

　　但青楼场域,这种情况绝不相同。场域中的青楼女性之间互相唱和的极少,就算有,也多是同一层级的手帕交之间的酬唱。如王微与杨宛是青楼场域中较为有名的一对"女兄弟",但相互之间并无明确的唱和词作。王微有《忆秦娥·月夜卧病怀宛叔》,宛叔就是杨宛。王微病中于月下怀人,难免令人有凄凉悲切之感。但作为接受者的杨宛却并没有和韵或酬谢之作传世。青楼女性作为

---

① 朱彝尊著,黄君坦校点《静志居诗话》卷二十三《闺门》,北京:人民文学出版社 1990 年版,第 727 页。

接受者所收到的赠词,或许更多的却是恩客们带着戏谑心态题写的。类似词作逢场作戏的成份多,而真心相待的情况少,这我们只要看历代咏妓诗词便可感受到。妓女们在明代完全是个弱势群体,普通百姓嘲妓的诗词极多,而真正能同情她们处境的极少。明清时调民歌中就有不少这样的作品,稍检可得。虽然也不乏汪然明之于柳如是那样的特例,但更多的赠妓词作者是以物化心态看待妓女的。这种情况和闺阁场域中,赠内之作还是有所区别的。妓女们对此也是了然于胸的,所以在接受词作的心态上往往与闺秀有较大的区别。

三　闺阁、青楼场域差异影响下的传播者

作为传播者,闺阁、青楼两个场域的主要行动者,在各自场域的文学传播过程中起到的作用、传播的对象均有不同。但场域与场域之间并非格格不入,在同一时空的场域毕竟也是有共通之处的。明代青楼和闺阁场域行动者的传播观念还是有较高的一致性,并体现出鲜明的时代特点,区别于前代。只是,若去细致分析二者传播观念深层的原因,我们依然不得不强调两个场域之间的巨大差异。

首先,闺阁、青楼两个场域的传播者在场域行动者间的传播作用不同。闺秀们在闺阁场域承担的不仅是对同辈的传播任务,她们还是文化家族传承的重要依靠力量。不少闺秀承担着对子女的启蒙教育责任。如包谦妻郑氏二十六岁守寡,遗孤方五岁,"扶柩还杭,家屡空。勤女红,以自给。课子读书,焚膏盈勺,竟始就寝;诵读稍息,即抱谦神主哭"[1]。没有郑氏的督促,其子恐怕也很难取得功名。清初著名词人彭孙遹的姑姑彭琬、彭琰,对彭孙婧、彭孙

---

[1] 嵇曾筠编纂《浙江通志》卷二百二,文渊阁《四库全书》本,上海:上海古籍出版社1987年版,第524册第453页。

通的启蒙教育也是起到了一定作用。华亭王凤娴是解元献吉之姊,嫁给进士张本嘉,在当时甚有诗名。她育有二女张引元、张引庆,对女儿的教育王凤娴也不曾降低标准,她将"《左》、《国》、《骚》、《选》诸书示之,姝一一了悟"①。王凤娴与女儿张引元都有词作传世,其中王凤娴存世词作 9 阕,在《全明词》所女性作者中,存词量居第 36 位。她在对女儿传授史、集著作之余,相信也不会忽略对诗词知识的传播。此外,明词作者中的母女词人不少,其他如嘉兴黄德贞,她的女儿孙兰媛、蕙媛、媳妇屠菡珮均能诗词。而神宗万历三十八年(1610)庚辰科状元韩敬的妻子瞿寄安和他们的女儿韩智玥。例不枚举。

　　闺阁女性间还相互进行文学讨论,在这个过程中,闺秀们不但是传播者也是接受者,我们为便叙述将之一并讨论。屠隆的女儿湘灵、儿媳状元沈君典之女沈七襄皆有文采,其家闺秀相与论文也成了一时美谈。"湘灵既嫁,时时归宁,相与徵事细书,分题授简,纸墨横飞,朱墨狼籍。长卿夫人亦谙篇章,每有讽咏,就商订焉"②。又如方维仪"夫亡,乃请大归守志。与弟妇吴令仪以文史代织纴"③。这种面对面的人际传播效果往往极佳,传播者与接受者在交流的过程中易碰撞出创造的灵感,促进她们创作水平的提高。

　　但青楼女性则并不对青楼场域中的其他行动者承担传授文学知识的义务,下层妓女接待对象的知识水平未必高明,她们大多数自身也并无太高的文学修养,在场域的文学传播活动中起不到什么太大的作用。而高级妓馆的青楼女性,虽然需要具备文学修养,

①胡文楷编《历代妇女著作考》,上海:上海古籍出版社 1985 年版,第 157 页。
②钱谦益《列朝诗集小传》闰集《屠氏瑶瑟　沈氏天孙》,上海:上海古籍出版社 1983 年版,第 748 页。
③黄之隽等编纂《江南通志》卷一百七十六《人物志·列女》,文渊阁《四库全书》本,上海:上海古籍出版社 1987 年版,第 512 册第 10 页。

但从我们前文所论,能吟唐诗已经值得大书特书的情况看来,她们对场域中文学传播的贡献亦有限。大多数青楼女性的文学知识应该是依靠老鸨请专门的帮闲文人传授。

青楼女性之间的文学传播活动,不是没有,但在深度及广度上均不如闺秀。闺秀日相论文,而青楼女性恐怕就没有这样多的闲暇。在切磋中成长的经历,于青楼女子似乎并不特别重要。

其次,场域不同,传播者的传播对象也自有差别。闺秀词人在进行文学传播的过程中,传播对象与其血亲、姻亲间有较高的重合性。这是闺阁场域传播者进行文学传播的常态。因为闺阁场域成员本身就受到相当大的限制,除家中亲眷戚友、清客校书之外,仆人婢女也是生活在闺阁场域的。但明代仆人婢女的文化水准恐怕很难达到郑玄家婢女的水平[①],闺秀词人进行文学活动时,未必会针对仆人婢女。

闺秀词人的传播对象,主要是血亲、姻亲。女性亲属如叶氏母女、姐妹间的唱和,叶纨纨的《菩萨蛮·和老母赠别》《水龙吟·次母韵早秋感旧,同两妹作》,叶小纨的《菩萨蛮·别妹》均是。女词人对男性传播最多的,应当还是自己的丈夫。偶尔也有女性与男性亲属间的酬赠,如张令仪《满江红·喜三弟归里,询两大人近况,即席有作》,顾贞立《水调歌头·得华峰弟信,即用其书中语》等。

青楼词人,由于身世凄苦,在词中与血亲、姻亲相关的内容极为罕见。偶尔有以恩主为传播对象的,如王微有《忆秦娥·戏留谭友夏》词赠谭元春。其词云:

[①] 据《世说新语·文学》:郑玄家奴婢皆读书。尝使一婢,不称旨,将挞之。方自陈说,玄怒,使人曳箸泥中。须臾,复有一婢来,问曰:"胡为乎泥中?"答曰:"薄言往愬,逢彼之怒。"(余嘉锡《世说新语笺疏》,北京:中华书局1983年版,第193页。)问句引自《诗经·式微》,答者用的是《诗经·柏舟》。足见其家婢女的文化水平之高。

闲思遍。留君不住惟君便。惟君便。石尤风急,去心或
倦。　未见烟空帆一片。已挂离魂随梦断。随梦断。翻怨
天涯,这番重见。[①]

该词应当是谭元春与王微一场欢会之后,欲离去,王作词款留。但
词作者自知留人难以如愿,故而有"留君不住惟君便"之句。度其
词意,该作或许是当场立就,直接赠送给谭元春的,具有人际传播
的特点。一些青楼女性脱离青楼场域之后,与丈夫的和韵也值得
注意。我们以杨宛词作为例,其所存 60 首词作中《南柯子·寄
外》、《江城子·病中寄外》、《醉太平·夫子赴军临歧再赠》、《秋蕊
香·寄外塞上》、《一剪梅·五日寄外长安》等等,都是以丈夫为作
品传播对象的。且其词作的词题经常提到"外",特地突出自己的
丈夫,从词人内心来说或许隐隐含着一种向世人宣示自己也已经
有"外子"可以依凭,不再是身世萍踪的漂泊之人。传播对象的不
同,遣词用语自然也不可能完全相同,这是可想而知的。

闺阁词人和青楼词人都有与友人酬赠的作品,闺秀如顾贞立
的《减字木兰花·赠女伴》、《满江红·赠程夫人》;青楼词人如杨晓
英《感恩多·寄友》、王玉英《念奴娇·赠李昭》、郭湘云《阆调名·
寄友》等,都是写给友人的。就内容上说,闺秀间多通问闲情,青楼
词人则多身世之感。

闺秀词人的酬唱对象还有与家中往来密切的女性,如闺塾师、
比丘尼等。商景兰《青玉案·即席赋赠友言别》就是写给著名的闺
塾师黄媛介的,该阕《名媛诗纬》题作《青玉案·即席赠黄皆令言
别》;商景徽也有一阕《江城子·怀黄皆令》。商景兰《忆秦娥·雪
中别谷虚大师》、《诉衷情·雪夜怀女僧谷虚》皆赠给比丘尼之作。

---

① 饶宗颐初纂,张璋总纂《全明词》,北京:中华书局 2004 年版,第 1776 页。

这在青楼词人中尚不多见。

其三,表现现象相似而实质不同的传播观念。明代以前的闺阁女性,多不重视作品的传播,甚至有意遏制作品的传播势头。例如宋代,人们往往认为妇女舞文弄墨是不合适的。沈括《梦溪笔谈》卷十四云:"毗陵郡士人家有一女,姓李氏,方年十六岁,颇能诗,甚有佳句,吴人多得之。有《拾得破钱诗》云:'半轮残月掩尘埃,依稀犹有"开元"字。想得清光未破时,买尽人间不平事。'又有《弹琴诗》云:'昔年刚笑卓文君,岂信丝桐解误身。今日未弹心已乱,此心元自不由人。'虽有情致,乃非女子所宜。"所以当时不少士大夫就对李清照冷眼相向①。一些能诗善文的女性作者的光环,往往被人为消灭。如朱淑真的作品就在其逝世后,被她的父母焚毁。而在《夷坚志·丙志》卷第十《雍熙妇人词》条中,则转引周紫芝《竹坡诗话》中的这样一则故事:

> 姑苏雍熙寺,每月夜向半,常有妇人往来廊庑间,歌小词,且笑且叹,闻者就之,辄不见。其词云:"满目江山忆旧游,汀洲花草弄春柔,长亭横住木兰舟。　　好梦易随流水去,芳心空逐晓云愁。行人莫上望京楼。"好事者往往录藏之。士子慕容岜卿见而惊曰:"此予亡妻所为。外人无知者,君何从得之?"客告之故。岜卿悲叹。此寺盖其旅榇所在也②。

---

① 沈括撰,胡道静校注《新校正梦溪笔谈》,北京:中华书局1957年版,第156—157页。相关问题,可参〔美〕艾朗诺撰,郭勉愈译《才女的重担——李清照〈词论〉中的思想与早期对她的评论》(上、下),《长江学术》2009年第2、4期。
② 洪迈著,何卓点校《夷坚志·丙志》卷第十《雍熙妇人词》,北京:中华书局1981年版,第454页。

其词婉丽可爱,以此可知慕容嵩卿的妻子是善于倚声的,但"外人无知者",恐怕也是有意不令外人知之而已。

　　到了明代,社会上对女性进行文学创作有了极大的宽容,女性文学作品等到了广泛的传播。有些文人专门搜罗闺秀作品,如祁彪佳修筑寓山园林后广泛征集吟咏之作,就曾留意搜罗闺秀作品。祁彪佳《林居尺牍·与沈君服》说:"向所求小山题咏倘已有脱稿者,乞仁兄垂示,得名僧闺秀之作,尤为泉石生光。"①一些士人还专门为家中女性传播文集,最著名的当然是吴江叶绍袁为午梦堂女性编纂文集,积极使之传播了。尽管未必每个女性都能获得沈宜修那样的幸运。而且极端保守者,依然坚持前代对知识女性的偏见,认为"妇女只许粗识柴米鱼肉数百字,多识字无益而有损也"②。但中晚明以降,女性文集时有刻印,《全明词》小传中提到编有文集的女性词人达到 190 余人 200 余种,其中不少还是专门的词集。如汪娟《瓣香楼词》、潘端《不扫轩词》、杨彻《蟾香楼词》、沈静筠《橙香亭词》、张令仪《蠹窗诗余》、章有娴《寒碧词》、张道介《好云楼词》、商景兰《锦囊诗余》、王玢《锦笙词》、归淑芬《静斋诗余》、林瑛佩《林大家词》等等。虽然也有些女性文集编成之后,却秘不示人,如华亭李眺有《鹃啼集》,却不加传播。这似乎是女性既希望作品传世,又担心传播作品带来负面影响,矛盾心态亦相当可怜。但明代女性词作者,不论其所属场域是闺阁还是青楼,她们对文集传播的态度总体上说是积极的。

　　如果我们分析一下她们传播作品背后的原因,就会发现,她们的传播目的是有显著差异的。明代女作家面对的不再是宋代那样众口铄金的责难,闺秀词人的作品传播往往能为其家族带来象征

---

① 祁彪佳《祁彪佳文稿》,北京:书目文献出版社 1991 年版,第 2261 页。
② 温璜述《温氏母训》,文渊阁《四库全书》本,上海:上海古籍出版社 1987 年
　　版,第 717 册第 523 页。

资本。除叶绍袁为家中妇女编纂文集外，其他文人也有纂辑家中闺秀文集者，如屠隆纂集其家女性的诗文刊梓，并序云："刺凤描鸾，并非其好；雕龙绣虎，各擅其长。吐词疾捷，二弟犹让神奇；秀句联翩，一时称为灵媛。"①屠隆是颇以时人对其家女性"灵媛"的评价为荣的。因此，女作家作品的刊集传播为其家族的文化资本累积作出了贡献，家中男性也乐见其成。

　　而由于女性自我意识的强化，她们追求认同的心理也较宋代女性更为强烈，文学才能正是当时社会认可的个人价值之一。有些开明的闺秀还积极传播女性亲友的文集，如方孔昭的妻子吴令仪"积习夙教，相夫课子，具有仪法，早卒。其姑方维仪搜其遗稿传世"②。吴令仪的遗稿能得到更广泛的传播，其文名能走出闺阁，都与方维仪的努力分不开。方氏为弟妇搜罗遗稿，为其传世，正是一种强烈的女性自我意识崛起的表现。

　　而青楼场域的个体行动者即便略输文采，亦要让人知其能通风雅。这是青楼女子进行资本积累的需要。毛奇龄就记载了这样一位晚明歌妓：

> 马州当垆者，冯二名弦，夜闻予歌，倩予同行者导意。予辞之曰："吾不幸遭厄，吹篪渡江，彼庸不知音，岂误以我为少年游耶。"次日遂行。后十年，见《名媛词纬》中，有冯氏《江城子》二阕，是读予新词所作。其词曰（略），又曰（略）。诵之，亦殊自凄惋。闻其词，倩桐乡钟王子代作者。然又有《武陵春·春晚》、《虞美人·赋得落红满地》二词，亦甚佳。想皆不出其

---

① 屠瑶瑟《留香草》屠隆序，胡文楷编《历代妇女著作考》，上海：上海古籍出版社 1985 年版，第 173 页。

② 黄之隽等编纂《江南通志》卷一百七十六《人物志·列女》，文渊阁《四库全书》本，上海：上海古籍出版社 1987 年版，第 512 册第 10 页。

手,然其意则有不可已者①。

冯弦自己并不能词,而倩人代作的目的也不过就是为了赢得能词之名,为积累文化资本服务。毛奇龄理解地说:"然其意则有不可已者。"甚是解人。除请人代耕之外,一些自己能词的青楼女性就会编纂自己的词集,今所知的明代青楼女性词集大约在 50 部上下,例如陈圆圆的《舞余词》、顿文的《翠拥楼词集》、马如玉的《鹤问词》、郑妥的《红豆词》、杨宛的《钟山献诗余》等。

有的青楼词人的词集获得刊刻机会,如杨宛《钟山献诗余》有两个刊本,其四卷本"为归茅止生时所刊行。前有茅序……刊成于天启丁卯,板心题'玄稿居',其款制精整异常,南陵徐氏积学斋藏之,余得假读。又一则为正续集本,朱竹垞《静志居诗话》曾及之"②。有文集刊刻,一般说明其能通文学,而这正是文化资本的重要组成部分。想来青楼女性若能积累这样的资本,是不会放弃的。而"工诗善词"的评价能为她们换回重要的象征资本,从而促进她在场域中的地位。

总之,由于场域的差异,不同场域行动者在作为传播者和接受者的角色时总是有不同的表现。本节只是借闺阁场域和青楼场域进行了一个粗略的分析,这个问题还有进一步深化细化的广阔空间。

第二节　文学场与权力场的　　角力对明词传播的影响

文学场和权力场的关系是被包含与包含的关系,前者是权力

---

① 毛奇龄《西河词话》,唐圭璋《词话丛编》,北京:中华书局 1986 年版,第567—568 页。

② 赵尊岳《明词汇刊》,上海:上海古籍出版社 1992 年版,第 299 页。

场的一个组成部分,而权力场是由国家的社会空间中占据各种优势资源的阶层构成。文学场的行动者在权力场中也是被支配的阶层。布尔迪厄在《艺术的法则:文学场的生成和结构》中,绘制了一幅名为《权力场和社会空间中的文化生场》的图表。(图 8—1)①

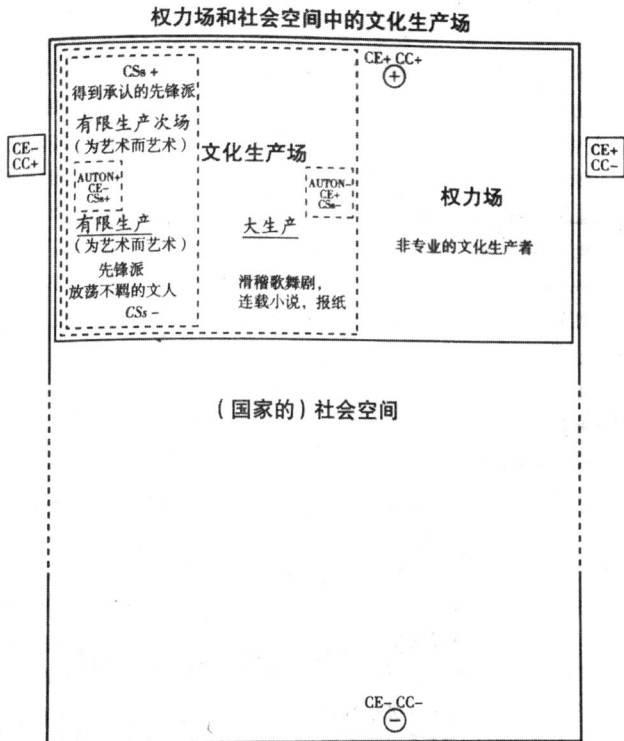

权力场和社会空间中的文化生产场

说明文字
—— 社会空间
—— 权力场
--- 文化生产场
--- 有限生产的次场

CE　经济资本
CC　文化资本
CSa　特殊象征资本
AUTON +　高度自主
AUTON -　低度自主

① 皮埃尔·布迪厄著,刘晖译《艺术的法则:文学场的生成和结构》,北京:中央编译出版社 2001 年版,第 153 页。

这幅图表基本代表了文学场运作法则中，各种资本所起到的作用。设若某甲拥有越多的经济资本，他的位置就在表格中越居于右上方；某甲所拥有的文化资本越多，他在表格中的位置就越居于左上方；若某甲拥有的经济资本和文化资本在同一个时空居于领先，那么他在表格中的位置就越居于中间上端，即越接近权力场的统治中心。反之，亦然。我们前文还提到过，社会资本与象征资本两个概念，但由于这两种资本都是以经济资本、文化资本为基础的，所以暂时可以不论。

行动者在场域所居的位置并不是固定不变的，而是在资本结构发生变化时不断发生变迁的。因此，场域才能实现代际更替。就文学场来说，其代际更替就体现在对文学场定义权的斗争。我们在第一章提到明代文坛思潮更迭的情况，就是行动者在代际更迭中对文学场定义权争夺的表现。

我们借用该图分析明代词人群体，但本文不考虑代际更迭中的斗争情况，而只讨论这些词人群体在社会空间中所处的位置对其文学作品传播和接受的影响。为便讨论，我们以词人群体间的唱和为中心。因为唱和是一种人际传播，能直接反映社会空间的行动者关系。

一　词人群与权力场中心距离及其传播趋向差异

词人群体的成员在权力场中的位置决定了这个群体在文学场中的行动，决定着他们的传播趋向与传播效果。明人爱结社①，结

---

① 何宗美《明末清初文人结社研究》（天津：南开大学出版社 2003 年版）第 17 页指出明人结社超过 300 家。何著提到江南苏州、松江、常州、镇江四府的明代文人结社 30 余家，而据王文荣《明清江南文人结社研究》（苏州大学 2009 年博士论文）附录所载上述四府的明代文人结社情况较何著多出 68 家，则明代江南四府文人结社即达 100 余家，若算上全国的情况，其数当更多。

社往往造就不少词人群体。王兆鹏师以为,按照诗社性质分,宋代南渡的诗社文会大致有:以唱和诗词、切磋诗艺句法为主的诗社;以讲论人生、哲学问题为主的短期聚会,同时也唱和诗词;尚未成名的青年士子的会课;以同一题材邀请当地或外地的诗人名流题诗唱和。而这四种主要形态都形成相应的文人群体;且群体之间的代际关系也是群体研究需要考察的问题①。这些文人群体的形态在明代也同样具有。我们关注的则并非词人群体的结社目的,而更在这些词人群体所处的权力场位置,他们所掌握的资本状况及其文学传播的趋向。

明代距离权力场最近的词人群体,莫过于明代中期以夏言为首的台阁词人群体。这个群体以当朝首辅夏言为中心,集结了数名位极人臣的朝臣,又有一批官爵略低的追随者。而与权力场中心较远的群体则如明初杭州府学词人群体、明代中期的吴中词人群体、晚明云间词人群体。这几个群体的成员要么沉沦下僚,要么无心政治,要么淡出权力中心。距离权力场中心点最远的,莫如晚明午梦堂女性词人群体。这个群体的成员全部是女性,她们之间是以血缘为纽带结合而成的群体。鉴于当时的政治气象,她们几乎不可能在政治上发挥重要影响,因此在词人群体中距离权力场中心也最遥远。由于距离权力场中心位置的差异,他们之间的群体传播趋向也有显著的差异。今试以群体唱和为中心,从其唱和成员间的关系、唱和内容、资本累积的差异展开讨论。

首先,群体唱和的成员关系差异,在处于文学场域不同位置的词人群体间表现明显。就文学传播而言,那些摒弃成员间文学以外因素的作品,更具有传播的价值。但在实际过程中,人们往往依据行动者在场域中的位置来进行文学传播活动。那些占据优势资

---

① 王兆鹏《宋南渡词人群体研究》,南京:凤凰出版社 2009 年版。

本的成员更具有传播的能力。

　　各个词人群体成员若有代际交替,年辈较长的词人往往更处于优势地位。这是因为他们的资本积累量优厚于初出茅庐的后生小子。杭州府学词人群体就是一个有明显代际界限的群体,该群体成员仅 5 人。年辈较高的莫昌是仇远的学生,生于元大德六年(1302),比年龄次长的凌云翰年长 21 岁,比年龄最幼的瞿佑足足年长 45 岁。午梦堂的女词人则是由亲友关系组成的词人群体,她们之间以家族伦理关系自然分成若干代群。而吴中词人群体也明显呈现三代并存的现象,沈周的年辈明显长于文徵明、唐寅等人,而文徵明等人又长于后续的钱穀、文彭、文嘉等人。

　　因此,在群体成员的年辈关系上,文学场呈现明显的代际并存特质。年辈较晚的成员获得年辈较早的成员之提携奖掖,几乎是一种常态。如瞿佑这样的明词大家,在刚刚登上词坛时,也是由凌云翰奖掖的。但这种代际界限有时是近乎模糊的,例如夏言是正德十二年(1517)进士,而弘治十八年(1505)顾鼎臣榜的几位进士,如严嵩、顾鼎臣、陆深等均是其唱和集团的成员。顾鼎臣是弘治十八年状元、陆深是该科传胪,而正德十二年会试的同考官正是严嵩。但夏言科运早发,嘉靖十五年(1536)入阁,李时殁后位列首辅。此时,顾鼎臣虽然也在阁,"顾鼎臣入,恃先达且年长,颇欲有所可否。言意不悦,鼎臣遂不敢与争"[1]。而嘉靖庚子(1540)夏言生日,夏有词序称:"陆俨翁作金焦图,和东坡此词,遣其子楫瞿、塾学召来为余寿。"[2]这两例说明,在以夏言为首的这个权力核心词人群中,占据中心地位的夏言才是轴心,而与成员年辈并无太多的关系。成员间以政治地位为依据进行活动,即便文学活动也依从政治版图的序列。

---

① 张廷玉等《明史》卷一百九十六,北京:中华书局 1974 年版,第 5194 页。
② 饶宗颐初纂,张璋总纂《全明词》,北京:中华书局 2004 年版,第 686 页。

就文学传播而言,这种依据政治地位次序的文学群体,据上位者常常是传播活动的操控者。而距离权力场中心点较远的词人群体间之关系,有时显得更为平等,成员间更加依据文艺创作的实力次序。在传播的主控权上,按年辈次序的情况相对较少。如杭州府学词人群中的瞿佑,他的文艺才能颇为年辈较早的凌云翰欣赏,前引凌云翰对瞿佑的称赏就是因为瞿佑唱和凌氏作品,瞿氏的才思敏捷令凌云翰"刮目相视,且叹叔祖之不能尽知也"。即便瞿佑"视先生(凌云翰)犹大父行,而先生不以齿德自居,过以小友见待,每于诸长上前,称之不容口,喜后进之有人也"①。吴中词人之间的结社唱和往往也并不计较年辈,而是少长咸集,群英荟萃。如唱和倪瓒《江南春》词时,文徵明、唐寅才弱冠,而沈周等人早已名噪一时。但他们都能平等地唱和作品,同场竞技。

其二,群体唱和的指向差异,在处于文学场域不同位置的词人群体间表现也较为突出。居于权力场核心的词人群体成员间的唱和往往指向最据核心位置的成员,以夏言台阁词人群体为例,该群体词人与夏言的唱和在全部唱和活动中所占比例之高,令人咋舌。如顾鼎臣存词9阕,其中与夏言酬唱之词就有6首。张璧与台阁词人唱和者9阕,直接与夏言有关者5首。刘节与该词人群体唱和词什21首,其中19首是与夏言唱和。张邦奇与台阁词人唱和词作26阕,其中与夏言唱酬者亦19首。杨仪与台阁词人唱和之词5首,全部是在他和夏言之间进行的。他者类似。

这种唱和传播的指向如此集中的现象,在距离权力场核心较远的词人中则较为罕见。如吴中词人群体集体唱和倪瓒《江南春》,尽管指向对象十分集中,但所指对象并非该词人群体的成员,不具备与原唱者交际的功能。且在唱和过程中,群体的各个成员

---

① 瞿佑《归田诗话》,《历代诗话续编》本,北京:中华书局1983年版,第1278页。

间关系较为平等。以家族血缘为纽带的吴江午梦堂女性词人群体成员间,尽管依据伦理关系有较为明确的亲疏差异。但在唱和活动中,成员间的指向性也并不十分集中,并未出现群体唱和指向对象高度集中在某一个人身上的现象。距权力场中心较远的词人群体几乎未曾出现如夏言群体那样,某位个体成员十之七八的群体唱和作品集指向核心人物的现象。

　　其三,不同群体因为在权力场中位置的差异,集体唱和传播的内容也大相径庭。权力场上占据中心位置的强权者,他们的唱和传播在内容上是以政治为主的。用词作进行人际交往的现象相当明显,夏言台阁词人群体的成员作品中送别、贺寿、宴饮之类的内容就特别多。如方献夫乞休还乡,夏言等人送之以《水调歌头》词。其作传至今日者有夏言《水调歌头·送西樵阁老》、霍韬《水调歌头·樵翁归赠》、钟芳《水调歌头·次韵,送方西樵　崔菊坡与之韵,西樵用之》、方献夫《水调歌头·乞休出都门次韵》、张璧《水调歌头·再叠,补送西樵阁老》等。夏言的生日唱和,如陆深《念奴娇·叠韵寿桂洲》、夏言《大江东去·庚子初度,石门少傅、松皋太宰、介溪宗伯治具来贺,即席和答二阕》、《大江东去·庚子初度,陆俨翁作金蕉图,和东坡此词,遣其子楫翟、壻学召来为予寿,予喜对二子即席赋答》;张璧《大江东去·补寿桂洲阁老六十》、夏言《大江东去·和答张阳峰寄贺辛丑初度之作》、夏言《大江东去·乙巳初度,溧阳史恭甫绘玉阳调天图并词二首寄寿,用韵答二阕》等。

　　传世夏言词人群之间的唱和经常出现有首唱无和作,有和作无首唱的现象。这类基于政治目的的人际传播在台阁词人群中是主流,尽管他们的唱和内容也包括纳凉、咏花等寻常事,但这些内容在该群体的整体唱和传播活动中并非主流。

　　但是距离权力场中心较远的词人群体,他们的唱和却往往和他们一样远离政治。如杭州府学词人群的唱和内容就主要集中在观赏花卉、鉴赏书画上。据黄文吉教授统计,该群体咏花的唱和包括:咏凤仙花、咏白莲、咏梅花等三种花卉品种,数次集体吟咏。赏书画的则如聚观沈旻所藏《雪夜泛舟图》等①。这些作品间或有涉及个人抱负的词句,如瞿佑《狮儿词·咏梅花仇山村韵》有"一笑相逢意足。便竹篱茅舍,何须金屋"之句,与其说是赞梅花指品行高洁,不以外在物质环境为是否绽放笑颜的基础,倒不如说是瞿佑借梅花之酒杯,浇胸中之块垒。以梅花之高洁暗喻自己不以金屋华堂为得失之具的品格,这也是历代咏梅词的惯用手法。在这类群体中,他们的唱和传播远不如占据权力核心的词人群体功利。

各个词人群体因为在权力场中位置的不同而体现出的差异并不仅仅表现在词作主题上,也表现在词作用语与用心上。距离权力场中心较近的词人群体,在进行唱和时难免阿谀逢迎,而那些原离权力核心的词人恰恰更能吟咏性情,率意为词。张若兰博士就极为敏锐地指出吴中词人群与夏言群体的差异,她说:"吴中地区文人的交相唱和与词坛交流就不涉及太多的功利性,这与夏言台阁词人群体的台阁之风、阿谀之气可谓判若云泥。"其二者判若云泥的原因,张博士以为是"吴中词人的群体性较强,整体水平也较高。并且,他们多为风雅之士,总有些不合于俗的清风雅味"②。其实说到底,还是两个不同的词人群体,在权力场中所处的位置及其资本积累的差异所致。

二　权力场中资本状况对作品当下传播的影响

文化生产场作为权力场的从属,其注定是各个行动者的不同资本累积互相作用的符号斗争场。各个行动者的符号斗争结果,

---

① 黄文吉《明初杭州府学词人群体研究——以酬唱词为对象》,见《黄文吉词学论集》,台北:学生书局 2003 年版,第 343—382 页。
② 张若兰《明中后期词坛研究》,中国社会科学院 2007 年博士学位论文,第 43 页。

直接影响着作品在当下的传播状况。通常说来,距离权力场中心越近的行动者,其经济资本、社会资本也积累越为丰厚。而这些资本转换成文化资本的体现之一,就是能以之刊刻文集,进行传播。一些远离权力场中心的群体,如果有一定的文化资本、象征资本的积累,在当下也能获得较好的传播环境。但是,资本是具有一定的时效性的,它们会流失、消耗。个体行动者丧失折损诸多资本,会影响其在权力场中的位置,并进而影响其文学作品的传播效果。事实上,文学作品在当时的传播就是权力场各类资本合力的结果,而起主要作用的资本就是社会资本和经济资本。

从传播者的角度说,占据权力场核心的传播者之资本优势足以促进其作品的传播。今按传播者所持有的资本类型略述如下:

占据权力场核心的行动者在社会资本方面,必定有远远超出其他行动者的优势。夏言台阁词人群体的核心成员在当时几乎都刻有自己的文集,"其达官贵人与中科第人,稍有名目在世间者,其死后则必有一部诗文刻集,如生而饮食,死而棺椁之不可缺"①。而这些官宦刊刻文集多半不是自己出资,我们看夏言的《赐闲堂稿》的刊刻际遇就可略窥崖涘。嘉靖二十四(1545)年夏言再相入京,过杭州,以其退居之作《赐闲堂稿》诗文词凡 427 首嘱故吏田汝成,云:"此吾归田时杂著也,子其为我序之。"汝成厘为十卷以复,夏言又授之侍御史曹忭,使为校谬误。曹则与夏言门生、浙江巡按杨九泽商议刻板之事,杨付之杭州守臣罗尚絅监刻②。浙江巡按杨九泽将老师的文集交给下属杭州知府去刊刻,个中缘由,大约可想而知。因此,我们时常会看到一些远离权力核心的行动者哀叹刊刻之不易。如陈师《寄蒋鲁山藩参》就跟友人说:"近成《笔谈》一书,

---

① 唐顺之《荆川集》卷五《答王遵岩书》,文渊阁《四库全书》本,上海:上海古籍出版社 1987 年版,第 1276 册第 308 页。
② 夏言《赐闲堂稿》,上海图书馆藏明嘉靖二十五年刻本。

欲梓,苦无力。当变薄产一二及典当为之。"①

不仅刊刻文集时,社会资本占据重要位置,在选本编纂时,也涉及社会资本的问题。如周雨"雅好古文辞,抄三百篇以下体裁近者,汇而次之。大历后入抄仅一二,而国朝数名家惟钤山堂汇至一百七十有奇,彬彬嗣李杜之盛"②。周雨雅好文辞之程度我们并不详知,但抄选作品时,大量抄选严嵩的作品,其间原因,还需要细究吗? 而这时还只是严嵩在政坛初掌重权时的嘉靖十九年(1540),严嵩要到两年之后的嘉靖二十一年(1542)才入阁为相。嘉靖中期,严嵩的文集还与当时的大名士杨慎有了交集。严嵩《钤山堂集》嘉靖十八年(1539)、嘉靖二十四年的两个增刻本;嘉靖三十一年(1552)的《钤山堂诗选》、嘉靖三十五年(1556)的《振秀集》等均有杨慎的评点。而杨慎是嘉靖三十八年(1559)故世的,因此,起码在嘉靖三十五年时,杨慎还在为严嵩评点选订诗文。算起初始,亦是严嵩权柄初掌的嘉靖十八年。而有了杨慎这样的文化名流印可,又有自身当朝宰辅的象征资本,严嵩的词就算做得再糟糕,也必有人赏光阅读。更何况,严嵩的词作本身也具有一定的水准。严嵩文集的纂刻情况,是权力场中的社会资本掌控者在文化上控制优势资源的典型例子。

而大多数距离权力场核心较远的文人,在当下就未具备这样的传播优势。如杭州府学词人群体的凌云翰、瞿佑,曾经唱和的《梅柳争春》400阕就没有能够刊刻。尽管以一人之力,填百首梅词《霜天晓角》、柳词《柳梢青》的确难有遗妍,但若以词作水平看,或许未必不如严嵩的应酬诗词。但远离权力场核心的凌云翰、瞿佑在当时恐怕也很难获得刊刻这些唱和作品的机会。

---

① 陈师《禅寄笔谈》卷十,《四库全书存目丛书》影北京图书馆藏明万历二十一年自刻本,济南:齐鲁书社1997年版,子部103册第778页。
② 崔建英等《明别集版本志》,北京:中华书局2006年版,第650页。

　　从经济资本的层面说,占据的经济资本多少也是行动者在场域中位置的重要凭据。而居于权力场核心的传播者,一般经济资本都较为雄厚。如陆深的《俨山文集》嘉靖二十五年(1546)刊本达到一百卷,光目录就有两卷。《俨山外集》也多达四十卷。此外,还有《陆文裕公续集》十卷。这多达 150 卷的大部头,刊刻所需的经费绝不是小数目。《俨山文集》卷一共收有五首赋,全卷计 3431 字。若我们按每卷 3000 字计算,陆深 150 卷的文集字数总在 450000 字以上。按明代刻书的价格,"从《方洲先生文集》所记明代刻工工价资料来看,全书共 280935 字,用银共 141.57 两,含写、刻、食三项费用,平均合每千字 0.5039 两"①。万历四十年(1612)刻《径山藏》之《经律异相》第一卷,记字八千七百七十,该银四两三钱八分五厘②。刻费与《方洲先生文集》差近。按此计算,陆深文集至少需要花费 226 两白银的写刻费用。那么这些白银在当时的价值又是多少?《明史·食货二》载:明初,"于是户部定:钞一锭,折米一石;金一两,十石;银一两,二石。……帝曰:'……金、银每两折米加一倍'"③,则明初一两黄金能折米二十石,一两白银能折米四石,大约五两白银折合一两黄金。这是户部核准的官价,若按实际价格,恐怕还不止这些。笔者未曾检得明代中期的银粮比价,然其时一两白银换成米粮恐怕还不止明初所得。即便按明初的银粮比价,陆深文集刊刻花费了至少 45.2 两黄金的写刻费。若折成大米,至少需要 904 石(约合 85338 公斤)大米。然而这还仅仅是刻工的费用,尚未包括纸、墨、装帧等其他费用在内。而当时百姓甚至 3

①　白莉蓉《一份珍贵的明代刻书价银资料——从〈方洲先生文集〉说起》,《图书馆工作与研究》2008 年第 11 期。
②　杨绳信《历代刻工工价初探》,《历代刻书概况》,北京:印刷工业出版社 1991 年版,第 558 页。
③　张廷玉等《明史》卷七十八,北京:中华书局 1974 年版,第 1895 页。

两白银即可做个小本生意,如《醒世恒言·卖油郎独占花魁》里的卖油郎秦重,就是靠3两白银的本钱养活自己的。小说虽不能完全当真,但由之也可看出当时经济生活之一二。

　　远离权力场中心的词人群体,大约很少有如此雄厚的经济资本。以杭州府学词人群体为例,根据《明史》中的记载:"教官之禄,州学正月米二石五斗,县教谕、府州县训导月米二石。"①若按"县教谕,府、州、县训导月米二石"的俸禄来算,如果他们也像陆深那样刊刻150卷文集,起码得18年完全不动用俸禄,才能凑齐写刻费,若加上纸墨装帧之费,恐怕需要20余年的俸禄才能办成。

　　从接受者的角度看,那些距离权力场核心位置近的行动者的作品往往也是接受者关注的焦点。而这种被关注其实也是建立在被接受者的象征资本上的。例如明代的日用类书,几乎都有对品官的介绍,某官位居几品,尤其是对朝臣之首的宰辅,更是各列其姓氏乡里。可见,附着于宰辅们身上的政治资本,在引起社会关注方面是极其有效的。书坊作为传播者与接受者之间的桥梁,他们最能了解接受者的一般心理。在明代书坊的追逐对象中,除了如杨升庵、李卓吾、陈眉公这类重要的"文化品牌"之外,高官显宦,尤其是那些有传奇经历的高官作品也是书坊追逐的对象。我们前文提到过夏言词集、文集的建阳书坊、金陵书坊刊本就是显例。而书坊之所以会去翻印、刊刻这些显宦的文集,主要也就是因为他们有足够的把握,刊刻的高官文集能得到接受者的青睐,可以获利。

　　如此看来,作品在当下的传播,显然是占据权力场核心位置的行动者具有绝对优势,而那些远离权力场的唱和群体在当下可能并不如台阁词人受关注。

---

① 张廷玉等《明史》卷八十二,北京:中华书局1974年版,第2002页。

三　"输者为赢"的世界对作品久远传播的影响

"输者为赢"看上去是个荒谬、悖反的论调,张意博士如此介绍布尔迪厄的这个论点:

> 文学场越是坚持独立法则,越是倾向于将社会空间等级结构的原则颠倒或者悬置起来。文学场为作家提供的象征利益(symboic interest),往往与他们获得的商业利益成反比。那些企求文学场外的金钱和世俗荣誉的作家,在自主文学场内,拥有的象征资本最低。场域的自治化程度越高,场域的象征资本就越是青睐最自主的生产者。①

简言之,即越不受权力场法则约束的作家,越能创作出独抒性灵的作品,而越是能抒发个人情志的作品,往往越能打动读者,从而占据较高的名誉。若将这个论点放到明代的词人群体中来看,我们不难发现,"输者为赢"的确起着重要作用。若将视野再细化到个体行动者作品内部,我们会发现,"输者为赢"依然起着重要作用。

首先,从词人群体距离权力场中心的远近看,那些距离场中心越近的群体,在唱和过程中越不能随意表现自己适合的主题。正如我们提到夏言台阁词人群体时指出的那样,阿谀奉承的词作在这个群体中是常态。对据上位者毫无顾忌的吹嘘,在这个词人群体的词作中比比皆是。而据上位者自身又常常要表达虚拟的情感,甚至唱和之间也不忘"君恩似海"、"圣明弘德"。如"已道君恩似海,敢放此生闲"(张邦奇《水调歌头·答桂洲大宗伯》)、"喜见圣明弘德,须有高贤赞治"(张邦奇《水调歌头·答桂洲》)、"天祚皇明

---

① 张意《文化与符号权力:布尔迪厄的文化社会学导论》,北京:中国社会科学出版社 2005 年版,第 282—283 页。

国,日绕正阳关。唐虞治化方盛,击壤喜相安"(郭维藩《水调歌头·和桂洲韵》)等。在引上述例子之后,张若兰博士揶揄道:"能如此作词,确也难为诸人了。"[1]这类作家正是"企求文学场外的金钱和世俗荣誉的",他们意不在文学,而在经济资本与社会资本的攫取。因为他们占据权力场的中心位置,所以作品能够得到广泛的传播。一旦人走茶凉,他们就极其容易淡出人们的视野。

　　我们可以发现,那些基于政治交际目的的和韵词作,在传播中实际上却是处于弱势的。夏言台阁词人群体的不少唱和词作都没有保存下来。其中最突出的是李廷相,夏言集中有 20 余首赠答李氏的词作[2],但李廷相却一首唱和词作都未能传世。而那些在该群体某甲文集中能见到的和某乙之词作,某乙的原作却不传的现象也不胜枚举。

　　这正是"输者为赢"的对立面,当时赢得传播优势,占据大量资源的群体在后世反而难以传之久远,可谓"赢者反输"。就群体作家个人的作品来看,那些以"企求文学场外的金钱和世俗荣誉"为目的作品,往往不如能代表他们特色的作品更能传之久远。以夏言词作为例,后世明词选本选及夏言的词作,多不是他的唱和作品,也不是他"企求文学场外的金钱和世俗荣誉的"《大江东去·扈

---

① 张若兰《明中后期词坛研究》,中国社会科学出版社 2010 年版,第 104 页。
② 它们是:《沁园春·贺大司徒李蒲汀六十》、《大江东去·答李蒲汀惠水晶葡萄》、《大江东去·再咏葡萄》、《大江东去·答蒲汀惠蟹》、《大江东去·答李蒲汀张阳峰》、《大江东去·次东坡韵,柬李蒲汀送蟹》、《大江东去·再叠东坡韵,答蒲汀蟹词》、《大江东去·答蒲汀馈水晶葡萄》、《大江东去·再答蒲汀葡萄之咏》、《满庭芳·赏盆荷,次李蒲汀韵》、《踏莎行·答李蒲汀用韵》、《渔家傲·寄李蒲汀》、《渔家傲·次韵答李蒲汀四阕》、《渔家傲·和答蒲汀见寄》、《蝶恋花·次李蒲汀秋日之作》、《贺圣朝影·柬李蒲汀约饮碧山楼》、《念奴娇·人日答李蒲汀,用山谷韵》、《念奴娇·次山谷韵,答李蒲汀冬日之作》、《绮罗香·和答李蒲汀》、《少年游·壬寅端午柬李蒲汀二阕》。

踔渡河日,进呈御览》等篇什。事实上,《大江东去·扈踔渡河日,
进呈御览》正是当时唱和人数最多的夏词。后世选本如明人钱允
治《类编笺释国朝诗余》,卓人月、徐士俊所选《古今词统》皆未选桂
洲词。而清人《历代诗余》,顾璟芳等《兰皋明词汇选》,朱彝尊、王
昶《明词综》所收夏言词皆以其小令为主。《远志斋词衷》引《虞山
诗选》云:

> (夏言)殁未百年,而花间、草堂之集,无有及公谨名氏者。
> 求如前代所谓曲子相公,亦不可得。大约花间、草堂,亦宋人
> 选集之偶传者耳,此外不传者何限。况并不入选中,则佳词灭
> 没,又不知其几矣。近严都谏颢亭亦云然。迩来诗余无成选,
> 故名作遂多散轶。目前如此,将来可知,安得呵为剩技,遂云
> 无关大雅哉。①

作为群体核心的夏言,词作的后世传播情况尚且如此,他人就更可
想而知了。

但是那些远离权力场核心的词人群体的作品,却在后世传播
过程中,通过人们对其词作价值的发掘,而慢慢占据主流。在今人
之词学研究视野中,以沈周、文徵明、唐寅等人为首的吴中词人群,
以陈子龙为首的云间词人群和以沈宜修为首的午梦堂词人群均是
备受关注的群体,几乎都有专门的学位论文论及,单篇论文更是不
在少数。仅研究云间词人群体的博士论文就有李越深博士《云间
词派研究》(浙江大学 2004 年博士学位论文)和刘勇刚博士《云间
派研究》(南京师范大学 2002 年博士学位论文,2008 年由中华书局
出版,更名为《云间派文学研究》)。明初的杭州府学词人群体,由

---

① 邹祗谟《远志斋词衷》,唐圭璋《词话丛编》,北京:中华书局 1986 年版,第
658 页。

彰化师大黄文吉教授的《明初杭州府学词人群体研究——以酬唱词为对象》最先揭橥，且关注群体中的词人瞿佑的论著更不在少数。近二十年来，研究瞿佑的文学活动的主题论文就达190多篇。而以夏言为首的明代中期台阁词人群体，除笔者《明人夏言词与稼轩词比较刍议——以夏辛二人信州词作为中心》、《明人夏言词版本述略》两篇论文外，拙目所及便只有张仲谋教授的《明词史》、张若兰博士的《明中后期词坛研究》曾专门讨论。而对其群体的阐发研究尚待深入①。

这也足见，对作家作品后世传播的实际来说，"输者为赢"是合乎实际状况的。本文认同布尔迪厄关于文化生产场的运作法则的讨论，并认为，对于布尔迪厄观察的西方现代资本主义兴起之前的文学场，该理论也发挥着积极的作用。借用该理论讨论文学史上的传播问题，也值得我们继续阐发。

---

① 所论相关研究情况截止2009年8月。

第九章　明词传播的文化增值效能

　　文化增殖是传播中必然发生的现象,"文化的增殖是一种文化的放大现象。当一种文化原有的价值或意义在传播过程中产生出新的价值或意义来,或者一种文化的传布面增加从而使受传体文化相对于传体文化有了某种增殖放大,这就是文化的增殖现象"①。文学作品传播面扩大产生新作品,各艺术门类间的相互影响促进新的艺术样式形成,都是传播增殖中常常发生的现象。《楚辞》的传播大浪中有《离骚图》、《九歌图》的波澜;陶渊明作品的传播乐章中有《归去来辞图》、《桃源图》的音符②;唐诗宋词的传播历程中出现过众多诗词书帖、诗意画、词意画,更出现了《诗余画谱》、《唐诗画谱》等版画书籍。对于文学的传播增殖来说,从文学向其他艺术门类的增殖是文学传播中最为突出的文化增殖现象。而不少文学作品本身却是其他艺术门类向文学的增殖结果,例如那些园林题咏,就是园林艺术向文学的拓殖。它们在明词传播增殖中有两个较为突出的例子,前者是"《江南春》现象",后者是"'寓山十六景词'现象"。本章我们拟讨论它们的发生过程及其形成原因,并以此为例,寻找艺术门类相互影响下文学作品的文化增殖规律,讨论文学传播的效果。

---

① 沙莲香《传播学——以人为主体的图像世界之谜》,北京:中国人民大学出版社1990年版,第78页。
② 袁行霈《古代绘画中的陶渊明》,《北京大学学报》2006年第6期。

第一节　从文学到其他艺术门类的延展

——以明词"《江南春》现象"为中心

《江南春》词有三调，宋代寇准、吴文英各创一调，另一调112字格长调最初则是元末明初倪瓒的两首诗。嘉靖中唐寅、杨仪等误将倪瓒原作当成词步韵，并逐渐形成了体兼诗词的特殊词调。该调在明代几乎全是唱和倪瓒之作，凡74家118首，约占已发现的明词总数的0.5%左右①。这个比例并不大，但在文学传播史上却有值得注意处。由于艺术门类间相互影响，《江南春》在百余年间不断产生新价值、扩大传播面，甚至延及清季，其文化增殖情况远非传统的文学传播模式所能规范②。

一　《江南春》的传播与增殖

元明之际倪瓒手书《江南春》诗以赠王宗哲兄弟及虞胜伯。这是倪瓒《江南春》的初次传播，乃文人交往中常见的文学传播行为。但由于倪瓒著名书画家的特殊身份，他的诗歌与书法共同构成一

---

① 《全明词》及《全明词补编》，共收倪瓒《江南春》及和其韵之作64人97首（其中《全明词》重收侯汸一首，《补编》重收周履靖一首，不计）。余意《明词辑佚23首》（《中文自学指导》2008年第2期）又从《四库全书存目丛书》所收之嘉靖本《江南春词》辑得15人21首。

② 美术史与古代文学研究者先后注意到这个现象，并分别立足本学科进行讨论。前者如李维琨《"吴门画派"的艺术特色》（故宫博物院编《吴门画派研究》，北京：紫禁城出版社1993年版）；后者如叶晔《明词中的次韵宋元名家词现象——以苏轼、崔与之、倪瓒词的接受为中心》（《中国文化研究》2007年秋之卷）、余意《〈江南春词〉集版本考略及其相关问题》（《词学》第二十二辑，华东师范大学出版社2009年版）。何丽娜《〈江南春词〉倡和集相关问题考辨》则涉及了唱和活动、书画题跋等问题（《明清文学与文献》第1辑，黑龙江大学出版社2012年版）。

件新的艺术作品,从而实现了文化增殖。该书帖的传布面并不广,加上文艺作品接受的延滞性,随后的百余年时间里并没有引起人们特别关注,作家少有和作,藏家少有著录。这首《江南春》诗也按传统的传播方式流传下来,影响不大。

随着岁月的流逝,倪瓒书画作品日渐稀罕,到弘治时已成为收藏家热衷的藏品了。弘治己酉(1489),许国用宝爱所藏之倪瓒《江南春》书帖,召集友人聚观唱和。沈周首唱二首,徐祯卿、杨循吉等人相继和韵,年未弱冠的文徵明、唐寅也参与此次唱和。这是《江南春》传播中的转折点,此次唱和之后,该诗和者日众,影响日广。弘治至嘉靖间唱和倪作,是吴门文艺盛事,当地文人和之殆遍。民国间苏州人陈去病著《五石脂》,曾不无自豪地说起:"蔡羽、文璧、沈周、唐寅、祝允明、陆治及璧子文彭、文嘉,皆吾吴先贤之彬彬者也。"①这些"彬彬先贤"均参与了弘治、嘉靖间唱和倪瓒《江南春》的活动。参与人数之众,延续时间之长,足为观止。

据叶晔先生梳理,弘治、嘉靖期间共出现过弘治二年(1489)、弘治十一年(1498)前后、正德初年、正德十二年(1517)前后、嘉靖九年(1530)、嘉靖二十六年(1547)前后等多次唱和活动②。这些同

---

① 陈去病《五石脂》,南京:江苏古籍出版社1999年版,第304页。
② 参叶晔《明词中的次韵宋元名家词现象——以苏轼、崔与之、倪瓒词的接受为中心》,然叶先生以为:"据所录作者数量,可知四库采进本,就是《四库全书存目丛书》影印之嘉靖刻本。"他同时注意到"今嘉靖本《江南春词》后附'续和'作品中,袁表词题署'嘉靖丁未'"等问题。笔者以为嘉靖本或非只有嘉靖十八(1539)年一刻。四库馆臣云:"嘉靖十八年,袁表序而刻之。"(《四库全书总目》卷一九一,北京:中华书局1965年版,第1741页。)今《江南春词》未有袁表序文,且"续和"二字与胡佑词同板,所附续和之作又有袁表嘉靖二十六年(1547)作品。考虑到金武祥《粟香室丛书》本《江南春词集》对嘉靖本《江南春词》有所增删的实例,四库采进本与《四库全书存目丛书》影印之嘉靖刻本所录作者数量或系偶合,二者原或非同本。

时同地的聚观唱和活动竞技意味十足,易于激发作者诗兴;较一对一的酬唱传布面更广,传播效果也更好。文徵明就说:"石田先生骋奇抉异,凡再四和。其卒也,韵益穷而思亦益奇,时年已八十余,而才情不衰,一时诸公为之敛手。"①尽管"一时诸公为之敛手",却终究"或述宴游,或标风壤,或抒己志,或赋闺情,迭奏金声,积累缃素。"②题材风格可谓多样,有的和作更突破了缘题而作的局限,袁表就借和韵伤悼亡子,寓人生不常的伤感于雏笋新折、好春易去之叹。

更重要的是:这一时期《江南春》第一次以"词"的面貌出现。唐寅、杨仪的别集即将《江南春》收在词类,杨仪尽管没有辨明原作基本情况,但已明确认定其文体是词③。嘉靖十八年(1539),袁表辑诸作为《江南春词》,序而刻之。《江南春》从此有了书册传播的历史,名之为"词"更明确其文体属性。这为《江南春》在更加广阔的时空实现传播增殖提供了保证,而其本身也具有文化增殖的意义。

通过各家唱和,《江南春》作品数量有累积,题材风格有突破,

---

① 沈周等《江南春词》,《四库全书存目丛书》影北京大学图书馆藏明嘉靖刻本,济南:齐鲁书社 1997 年版,集部第 292 册第 380 页。

② 袁袠《衡藩重刻胥台先生集》卷一四,《四库全书存目丛书》影北京大学图书馆藏明万历十二年衡藩刻本,济南:齐鲁书社 1997 年版,集部第 86 册第 588 页。

③ 杨仪词跋云:"自先生题三首,予按其声即《木兰花令》,前二阕已终,其忧思之怀未尽,故后章作三字句,为过肉,以发其情。"(饶宗颐初纂,张璋总纂《全明词》,北京:中华书局 2004 年版,第 908 页。)倪瓒原作今藏上海博物馆,其帖卷首"江南春三首"之"三"字中间一横墨色较浓厚。而袁表也发现了这一问题,其词跋云:"枝山先生按云林原倡乃是两章,以为误题三首。仆细观墨迹,本书二首,缘庸人以阋,谬增为三,不可厚诬云林也。"(沈周等《江南春词》,《四库全书存目丛书》影北京大学图书馆藏明嘉靖刻本,济南:齐鲁书社 1997 年版,集部第 292 册第 382 页)。杨仪似乎并未得见原卷。

文体认同有新变,真正是蔚为大观,然而这都还只是局限于文学内部的传播增殖现象。如果我们将视野投到书法领域,便会发现,这些题和者很多都是当时著名的"吴门书派"的书家。该派领袖祝允明、文徵明,中坚王宠,前辈沈周,后进文彭、文嘉、王穀祥、彭年、钱穀等人或参与群体唱和,或题咏画卷,均创作出新词,而其书写也构成新的书法作品。文人群体唱和、书家集体书写本身就是集体创作活动,而引发该集体创作的首要因素当然是《江南春》的传播。我们也发现单个艺术家受《江南春》传播影响进行创作的例子,正德十四年(1519)及嘉靖三十五年(1556)钱穀的唱和题画也是书法创作与文学创作的集合。这两年钱氏均有《江南春》图,画卷中并题有追和倪瓒的《江南春》词,只是题画活动本身却更具有艺术活动的因素①。

这一时期,《江南春》还传入绘画领域,产生了图像化传播的瞩目影响。钱穀曰:"云林《江南春》辞并画藏袁武选家,近来画家盛传其笔意而和其辞者日广。"②而尤其值得注意的应该是沈周和文徵明。沈周不但首唱《江南春》和章,他创作的《江南春图》也开启了写《江南春》诗意画的大幕。《十百斋书画录》卷十一载其图乃"为秋樵高雅作",并题有和作"燕口泥香进幺笋"。而文徵明对《江南春》似乎特别偏好,他是明代画家中现存《江南春》图最多的。李维琨《"吴门画派"的艺术特色》提到文徵明的四幅《江南春》图卷。此外,文徵明尚有三件作于嘉靖二十三年(1544)的仿倪瓒笔意的《江南春图》传世,分藏于京、沪、宁,且多题有自己或他人的和《江南春》之作。以《过云楼书画记》卷四著录之《文衡山补图云林江南

①参《石渠宝笈》卷一十二、卷二十二,文渊阁《四库全书》本,上海:上海古籍出版社1987年版,第824册第320页、第825册29页。
②郁逢庆《书画题跋记》卷十一,徐蜀编《国家图书馆藏古籍艺术类编》,北京:北京图书馆出版社2004年版,第11册第289—290页。

春卷》为例：嘉靖九年庚寅（1530）倪瓒诗帖已转归袁氏收藏，袁衮向文徵明展示诗帖，并请文为之题咏补图。文序云："徵明亦既老矣，因永之相示，展诵再三，拾其遗余。"①袁衮索题求画，文徵明回应了袁氏的请求，这当然是一次传播的记载，更是一个文化增殖的诱因，是传播促进了文学作品《江南春》向书画领域的增殖。

　　此外，仇英、唐寅、陆治、文嘉、居节等人皆有写《江南春》诗词境界的图卷。仇作被顾文彬许为"仇画第一"，并说："后有石田、衡山、雅宜、酉室十家和词，皆见《江南春词》集。"②这些书画主要是书写《江南春》文学作品，或描摹作品意境，其增殖是建立在文学作品传播基础上的，同时又拓展了《江南春》文本的传播途径，还不断产生新价值，促进着新的文化增殖之发生。

　　隆庆一朝六年间几乎没有见到关于《江南春》传播的记载，其传播进入短暂的潜伏阶段。万历以还，《江南春》在文学领域的增殖值得我们大书一笔。虽然各家对其文体属性的歧见仍未消弭，但支持《江南春》的文体属于词的越来越多。胡应麟在《跋吴下名流江南春诗》中说："诸诗大类宋人长短句，然则谓《江南春》词可也；诗，不可也。"③题目称《江南春》为"诗"，文中也说"诸诗"类词，结论则是肯定其词体，否定其诗体。可见胡应麟对《江南春》文体性质的认识虽较含混，但结论偏向"词"。而周履靖、黄姬水、俞彦诸人都以之为词，词学家俞彦的观点更值得注意。后人仍之，《摛藻堂四库全书荟要》本《清閟阁全集》即在原作后附有周履靖和作，称为"二阕"，而"阕"通常是词的专属计量单位。然而，将之视为诗

①沈周等《江南春词》，《四库全书存目丛书》影北京大学图书馆藏明嘉靖刻本，济南：齐鲁书社1997年版，集部第292册第380页。

②顾文彬《过云楼书画记》，南京：江苏古籍出版社1990年版，第105页。

③胡应麟《少室山房集》卷一百八，文渊阁《四库全书》本，上海：上海古籍出版社1987年版，第1290册第782页。

歌的也不乏其人,李流芳即是①。

　　与此前几乎皆是次韵之什不同的是,万历以来的《江南春》和作出现了韵脚限制较宽的依韵之作,如周履靖就既有次韵之作又有依韵之篇。在题材内容上的增殖也相当明显,叶晔先生所提到的贡修龄以时事入词,徐㳟在题材上翻新,均是其重要表现。值得注意的是书册刊刻传播的优势已然显现。《清河书画舫》就称倪瓒《江南春》"后人和章极多,好事家编为《江南春集》镂板行世,亦可传也"②。朱之蕃曾附顾起元及他自己的作品于《江南春词》后,并手录一册。梁廷枏《江南春词附考》提到:"吴县袁邦正表都为一集……其后顾文庄公起元、朱尚书之蕃又各续和八阕,尚书复合以袁氏所辑并原唱二阕,为之楷录一过。"③可见朱氏是读到了《江南春词》的刊本的。就《江南春词》的传播范围说,已经远逾江南,如天启六年(1626),远在京城的贡修龄收到友人寄赠的《江南春词》即和其韵④。像贡氏这样读到书册而追和步韵的,当时到底有多少,已不可详考! 然其必不孤。

　　而在书法和绘画等艺术领域,《江南春》同样继续增殖。书画

---

① 李流芳《檀园集》卷二《七言古诗》有《江南春·次倪元镇韵》两首。《全明词》、《全明词补编》均未收,然按《全明词》收倪瓒原诗的情况看来,这两首应当收入。实际上,关于《江南春》的文体,今人亦有不同看法,治词者如叶晔、余意均视之为词,而任缉魁《〈全明词〉疏失举例》(罗宗强、陈洪编《明代文学研究国际学术研讨会论文集》,天津:南开大学出版社 2006 年版)则认为其属于"七言歌行之变体"。笔者赞同以《竹枝词》体兼诗词的融通看法对待《江南春》。

② 张丑《清河书画舫》卷四上,文渊阁《四库全书》本,上海:上海古籍出版社 1987 年版,第 817 册第 139 页。

③ 沈周等《江南春词集》,光绪十七年(1891)金武祥刊《粟香室丛书》本,附考。

④ 贡修龄词序云:"倪元镇先生有《江南春辞》,和者数十人。丙寅寓京,其家中翰宇和以成书见投,漫次其二。"(周明初、叶晔编《全明词补编》,杭州:浙江大学出版社 2007 年版,第 777 页)。

鉴赏持续促进着《江南春》的传播,吴应箕曾在吴门借阅《江南春诗画卷》并题其卷①。胡应麟则描述该卷说:"卷首王禄之'江左名流'四大篆。《江南春画意》一帖题文太史,而行书三诗于后。"②其后又述文彭、文嘉、王穀祥各家唱和题跋,可见由于书画鉴赏产生的和韵之作在此间仍然不断涌现。而书画家们也继续各擅胜场,创作出新的《江南春》作品。文彭老寿,在隆庆之后依然保持着旺盛的创作精力,他曾书倪瓒原作于扇头③。此即《江南春》在本期书画领域传播增殖的适例,余不备述。

由于《江南春》经众多书画名家题跋、补图,相关的艺术评论也就应声而起。书论、画论著作对该画卷和书帖的著录、批评必然扩大其传布面,成为其传播新途径,加速了其增殖。《清河书画舫》、《书画题跋记》诸书均提及《江南春》,而《书画题跋记》更是备载唐寅以下十五家十七首和作全文。这为倪瓒《江南春》诗作及后人次韵的《江南春集》作了"广告",促进了其传播,相互关系可谓密切。

明代《江南春》的传播增殖呈现出文学、书法、绘画三大门类交互影响,相互促进的态势。明清鼎革,江山不殊,《江南春》之传播增殖亦未殊。清康熙间,陈维崧等人有和倪瓒原韵之作,而徐玖、王翚有画作;光绪间,江阴金武祥《粟香室丛书》所收《江南春词集》补有时人和作,而吴穀祥、胡锡圭亦合作绘有图卷。《江南春》的传

---

① 吴应箕《陈定生书画扇记上》云:"其卷藏洞庭许氏,吴中先哲和韵殆遍。岁壬申,予在吴门借阅之,许氏曾索题其后。"(《楼山堂集》卷十八,《四库禁毁书丛刊》影中国科学院图书馆藏清刻本,北京:北京出版社 2000 年版,集部第 11 册第 475 页)。
② 胡应麟《少室山房集》卷一百八,文渊阁《四库全书》本,上海:上海古籍出版社 1987 年版,第 1290 册第 782 页。
③ 胡应麟《少室山房集》卷一百十,文渊阁《四库全书》本,上海:上海古籍出版社 1987 年版,第 1290 册第 799 页。

播增殖可谓近世文明史上一首余音绕梁的歌曲,而"《江南春》现象"的典范意义就在其很好地反映了一个相对延续的时间段内,各艺术门类间相互影响促进的传播增殖现象。

二　《江南春》传播增殖的原因和影响

就像滚雪球,虽然可以越滚越大,却并非所有的雪花都能被滚成雪球。传播也只是文化增殖的充分非必要条件。尽管传播可以产生文化增殖,但并不表明其必定产生增殖现象。那么《江南春》实现传播增殖的原因何? 其影响如何?

1.《江南春》传播增殖的原因

倪瓒是元明之际较有影响的文人,时人或以其诗与虞集、范梈相埒①。倪瓒《江南春》诗原作的艺术价值是其赖以传播的基础。原作从题名到题材,再从意象到意境无不是千百年来中国文学吟唱的重要内容。江南的春天从"杂花生树,群莺乱飞"唱到"杏花烟雨","烟雨楼台",在无数如椽大笔挥毫的笔风中摇曳的江南是最能引发历代文人共鸣的题材之一。倪瓒原作云:

> 汀洲夜雨生芦笋。日出曈昽帘幕静。惊禽蹴破杏花烟,陌上东风吹鬓影。远江摇曙剑光冷。辘轳水咽青苔井。落花飞燕触衣巾,沉香火微紫绿尘。　　春风颠,春雨急。清泪泓泓江竹湿。落花辞枝悔何及。丝桐哀鸣乱朱碧。嗟我胡为去乡邑。相如家徒四壁立。柳花入水化绿萍。江波摇荡心怔营②。

---

① 周南老之《元处士云林先生墓志铭》称其诗"与虞范诸先辈相埒",而王王宾《元处士云林先生旅葬墓志铭》、张端《云林先生墓表》皆盛赞其诗(吕少卿《论倪瓒的当时诗名大于画名》,《南京艺术学院学报》2005 年第 3 期)。

② 饶宗颐初纂,张璋总纂《全明词》,北京:中华书局 2004 年版,第 28 页。

这两首诗是一连串的意象组合,选用的意象:润物无声的雨,雨后疯长的笋,如烟的杏花,吹鬓的暖风,凡此无不是历代文人笔下江南春景的常客。而其间蕴含的春归难觅,良辰易去的情绪更是诗人歌咏不尽的春愁。诗中,倪氏也流露出易代的身世之感。以意象组合而成的作品本身具有一定的开放性,作者可以通过选用不同的意象寄寓不同的情感,这使得和韵者能在贴近原作风格的基础上,相对自由地表达自身情感。而唱和该作较多的苏州文人身处同一地理空间,江南春景自是熟悉到不能再熟悉。他们对江南的春天,自然各有各的经验,可以选用自己熟悉的意象加以组合,形成新作。再看其用韵,原作韵窄,又在上声、上平声、入声之间游转,跌宕起伏,创作时较难把握。但文人往往视和韵为竞技逞才之具,韵险难和之词似乎更易激发唱和者的和韵兴趣及任才使气之心。倪瓒原作的这些艺术特质使得吴门文人既有和韵的欲求,又有和韵的可能。此其一。

其二,艺术门类间交互影响推动着《江南春》的传播增殖。倪瓒《江南春》尽管也有相当的艺术价值,但相对文学史上众多的名篇佳构而言,其作并非不可忽略。而倪瓒手书的诗帖在书法上的成就使得许国用乐于收藏其帖,并在得意之余请友人聚观。众人在欣赏倪瓒诗帖后,又纷纷和韵,表达鉴赏心得。吴门文人的和作又使得倪瓒原诗因此得到更广泛的关注,带来了更多的和作。袁褧得到倪瓒诗帖及众家和作的书卷之后,又请文徵明等人补图,直接促进了诗意画的产生,诗意画的流传又加速着诗歌作品的传播。最后,各家和作结集出版,书画论著又加以著录,其间文学、书法、绘画三个领域相互促进的作用是相当明显的。文学创作推进了书法题跋和描摹诗词意境的绘画作品产生,而绘画作品又反过来推进了文学的创作。文学作品的结集传播加速了《江南春》新和作的诞生,各家和作又促进着书画作品的创作,而文学作品又足资书画鉴赏家、书画史家参考。书画作品还导致了鉴赏文章的出现，鉴赏文章对各家书画的著录和源流的梳理又促进着文学作品的传播。可以说各个艺术门类之间是水乳交融的。如果倪瓒《江南春》诗二首仅仅是在其文集中传播，恐怕很难赢得这么多的关注，更不要说产生如此影响。

其三，传播者的非文学影响促进了《江南春》的文学传播增殖。倪瓒本人的书画成就应该也是《江南春》在嘉靖时进入吴门文人视野的重要原因。获得倪瓒的书帖后，许国用向沈周等人索和；获得倪瓒、沈周等人书卷的袁褧向文徵明、仇英索画，这里不论是题诗还是作画，都与书画鉴赏分不开。试想，一个名声不大的书画家的诗帖是否能产生这样的聚合力？题跋作画者中如果仅有倪瓒一人的书画影响较大，又能否引得如此众多的关注？事实上，和韵、题诗、作画的吴门文人超乎文学的社会影响增加了倪瓒原作的影响力，更为藏家所重视。唱和之作虽多，真正在书画卷上落墨的不过九人，亦足为旁证。时人慕名索观，因索观以成文的唱和作品总不在少数。而这也促进了其进一步增殖，继续放大着《江南春》的文化价值。

2.《江南春》传播增殖的影响

从诗歌到一个多艺术形式的集群，《江南春》的传播为词史增加了一抹瑰丽的色调。在词乐渐失之后，词的诗化突出表现在文字的格律化上。唐寅、杨仪等人对《江南春》文体的判断建立在文字化的格律基础上。唐寅对倪瓒两首诗的误读，无意间开启了《江南春》作为词体存在的大门。这次偶发事件恰是《江南春》文体新变的发端。接踵而来的袁表、贡修龄、周履靖等人在题材内容和用韵层面的突破，是其增殖的继续，这都为《江南春》词体的确立奠定了基础。该调由缘题而作一变而现出了向当时词体一般创作模式转变的迹象。而传播范围越广，传播途径越多，其增殖的速度也就越快。此其一。

其二,《江南春》传播增殖也造成了消解其文学性的负效果。人们在鉴赏图卷时,首先注意到的是图卷之绘画、书法艺术,其次才是诗词的文学性,诗词退居到次要地位。可以说,其间非文学层面的增殖导致了对《江南春》文学性的消解和遮蔽。我们试举一例,顾文彬《过云楼书画记》:

> 此卷即当时十洲为永之补图者。淡设色,略以青绿朱粉点缀,而山明水秀,柳软杏娇,翠阁一重……真有"堤外画船堤上马"意境。意十洲见衡山是图足以颉颃唐贤,故力避窠臼,与之竞爽,足为仇画第一。卷首陈雨泉书"江南佳丽"四字。后有石田、衡山、雅宜、酉室十家和词,皆见《江南春词集》①。

这里,顾文彬首先注意到的是仇十洲《江南春图》的构图、色彩、意境,并评价其图卷在仇英画作中的地位,其次注意到"江南佳丽"书法,而最后才蜻蜓点水地提到诸家和词。由此可见,并非所有文学作品的传播增殖都会促进文学作品价值的增殖,其结果有时候却恰恰是反向的。

三　词史、文学史上其他"《江南春》现象"

在文学传播过程中,任何作品都有增殖可能。类似《江南春》的传播增殖现象在词史、文学史上都不稀见! 而有些文学作品本身却是其他艺术门类增殖的结果,这点我们将在下一节专论。

从文学出发的传播增殖现象在词学史上所在多有。沈周《鹧

---

① 顾文彬《过云楼书画记》,南京:江苏古籍出版社1990年版,第105页。

鸪天》的增殖就是明人词在明代传播增殖的适例①。其词云：

> 风雨葵花小院前，老夫留此学安禅。家中尽有家中事，客里聊修客里缘。　　蒲酒畔，粽盘边。一般佳节过年年。浮生所寓谁拘我，着处为欢也自在仙。

词后有小序云：

> 端阳雨中偶客东禅僧寓，世荣携粽、酒至，与酌及酣。因造《鹧鸪天》词以写客怀。弘治乙卯沈周。

由小序可知该词是沈周在弘治乙卯（1495）年端阳节中所书，其时沈周与其季弟沈豳在东禅僧寓客中，友人携饮造访，席间沈周填此词，而沈豳却做有《东禅偶客》山水立轴，其题款云：

> 端阳雨中偶客东禅僧寓，世荣年学兄携粽酒至，与酌及酣，见案有巨纸，写此幅以补寺壁。弘治乙卯沈豳②。

沈豳之立轴清人陆时化《吴越所见书画录》有著录。所谓案有巨纸，亦可解释沈周题词后何以有大片空白。彼时彼地的纸张宽狭应该是偶尔如斯，却为异日张宏补图留下空间。吴门画派后起之秀张宏在百余年后见到沈周题词，为之补画蜀葵图，这与前述倪瓒《江南春》传播中文徵明等人为之补图是何其相似！沈周该阕《鹧

---

① 此阕《全明词》、《全明词补编》均失收，书画原作今藏无锡市博物馆。见《沈周书画集》，北京：中国民族摄影艺术出版社2003年版，下卷第353页。
② 赵强《中国艺术品拍卖精华·书画》，济南：山东美术出版社2005年版，第37页。

鹧天》词是一首较平常的节序词，只是说明端午节在东禅寺过节这样一件事，本身并不出奇。假设只是一位普通作者题写的词，其书写未必会引发读者的兴趣，但沈周的书画声誉却必然有助于该词的传播。沈周书画虽多，恰巧能留下足够绘图空间的手书却并不很多，能与百年前的书画大家同卷创作，所以才激发了张宏补图的兴趣。而该卷书画艺术也必然对其词的文学价值本身产生了遮蔽作用。人们在欣赏该卷时，首先注意到的必然是沈周之书法和张宏之绘画，而对沈周词作本身通常会是最后注意到的。

　　和题画词传播较为相似的还有明季新安汪氏出版的《诗余画谱》。该书将《花草粹编》等书中的词作摘出，请长于书法者手写上版，并为之配图。《诗余画谱》一词一图，合而观之，既是词选，又是书画册页，而其本身更是徽派雕版艺术的杰作。即便是读者对书中所选词再熟悉，见到这词、书、画合而为一的刻本也难免多看上一眼。作为一种普及图书，该书的编辑形式在后世产生了深远的影响。黄凤池的《唐诗画谱》等系列书籍就是在其影响下诞生的。

　　在词史上与《江南春》的传播最为相像的是杨无咎的《柳梢青》四阕，其词乃专门为《四梅花图》所作，属于词人自题其图。杨无咎，字补之，是临江清江（今江西樟树）人，寓居南昌。工书善画，书学欧阳询，笔势劲利；水墨画师法李公麟，尤擅墨梅。杨无咎有多首《柳梢青》题咏所画墨梅，此四阕随着《四梅花图》流传后世，元人柯九思、张雨等，明代文徵明、文嘉父子及项又新等皆和其词。只是该卷的传播范围并不如《江南春》繁盛，而在其词传播的过程中，文徵明又仿其笔意作《梅花四段图》，并和作《柳梢青》（寒尽寻春）等四阕。其词跋云：

　　　　补之梅花，固无容赞。其词亦清逸，此四段余所珍爱。旧藏吴中，屡得见之，今不知流落何处。闲窗无事，遂仿佛写其遗意。每种并录俚语于左,以志欣仰之私,非敢云步后尘也①。

杨无咎的书画艺术对传播其《柳梢青》词必有补益,后人(尤其是身为书画名家、藏家的柯九思、张雨、文徵明父子及项又新等人)的唱和、仿作又促进了该词的传播增殖。画论著作对杨无咎《四梅花图》的著录,固然是着眼于绘画艺术,但客观上也扩展了《柳梢青》的传播时空,促进着该词的增殖。

在文学史上,文本传播增殖表现最突出的或当属《楚辞》。屈原等人的作品在刘向编集为《楚辞》前,便已经进入文学主流视野,流传过程中又产生了大量和作。学者注释《楚辞》,文人模拟楚辞创作,书法家创作各种书体的书帖,《楚辞》主题也成为画家创作重要题材。有研究者指出,最早绘制屈原形象的是南朝刘宋史艺绘的《屈原渔夫图》,赵宋的李公麟是最早绘制屈原作品的画家,所绘为《九歌图》。今所知历代以屈原为题材的绘画,就多达 48 种 400余幅②。罗建新《楚辞图像研究的回顾与前瞻》从学术价值、实用价值等方面,提出楚辞图像研究若干层面的意义③。而不论《楚辞》或

---

① 此四阕亦未见收于《全明词》及《全明词补编》,《书画题跋记》卷一(徐蜀编《国家图书馆藏古籍艺术类编》,北京:北京图书馆出版社 2004 年版,第 10册第 523 页)以此四阕为文嘉所和杨无咎《四梅图》卷词,张丑《清河书画舫》卷十二《唐子畏梅谷图卷》条则载其跋文云:"和杨补之咏梅词四首,调寄《柳梢青》。万历己卯竹醉日青茂苑文嘉。"然今其画藏于台北故宫博物院,有文衡山手迹。唐寅《梅谷图卷》又有王世贞题云:"偶以示文休承,休承谓尚有京兆一序,待诏一诗,不知何缘脱落。因补书旧和杨补之《柳梢青》四词于后……万历己卯季夏弇州山人王世贞书于九友斋"(《清河书画舫》卷十二,文渊阁《四库全书》本,上海:上海古籍出版社 1987 年版,第 817 册第 492页),则休承(文嘉)所题当为文徵明之词。
② 李格非、李独奇《以屈原为题材的古代绘画概述》,《云梦学刊》1992 年第 2 期。
③ 罗建新《楚辞图像研究的回顾与前瞻》,《中国文学研究》第 27 辑,复旦大学出版社 2016 年版。

是《江南春》，都仅仅是文本传播增殖的一个个案，相关话题仍然值得我们继续关注和思考。

　　《江南春》唱和是明词史上最为重要的几次群体唱和之一，叶晔认为其是"苏州词坛鼎盛的一个标志性事件"，并借钱谷跋文指出"无论是倪瓒的原作，还是后来的群体性唱和行为，都不应以单独的文学事件视之"①，可谓的论。而从文学传播的角度看，《江南春》的增殖过程恰恰是传播增殖典型范例，具备正负双向性。

　　正向方面，《江南春》在文学内部发生了重要的形变，其从诗到词的文体扩容、作品唱和，本质上是传播中文人语言文字的再生产。而文学批评性质的题跋、识语等衍生文本，再次运用语言文字提升了文学文本的审美价值、拓展了文学文本指向的多义性。相关作品的汇编成书，又有了书籍史的诸多意义。

　　而汉字书、画同源的特殊性，令倪瓒及沈周等吴门书家书写文学文本的符号具备了可资欣赏、品鉴的艺术价值。文学文本符号化，促进了承载符号的载体（即纸、绢等书写材质）流转传播。同样的，当文学文本被图像化之后，名家经藏、品题、用印盖章后，其文化价值持续放大增殖。

　　从上述方面看，文学文本面向其他艺术形式的传播增殖，对作品的经典化功效卓著。但若悲观一点看，文学文本的艺术价值事实上在书法的符号化、绘画的图像化之后，并非接受者的第一关注。其文学意义退居次要地位，尤其是一些创作水准较为寻常的文学文本可能会沦为书、画等可视艺术形式的附庸，事实上赵宪章教授所设想的"（未来）语言符号被迫退居其次——语言成了图像

---

① 叶晔《江南词学版图与"环太湖词圈"的动态考察》，《社会科学》2016 年第8 期。

的‘副号’”①在古代已经发生了。“《江南春》现象”或许是我们观察文学文本传播增殖的运行法则，及其与多元艺术形式协同建构的一把钥匙，同时也是我们站在文学立场，观看纷繁的文艺传播现象的另一个视点。

第二节　从其他艺术门类向文学的挺进

——以“寓山十六景词”现象为中心

　　诗、书、画之间的传播互动是人们较为熟识的现象，我们也在前文谈到“诗画一律”与明词传播的问题。园林建筑艺术之美同样有与诗、书、画结合交互传播，达到增殖的例子②。例如人们熟悉的江南三大名楼：滕王阁、黄鹤楼、岳阳楼，它们都与一个著名文士的一篇著名诗文有缘。而那名垂青史的王勃《滕王阁序》、崔颢《黄鹤楼》和范仲淹《岳阳楼记》在引发赞叹与感动之余，又带来了多少新的文艺作品，生成了多少轶事传说。千百年来，三座楼阁屡废屡建，兴废之间已经不只是单纯的兴建建筑物，更多的倒是以它们为中心形成的三个文化集群。至于一勺西湖水，一钩秦淮月，一座姑苏城更不能单纯以地点名词看待。而寓山在中国地理上，只不过是个不显眼的坐标；在中国园林艺术史上，寓山或许并不是最杰出的。但是在明词史上，由于一系列寓山词和三种相关词籍（《寓山题咏·寓山词》、《寓山志·寓山十六景词》与《寓山十六景诗余》）

---

① 赵宪章《语图传播的可名与可悦——文学与图像关系新论》，《文艺研究》2012 年第 11 期。

② 相关问题可以参考王毅《园林与中国文化》（上海：上海人民出版社 1990 年版）的论述，王先生在该著中对古典园林与文学、绘画等文化门类的关系都有很好的阐述。当然，所谓“传播”与“增殖”是笔者读过该著后的理解，对错与否，均由本人负责。

的存在而让我们不能不为之重彩细绘。

一　祁彪佳和他的寓山①

1. 祁彪佳其人其事

祁彪佳(1602—1645),字虎子,一字幼文,又字弘吉,号世培,别号远山堂主人。彪佳于万历三十年(1602)出生在山阴(今浙江绍兴)祁家,全祖望称山阴"祁氏世为巨室,藏书甲浙中,寓山园亭之盛甲越中"②。这里提到彪佳出生于世为山阴巨室的祁家,祁父承熯所营之澹生堂藏书甲于浙中,而祁家"盛甲于越中"之寓山园亭则成于祁彪佳之手。

祁彪佳生而英特,丰姿绝人。科场得意,仕进早达,万历四十六年(1618)举乡试,年方十七岁。彪佳万历四十八年(1620)与同邑吏部尚书商周祚长女景兰成婚,婚后鹣鲽情深,成为晚明才子佳人绝配的代表。清人朱彝尊艳羡不已,《静志居诗话》曾称羡道:"祁公美风采,夫人商亦有令仪,闺门唱随,乡党有金童玉女之目";"祁、商作配,乡里有金童玉女之目,伉俪相重,未尝有妾媵也。"③妻子商景兰是明代著名闺秀诗人,丈夫祁彪佳也是戏曲史上鼎鼎大名的剧作家,祁商作配,赌书泼茶,自然伉俪相重。彪佳于天启二年(1622)成进士,时年二十一岁。次年授福建兴化(今莆田)推官,

---

① 需要说明的是曹淑娟《流变中的书写——祁彪佳与寓山园林论述》(台北:里仁书局2006年版)对寓山园林与文学空间进行了细致的考述,本文本节深受曹教授的成果启迪,更多有借鉴。笔者囿于条件,仅能参阅上海图书馆所藏《寓山志》的崇祯刊本及清抄本。庋于台北、北京等地的《寓山志》、《寓山十六景诗余》及《寓山题咏》等相关书籍亦未能获观,深以为憾。

② 全祖望《鲒埼亭集》卷二四《子刘子祠堂配享碑》,《续修四库全书》影清嘉庆九年史梦蛟刻本,上海:上海古籍出版社2002年版,第1429册第175页。

③ 朱彝尊著,黄君坦校点《静志居诗话》卷二十、二十三,北京:人民文学出版社1990年版,第623页、第727页。

"始至,吏民易其年少。及治事,剖决精明,皆大畏服。外艰归"①。崇祯四年(1631)起复,任御史,出按苏松诸府。八年以事忤当道,引疾南归。南归之后不久即营构寓山园林,乡居八年,至崇祯十五年国事如累卵,乃出任事。弘光元年(1645),清兵入越,以书币相招,而彪佳乃自沉于寓山池中。《明史》本传谓"五月,南都失守。六月,杭州继失,彪佳即绝粒。至闰月四日,绐家人先寝,端坐池中而死,年四十有四"②。

　　曹淑娟教授在考述祁彪佳传记资料与著述之后,颇有感慨地引了石牧民论文的一段话,其云:"祁彪佳视之如寇仇的清室,以及祁彪佳的亲友,一则以文字狱禁绝了祁氏的著作,然而尚且表彰祁彪佳殉节之高洁,巩固它自身的国家论述;一则以称颂祁彪佳的人格作为追忆祁彪佳的召魂仪式。立意实殊的两方,却共同让祁彪佳政治生命以外的风景被'置而不论'了。"并云:"这样的省察,是今日阅读祁彪佳传记资料所宜有的警觉。"③曹教授恰恰在祁彪佳政治生命之外,选取寓山为祁彪佳的日常人生之支点,为我们再现了这道风景。而我们则希望在这风景中寻找寓山词这一泓清泉是如何在寓山文艺体系中汩汩潺潺,如何点缀了寓山文艺体系,又如何因之而更加泉甘水洌。

　　2. 寓山地理位置及寓园的营建

　　绍兴古称山水名邦,晋人王献之有山阴道上行,山水使人目不暇接之叹。郡人张岱书《古兰亭辨》则有"会稽佳山水,甲于天下,而霞蔚云蒸,尤聚于山阴道上"之自豪④。寓山在山阴道上,历千年

①张廷玉等《明史》卷二七五,北京:中华书局1974年版,第7052页。
②张廷玉等《明史》卷二七五,北京:中华书局1974年版,第7054页。
③曹淑娟《流变中的书写——祁彪佳与寓山园林论述》,台北:里仁书局2006年版,第33页。
④张岱著,云告点校,《琅嬛文集》,长沙:岳麓书社1985版,第119页。

而名不彰，直到遇见了退居的祁彪佳。寓山的地理位置，在绍兴府城西南，其距府城有二十余里。该山有池通镜湖，又傍柯峰，环山皆水，山中竹木交荫①。地距祁氏旧宅仅三里②，系祁彪佳童稚时家人以斗粟易得。二十年后祁彪佳回忆道："惟予所恣取，顾独于家旁小山若有夙缘者，其名曰寓，往予童稚时，季超、止祥两兄以斗粟易之，剔石栽松，躬荷畚插，手足为之胼胝，予时亦同拏小艇，或捧土作婴儿戏。"③

　　祁彪佳于崇祯八年（1635）引疾南归，四月初九日拜别都门（P651）④，抵乡不久的八月便有卜筑之意。八月初六日"同止祥兄抵寓山，僧无迹守庵于其山，予颇有卜筑之兴"（P663）。至十月末正式卜筑，是月二十七日与商景兰"卜筑于寓山。归舟，忽体不快"（P670）。十一月初六日，拆项里钱氏书舍，移至寓山。这是卜筑寓山以来第一个在日记中提及的工程。次日，在寓山定亭榭基址。十一月十一日又稍改卜筑之址（P671）。十一月初十日携子侄辈驾

----

① 沈翼机编纂《浙江通志》卷十五云："在府城西南二十五里，环山皆水"（文渊阁《四库全书》本，上海：上海古籍出版社 1987 年版，第 519 册第 438 页），同书卷四十四则据《山阴县志》云："去府城西南二十里有寓山，崇祯初御史祁彪佳依山作园。"（文渊阁《四库全书》本，上海：上海古籍出版社 1987 年版，第 520 册第 253 页）

② 祁彪佳《寓山注·序记》云："三里之遥，恨不促之于跬步。"（祁彪佳《寓山注·序记》，台北"国家图书馆"藏明崇祯刊本，参曹著第 69 页）

③ 祁彪佳《寓山志·寓山注》上卷，上海图书馆藏崇祯刻本。曹淑娟所见文字略异乎此，其引作："予家旁小山若有夙缘者，其名曰寓，往予童稚时，季超、止祥两兄以斗粟易之，剔石栽松，躬荷畚锸，手足为之胼胝，予时亦同拏小艇，或捧土作婴儿戏。"（《流变中的书写——祁彪佳与寓山园林论述》，台北：里仁书局 2006 年版，第 64 页）。

④ 本节系日一依北京图书馆古籍出版编辑组编，书目文献出版社 1998 出版《北京图书馆古籍珍本丛刊》本《祁忠敏公日记》，以农历为准，不复注出公历。若引文未加说明，仅在文末括注页码，则均见该书。

舟到寓山；十三日与兄弟辈奉母王太夫人到寓山观雪，道经柯园乃邀婶母同行(P671)。祁彪佳的这次卜筑在祁家实在是备受瞩目的大事。而斯后日记中满纸盈卷的"寓山"字样更可看出他花费了多少心力在寓山的营建工程上。在寓山营建之初，祁彪佳不断到邻近园林参观，例如十一月二十二日至二十四日，分别到天镜园、水锯山房、冯氏松舫、宜园、快园等左近园林游览，日记并有衡优说劣的诸般评论(P673)。在这些游览行程中的祁彪佳，是真真实实的园林艺术传播受众，所见所闻必然对寓山园林的构建谋划不无裨益。崇祯九年(1636)是寓山园林兴建最如火如荼的一年，这一年的成果奠定了寓山的大致格局。祁彪佳在作于崇祯十年(1637)五月二十一的《寓山注·序记》述之云：

> 园开于乙亥之仲冬，至丙子春孟。草堂告成，斋与轩亦已就绪，迫于仲夏，经营复始，榭先之，阁继之，迄山房而役以竣。自此则山之顶趾镂刻殆遍。惟是泊舟登岸，一径未通，意犹不慊也。于是疏凿之工复始，于十一月自冬历丁丑之春，凡一百余日。曲池穿牖，飞沼拂几，绿映朱栏，丹流翠壑，乃可以称园矣。而予农圃之兴尚殷，于是终之以丰庄与蔬圃，盖已在孟夏之十有三日矣。若八求楼、溪山草阁、抱小憩，则以其暇偶一为之，不可以时日计，此开园之岁月也①。

至本年正月十五日寓山已经在越中小有名气，此日正是元宵节，寓山"游人竟日，士女骈联，喧声如市"，祁彪佳不无得意地说："亦园亭未有之盛也。"(P711)一年之后的正月，寓山俨然成了越人新年

---

① 祁彪佳《寓山志·寓山注》上卷，上海图书馆藏崇祯刻本。曹淑娟所见文字亦稍有个别字词之异，参曹著《流变中的书写——祁彪佳与寓山园林论述》，台北：里仁书局2006年版，第70页。

游春的新热点：

> 初二日"午间赵可孙过访，刘石林亦至。与可孙小酌后同游寓山，游人甚盛"（P748）。
> 初四日"奉老母游寓山，游人不减于昨"（P748）。
> 十三日"与董天孙、蒋安然偕儿辈至寓山，游人杂沓，几无容足处"（P749）。

此后，寓山的新景观仍不断在主人的巧施点化下找到各自的位置。大致说来，寓山园林的基本建设从崇祯八年十一月开始，到崇祯十二年己卯（1639）七月初九日止，凡五年零八月有奇。此后陆续仍有兴建，据曹淑娟教授考述，祁彪佳在世之日，寓山共建成景观 79 处①。崇祯十二年己卯日记《弃录》之七月初九日记云："午后通算作屋之数，凡五千余金，而屋事告竣矣。"（P798）

二　寓山景观之文学构件与寓山词所咏十六景

1. 寓山景观之文学构件

园林之兴建非大力者难为之，而为园林景观之命名则往往是园林主人意趣的体现，更是园林的文学构件之一。文学因素以组成构件形式在中国古代园林艺术中的存在，不仅仅体现在命名，亦在园林之石刻、题匾、楹联等等。

祁彪佳既规划寓山园林，对其命名也自然很是在意的。寓山开工不久的崇祯八年（1635）十一月三十日，彪佳"同季超兄、郑九华至寓山，先过柯园访止祥兄梅花屋式，遂定小轩三楹之址。归以尺幅求王遂东、余武贞、金楚畹翰墨，堂曰寓山草堂，亭曰太古，斋

---

① 曹淑娟《流变中的书写——祁彪佳与寓山园林论述》，台北：里仁书局 2006 年版，第 77—81 页。

曰咏归,园不敢名而仍其旧,曰寓山"。(P673)在寓山营建过程中,为给 79 处景观命名,彪佳也曾广泛参考历代典籍、故事。如"让鸥池"暗用《列子·黄帝》篇寓言之典;"小斜川"典出陶渊明《游斜川》诗;"八求楼"乃以郑樵求书之道有八名其藏书楼;"水明廊"以杜诗《月》"四更山吐月,残夜水明楼"名之。"溪山草阁"则是梦中得自杜甫夔州《暮春》诗"沙上草阁柳新暗,城边野池莲欲红"①。所谓梦中得老杜诗句,睡觉以为与园中某景相类,遂以名之,祁彪佳为寓山诸景命名真可谓之夙兴夜寐!而这些景观经过命名,便构成了寓山园林的组成部分,又在游人游园时传播着前代文学佳作。

作为中国古典园林的构成要素,石刻、题匾、楹联往往各司其职,又通力合作,共同组成园林的点缀,深化景观意境,提示景观特点,加深园林的文化意蕴。这些石刻、题匾、楹联又与书法、文学关系紧密。也正因其如此,祁彪佳才会专门以尺幅求王遂东、余武贞、金楚畹翰墨。而在崇祯九年(1636)二月十七日令巧工将周又新题石佳翰刻石,周又新并有对联一幅随题石一并送给祁彪佳(P682)。当此之际,寓山园林艺术经由传播已经开始向文学与书法领域增殖。我们随意举几个例子:崇祯八年(1635)十一月三十日,祁彪佳欲取杜诗"高枕乃吾庐"为联,然一时未能属对,于是请友人代检老杜诗集,寻找合适的诗句对之(P673)。至十二月初十,余武贞乃赠其疏稿序,并为寓山一联(P674)。余武贞即余煌,是祁彪佳在西湖畔的邻居,天启五年(1625)进士第一,其时正丁忧在家②。大约此时已

---

① 曹淑娟《流变中的书写——祁彪佳与寓山园林论述》,台北:里仁书局 2006 年版,第 161 页。

② 张岱《西湖梦寻》卷四《柳洲亭》:"过小桥折而北,则吾大父之寄园、铨部戴斐君之别墅。折而南,则钱麟武阁学、商等轩冢宰、祁世培柱史、余武贞殿撰、陈襄范掌科各家园亭,鳞集于此。"(《续修四库全书》影北京图书馆藏清康熙刻本,上海:上海古籍出版社 2002 年版,第 729 册第 150 页。)

经到寓山参观过,所以为之撰一副对联。而至崇祯九年(1636)的七月十五,周又新过访,亦为之集唐句为联(P695)。八月十三日得杨龙友书信及其所书对联,并因杨氏之绍介得陈眉公书匾额(P696)。凡此类为园林各处景观题联、属对的活动记录,在祁彪佳的日记中远不止此数例。

寓山景观的命名,寓山的题石、题额和题联都与文学密不可分。而这些文学要素在寓山共同构成寓山园林的整体风貌,缺之便如烹饪而无油盐。

2. 寓山词所咏十六景

寓山基本建成后,游客盈门,作画题咏的例子不少,作为园林艺术向文学、绘画领域的增殖,我们在下文集中论述,这里我们要关注的是寓山词中所咏十六景的出现及其意义。笔者据《全明词》及《全明词补编》统计,两书所收寓山词作共 315 阕,其中 272 阕系咏寓山十六景的①,那么这所谓"寓山十六景"与寓山诸景有何异同? 寓山在祁彪佳生前共有 79 处景观,其中祁彪佳《寓山注》中提及的共 49 处,这些景观一年四季都坚守自己的位置,而寓山诸多题咏也多就这 49 处实景来抒发。但"寓山十六景"却是与各地"八景"一样的,并不全部是实景,它们是以寓山景观配合特定情境的虚拟之境,更强调意韵。

"寓山十六景"并非单独出现,而是作为一个整体,在崇祯十年(1637)九月二十一日第一次出现在祁彪佳的记述中。二十日祁彪佳与蒋安然、柳集玄舟出会稽城。次日,入化鹿山,祁彪佳的日记提到:"二友拟寓山十六景,各赋《蝶恋花》诗余一阕。"(P736)蒋安然即蒋倪;柳集玄即柳人曾,二人并彪佳雁社、枫社诗社社友。可

---

① 笔者于上海图书馆藏崇祯刻本《寓山志·寓山十六景词》又得《全明词》、《全明词补编》未收之寓山十六景词 8 阕。拙目所及明人寓山十六景词达 280 首。

以想见,所谓"寓山十六景"的提出,实际上是祁彪佳、蒋倪与柳人曾三人在旅行途中闲来无事所为,带有一定的游戏性质,而蒋、柳二人为各赋《蝶恋花》诗余一阕。据《全明词补编》今蒋、柳均存有十六景词,景各一词。而曹淑娟教授则云:"今日存见者蒋安然有二阕:峭石冷云、虚堂竹雨,柳集玄有三阕:远阁新晴、清泉沁月、峭石冷云,或许这是当年二人十六景各赋一阕,历经几次评选删汰后的结果吧。"①《全明词补编》是据中国国家图书馆藏《寓山十六景诗余》稿本收录,而曹教授乃就《寓山志·寓山十六景词》以论,是故有所异同。"寓山十六景"的设定实际上是各地"八景"的翻版。祁彪佳自己也说是"友人仿西湖南浦之制,更次第为一十六景,前八为内景,后八为外景"②。"寓山十六景"分内景与外景,盖内景指园中诸景,而外景系寓山周围之景。其名分别如下:

　　　　内景:远阁新晴、通台夕照、清泉沁月、峭石冷云、小径松涛、虚堂竹雨、平畴麦浪、曲沼荷香
　　　　外景:柯寺钟声、镜湖帆影、长堤杨柳、古岸芙蓉、隔浦菱歌、孤村渔火、三山霁雪、百雉朝霞

　　各景虚实相生,两两相对,组成一种对称之美。试看"远阁新晴"与"通台夕照",不唯是一组对仗工稳的短联,亦着实含有寓山的远阁和通霞台两处景点;"清泉沁月"与"峭石冷云"则是对沁月泉与冷云石的摹状;"平畴麦浪"与"曲沼荷香"一状圃园,一拟让鸥池。而外景之"柯寺"、"镜湖"云云莫不有所依凭。此系实景! 而虚景则如"新晴"、"夕照"诸语皆是见而可知者。蒋氏等人对虚景

---

① 曹淑娟《流变中的书写——祁彪佳与寓山园林论述》,台北:里仁书局 2006 年版,第 104 页。
② 祁彪佳《寓山志·寓山十六景词》小引,上海图书馆藏崇祯刻本。

的拣选兼及时序之四季晨昏,人事之舟帆歌钟,而这在各地的"八景"中是带有普遍性的。不少甚至是直接翻版,例如"燕京八景"里有"西山霁雪",此间有"三山霁雪";"潇湘八景"有"烟寺晚钟",此间有"柯寺钟声";"西湖十景"中有"曲院风荷"、"雷峰夕照",此间有"曲沼荷香"、"通台夕照"等等。这或许也是当时各地"八景"的命名方式吧! 当时之"八景"基本是将类似景致进行排列组合。"寓山十六景"分为内外两组,每组八景,本身是受到了当时地方志书写中的"八景"文化影响。日本学者内山精也先生《宋代八景现象考》指出中国各地兴起"八景"热潮是在十二世纪①。而到明代,几乎遍地开花! 清朝顺康间人赵吉士出生于晚明,与祁彪佳并世十八年,他曾说:"十室之邑,三里之城,五亩之园,以及琳宫梵宇,靡不有八景十景诗,可憎甚矣!"②盖祁彪佳亦难逃其憎! 但若将这十六景置于寓山来看,是有充分代表性的。它们以寓山为中心,设有内八景,又开放地设了外八景,这是深谙中国园林借景之妙的,内外八景正是寓山的整体。就寓山而言,寓山不是孤立的园林,恰恰是与它周围的景观和融为一的。内景不但有主体建筑的台、阁、堂,也有作为点缀的泉石幽径。而外景不但有较实的镜湖、三山,也有笼统的隔浦菱歌、孤村渔火。可以说是照顾到了寓山景观的各个方面。

就这既是各地"八景"排列组合,又契合寓山实际的"寓山十六景"而言,它既是园林艺术在其体系内传播增殖的结果,也是由园林向文学、绘画等其他门类增殖的开端。实际上,历代各地"八景"的建构过程有二:一是先有景之名,后为景择地。其最著名的代表

---

① 〔日〕内山精也《传媒与真相——苏轼及其周围士大夫的文学》,上海:上海古籍出版社 2005 年版,第 430—462 页。

② 赵吉士《寄园寄所寄》卷四《诗原》,《续修四库全书》影清康熙三十五年刻本,上海:上海古籍出版社 2002 年版,第 1196 册第 586 页。

是"潇湘八景";其二是先有景之实,后为景命名。如西湖十景与本文所论的寓山皆是。正是因为有了"寓山十六景"及先行示范的两组《蝶恋花》词,后续才有了众多的和作及《寓山十六景图》,也才有了《寓山十六景诗余》。

三　寓山文艺传播的多元并进与寓山词的传播增殖

寓山园林从营建开始就不断有友人到访,祁彪佳也曾邀请友人游赏以为寓山延誉,可以说寓山园林艺术的传播,其主人祁彪佳居功至伟。古人游览往往有诗文题咏,寓山亦然。与诗文题咏同时,游园友人的绘画亦不断进入祁彪佳寓山园林的传播增殖范围。在传播过程中,寓山文艺体系慢慢建构起来,祁彪佳又不断整理出《寓山志》、《寓山注》、《寓山十六景诗余》、《寓山续志》、《寓山续注》等等相关诗文集。寓山文艺体系显然是在不断的传播中完成建构的,若非风云突变,明室倾颓,这一体系必将继续实现传播增殖,还应该更加绚烂夺目,但在园主人祁彪佳自沉殉国之后,这个文艺体系便如尚未完工的杰作,一切戛然而止。不过寓山却因为祁彪佳的高节而有了另外一层蕴含,入清后被当时文人关注咏唱。从某种意义上说,祁彪佳的殉国又为寓山增添了新的文化内涵。此非本文关注重点,姑且不论,今略述寓山文艺传播的多元并进与寓山词的传播增殖。

1. 寓山诗、画的并行

自祁彪佳《寓山卜筑》诗开始被友人唱和始,寓山园林艺术的传播便向文学门类增殖了。而在这个过程中,也出现了一些诗画并行的例子。寓山图的出现当然是在寓山园林有了一些景观之后的事情,祁彪佳日记中最初记载的寓山图是崇祯九年(1636)中元节。周祚新(又新)过访初具规模的寓山,赠《寓山图》及诗给祁彪佳,并为祁彪佳集唐诗佳句为对联(P695)。其时已经是周祚新第二次造访寓山,见证了寓山由亭楼数椽到廊榭重叠的变化,其《又题寓山图有引》云:"幼文先生筑室寓山,丙子春仲招余过游,余回作图奉赠,时不过太古亭数椽而已。及仲秋再过,而绛楼紫室,曲廊回榭,重重叠叠,几与云霄相接,觉向图单薄少余味矣。"①可见,当年春天,寓山尚在兴建之中,祁彪佳就请友人为之绘图。而周氏在绘图之后并有诗歌同时送上。类似这样的绘事还有崇祯十一年(1638)五月十九日得吴生朱家琰书画。朱家琰所题诗歌为寓山十六景,并以十六景绘为图(P761)。

这些图一方面是寓山园林兴建过程的全纪录,另一方面也是寓山园林艺术在绘画艺术中的传播。而这些绘画又往往在主人宾客的宴集、过访之际被请出聚赏,如崇祯十一年六月十一日就有"止祥兄过斋头,共玩顾元庆所画十六景,甚为赞赏"(P763)的记载。聚赏之后的品题、吟诗也是极有可能出现的,例如崇祯九年中元节的这次周祚新造访,就有新诗题寓山图。

2. 寓山词在寓山文艺体系中出现与勃兴

游园而赋诗,赋诗而题壁,这似乎是古人游览名胜的通例,关于题壁诗文,论者已多,不赘。但我们需要指出的是,这是寓山题咏的诞生方式之一。寓山作为绍兴新兴的游览胜景,游客盈门,已如前述。游客既多也就少不了题咏相赠。就连祁彪佳自己到舫涛园林还免不了"赋五律二首,粘之壁乃去。"(P685)在寓山十六景出现前,这类题咏方式是否有词体出现,我们不能确定,但是在寓山文艺体系中,"寓山十六景词"是一个特殊的小群体。正如前文所说,"寓山十六景"的诞生是有其偶然性的,但"寓山十六景"的设定直接促进了寓山词的兴盛。自蒋安然、柳集玄拟定"寓山十六景"并填《蝶恋花》词开始,《蝶恋花》在寓山文艺体系中次第盛开,以至

---

① 祁彪佳《寓山志·寓山游吟》,上海图书馆藏崇祯刻本。

于到最后收到数以百计的新作。

寓山十六景词出现不久,就有人唱和。崇祯十年(1637)十月二十五日,因为孟子塞作寓山词,祁彪佳专门回复孟子塞书信,以言谢(P740)。而几天后的十一月初三,祁彪佳又"致书陈自誉,乞为寓山词"(P740—741)。可见祁彪佳对寓山词的传播起到了推波助澜的作用。而致书乞文的目的不外为寓山延誉,扩大寓山的影响。祁彪佳乞词之对象绝不仅仅是绍兴本地的文人,他还曾作书请外地的文人为寓山作词。如其崇祯十一年(1638)二月初六,"又得南中诸名公所作寓山诗余"(P751)。而外地文人所做"寓山十六景词"与其说是有感而发的宿构,毋宁说是文债相催下的应景。

至崇祯十一年(1638)冬初刻《寓山志》时,《寓山词》与《寓山十六景诗余》已经分庭抗礼了。而至次年再续编《寓山志》时,据祁彪佳说已经征到寓山十六景词三百余阕,但并未悉数录入《寓山志》,而是"抡选再三,仅存若干首,妍雅交至,浓淡都宜,亦可以俪美《兰畹》,夺席《花间》矣"①。今《全明词补编》题出自《寓山十六景诗余》的词作有 254 阕。而《寓山志》在崇祯十一年年底刻成后②,寓山词的创作却并未停止。祁彪佳自己就跃跃欲试,在崇祯十二年(1639)的五月接连几日填写了三阕《蝶恋花》词分咏"三山霁雪"、"百雉朝霞"、"通台夕照"(P761)。六月十六日,与陈长耀、蒋安然等人还打算共作《寓山词》长调,今存集中之《永遇乐·咏柳陌》恐怕恰恰是彼时所作③。而此后,祁彪佳还对《寓山十六景诗余》、"云间

---

① 祁彪佳《寓山志·寓山十六景词》小引,上海图书馆藏崇祯刻本。

② 曹著云寅本《寓山志》刊刻于崇祯十二年(见前引曹著 P106),恐系偶失。祁彪佳《祁忠敏公日记》崇祯十一年十二月十九日有云:"晚作书致候许平远公祖,《寓山志》刻成,并以寄之。"(P745)

③ 集中长调仅此阕与《水龙吟·寓山闲话》,《水龙吟》作于崇祯十二年九月十八日。(饶宗颐初纂,张璋总纂《全明词》,北京:中华书局 2004 年版,第 1825 页。)

诸君"词进行评点、修改,为《寓山志》的补刻做准备。

　　关于《寓山志》与《寓山注》的结集过程,曹淑娟教授有细致考察,笔者既未得见各书原本,更不敢信口雌黄,谨引用曹著附表(P138—139)作为表10—1,以见各书的修撰过程。

表 10—1

版本＼分集	寓山文赋	寓山注	寓山题咏	寓山游吟	寓山词	寓山十六景词
子本:崇祯十年闰四月	无	无	寓山主客诗篇总集。		无	无
丑本:崇祯十一年初。	不确定。	三十余景。	王元寿、王亘、胡恒等题诗。	枫社社集诗为骨干。	无	蒋安然、柳集玄拟寓山十六景。
寅本:崇祯十一年冬编成,十二年付刻。	记、涉、评、梦、铭、问、解、述。	合《寓山续注》成四十九景之《寓山注》。	扩编。	增入主客《寓山士女游春曲》、离合体、集字诗等。	各体词调分咏寓山。	以《蝶恋花》为调征集词章,周懋宗、殷时衡入选者最多。
卯本:崇祯十四年四月之后。	增入章美序与陈函辉、陈遴二人之赋篇。	四十九景诗文,疑同寅本,另有《寓山志余》《寓山续志》并行。	是否扩编,未能确定。	增入赵镜《祁幼文以寓山志见示集唐寄赠》五律二首、陆澄源、张弧二人之《又和寓山士女游春曲》等诗。	增入黄居中《蝶恋花》词。	征集词章三百有奇,评选后今存三十六家七十七阕。
	第一册	第二册	第三册			
未编。	陈子龙赋等。	《寓山志余》、《寓山续志》。	柯尔珍、体元、荆门、充符、一如诸师、吕华池等人题咏。	文昌社集《梅花诗》、宋辕文《寓山夜游诗》等。		刘广所作寓山十六景词。

从该表可以看出,《寓山词》与《寓山十六景诗余》是并行存在于《寓山志》的,都是《寓山志》的子目。《寓山词》收录的是各家题咏寓山之作,其中并无以"寓山十六景"命题的作品,而《寓山词十六景诗余》则专门题咏"寓山十六景"。《寓山词》在寅本《寓山志》崇祯十一年(1638)冬编成时就基本定型,至十四年(1641)编卯本时仅增入黄居中《蝶恋花》词而已。而是年初,丑本编纂时尚无《寓山词》,这或许是本年度题咏作品中词体数量有所增加的原因,但恐怕也少不了《寓山十六景诗余》的影响吧? 而《寓山十六景诗余》从丑本有蒋安然、柳集玄拟寓山十六景的开山之作到寅本别立门户,卯本的征集词章三百有奇,评选后存三十六家七十七阕,再到未编的增入刘广所作词。《寓山十六景词》在传播中不断增殖扩容,在寓山文艺体系中占据了一份天地。

四　推进寓山词传播增殖的若干因素

寓山词是随着寓山园林艺术的传播增殖而出现的,在寓山词的产生和兴盛过程中,人际传播的模式发挥了重大的作用,而随着寓山园林的声名鹊起也促进了寓山词的兴盛。至于诗画并进的传播方式虽然对寓山词的发展有一定的影响,但其效果却远不如"《江南春》现象"。

1. 寓山词的增殖是在人际传播直接影响下推进的

《寓山题咏》中的词与寓山十六景词到底哪一个更先出现,我们姑且不论。但就寓山十六景词而言,它与祁彪佳积极的人际传播努力是分不开的。正如我们此前说的,寓山十六景词的产生是在祁彪佳的一次旅程中,其诞生伊始便区别于寓山文艺体系中的其他形式而与祁彪佳的人际交往直接产生联系。蒋安然、柳集玄两组寓山十六景词的出现激发了祁彪佳征集新作的想法,于是写信给陈自誉求词。而此前孟子塞已经给祁彪佳寄出了他创作的寓山十六景词,时间仅仅是"寓山十六景"命名之后的一个月。可见,孟子塞也应该是祁彪佳征稿的对象。今据《全明词》及《全明词补编》统计,出处不同的寓山十六景词共有272阕,作者41人,另有一些词章的归属在《寓山志》与《寓山十六景诗余》中存在两歧。祁彪佳自己也说是"征到词章三百有奇"①。41位寓山十六景词作者中占籍不详者三人,山阴、会稽两县合十三人(山阴7人、会稽6人)。南直隶华亭一县13人(其中两人籍贯或属青浦)。此外,隶籍南直隶的还有7人,浙江钱塘、江西石城、河南郑县、福建莆田、晋江各一人。绍兴以外的作者远多于本地的作者,且祁彪佳曾经任职的莆田、吴县、松江等地作者尤众。这说明通过祁彪佳人际传播的方式征集稿件是寓山十六景词作的主要来源。

祁彪佳的诗友文会也不忘作词,崇祯十二年(1639)六月十六日,与陈长耀、蒋安然等人还打算共作《寓山词》长调,其日记云:"与郑九华、翁艾弟出寓山,称谦甫过访,携所为十三景五律以示。少顷,陈长耀、蒋安然亦至,饭于静者轩,拟共作寓山词长调。"(P763)这也说明寓山词的增殖是在祁彪佳人际传播直接影响下推进的。

事实上,《寓山志》中的不少诗文都是祁彪佳通过其人际交往直接或间接的征集得来,其中不乏当时名公钜子,如陈继儒、张天如、陈子龙等等。当然,由于人际交往的地域局限,寓山词的作者是以绍兴、云间的文人为主。这却不可苛求古人了。但明词的这一传播增殖现象却是值得我们注意的。

2. 祁彪佳个人作为"把关人"对寓山词传播增殖的推进

祁彪佳作为寓山主人以及寓山文艺体系的建构者,除征集文稿外,他在寓山词的传播中扮演着"把关人"的角色。《寓山志》到

---

① 祁彪佳《寓山志·寓山十六景词》小引,上海图书馆藏崇祯刻本。

底要收录什么样的作品,各种文体如何安排,如何选定等等,均是作为编纂者的祁彪佳必须考虑的。祁氏本以文献传家,又与隐湖毛晋雅善,编纂文集,以为寓山延誉,以为祁氏荣耀显然是水到渠成的事情。征集来的词章在祁彪佳手里集中,又由他最终选定进入《寓山志》的作者和作品。祁氏在崇祯十年(1637)十一月陆续收到《寓山十六景词》后便开始阅读征到词篇(P741)。次年,继续征集词什,并对词作进行点选(P762)。又令人对词作进行纂辑抄存(P763),并进行点评,甚至为人修改词作。例如六月十四日就有"为季父改寓山词,未竣"(P763)的记载。至六月三十日"点评十六景词竣"(P765)。这些选出的词章大约就是寅本《寓山志》中的《寓山十六景词》了。祁彪佳在编选、评改寓山词的过程中保证了入选作品的质量,确保了文集的可读性,促进了传播的效果。值得注意的是中国国家图书馆尚藏有一部题作《寓山十六景诗余》的稿本,当是《寓山十六景词》收入《寓山志》之后传播增殖的结果。

3. 十六景的命名对寓山词创作的促进

正如上文说的,十六景的命名是模仿了西湖十景等名目,对宋元以来各地铺天盖地的"八景"中的意象加以排列组合而成。但这种组合对寓山词的创作产生了极大的推进作用。由祁彪佳征集词作出发,不少作者进行了十六景词的创作,其中很多是外地作者,他们中的一些人或许终身未曾亲见所曾题咏的寓山景致。如晋江黄居中就是。黄在《蝶恋花·寓山话旧有小引》的"小引"中说:

　　　　山阴祁尔光参知,与余同白门社,称莫逆。参知家有密园,萦回曲折,如入山阴道上行。……晚从同里李司马得姚江王士美评寓山园,则参知仲子幼文侍御所手辟也。搜幽绝,剪荆榛,凿池开径,布梁施楹。极人工,属天巧,几轶宛委石帆,灵文兰亭,而上之矣。园既成,复撮其最胜者十六景,以供吟料,末奏《蝶恋花》一阕。……是役也,以意托神交,以笔当卧游,不必维雪舟见戴安道矣。①

这里明确说"复撮其最胜者十六景,以供吟料",而末句反用王徽之雪夜访戴之典,当知黄居中实在是"以意托神交,以笔当卧游"而根本未曾到过祁彪佳建构的寓山园林。像黄居中这样的"以意托神交,以笔当卧游"者到底有多少,已经很难确定,但十六景的命名给他们提供了想象的空间,使得他们的创作不至于一空依傍。虽然因为十六景的设定,创作必需切题,因而也难免受到一些限制,但其提供的想象应当对创作的意义更大。由于十六景几乎都有虚境,此虚境多半为人们所经历,是一个普遍的自然、人文景观。以夕照为例,它本身就是个积淀了太多文化内涵的符号,自《诗经·王风·君子于役》始,多少黄昏走进了感伤者的笔下。黄昏有灿烂的夕阳,夕照有炫目的霞光,但是随着夕照的黯淡,一天便进入沉寂的夜晚。对人生来说,一天又一天,去而不复返。因此,"夕照"或类似时序在各地"八景"设定中都不罕见。例如"潇湘八景"之"渔村落照","西湖十景"的"雷峰夕照","汉阳十景"之"晴川夕照","南昌八景"的"龙沙夕照"等等。而这样一个带有普遍意义的虚景,让寓山十六景词的作者们有了更广阔的发挥空间。当然,也提供了更多利用现实意象排列组合的可能。今传十六人共十六阕《蝶恋花·通台夕照》就有十二阕使用了"落日"、"余晖"、"返照"、"斜阳"、"斜日"、"残照"、"日落"等语辞。另外,蒋倪词有"迢迢远水金茎皱"一句,虽不明说斜阳,但确实写的是斜照意象。而柳人曾与殷时衡虽然未使用夕阳意象,但使用了新月意象。夕照将收未收之时,月出东山,此时悬于天际的月影相信也是大家不陌生的

---

① 周明初,叶晔《全明词补编》,杭州:浙江大学出版社 2007 年版,第 633 页。

黄昏景象。这说明,正是"夕照"这个虚境为创作者提供了一个想象的范围,不至于因为未曾身临寓山之境,而在下笔时无所适从。或许也正是因为如此,当祁彪佳《寓山志》征稿时,《寓山题咏》部分的词作就相对《寓山十六景词》的作品少得多。大概十六景的命名可以为人们提供一个更能发挥想象的支撑吧!

在祁彪佳征集词作时,对作者们而言虽然是文债,但也是相互较量的舞台。可是未能到寓山参观的作者难免虚应故事,而不能做到切题合景。因此,今存《寓山十六景诗余》中,十六景词被全部保留下来的作者几乎都是绍兴山、会两县的文人。在晚明游风极盛的江南,绍兴文人大约对本地新兴胜景是不会放过的吧?

五　词史、文学史上其他类似现象

园林在传播增殖的过程中积淀下诗文,诗文又将园林艺术推向更广阔的世界,为园林增加更多的文化内涵。而在这个过程中,人际传播的因素起到极大的作用,不仅仅寓山园林是这样,钱继登的壑专堂也是类似。钱继登与祁彪佳是并世而略长,嘉善人,字尔先,又字龙门,晚号簀山老人。万历四十四年(1616)进士,累官淮阳巡抚。在嘉兴东郊建有畸园,园有壑专堂,崇祯十七年(1644)淮杨失守后终隐于此。其弟钱继章作有《忆秦娥》十八首,分咏畸园各景①。继章之词是仿王屋《秦楼月·书巢为胤侯》,《忆秦娥》即《秦楼月》调之本名。继章既题壑专堂之后,又请王屋次韵,其时为崇祯壬申(1632)四月。王屋词序云:"余有题友人新居《秦楼月》五词,尔斐读之以为善,仿之作《壑专堂》等一十六阕。""今尔斐既倡为此词,又请予次韵其后"②。可见,钱继章的词作是在对其兄畸园

---

① 饶宗颐初纂,张璋总纂《全明词》,北京:中华书局2004年版,第2357—2360页。

② 饶宗颐初纂,张璋总纂《全明词》,北京:中华书局2004年版,第1603页。

园林艺术的接受后进行品题，带有扬誉的意味，又通过人际交往的形式，邀请邑人王屋为之和词，这也是在人际传播基础上实现的传播增殖。

　　而文学史上，类似的情况以顾瑛的玉山草堂与寓山最为接近。王鏊《姑苏志》云："顾阿瑛，字仲英，别名德辉，昆山人。少轻财结客，豪宕自好，年三十始折节读书。……筑别业于茜泾西，曰玉山。"①玉山雅集几乎是当时文人集会的代表，研究者论述已多，我们不多说。玉山草堂在园林基础上向书画、诗文等方向的传播增殖，最后各家诗文也结集为《玉山名胜集》，四库馆臣云："其所居池馆之盛，甲于东南，一时胜流，多从之游宴。因裒其诗文为此集，各以地名为纲。曰玉山堂，曰玉山佳处，曰种玉亭，曰小蓬莱，曰碧梧翠竹堂，曰湖光山色楼，曰读书舍，曰可诗斋，曰听雪斋，曰白云海，曰来龟轩，曰雪巢，曰春草池，曰绿波亭，曰绛雪亭，曰浣华馆，曰柳塘春，曰渔庄，曰书画舫，曰春晖楼，曰秋华亭，曰淡香亭，曰君子亭，曰钓月轩，曰拜石坛，曰寒翠所，曰芝云堂，曰金粟影。"②以地名为纲，实际上就是在园林中游赏之后的题咏寄兴，正是园林艺术向文学门类的增殖。而《玉山名胜集》在今天的元代文学史上也颇受瞩目，此不赘言。

①　王鏊《姑苏志》卷五十四，文渊阁《四库全书》本，上海：上海古籍出版社1987年版，第493册第1027页。
②　永瑢等《四库全书总目》卷一八八，北京：中华书局1965年版，第1710页。

结束语

明词是千年词史上不可或缺的一环,毫不夸张地说,清词在某种程度上正是明词的延续。缺乏对明词的考察,词史就如受过劓刑的美人,再难称得上是正常的美人。而有明一代,近三百年的词作传播活动正是明词上承唐宋,下启满清的保证。在这个传播活动中,可以叙述,应该叙述的现象还很多;可以讨论,应该讨论的内容也还很多。我们对明词传播的讨论,尚仅涉及明词传播活动的冰山一角。在我们有限的视野中,通过传播的角度,我们看到了明词的"异质美",也让笔者因为未能更加细致地通过传播欣赏明词的"异质美"而感到些许遗憾,并期待今后改进和深入。

自具面貌的明词。首先,明词的传播地域具有鲜明的特点。在明代以前,词学的南方化倾向虽然已然显现,但是南方诸省在词人和词作上占据近九成比例的现象,明代是首次。明代词人在特定地点的密集分布是文学史上一个新鲜的话题。宋代这样的词学黄金时代,词学中心地带是三足鼎立的,但是在明代,这个中心集中到了"环太湖"周边数府的狭小地带。我们在前文反复加以强调,又初步讨论了其成因。但是,仅仅从文化传统、经济、人口、语言等角度考虑,似乎还未能很好地解释这个现象。希望随着进一步的研究能更加深刻地说明这个问题。

其次,江南著名的文化家族为明词传播提供了很好的保证。家族所具有的特定传承性、凝聚性为明词的传播提供了很好的活动空间。江南士人对家族文化的传承与流布之重视,影响着他们对先辈文学的传播实践。众多明人别集是通过孝子贤孙、地方后进的力量保存和刊刻的。这些以家刻为主的别集主要是通过赠送方式进行传播,宗族的经济力量为之提供了保证。但是在本文中,我们对这类书册具体流通渠道的讨论还相对匮乏,希望通过将来的研究更好地解决这个部分的问题。

第三,女词人的兴起是明词一束耀眼的光明。虽然女词人的兴起是伴随着明代妇女地位的变迁而出现的,是女性参与文学创作,进行文学传播后的重要反映;但是在当时不居于主流地位的词体能受到如此众多女作家的青睐,从一个侧面说明词在当时并未没落。

深入生活的明词。明词赖以生存的社会文化土壤是有别于其他朝代的,明人对文学的理解和阐发也是有别于其他时期的。我们在研究明词时总会提到明代专力作词的词人很少,但是回顾词史的黄金时期,又有哪位词人是仅仅作词而不及其余的呢?词体到明代已经成为经典文体,在诸文体的序列上已经获得了相应的"合法"地位。明人别集的刊刻、总集的编选,都能切实地说明词体在彼时的经典地位。这为明词在雅文化的传播层面上,占据了有利位置。我们在众多明别集、总集中得到印证,这些传统书册总会为明词留下适当的位置;我们在方志中得到印证,这些地方文献很少提到曲、小说、戏剧、民歌、时调,但却会不时地出现词什。明词正是在词体获得经典地位的时代,继续文人化的。在文人的话语系统中,明人完善了词学的概念,构建了词谱这类新的词学典籍体系。明代文人在宴饮、交际中继续使用词体,文人为延续词体的歌词进行过努力。

已经获得经典地位的词体,并不只存在于深深庭院的案头酒边,它们深入大街小巷,随着普通百姓的舟车驴马行进在日常生活的轨道中。日用类书有它们的身影,它们是纂辑材料,方便记忆的歌谣;表达感恩有它们的出现,它们是歌功颂德,锦绣帐词的组成;娱乐活动有它们的位置,它们是小说戏曲,娱乐书刊的构件。忠臣死节,用词遗言,它是碧血丹心的载体;百姓生活,以词劝善,它是礼义廉耻的阐发。

　　从传播的角度上说,明词在实际生活中参与了明人的生活,词体在明代并不是僵硬而无生气的。但对于其参与的程度,也有待我们进一步考察。没有明代延续和积累这强大的民间力量,清词如何做到在短时间内中兴? 在讨论所谓"清词中兴"的过程中,不考虑明代的因素是不可以想象的。

　　清词兴盛的基础①。明词在明代的传播是清代康熙年间词学再次兴盛局面的基础,所谓"清词中兴"毋宁说是从明代开始的。首先,明代为清词准备了大批词人。明代相当多的词人入清之后依然生活着,他们是词在清代传播的火种。如果说清代词坛红红火火,热热闹闹,那么,这把火早在明季就已经燃起。西陵词人中的"西泠十子",陆圻、柴绍柄、张丹、毛先舒、沈谦等大都由明入清,"在清初期主浙中词坛甚久"②。清代浙江词学的火种就是在这些明代遗民的手指间薪火相传的。我们不需要去列举明代遗民的姓名,只需看一下今人编纂的《全明词》与《全清词》那将近 500 人的重收词人,明代为清词准备的人才之多,也就不难想见了。有趣的是,清人自己对明清间词学的血缘关系也绝不否认。如《柳州词

---

① 程继红《明词的遗产与清词的中兴》(待刊稿)从"明代江南词场高度发达为清词中兴提供了文化支撑"、"明末清初大量跨代词人为清词中兴提供了人才保证"、"明代以来'稼轩风'思潮为清词中兴提供了精神向导"三个方面讨论了明词在清词中兴过程中的地位。笔者有所借镜,感谢程老师惠赐大作初稿供笔者参考。

② 严迪昌《清词史》,南京:江苏古籍出版社 2001 年版,第 3 页。

选》收录词人 158 家,其中 40 家为明代词人,117 家为明清之际词人;《松陵绝妙词选》,上起明成化,下迄清康熙;《西陵词选》上起明天启,下迄清康熙;《荆溪词初集》也上起天启,下迄康熙;《梅里词辑》上起明万历,下迄清乾隆;《清平初选后集》上起明天启、崇祯,下迄清初①。

其次,明代词人的家族丛生状况为清代词学提供了一个可以延续的词学传统。明代词人之间父子、兄弟、夫妻、母女、姐妹、妯娌等亲属关系之多,远远超过前代。作为一个个体作家,他很难在特定区域内形成词学的传统。但是一个以血缘为纽带的强大群体,足以抵御改朝换代对文化的破坏。柳洲词派就是以家族为纽带的地域词派,没有家族血缘的关系,很难形成数百家词人,跨越明清两朝,如此活跃的词派②。

再次,明人建立起的词学话语系统为清代词坛提供范本。明人在推尊词体的过程中设置过许多议题,其中最重要的一对概念就是"婉约"和"豪放"。这对概念起初不过是谈词的两种风格,但在传播的过程中不断被赋予了词派的区分尺度的功能。清人词学的话语系统中,缺乏这对概念似乎就没有办法表达。此特其一例耳!

要之,我们通过传播的视角见到的明词,与采取其他视角观察到的明词的确有所不同。而传播活动的无所不在,明词现象的万紫千红,都有待我们对尚未很好解决的问题进行不断的思考。拙文只是这个思考的一种尝试,在可预见的将来,其他明词的研究尝试的成果必然云蒸霞蔚,源源而来!

---

① 沈松勤《明清之际太湖流域郡邑词派述论》,《文学评论》2007 年第 2 期。
② 金一平《柳洲词派——一个独特的江南文人群体》(上海:同济大学出版社2002 年版)基本是按家族脉络展开的。

征引文献

说明：

1. 本文参考文献甚多，此中择列文中曾经称引者。

2. 文献按类型分为三类，以责任者姓名音序排列。有多个责任者的，按作者优先原则排序；有多个作者的，按第一作者优先原则排序。同一责任者则按出版先后次序，国外作者姓名略以译名汉字音序排列，民国以前的作者及海外作者均以中括号注明其生活年代及生活地域。

3. 不题撰人的文献，有点校、编印等其他责任者的，以其他责任人姓名排列，无其他责任人者次于类末。

一、专著专书

[1]〔法〕布尔迪厄著，包亚明译《文化资本与社会炼金术：布尔迪厄访谈录》，上海：上海人民出版社 1997 年版

[2]〔法〕皮埃尔·布迪厄著，刘晖译《艺术的法则：文学场的生成和结构》，北京：中央编译出版社 2001 年版

[3]〔法〕P.布尔迪厄著，杨亚平译《国家精英：名牌大学与群体精神》，北京：商务印书馆 2004 年版

[4]曹淑娟《流变中的书写——祁彪佳与寓山园林论述》，台北：里仁书局 2006 年版

［5］曹树基《中国人口史》，上海：复旦大学出版社 2000 年版

［6］〔清〕曹雪芹、高鹗《红楼梦》，北京：人民文学出版社 1964 年第 3 版

［7］〔清〕常茂徕著，孔宪易校注，《如梦录》，郑州：中州古籍出版社 1984 年版

［8］陈宝良《明代儒学生员与地方社会》，北京：中国社会科学出版社 2005 年版

［9］陈大康《明代小说史》，北京：人民文学出版社 2007 年版

［10］〔明〕陈弘绪《寒夜录》，《续修四库全书》影北京大学图书馆藏清抄本，上海：上海古籍出版社 2002 年版

［11］陈去病《五石脂》，南京：江苏古籍出版社 1999 年版

［12］〔明〕陈全之《蓬窗日录》，上海：上海书店 1985 年版

［13］〔明〕陈师《禅寄笔谈》，《四库全书存目丛书》影北京图书馆藏明万历二十一年自刻本，济南：齐鲁书社 1997 年版

［14］陈时龙《明代中晚期讲学运动（1522—1626）》，上海：复旦大学出版社 2005 年版

［15］陈水云《明清词研究史》，武汉：武汉大学出版社 2006 年版

［16］〔清〕陈维崧《迦陵词全集》，《续修四库全书》影清康熙二十八年陈宗石患立堂刻本，上海：上海古籍出版社 2002 年版

［17］陈阳《大众传播学研究方法导论》，北京：中国人民大学出版社 2007 年版

［18］〔宋〕陈元靓《事林广记》，北京：中华书局 1999 年版

［19］〔明〕陈子龙《安雅堂稿》，《续修四库全书》影明末刻本，上海：上海古籍出版社 2002 年版

［20］〔明〕程明善《啸余谱》，《四库全书存目丛书》影北京师范大学藏万历刊本，济南：齐鲁书社 1997 年版

［21］〔明〕赤心子《绣谷春容》，《明清善本小说丛刊》本，台北：天一

出版社 1985 年版

[22]崔建英等《明别集版本志》,北京:中华书局 2006 年版

[23]戴不凡《小说见闻录》,杭州:浙江人民出版社 1980 年版

[24]〔美〕戴维·斯沃茨著,陶东风译《文化与权力:布尔迪厄的社
　　会学》,上海:上海译文出版社 2006 年版

[25]戴元光《传播学研究理论与方法》,上海:复旦大学出版社 2003
　　年版

[26]邓广铭《稼轩词编年笺注》,上海:上海古籍出版社 1993 年版

[27]〔明〕邓云霄《百花洲集》,国家图书馆藏万历三十六年卫拱宸
　　刻本

[28]〔清〕丁敬《武林金石记》,《石刻史料新编》本,台北:新文丰出
　　版公司 1975 版

[29]〔清〕董诰等编《全唐文》,北京:中华书局 1983 年版

[30]〔明〕董其昌《容台文集》,《四库全书存目丛书》影清华大学图
　　书馆藏明崇祯三年董庭刻本,济南:齐鲁书社 1997 年版

[31]杜宏刚等《韩国文集中的明代史料》,桂林:广西师范大学出版
　　社 2006 年版

[32]〔唐〕范摅《云溪友议》,《唐五代笔记小说大观》本,上海:上海
　　古籍出版社 2000 年版

[33]〔刘宋〕范晔著,〔唐〕李贤注《后汉书》,北京:中华书局 1965
　　年版

[34]〔明〕方凤《改亭存稿》,《续修四库全书》影中国社会科学院文
　　学研究所藏明崇祯十七年方士骧刻本,上海:上海古籍出版社
　　2002 年版

[35]〔明〕方弘静《素园存稿》,《四库全书存目丛书》影北京大学图
　　书馆藏明万历刻本,济南:齐鲁书社 1997 年版

[36]〔明〕方汝浩撰,高学安、佘德余点校《禅真逸史》,杭州:浙江古

籍出版社 1987 年版

[37]〔明〕方孝孺《逊志斋集》,《四部丛刊》初编本,上海:商务印书馆 1922 年版

[38]〔唐〕房玄龄等《晋书》,北京:中华书局 1974 年版

[39]〔明〕冯梦龙著,顾学颉校注《醒世恒言》,北京:人民文学出版社 1956 年版

[40]〔明〕冯梦龙《喻世明言》,北京:中华书局 2009 年版

[41]〔明〕冯梦龙著,严敦易校注《警世通言》,北京:人民文学出版社 1956 年版

[42]〔清〕冯煦等纂《金坛县志》,《中国方志丛书·华中地方》据民国十年排印本影印,台北:成文出版社 1970 年版

[43]傅璇琮等主编《全宋诗》,北京:北京大学出版社 1998 年版

[44]〔明〕高出《镜山庵集》,《四库禁毁书丛刊》影北京大学图书馆藏明天启刻本,北京:北京出版社 2000 年版

[45]高宣扬《布迪厄的社会理论》,上海:同济大学出版社 2004 年版

[46]〔美〕高彦颐《闺塾师——明末清初江南的才女文化》,南京:江苏人民出版社 2005 年版

[47]葛振家《崔溥〈漂海录〉评注》,北京:线装书局 2002 年版

[48]龚斌《情有千千结:青楼文化与中国文学研究》,上海:汉语大词典出版社 2001 年版

[49]故宫博物院编《吴门画派研究》,北京:紫禁城出版社 1993 年版

[50]〔明〕顾从敬《类编笺释国朝诗余》,《续修四库全书》影上海图书馆藏明万历四十二年刻本,上海:上海古籍出版社 2002 年版

[51]〔明〕顾起元《客座赘语》,《明代笔记小说大观》本,上海:上海

古籍出版社 2005 年版

[52]〔清〕顾文彬《过云楼书画记》,南京:江苏古籍出版社 1990
　　年版

[53]顾希佳《礼仪与中国文化》,北京:人民出版社 2001 年版

[54]〔清〕顾炎武著,王蘧常辑注《顾亭林诗集汇注》,上海:上海古
　　籍出版社 1983 年版

[55]〔明〕归有光著,周本淳校点《震川先生集》,上海:上海古籍出
　　版社 2007 年版

[56]〔晋〕郭璞注《穆天子传》,《四部丛刊》初编本影天一阁刊本,上
　　海:上海书店 1989 年重印版

[58]国家图书馆善本金石组编《明清石刻文献全编》,北京:北京图
　　书馆出版社 2003 年出版

[59]韩大成《明代城市研究》,北京:中国人民大学出版社 1991
　　年版

[60]〔明〕何大抡序本《燕居笔记》,《明清善本小说丛刊》本,台北:
　　天一出版社 1985 年版

[61]〔明〕何良俊《四友斋丛说》,《明代笔记小说大观》本,上海:上
　　海古籍出版社 2005 年版

[62]何宗美《明末清初文人结社研究》,天津:南开大学出版社 2003
　　年版

[63]〔宋〕洪迈《夷坚志》,北京:中华书局 1981 年版

[64]〔明〕洪楩编,谭正璧校点《清平山堂话本》,上海:上海古籍出
　　版社 1987 年新 1 版

[65]胡士莹《话本小说概论》,北京:中华书局 1980 年版

[66]胡文楷编《历代妇女著作考》,上海:上海古籍出版社 1985
　　年版

[67]〔明〕胡应麟《少室山房笔丛》,上海:中华书局上海编辑所 1958

年版

[68]〔明〕胡应麟《少室山房集》，文渊阁《四库全书》本，上海：上海古籍出版社1987年版

[69]〔明〕皇甫涍《皇甫少玄集》，文渊阁《四库全书》本，上海：上海古籍出版社1987年版

[70]〔明〕黄溥《诗学权舆》，《明诗话全编》本，南京：江苏古籍出版社1997年版

[71]黄仁生《日本现藏稀见元明文集考证与提要》，长沙：岳麓书社2004年版

[72]〔明〕黄汝亨《寓林集》，《续修四库全书》影湖北省图书馆藏明天启四年吴敬吴芝等刻本，上海古籍出版社2002年版

[73]黄文吉《黄文吉词学论集》，台北：学生书局2003年版

[74]黄秀文等《华东师范大学图书馆藏稀见方志丛刊》，北京：北京图书馆出版社2005年版

[75]〔清〕黄之隽编纂《江南通志》，文渊阁《四库全书》本，上海：上海古籍出版社1987年版

[76]〔清〕黄宗羲《明文海》，文渊阁《四库全书》本，上海：上海古籍出版社1987年版

[77]〔波斯〕火者·盖耶速丁著，何高济译《沙哈鲁遣使中国记》，北京：中华书局1981年版

[78]〔清〕嵇曾筠编纂《浙江通志》，文渊阁《四库全书》本，上海：上海古籍出版社1987年版

[79]江晓原《云雨：性张力下的中国人》，上海：东方出版中心2006年版

[80]〔明〕蒋一葵《尧山堂外纪》，《续修四库全书》影明刻本，上海：上海古籍出版社2002年版

[81]金宁芬《明代戏曲史》，北京：社会科学文献出版社2007年版

[82]金一平《柳洲词派——一个独特的江南文人群体》,上海:同济大学出版社 2002 年版

[83]〔明〕瞿佑《归田诗话》,《历代诗话续编》本,北京:中华书局 1983 年版

[84]瞿佑等著,周楞伽校注《剪灯新话(外二种)》,上海:上海古籍出版社 1981 年新 1 版

[85]〔明〕瞿佑《剪灯新话》,台北:天一出版社 1985 年版

[86]〔明〕瞿佑《乐府遗音》,《四库全书存目丛书》影北京图书馆藏明抄本,济南:齐鲁书社 1997 年版

[87]〔清〕孔尚任《桃花扇》,北京:人民文学出版社 1959 年版

[88]〔唐〕孔颖达《春秋左传注疏》,阮元校刻《十三经注疏》本,北京:中华书局 1980 年版

[89]〔唐〕孔颖达《礼记正义》,阮元校刻《十三经注疏》本,北京:中华书局 1980 年版

[90]〔唐〕孔颖达《毛诗正义》,阮元校刻《十三经注疏》本,北京:中华书局 1980 年版

[91]〔明〕兰陵笑笑生《金瓶梅词话》,上海:上海中央书店 1936 年版

[92]〔明〕兰陵笑笑生著,〔清〕李渔批评《新刻绣像批评金瓶梅》下册,《李渔全集》第十四卷,杭州:浙江古籍出版社 1991 年版

[93]〔明〕郎瑛《七修类稿》,北京:中华书局 1959 年版

[94]〔宋〕黎靖德编,王星贤点校《朱子语类》,北京:中华书局 1986 年版

[95]〔明〕李昌祺《剪灯余话》,《明清善本小说丛刊初编》第一辑《短篇文言小说》,台北:天一出版社 1985 年版

[96]李红艳《传播学研究方法》,北京:中国传媒大学出版社 2008 年版

［97］〔明〕李开先《李中麓闲居集》,《续修四库全书》影中国科学院图书馆藏明刻本,上海:上海古籍出版社 2002 年版

［98］李康化《明清之际江南词学思想研究》,成都:巴蜀书社 2001 年版

［99］〔明〕李梦阳《空同集》,文渊阁《四库全书》本,上海:上海古籍出版社 1987 年版

［100］〔宋〕李清照著,王仲闻校注《李清照集校注》,北京:人民文学出版社 1979 年版

［101］李舒《传播学方法论》,北京:中国广播电视出版社 2007 年版

［102］〔明〕李维桢《大泌山房集》,《四库全书存目丛书》影北京师范大学图书馆藏明万历三十九年刻本,济南:齐鲁书社 1997 年版

［103］〔明〕李维桢《大泌山房集》,中国社会科学文学所藏明万历刊本

［104］〔明〕李贤,万安等修纂《明一统志》,文渊阁《四库全书》本,上海:上海古籍出版社 1987 年版

［105］〔明〕李诩《戒庵老人漫笔》,北京:中华书局 1982 年版

［106］〔唐〕李延寿等《南史》,北京:中华书局 1975 年版

［107］〔清〕李渔《闲情偶寄》,《续修四库全书》影吉林大学图书馆藏清康熙间刻本,上海:上海古籍出版社 2002 年版

［108］〔明〕李贽《李氏焚书》,《四库禁毁书丛刊》影北京大学图书馆藏明刻本,北京:北京出版社 2000 年版

［109］〔清〕厉鹗《玉台书史》,天虫子编,董乃斌等点校《中国香艳全书》本,北京:团结出版社 2005 年

［110］〔美〕利贝卡·鲁宾、艾伦·鲁宾、琳达·皮尔《传播研究方法——策略与资料来源》,北京:华夏出版社 2000 年版

［111］〔意〕利玛窦、尼金阁著,何高济等译:《利玛窦中国札记》,北

京:中华书局1983年版

[112]〔明〕郦琥《高寄斋订正会仙女志》,《丛书集成新编》本,台北:新文丰出版公司1985年版

[113]〔明〕林近阳增编本《燕居笔记》,《明清善本小说丛刊》本,台北:天一出版社1985年版

[114]〔明〕林尧俞等《礼部志稿》,文渊阁《四库全书》本,上海:上海古籍出版社1987年版

[115]〔明〕凌濛初著,陈迩冬、郭隽杰校注《二刻拍案惊奇》,北京:人民文学出版社1996年版

[116]〔明〕凌濛初著,章培恒整理,王古鲁注释《拍案惊奇》,上海:上海古籍出版社1982年版

[117]刘洪生《唐代题壁诗》,北京:中国社会科学出版社2004年版

[118]刘金柱《中国古代题壁文化研究》,北京:人民出版社2008年版

[119]刘石吉《明清时代江南市镇研究》,北京:中国社会科学出版社1987年版

[120]〔明〕刘世伟《过庭诗话》,《四库全书存目丛书》影北京图书馆藏明嘉靖刻本,济南:齐鲁书社1997年版

[121]刘天振《明代通俗类书研究》,济南:齐鲁书社2006年版

[122]〔明〕轶名著,刘文忠校点《梼杌闲评》,北京:人民文学出版社2006年版

[123]〔明〕刘夏《刘尚宾文集》,《续修四库全书》影南京图书馆藏明永乐刘拙刻成化刘衢增修本刻本,上海:上海古籍出版社2002年版

[124]〔刘宋〕刘义庆著,〔梁〕刘孝标注,余嘉锡《世说新语笺疏》,北京:中华书局1983年版

[125]〔韩〕柳己洙《历代韩国词总集》,首尔:韩神大学出版部2006

年版

[126]〔清〕卢见曾《金山志》,石光明等编《中华山水志丛刊·山志》本,北京:线装书局2004年版

[127]鲁迅《中国小说史略》,北京:东方出版社1996年版

[128]〔明〕陆楫《蒹葭堂稿》,《续修四库全书》影清华大学图书馆藏明嘉靖四十五年陆郯刻本,上海:上海古籍出版社2002年版

[129]〔明〕陆深《春雨堂随笔》,《丛书集成新编》本,台北:新文丰出版公司1985年版

[130]〔明〕陆深《俨山集》,文渊阁《四库全书》本,上海:上海古籍出版社1987年版

[131]〔宋〕陆游《老学庵笔记》,北京:中华书局1979年版

[132]〔战国〕吕不韦著,陈奇猷校释《吕氏春秋新校释》,上海:上海古籍出版社2002年版

[133]〔宋〕罗大经《鹤林玉露》,北京:中华书局1983年版

[134]〔明〕罗贯中、〔明〕施耐庵《水浒传》,北京:人民文学出版社1997年第2版

[135]〔美〕E·M·罗杰斯著,殷晓蓉译《传播学史——一种传记式的方法》,上海:上海译文出版社2005年版

[136]洛地《词乐曲唱》,北京:人民音乐出版社1995年版

[137]〔明〕毛晋《六十种曲》,北京:中华书局1958年版

[138]〔明〕毛扆《汲古阁珍藏秘本书目》,《丛书集成新编》本,台北:新文丰出版公司1985年版

[139]〔清〕冒襄《影梅庵忆语》,《续修四库全书》影清道光世恺堂刻昭代丛书本,上海:上海古籍出版社2002年版

[140]〔明〕孟称舜著,王汉民、周晓兰编辑校点《孟称舜戏曲集》,成都:巴蜀书社2006年版

[141]苗书梅等点校《宋会要辑稿·崇儒》,开封:河南大学出版社

2001 年版

[142]缪咏禾《明代出版史稿》,南京:江苏人民出版社 2000 年版

[143]〔战国〕墨翟,〔清〕张纯一集解《墨子集解》,成都:成都古籍书店 1988 年版

[144]〔日〕内山精也《传媒与真相——苏轼及其周围士大夫的文学》,上海:上海古籍出版社 2005 年版

[145]〔明〕倪涛《六艺之一录》,文渊阁《四库全书》本,上海:上海古籍出版社 1987 年版

[146]〔明〕牛若麟监修《(崇祯)吴县志》,《天一阁藏明代方志选刊续编》本,上海:上海书店 1990 年版

[147]彭靖《王船山词编年笺注》,长沙:岳麓书社 2004 年版

[148]〔清〕蒲松龄著《详注聊斋志异图咏》,北京:中国书店 1981 年影光绪同文书局石印本

[149]〔明〕祁彪佳《寓山志》,上海图书馆藏崇祯刻本

[150]〔明〕祁彪佳《祁彪佳文稿》,北京:书目文献出版社 1991 年版

[151]〔明〕祁彪佳《祁忠敏公日记》,《北京图书馆古籍珍本丛刊》本,北京:书目文献出版社 1998 版

[152]〔明〕祁彪佳《远山堂诗集》,《续修四库全书》影北京图书馆藏清初祁氏东书堂抄本,上海:上海古籍出版社 2002 年版

[153]〔清〕钱谦益《列朝诗集小传》,上海:上海古籍出版社 1983 年版

[154]钱锺书《宋诗选注》,北京:人民文学出版社 1989 年版

[155]〔清〕全祖望《鲒埼亭集》,《续修四库全书》影清嘉庆九年史梦蛟刻本,上海:上海古籍出版社 2002 年版

[156]饶宗颐初纂,张璋总纂《全明词》,北京:中华书局 2004 年版

[157]沙莲香《传播学——以人为主体的图像世界之谜》,北京:中国人民大学出版社 1990 年版

［158］上海图书馆《中国丛书综录》，上海：上海古籍出版社 1982
年版

［159］邵培仁《传播学》，北京：高等教育出版社 2000 年版

［160］〔明〕沈德符《万历野获编》，北京：中华书局 1959 年版

［161］〔宋〕沈括撰，胡道静校注《新校正梦溪笔谈》，北京：中华书局
1957 年版

［162］〔元〕沈仲纬《刑统赋疏》，沈家本《枕碧楼丛书》本，北京：知识
产权出版社 2006 年版

［163］〔明〕沈周等《江南春词》，《四库全书存目丛书》影北京大学图
书馆藏明嘉靖刻本，济南：齐鲁书社 1997 年版

［164］〔明〕沈周《沈周书画集》，北京：中国民族摄影艺术出版社
2003 年版

［165］〔明〕施耐庵，罗贯中著《水浒全传》，北京：人民文学出版社
1954 年版

［166］〔明〕施绍莘《秋水庵花影集》，《四库全书存目丛书》影北京大
学图书馆藏明末刻本，济南：齐鲁书社 1997 年版

［167］施议对《词与音乐关系研究》，北京：中国社会科学出版社
1985 年版

［168］束景南《朱子大传》，北京：商务印书馆 2003 年版

［169］〔汉〕司马迁《史记》，北京：中华书局 1959 年版

［170］〔明〕宋濂《浦阳人物记》，文渊阁《四库全书》本，上海：上海古
籍出版社 1987 年版

［171］〔明〕宋濂《文宪集》，文渊阁《四库全书》本，上海：上海古籍出
版社 1987 年版

［172］孙楷第《日本东京所见中国小说书目》，北京：人民文学出版
社 1958 年版

［173］孙绍远《声画集》，文渊阁《四库全书》本，上海：上海古籍出版

社 1987 年版

［174］〔明〕孙宜《洞庭集》,《北京图书馆古籍珍本丛刊》本,北京:书目文献出版社 1987 年版

［175］孙宜君《文艺传播学》,济南:济南出版社 1993 年版

［176］〔清〕谈迁著,张宗祥点校《国榷》,北京:中华书局 1958 年版

［177］〔清〕谈迁《枣林杂俎》,《续修四库全书》影上海图书馆藏清抄本,上海:上海古籍出版社 2002 年版

［178］〔明〕谭元春《新刻谭友夏合集》,《续修四库全书》影崇祯六年张泽刻本,上海:上海古籍出版社 2002 年版

［179］唐圭璋《全宋词》,北京:中华书局 1965 年版

［180］唐圭璋《宋词四考》,南京:江苏古籍出版社 1985 年版

［181］唐圭璋《词话丛编》,北京:中华书局 1986 年版

［182］〔明〕唐顺之《荆川集》,文渊阁《四库全书》本,上海:上海古籍出版社 1987 年版

［183］〔明〕唐寅《唐伯虎先生外编续刻》,《续修四库全书》影南京图书馆藏明万历刻本,上海:上海古籍出版社 2002 年版,第1335 册

［184］〔明〕陶望龄《歇庵集》,《明代论著丛刊》第二辑,台北:伟文图书出版社 1976 年版

［185］陶子珍《明代词选研究》,台北:秀威资讯科技股份有限公司 2003 年出版

［186］〔明〕陶宗仪《说郛》,文渊阁《四库全书》本,上海:上海古籍出版社 1987 年版

［187］〔明〕题罗贯中编《水浒志传评林》,《古本小说集成》本,上海:上海古籍出版社 1990 年版

［188］〔明〕题名冯梦龙编《燕居笔记》,《古本小说集成》本,上海:上海古籍出版社 1990 年版

[189]〔明〕天然痴叟著,王鸿芦校点《石点头》,郑州:中州古籍出版社 1985 年新 1 版

[190]童庆炳《文学理论教程》,北京:高等教育出版社 1998 年版

[191]〔元〕脱脱《宋史》,北京:中华书局 1977 年版

[192]汪志勇《谈俗说戏》,台北:文史哲出版社 1991 年版

[193]王安祈《明代传奇之剧场及其艺术》,台北:学生书局 1986 版

[194]〔明〕王鏊《姑苏志》,文渊阁《四库全书》本,上海:上海古籍出版社 1987 年版

[195]王国维《王国维遗书》,上海:上海古籍书店 1983 年版

[196]〔明〕王畿《慕蓼王先生樗全集》,《四库全书存目丛书》影清华大学图书馆藏清乾隆二十四年王宗敏刻本,济南:齐鲁书社 1997 年版

[197]〔明〕王骥德《曲律》,《中国古典戏曲论著集成》第四册,北京:中国戏剧出版社 1959 年版

[198]王秋桂《善本戏曲丛刊》,台北:学生书局 1984 年版

[199]〔清〕王士禛《池北偶谈》,北京:中华书局 1982 年版

[200]〔明〕王世贞《王元美先生文选》,中国社会科学院文学所藏万历四十三年吴德聚刻本

[201]〔明〕王世贞《艺苑卮言》,《历代诗话续编》本,北京:中华书局 1983 年版

[202]〔明〕王世贞《弇州四部稿》,文渊阁《四库全书》本,上海:上海古籍出版社 1987 年版

[203]〔明〕王廷相《王氏家藏集》,《四库全书存目丛书》影天津图书馆藏明嘉靖刻清顺治十二年修补本,济南:齐鲁书社 1997 年版

[204]王伟勇《宋词与唐诗之对应研究》,台北:文史哲出版社 2004 年版

[205]王卫平《明清时期江南城市史研究:以苏州为中心》,北京:人民出版社1999年版

[206]王晓骊《唐宋词与商业文化关系研究》,北京:中国社会科学出版社2004年版

[207]王毅《园林与中国文化》,上海:上海人民出版社1990年版

[208]王兆鹏《唐宋词史论》,北京:人民文学出版社2000年版

[209]王兆鹏《词学史料学》,北京:中华书局2004年版

[210]王兆鹏《唐宋词史的还原与建构》,武汉:湖北人民出版社2005年

[211]王兆鹏《宋南渡词人群体研究》,南京:凤凰出版社2009年版

[212]王兆鹏、潘碧华主编《跨越时空:中国文学的传播与接受》,吉隆坡:马来亚大学中文系2009年版

[213]王鍾陵《文学史新方法论》,苏州:苏州大学出版社1993年版

[214]〔明〕魏校《庄渠先生遗书》,上海图书馆藏嘉靖四十年王道行刻本

[215]〔唐〕魏征、〔唐〕令狐德棻《隋书》卷三十五,北京:中华书局1973年版

[216]〔明〕温璜述《温氏母训》,文渊阁《四库全书》本,上海:上海古籍出版社1987年版

[217]〔明〕吴承恩著,刘修业辑校,刘怀玉笺校《吴承恩诗文集笺校》,上海:上海古籍出版社1991年版

[218]吴蕙芳《万宝全书:明清时期民间生活实录》,台北:政治大学历史学系2001年版

[219]〔清〕吴趼人著,张友鹤校注《二十年目睹之怪现状》,北京:人民文学出版社1985年版

[220]〔明〕吴敬所《国色天香》,《明清善本小说丛刊初编》本,台北:天一出版社1985年版

[221]吴藕汀《词名索引(增补本)》,北京:中华书局 2006 年版

[222]吴琦主编《明清社会群体研究》,北京:中国社会科学出版社 2009 年版

[223]〔明〕吴应箕《楼山堂集》,《四库禁毁书丛刊》影中国科学院图书馆藏清刻本,北京:北京出版社 2000 年版

[224]〔明〕吴元泰《八仙出处东游记·八仙蟠桃大会》,《古本小说集成》本,上海:上海古籍出版社 1990 年版

[225]〔宋〕吴曾《能改斋漫录》,北京:中华书局 1960 年版

[226]伍蠡甫主编《西方文论选》,上海:上海译文出版社 1979 年版

[227]武舟《中国妓女生活史》,长沙:湖南文艺出版社 1990 年版

[228]〔明〕西周生辑著,黄肃秋校注《醒世姻缘传》,上海:上海古籍出版社 1981 年版

[229]〔明〕夏言《桂洲集》,上海图书馆藏明嘉靖二十年刻本

[230]〔明〕夏言《赐闲堂稿》,上海图书馆藏明嘉靖二十五年刻本

[231]〔明〕夏言《夏桂洲文集》,《四库全书存目丛书》影北京大学图书馆藏明崇祯十一年吴一璘刻本,济南:齐鲁书社 1997 年版

[232]萧鹏《群体的选择——唐宋人选唐宋词与词选通论》,台北:文津出版社 1992 年版

[233]肖鹏《群体的选择——唐宋人词选与词人群通论》,南京:凤凰出版社 2009 年版

[234]〔梁〕萧统编,〔唐〕李善注《文选》,北京:中华书局 1977 年版

[235]〔梁〕萧统编,〔唐〕李善、吕延济等注《六臣注文选》,北京:中华书局 1987 年版

[236]〔清〕谢旻监修《江西通志》,文渊阁《四库全书》本,上海:上海古籍出版社 1987 年版

[237]〔明〕谢肇淛《五杂组》,《明代笔记小说大观》本,上海:上海古籍出版社 2005 年版

[238]〔明〕谢榛《四溟诗话》,北京:人民文学出版社 1961 年版

[239]〔明〕熊龙峰编印《熊龙峰四种小说》,《明清善本小说丛刊初编》第一辑《短篇白话小说》,台北:天一出版社 1985 年版

[240]〔陈〕徐陵《玉台新咏笺注》,北京:中华书局 1985 年版

[241]〔清〕徐釚《词苑丛谈校笺》,北京:人民文学出版社 1988 年版

[242]〔明〕徐渭著,周中明校注《四声猿》,上海:上海古籍出版社 1984 年版

[243]〔明〕徐渭著,李复波、熊澄宇点校《南词叙录注释》,北京:中国戏剧出版社 1989 年版

[244]〔明〕徐媛《络纬吟》,《四库未收书辑刊》影明末抄本,北京:北京出版社 2000 年版

[245]〔明〕徐祯卿《迪功集》附《谈艺录》,文渊阁《四库全书》本,上海:上海古籍出版社 1987 年版

[246]〔明〕徐𤊹《徐氏笔精》,文渊阁《四库全书》本,上海:上海古籍出版社 1987 年版

[247]〔宋〕许𫖮《许𫖮诗话》,吴文治主编《宋诗话全编》本,南京:江苏古籍出版社 1998 年版

[248]〔清〕许容等监修《甘肃通志》,文渊阁《四库全书》本,上海:上海古籍出版社 1987 年版

[249]〔明〕许仲琳《封神演义》,北京:人民文学出版社 1973 年版

[250]严迪昌《清词史》,南京:江苏古籍出版社 2001 年版

[251]〔清〕严可均《全上古三代秦汉三国六朝文》,北京:中华书局 1958 年版

[252]杨伯峻《列子集释》,北京:中华书局 1979 年版

[253]〔明〕杨德政《(万历)建阳县志》,《日本藏中国罕见地方志丛刊》,北京:书目文献出版社 1991 年版

[254]〔明〕杨基《眉庵集》,文渊阁《四库全书》本,上海:上海古籍出

版社 1987 年版

[255]杨军昌《中国方志学概论》,贵阳:贵州人民出版社 1999 年版

[256]〔明〕杨溥《杨文定公诗集》,《续修四库全书》影南京图书馆藏明抄本,上海:上海古籍出版社 2002 年版

[257]〔明〕杨荣《文敏集》,文渊阁《四库全书》本,上海:上海古籍出版社 1987 年版

[258]〔明〕杨慎《升庵全集》,《万有文库》本,上海:商务印书馆 1937 年版

[259]〔明〕杨慎著,王文才辑校《杨慎词曲集》,成都:四川人民出版社 1984 年版

[260]〔明〕杨慎辑,刘崇德、徐文武点校《词林万选》,保定:河北大学出版社 2006 年版

[261]〔明〕杨时乔《新刻杨端洁公文集》,《四库全书存目丛书》影山西省祁县图书馆藏明天启杨闻中刻本,济南:齐鲁书社 1997 年版

[262]〔明〕杨廷和《杨文忠三录》,文渊阁《四库全书》本,上海:上海古籍出版社 1987 年版

[263]〔清〕姚承绪撰,姜小青校点《吴趋访古录》,南京:江苏古籍出版社 1999 版

[264]〔宋〕叶梦得《避暑录话》,《宋元笔记小说大观》本,上海:上海古籍出版社 2001 年版

[265]〔明〕叶绍袁原编,冀勤辑校《午梦堂集》,北京:中华书局 1998 年版

[266]〔明〕易震吉《秋佳轩诗余》,《续修四库全书》影南京图书馆藏明崇祯刻本,上海:上海古籍出版社 2002 年版

[267]〔清〕雍正《世宗宪皇帝硃批谕旨》,文渊阁《四库全书》本,上海:上海古籍出版社 1987 年版

[268]〔清〕永瑢等《四库全书总目》,北京:中华书局1965年版

[269]〔明〕于慎行《谷城山馆文集》,《四库全书存目丛书》影北京图书馆藏明万历于纬刻本,济南:齐鲁书社1997年版

[270]〔清〕余怀著,李金堂校注《板桥杂记》,上海:上海古籍出版社2000年版

[271]〔明〕余继登《皇明典故纪闻》,《四库全书存目丛书》影浙江图书馆藏明万历王象乾刻本,济南:齐鲁书社1996年版

[272]〔明〕余象斗《万锦情林》,《古本小说集成》影双峰堂刊本,上海:上海古籍出版社1990年版

[273]余意《明代词学之建构》,上海:上海古籍出版社2009年版

[274]〔明〕郁逢庆《书画题跋记》,徐蜀编《国家图书馆藏古籍艺术类编》,北京:北京图书馆出版社2004年版

[275]〔唐〕元稹《元稹集》,北京:中华书局1982年版

[276]〔明〕袁宏道著,钱伯城笺校《袁宏道集笺校》,上海:上海古籍出版社1981年版

[277]袁行霈主编《中国文学史》,北京:高等教育出版社1999年版

[278]袁震宇、刘明今《明代文学批评史》,上海:上海古籍出版社1991年版

[279]〔明〕袁袠《衡藩重刻胥台先生集》,《四库全书存目丛书》影北京大学图书馆藏明万历十二年衡藩刻本

[280]岳淑珍《明代词学批评史》,北京:社会科学文献出版社2014年版

[281]〔清〕曾受一修《(乾隆)大足县志》,故宫博物院编《故宫珍本丛刊》本,海口:海南出版社2001年版

[282]曾昭岷、曹济平、王兆鹏、刘尊明《全唐五代词》,北京:中华书局1999年版

[283]〔明〕张邦纪《张文懿公遗集》,《四库禁毁书丛刊》影上海图书

　　　馆藏明崇祯十七年刻本,北京:北京出版社 2000 年版

[284]张伯伟《中国诗学研究》,沈阳:辽海出版社 2000 年版

[285]〔明〕张丑《清河书画舫》,文渊阁《四库全书》本,上海:上海古
　　　籍出版社 1987 年版

[286]张岱著,云告点校《琅嬛文集》,长沙:岳麓书社 1985 年版

[287]〔明〕张岱《西湖梦寻》,《续修四库全书》影北京图书馆藏清康
　　　熙刻本,上海:上海古籍出版社 2002 年版

[288]〔明〕张岱《陶庵梦忆》,《续修四库全书》影国家图书馆藏乾隆
　　　五十九年王文诰刻本,上海:上海古籍出版社 2002 年版

[289]〔明〕张衮修纂《(嘉靖)江阴县志》,《天一阁藏明代方志选刊》
　　　本,上海:上海古籍书店 1963 年版

[290]〔明〕张含《张愈光诗文选》,《丛书集成续编》影《云南丛书》
　　　本,上海:上海书店 1994 年版

[291]〔明〕张瀚《松窗梦语》,《丛书集成续编》本,台北:新文丰出版
　　　公司 1989 年版

[292]张若兰《明代中后期词坛研究》,中国社会科学出版社 2010
　　　年版

[293]〔明〕张三丰《张三丰先生全集》,《藏外道书》本,成都:巴蜀书
　　　社 1994 年版

[294]〔清〕张廷玉等《明史》,北京:中华书局 1974 年版

[295]〔明〕张綖《诗余图谱》,上海图书馆藏清乾隆十七年因树楼重
　　　印《词苑英华》本

[296]〔明〕张綖《诗余图谱》附《秦张两诗余合璧》,《四库全书存目
　　　丛书》影北京大学图书馆藏明末毛氏汲古阁刻词苑英华本,
　　　济南:齐鲁书社 1997 年版

[297]〔明〕张綖、谢天瑞《诗余图谱》,《续修四库全书》影北京图书
　　　馆藏明万历二十七年谢天瑞刻本,上海:上海古籍出版社

2002 年版

[298]张意《文化与符号权力:布尔迪厄的文化社会学导论》,北京:中国社会科学出版社 2005 年版

[299]张仲谋《明词史》,北京:人民文学出版社 2002 年版

[300]〔清〕章学诚著,叶瑛校注《文史通义校注》,北京:中华书局 1985 年版

[301]赵庚奇《修志文献选辑》,北京:燕山出版社 1990 年版

[302]〔清〕赵吉士《寄园寄所寄》,《续修四库全书》影清康熙三十五年刻本,上海:上海古籍出版社 2002 年版

[303]赵强《中国艺术品拍卖精华·书画》,济南:山东美术出版社 2005 年版

[304]〔宋〕赵彦卫《云麓漫钞》卷八,北京:中华书局 1996 年版

[305]赵尊岳《明词汇刊》,上海:上海古籍出版社 2012 年版

[306]支庭荣、张蕾《传播学研究方法》,广州:暨南大学出版社 2008 年版

[307]〔明〕雉衡山人《韩湘子全传》,《古本小说集成》本,上海:上海古籍出版社 1990 年版

[308]中国文物研究所、陕西省古籍整理办公室编《新中国出土墓志(陕西贰)》,北京:文物出版社 2003 年版

[309]“中央”研究院历史语言研究所校印《明实录》,台北:“中央”研究院历史语言研究所 1962 年版

[310]〔明〕周晖《金陵琐事》,南京:南京出版社 2007 年版

[311]〔宋〕周煇著,刘永翔校注《清波杂志校注》,北京:中华书局 1994 年版

[312]周明初,叶晔《全明词补编》,杭州:浙江大学出版社 2007 年版

[313]〔明〕周清源著,刘耀林、徐元校注《西湖二集》,杭州:浙江人

民出版社 1981 年版

[314]〔明〕周瑛《词学筌蹄》,《续修四库全书》影上海图书馆藏清初抄本,上海:上海古籍出版社 2002 年版

[315]朱崇才《词话史》,北京:中华书局 2006 年版

[316]〔清〕朱彝尊著,黄君坦校点《静志居诗话》,北京:人民文学出版社 1990 年版

[317]〔明〕朱元亮辑注校证,〔明〕张梦徵汇选摹绘《青楼韵语》,上海:隐虹轩 1914 年版

[318]朱越利《道藏分类题解》,北京:华夏出版社 1996 年版

[319]〔明〕朱之瑜《舜水先生文集》,《续修四库全书》影上海图书馆藏日本正德二年(一七一二)刻本,上海:上海古籍出版社 2002 年版

[320]庄申《王维研究》,香港:万有图书公司,1971 年版

[321]〔明〕卓人月汇选,〔明〕徐士俊参评,谷辉之校点《古今词统》,沈阳:辽宁教育出版社 2000 年版

[322]〔明〕邹祗谟《倚声初集》,《续修四库全书》影南京图书馆藏清顺治十七年刻本,上海:上海古籍出版社 2002 年版

[323]左东岭《明代心学与诗学》,北京:学苑出版社 2002 年版

[324]〔清〕不题撰人《崇祯记闻录》,台湾银行经济研究室编《台湾文献丛刊》本,台北:台湾银行 1968 年版

[325]〔清〕不题撰人《石渠宝笈》,文渊阁《四库全书》本,上海:上海古籍出版社 1987 年版

二、单篇论文

[326]〔美〕艾朗诺撰,郭勉愈译《才女的重担——李清照〈词论〉中的思想与早期对她的评论》(上、下),《长江学术》2009 年第

2、4 期

[327]白莉蓉《一份珍贵的明代刻书价银资料——从〈方洲先生文集〉说起》,《图书馆工作与研究》2008 年第 11 期

[328]曹萌《文学传播学的创建与中国古代文学传播研究》,《沈阳师范大学学报》2004 年第 5 期

[329]陈恩维、赵义山《古代小说中诗词曲赋研究综论》,《明清小说研究》2008 年第 3 期

[330]陈历明《明初南戏演出本〈刘希必金钗记〉》,《文物》1982 年第 11 期

[331]陈水云《20 世纪的明词研究》,《中州学刊》2003 年第 6 期

[332]陈学文《论明清江南流动图书市场》,《浙江学刊》1998 年第 6 期

[333]方正耀《中国古代小说的文备众体》,《中州学刊》1989 年第 1 期

[334]付琼《科举背景下的明清教育对文学的负面影响》,《上海大学学报》2008 年第 4 期

[335]葛兆光《思想史:既做加法也做减法》,《读书》2003 年第 1 期

[336]郭英德《元明的文学传播与文学接受》,《求是学刊》,1999 年第 2 期

[337]何长江《〈燕居笔记〉编者余公仁小考》,《明清小说研究》1993 年第 3 期

[338]洪雪英《青楼场域之分析》,《汉学论坛》3 期,2003 年出版

[339]李伯重《明清江南的出版印刷业》,《中国经济史研究》2001 年第 3 期

[340]李格非、李独奇《以屈原为题材的古代绘画概述》,《云梦学刊》1992 年第 2 期

[341]李康化《明代词论主潮辨述》,《华东师范大学学报》1999 年第

2 期

[342]李琳琦、张晓婧《明代安徽书院的数量、分布特征及其原因分析》,《华东师范大学学报》2006 年第 4 期

[343]李世前,白贵《古代词话作者的自我传播意识——中国古代诗词传播现象研究》,《河北大学学报》2006 年第 6 期

[344]李郁《论文学活动中传播的意义》,《南京师范大学学报》1997 年第 1 期

[345]力之《关于日本古抄白文本〈文选序〉"略以时代相次"之"略"——兼论以此本所出为李善分卷前的三十卷本说难以成立》,《内蒙古师范大学学报》2005 年第 4 期

[346]刘庆云《对"自度曲"本原义与演化义的回溯与平议》,《词学》第三十二辑,华东师范大学出版社 2014 年版

[347]刘深《清词自度曲与清代词学的发展》,《南京大学学报》2015 年第 6 期

[348]刘湘兰《论明代的幛词》,《学术研究》2009 年第 7 期

[349]刘学《唐宋词调〈西江月〉之定量考察》(未定稿)

[350]罗建新《楚辞图像研究的回顾与前瞻》,《中国文学研究》第 27 辑,复旦大学出版社 2016 年版

[351]吕少卿《论倪瓒的当时诗名大于画名》,《南京艺术学院学报》2005 年第 3 期

[352]马长山《昆曲厅堂演出的主导格局与舞台美术总体风格的形成》,《艺术百家》2008 年第 5 期

[353]苗状《明代出使朝鲜使臣的域外记志诗》,《域外汉籍研究集刊》第 8 辑,北京:中华书局 2013 年版

[354]任德魁《〈全明词〉疏失举例》,罗宗强、陈洪编《明代文学研究国际学术研讨会论文集》,天津:南开大学出版社 2006 年版

[355]沈松勤《唐宋词体的文化功能与运行系统》,《文学评论》2001

年第 4 期

[356]沈松勤《明清之际太湖流域郡邑词派述论》,《文学评论》2007
　　年第 2 期

[357]宋红《"得失寸心知"——评张仲谋先生〈明词史〉兼述日本的
　　明乐研究》,《古籍整理出版情况简报》2002 年第 6 期,总
　　376 期

[358]谭新红《宋词的书册传播》,《武汉大学学报》2008 年第 1 期

[359]田玉琪《〈明集礼〉中词作与宫调》,《华夏文化论坛》第五辑,
　　吉林大学出版社 2010 年版

[360]宛敏灏《词的体制——词学讲话之一》,《安徽师范大学学报》
　　1980 年第 1 期

[361]王瑞平《明代人口之谜探析》,《郑州大学学报》2001 年第 3 期

[362]王兆鹏《宋文学书面传播方式初探》,《文学评论》1993 年第
　　2 期

[363]王兆鹏《昌盛与萧条——本世纪词学研究中的清词研究》,
　　《鄂州大学学报》1995 年第 1 期

[364]王兆鹏《传播与接受:文学史研究的另两个维度》,《江海学
　　刊》1998 年第 3 期

[365]王兆鹏、刘学《宋词作者的统计分析》,《文艺研究》2003 年第
　　6 期

[366]王兆鹏《宋代诗文别集的编辑与出版——宋代文学的书册传
　　播研究之一》,《华中科技大学学报》2004 年第 1 期

[367]王兆鹏《宋词的口头传播方式初探——以歌妓唱词为中心》,
　　《文学遗产》2004 年第 6 期

[368]王兆鹏《宋代作家成名的捷径:名流印可》,《中州学刊》2005
　　年第 2 期

[369]王兆鹏《中国古代文学传播研究的六个层面》,《江汉论坛》

2006 年第 5 期

[370]王兆鹏《宋代的"互联网"——从题壁诗词看宋代题壁传播的特点》,王兆鹏、潘碧华主编《跨越时空:中国文学的传播与接受(古代卷)》,吉隆坡:马来亚大学中文系 2009 年版

[371]徐雁平《"今世治学以世界为范围"——张伯伟教授谈域外汉籍研究》,《博览群书》2005 年第 12 期

[372]杨海明《试论宋词所带有的"南方文学"特色》,《学术月刊》1984 年第 1 期

[373]叶晔《明词中的次韵宋元名家词现象——以苏轼、崔与之、倪瓒词的接受为中心》,《中国文化研究》2007 年秋之卷

[374]叶晔《江南词学版图与"环太湖词圈"的动态考察》,《社会科学》2016 年第 8 期

[375]余意《明词辑佚 23 首》,《中文自修指导》2008 年第 2 期

[376]余意《明词辑补 17 首》,《古籍整理研究学刊》2009 年第 3 期

[377]余意、齐森华《吴中词学与"词亡于明"辨》,《文学遗产》2008 年第 4 期

[378]余意《〈江南春〉词集版本考略及其相关问题》,《词学》第二十二辑,华东师范大学出版社 2009 年版

[379]袁行霈先生《古代绘画中的陶渊明》,《北京大学学报》2006 年第 6 期

[380]张仲民《从书籍史到阅读史——关于晚清书籍史/阅读史研究的若干思考》,《史林》2007 年第 5 期

[381]张仲谋《明代话本小说中的词作考论》,《明清小说研究》2008 年第 1 期

[382]赵景深《明成化本南戏〈白兔记〉的新发现》,《文物》1973 年第 1 期

[383]赵宪章《语图传播的可名与可悦——文学与图像关系新论》,

《文艺研究》2012 年第 11 期

[384]周焕卿《从〈全明词〉、〈全清词·顺康卷〉失收词看明清词总集之编纂》，《古典文献研究》第十一辑，南京：凤凰出版社2008 年版

[385]朱崇才《新见〈嘲戏绮谈曲子词〉46 首考论》，《重庆工商大学学报》2003 年第 2 期

[386]左东岭《明代诗歌的总体格局与审美风格的演变》，《中国诗歌研究》（第四辑），北京：中华书局 2007 年版

三、学位论文

[387]邓建《宋代文学选本研究》，武汉大学 2008 年博士论文

[388]凌天松《明编词总集述评》，华东师范大学 2008 年博士论文

[389]柳洁挺《闺阁书香——明代江南妇女的文化教育与社会生活》，华东师范大学 2007 年硕士论文

[390]马金兰《城市的畸形之花——试析明代中期至清代前期的南京娼妓业》，四川大学 2007 年硕士论文

[391]谭海燕《宋词在形式上的突破与发展》，新疆师范大学 2004年硕士论文

[392]汪超《〈文选〉在两宋之流布与影响》，广西师范大学 2006 年硕士学位论文

[393]王文荣《明清江南文人结社研究》，苏州大学 2009 年博士论文

[394]王星《宋代石刻与文学》，武汉大学 2009 年博士论文

[395]吴潇《晚明"杂志类"消闲文艺读物研究》，上海师范大学 2005年硕士论文

[396]岳淑珍《明代词学研究》，河南大学 2008 年博士论文

［397］余意《"词学吴中"与明代词学之重建》，华东师范大学 2006 年博士论文

［398］张若兰《明代中后期词坛研究》，中国社会科学院 2007 年博士论文

［399］张育红《〈水浒传〉韵文初探》，首都师范大学 2003 年硕士论文

［400］赵秀丽《"角色失范"：明代"问题皇帝"研究》，华中师范大学 2005 年硕士论文

后 记

　　历来词史之视明词，往往如铁道线上的三四等小站，直接跨越。没有《全明词》的编纂，我恐怕也不会那么快注意到明词。2005 年在桂林购得这套书，翻阅一过，觉得看惯宋词的眼睛可以不喜欢明词，却不能漠视其存在，更无由遮掩其光华。我欲以明词为研究对象，恩师王兆鹏先生当即同意我的设想，并殷切嘱我细读文本，找准研究方向。可是方向在哪里？我不断在不同的选题间徘徊，觉得什么都好写，什么都想写。有段时间，更沉迷于翻书专找明代佚词，让先生颇为担心，于是点拨我以文学传播学的视角考察明词。在我，似乎有了方向。未几，我带着开题报告去拜见先生。先生看后，面色凝重，却并不批评我，从容为我诊断症结，说："你这是推了一堆砖头来告诉我说这个就是房子。你要建房，不能只有砖块啊，你的设计图纸在哪里啊？没有规划设计，怎么建房？论文也要先有规划、布局啊！"说罢，又检出几册书，要我仔细阅读。论文写写停停，主体部分是在珞珈山完成的。老师邺架上琳琅的藏书，尽我取用。写作稍有不顺，就跑去烦扰先生；论文略有进展，就率尔呈给先生。先生总为我指示津梁，衡估优劣，或鼓励，或鞭策。先生总说，一部博士论文要开辟一个新的领域，要写成一种研究新范式。我离这个要求差得太远！

　　对先生的认识是一个从建构到重新建构的过程。考博以前认识的王老师，全从先生文章中得来，总以为先生为人不苟言笑，认真严谨。跟老师接触后,发现先生的确认真严谨,但更令人如沐春风。先生教我们学问,更教我们做人。对兆鹏师的道德文章,我仰止行止,虽不能至,然心向往之。师母孙玉老师对我们关照有加,每回见孙老师,总是轻松又愉快。2009年夏天在吉隆坡,当地有老师说我们"有个好师母!"我心中笑说:"那敢情是的!"

一路走来,我该感谢的人还有很多很多!父母之外,尤其感谢力之师、程继红师、张玉奇师。我硕士阶段师从力之先生,先生姓刘,讳汉忠。由于力之师的鼓励,诸同门继续深造者尤多。在我求学最受挫折时,先生坚持送我奔赴战斗的第一线。先生那次出门,忘了带钱包,但并未让我知道,他花了兜里仅剩的钱打车送我到车站,自己却走路回三里店。不过,先生治学目不窥园,对桂林并不熟悉,后来知道,力之先生那天从晚上六点多,走到将近十点才找到家。先生之风,令我不时思欲效之,而自知不可企及。师母张冬宁女士,关心牵挂我们,每回通电话,总是细问大家的近况,殷殷叮咛。

继红师、玉奇师是我古代文学的启蒙老师。继红师是我走上古文研修之路的领路人和规划者,有时我甚至不怎么把程师只当成老师看待了,得意时会找程师炫耀,失恋时曾到他面前痛哭。张师从教课起就一直关心我的学业与生活,很多问题,他都先我一步为我想到,更在我考博前多次鼓励我坚定信念。

吴惠娟老师在外出休假时还带着拙文详加批阅;董乃斌、邵炳军、姚蓉老师三年来对我的关心照顾;同学李川兄为我冒雪辗转京城查核文献,校读全文;黄俊杰兄、叶宽兄、邵大为师妹为我客居武汉提供的帮助,闫春兄、范煜辉兄、王骞师妹为论文纠谬补阙。大学好友章丽、彭承夫妇为使我能顺利读博做的担保……凡此种种,不能一一谢过。

不论是在故乡信州,还是在曾求学的桂林;不论是在樱花似雪的珞珈山，还是在白玉兰如云的上海大学；不论是在校内各位传道授业的老师们，还是在校外关心帮助我的前辈先进们，我该感谢的人还很多很多。

我的父母亲是老三届，他们就读于上饶一中的五年一贯制实验班，本该上大学的他们却没有深造的机会。他们将最美的青春奉献给了朱子故里婺源和稼轩寓居的铅山。他们的言传身教、全心支持是我一切动力的源泉。儿行千里，父母担忧。父母为我操碎了心，我却依旧不能为年届花甲的他们做些什么。父母之恩，如何能言报？当经历过那个冷冬之后，赵舒的出现消融了积雪。论文盲审、外审成绩出来后，她喜滋滋的，仿佛比我更高兴，甚至乐呵呵地盘算今后筹措出版。专治唐代文学的她，似乎对"贫贱夫妻百事哀"远没有那么恐惧，只是我又能为她做些什么？这时节，才知道"百无一用是书生"！写着写着，就写了这一大堆，但似乎还有很多话没能说完。那么，就向我爱过的，爱着的，爱过我的，爱着我的人们，真挚地道一声"谢谢"吧！

"谢朝华于已披，启夕秀于未振"，固我所愿；"虽杼轴于予怀，怵他人之我先"，其谁能堪？论文写到这里，缺憾甚多，愿今后继续完善！这篇论文于我，或许是一道新刷出的雪白的起跑线，我愿为将来的赛程继续拼搏！

上饶　汪超

2010 年 3 月 3 日于宝山泮溪

2010 年 4 月 15 日修改于久雨初霁时

出版再记

　　葛裘数易，再来看当年写的后记，说："这篇论文于我，或许是一道新刷出的雪白的起跑线，我愿为将来的赛程继续拼搏！"却没有想到，起跑线划在了"宋代文坛师承谱系研究"的课题。从博士后阶段转向"北宋文坛师承谱系"，到后来延伸至南宋，似乎与明词渐行渐远。《明词传播述论》完成后的这些年，明词研究成果果然云蒸霞蔚、源源而来！张仲谋先生连续推出《明代词学编年史》、《明代词学通论》及《明词史（修订本）》，余意教授推出《明代词史》。叶晔先生站在通观文学史高度，发表一系列涉及明词的重要研究论文，其他同仁也各有推进。而我却只能偶赞三两声，远不如做博士论文时那般专注。所以，除为使文章结构更加协调，而删去原先第八章定量分析的研究之外，我并未对这本小书作大规模的修改。毕竟，我对明词的认识没有进步，却有退步。不过，近些年，相关研究的最新成果我都注意过，这在书中也多少有一些体现。

　　论文完成后，被送去给杨海明、刘扬忠、锺振振、诸葛忆兵、沈松勤诸位先生评审，先生们多有奖掖，令我备受鼓舞。外审后，又被送盲审，两位匿名专家也各自给出 90 分以上的评分。答辩时，陈允吉先生为主席，陈伯海、曹旭、吴惠娟、林国良诸先生在肯定之外，亦各有建议。先生们的部分意见，这次修订时也注意吸收了。

　　兆鹏师曾多次督促我修改，然而办事拖沓寡断如我，实在有负老师和前辈们的鼓励。若非众所周知的考核与职评压力，出版恐怕更是遥遥无期。年中王老师再次督问，又特地推荐，终于让我下定决心，把这敝帚清洗去尘，以接受学界先进、同仁的批评。十年来，我的每一点小进步，背后都浸透着恩师数不清的心血。尚永亮老师望之俨然，即之也温。每次见面，鼓励学术之外，也关心我们的生活。十一月份，见尚老师时，偶然说起出版计划。他细问详情，当得知我预算不足，及时援手，纾我燃眉。来珞珈山之后，各位老师、同事的关心和帮助尽皆感铭于心。

家严、家慈正向他们的"古稀"迈进，七年前我不能为他们做些什么，七年后我则更加羞愧。不但不能为他们做什么，也不能为岳父岳母做什么，反而劳他们里里外外操心不断。我答辩后"乐呵呵地盘算今后筹措出版"的内子赵舒博士和我，当时逆潮流而动地"裸婚"。我们结婚时无房无车，不名一文，有的只是几本学位证和一堆故纸。现在，我们多了一个霎时儿晴霎时儿雨的小论宝。朋友们开始总以为"论"是《论语》的书名，后来知道是"论文"的"论"，莫不绝倒。她在我们写论文时，来到我们身边，所以别的小朋友在背"床前明月光"时，她可能正在努力分辨"春江花月夜"或"春花秋月何时了"的区别。写到这里时，我又有了将满屋子故纸读个干干净净再交给她的万丈豪情！

上饶　汪超
2016 年 12 月 28 日于武昌珞珈山